U0097370

古典詩歌研究彙刊

第五輯

龔鵬程 主編

第 18 冊

吳梅村諷諭詩研究

陳 光 瑩 著

國家圖書館出版品預行編目資料

吳梅村諷諭詩研究／陳光瑩 著 — 初版 — 台北縣永和市：花
木蘭文化出版社，2009〔民 98〕

目 4+300 面；17×24 公分
（古典詩歌研究彙刊 第五輯；第 18 冊）

ISBN 978-986-6528-67-5（精裝）
1.（清）吳偉業 2.傳記 3.清代詩 4.詩評

851.472   98001016

ISBN - 978-986-6528-67-5

古典詩歌研究彙刊
第五輯 第十八冊   ISBN：978-986-6528-67-5

吳梅村諷諭詩研究

作　　者　陳光瑩
主　　編　龔鵬程
總 編 輯　杜潔祥
出　　版　花木蘭文化出版社
發 行 所　花木蘭文化出版社
發 行 人　高小娟
聯絡地址　台北縣永和市中正路五九五號七樓之三
　　　　　電話：02-2923-1455／傳真：02-2923-1452
網　　址　http://www.huamulan.tw 信箱 sut81518@ms59.hinet.net
印　　刷　普羅文化出版廣告事業
初　　版　2009 年 3 月
定　　價　第五輯 20 冊（精裝）新台幣 28,000 元
版權所有·請勿翻印

吳梅村諷諭詩研究

陳光瑩　著

作者簡介

陳光瑩，1967 年生於花蓮，臺灣臺中縣人。學經歷：高雄師範大學文學博士，曾任教於國中，現職為南投縣草屯鎮「南開科技大學」助理教授。

提　　要

　　吳梅村諷諭詩研究

　　吳偉業（1609～1671），字駿公，號梅村，江蘇太倉人。工詩，兼擅詞曲，乃清初詩壇「江左三大家」之一。

　　梅村夙懷創作詩史、諷切當世之志。其諷諭詩當是精心結撰者。因此，本論文以其諷諭詩為研究範圍，探討其內容、技巧、風格及成就等等。應用的方法及目的如下：

　　（一）探討其寫作態度，以掌握其創作精神。

　　（二）以史證詩，因詩論史，以抉發諷諭詩的旨趣。

　　（三）以修辭筆法、人物刻劃、敘事手法等角度來討論其諷諭技巧。

　　（四）研究其特色與風格，一窺其諷諭詩之神貌。

　　（五）評述其成就及影響，以彰顯其價值。

　　全書除緒論、結論外，以「生平與交遊」、「寫作志向和態度」、「題材與旨趣」、「諷諭技巧」、「特色與風格」共七章闡發詩境，深入析賞。

目

次

第一章 緒 論

第一節 研究動機、方法與目的

　　吳偉業，字駿公，號梅村，江蘇太倉人。工詩，兼擅詞曲，乃清初詩壇「江左三大家」之一。

　　吳梅村詩在當時即享有盛名，身後更騰播於人口，故研究箋釋者輩出。重要的箋注有程穆衡《吳梅村詩集箋注》、靳榮藩《吳詩集覽》及吳翌鳳《吳梅村詩集箋注》三家。近人周法高《中國語文論叢》中收有〈吳梅村詩小箋〉、〈吳梅村詠史詩三首箋〉。又有〈吳梅村詩叢考〉、〈談遷北遊錄與吳梅村〉等文。錢仲聯《夢苕盦專著二種》收有〈吳梅村詩補箋〉一文。諸家箋釋各具勝義，為研究梅村詩的重要參考資料。

　　梅村的作品結集，《四庫全書》收有《梅村集》四十卷，凡詩十八卷、詩餘二卷、文二十卷，悉分體編次。清末董康將《梅村家藏稿》十二冊，寫定為詩前集八卷、後集並詩餘十四卷、文集三十五卷、詩話一卷，復益以顧師軾所撰年譜，於清宣統三年刊版行世，較《梅村集》完善。1990年上海古籍出版社出版《吳梅村全集》，由李學穎集評標校。此書以《梅村家藏稿》為底本，增益補遺、輯佚及梅村樂府等，差稱完備。同年江蘇古籍出版社《吳梅村年譜》一書，馮其庸、

葉君遠等。考證詳博,值得參考。

重要的學術論文有歐陽岑美《吳梅村及其三種曲研究》、黃萁倩《梅村詩的憂患意識》、黃錦珠《吳梅村敍事詩研究》、吳朝勇《吳梅村生平及其詩史之研究》、裴世俊《吳梅村詩歌創作探析》等書。

研究著作雖然不少,尚未能盡言梅村詩之意蘊。梅村夙懷創作詩史、諷切當世之志。其諷諭詩當是精心結撰者,然至今未有專文研究。因此,本論文以其諷諭詩爲研究範圍,探討其內容、技巧、風格及成就等等。應用的方法及目的如下:

(一)探討其寫作態度,以掌握其創作精神。

(二)以史證詩,因詩論史,以抉發諷諭詩的旨趣。

(三)以修辭筆法、人物刻劃、敍事手法等角度來討論其諷諭技巧。

(四)研究其特色與風格,一窺其諷諭詩之神貌。

(五)評述其成就及影響,以彰顯其價值。

第二節　研究範圍

確定梅村諷諭詩的研究範圍之前,先界定何謂諷諭詩,以作爲取捨詩篇的依據。

一、諷諭詩的界定

追溯諷諭詩的起源,早在詩三百篇的創作時代已開其端,詩三百篇中有明言作詩目的是在譏刺或諷諭,還有許多詩篇雖未明言,但實是抒發民生疾苦,寓意託論或諷刺時事的作品,如魏風〈碩鼠〉將不顧人民辛勞的貪官污吏比作大老鼠,鄘風〈相鼠〉則藉老鼠諷刺那些不守禮法,「無儀」、「無止」的官吏,其他如邶風〈新臺〉、小雅〈何草不黃〉也都含有諷諭的意味。此後,歷代更不乏諷刺社會亂離、政治腐敗的詩篇。例如漢代樂府〈平陵東〉一詩諷刺官吏迫害良民云:「劫義公,在高堂下,交錢百萬兩走馬」。三國魏曹植作〈名都篇〉

諷刺洛陽的貴族子弟，終日打獵、宴樂。唐朝李白〈古風五十九首〉其二十四諷刺宦官和鬥雞之徒。此外如杜甫三吏三別等詩，而中唐又有元、白的諷諭詩作。現實社會可以說是諷諭詩取材的重要來源。

再者，孔子以實用觀點說詩，春秋列國大夫間的聘問賦詩言志，使詩的諷諭功能更爲顯著。漢儒以「美刺諷諭」說詩，和風雅頌賦比興六義相比附，詩的主要存在意義似乎只有「美刺諷諭」了。〈詩大序〉云：

> 風，風也，教也；風以動之，教以化之。
>
> 故正得失、動天地、感鬼神，莫近於詩。先王以是經夫婦、成孝敬、厚人倫、美教化、移風俗。
>
> 國史明乎得失之跡，傷人倫之廢，哀刑政之苛，吟詠情性以風其上。

現實社會的得失興廢、發諸詩篇，達到教化諷諭，移風易俗的功能，故云：

> 上以風化下，下以風刺上，主文而譎諫，言之者無罪，聞之者足以戒，故曰風。……是以一國之事，繫一人之本，謂之風。言天下之事，形四方之風，謂之雅。雅者正也，言王政之所由興廢也。……頌者，美盛德之形容，以其成功告於神明者也。

由「美刺諷諭」的觀點闡述了風雅頌的意義，更說明了「風詩」根植於現實社會，以委婉譎諫使「言之者無罪，聞之者足以戒」。

此外，《毛詩》獨標興體，鄭玄以政教善惡的觀點解釋「六義」。《周禮‧春官‧大師》鄭注云：

> 風，言賢聖治道之遺化也；賦之言鋪，直鋪陳今之政教善惡；比，見今之失，不敢斥言，取比類以言之；興，見今之美，嫌於媚諛，取善惡以喻勸之；雅，正也，言今之正者以爲後世法；頌之言誦也、容也，誦今之德，廣以美之。

此漢儒「美刺諷諭」的《詩》說，容可討論，但其詩論實已奠定諷諭詩的理論基礎。

「賦之言鋪」，直鋪陳得失；「比興」則取類喻勸，較為曲隱，故後人討論頗多。王逸《楚辭章句》以比興寄託為楚辭的主要技巧，所謂「善鳥香草以配忠貞，惡禽臭物以比讒佞」。劉勰《文心雕龍·比興》也說：

> 楚襄信讒，而三閭忠烈，依詩製騷，諷兼比興。

比興諷諭之傳統自以楚騷為大成，由來已久。洎乎盛唐，詩歌大盛。杜甫感時憂國的諷諭詩作，後人推為「詩史」。〔註1〕宋胡忠愈《成都草堂詩碑序》云：

> 先生以詩鳴於唐，凡出處動息勞佚，悲歡憂樂，忠憤感激，好賢惡惡，一見於詩，讀之可以知其世，學士大夫謂之「詩史」。

杜甫「詩史」，指其詩善陳時事，寓含悲歡、忠憤及褒貶，故後人重之。龔鵬程《詩史本色與妙悟》頁24、25云：

> 詩史，乃是以敘事的藝術手法，記錄事件，而又能透顯露歷史的意義與批判的一種尊稱。

杜甫「詩史」敘事詠懷、諷刺批判兼具，乃「詩」而為「史」者，此精神為中唐元白所承繼。白居易注重詩「美刺興比」，主張「文章合為時而著，歌詩合為事而作。」其新樂府序云：

> 凡九千二百五十二言，斷為五十篇。篇無定句，句無定字，繫於意，不繫於文。首句標其目，卒章顯其志，詩三百之義也。其辭質而徑，欲見之者易喻也。其言直而切，欲聞之者深誡也。其事覈而實，使采之者傳信也。其體順而肆，可以播於樂章歌曲也。總而言之，為君、為臣、為民、為物、為事而作，不為文而作也。

白氏的諷諭詩強調「其事覈而實」，「其言直而切」，使「采之者傳信」、「聞之者深誡」。實上承風雅及漢儒詩論，近師杜甫「詩史」，其諷諭詩作及理論影響深遠。降至明末，社會動亂，政治不安。士人

〔註1〕「詩史」之名，首見於孟棨《本事詩·高逸篇》：「杜逢祿山之難，流離隴蜀，畢陳於詩，推見至隱，殆無遺事，故當時號為詩史。」

蒿目時艱，發爲吟詠，於是諷諭詩大興。梅村詩尤其受到推崇，夙有「詩史」之譽。〔註2〕其詩取法李、杜、白居易，受其漑沃頗多。故以前人理論說明諷諭詩的界定如下：

（一）諷諭詩根植於現實社會，敍事抒懷中寓含規諷勸諭。其能補史之闕，透顯歷史的意義與批判者，足堪「詩史」之名。梅村夙懷此志，故其詩以此類最多。然其詩或興歎以致諷，或含悲而痛斥等等，又善用比興手法，故其旨趣深微。因此，取捨之間，頗費斟酌。其旨趣如果只在美頌或哀悼而無諷諭之意者，自當在摒除之列。例如順治六年正月，清兵陷南昌，美曰廣投池殉國。梅村作詩哀悼，即〈讀史雜感十六首〉其十六。順治十一年春正月詔罷江寧蘇杭等處的織造，梅村作〈聞撤織造志喜〉，均堪稱「詩史」，卻非諷諭詩作。

（二）諷諭詩的表現手法，或以賦直陳，或以比興託諷。比興曲隱，加上時移世遷，使詩的本事難以確定。例如〈松鼠〉五古一詩，藉詠物來諷刺貪吏，其本事則不可知。靳榮藩云：

〔註2〕梅村詩所以有「詩史」之譽，在其所詠大半關係時世興衰之故。朱庭珍《筱園詩話》云：吳梅村詩，善於敍事，……身際鼎革，所見聞者，大半關係興衰之故，遂挾全力，擇有關存亡，可資觀感之事，製題數十，賴以不朽，此詩人取巧處也。
靳榮藩評論〈思陵長公主輓詩〉時云：梅村于故明亡國之際，可備詩史。如〈遇劉雪舫〉之敍瀛國夫人。〈永和宮詞〉之敍周后田妃，……。此外，梅村又以史筆爲詩。〈雁門尚書行并序〉一詩，靳榮藩引用陸雲士的評論云：〈雁門尚書行〉篇，以龍門之筆，行之韻語，洵詩史也。
〈送黃子羽之任四首〉其四〈新都〉一詩，靳榮藩云：《明史》贊謂大禮之議，楊廷和爲之倡，舉朝翕然同聲。大抵本宋司馬光、程頤濮園議。然英宗長育宮中，名稱素定，而世宗奉詔嗣位，承武宗後，事勢名殊，爭之愈力，失之愈深。此詩三、四已包羅此意。蓋謂世宗本敬大臣，但以尊親故去之耳。廷和之身分得失俱見。梅村詩史，不徒在抒寫時事也。
明武宗薨逝後，內閣大學士楊廷和等人迎立外藩興獻王長子朱厚熜即位，是爲世宗。世宗欲尊祀其生父興獻王，楊廷和等朝臣則引宋朝司馬光、程頤濮園議之事，力主世宗尊明孝宗爲父親。梅村〈新都〉一詩頷聯云：「先皇重元老，大禮自尊親」。可謂公允之評論。其詩有詩史之譽，不徒在抒寫時事也。

……然若穿鑿傅會，更或牽合時事，強題就我，而作者之意反晦。竊謂大手筆人，興與理會，必非泛然措詞，果意有所指，則當推闡其微。如〈杜鵑行〉之類是也。即事成詩，則當不求甚解，如〈義鶻行〉之類是也。梅村此詩體物之工，形容曲盡，即謂其譏切當時輕薄子如徐大化、阮大鋮輩，……亦儘肖作者身份。然過求甚解，必至於傅會牽合而後止，不如且就其體物處反覆吟玩，而戒小人、容小人處自于言外得之。以意逆志、多聞闕疑，兩者相兼，方可說詩。

此眞是通人之論。若穿鑿附會時事，難免有強作解人之譏。不如闕其所疑，善觀其志可矣。

　　依照上述的界定，則《吳梅村全集》一千一百三十二首詩中，諷諭詩有二百三十四首，其篇名、體裁、卷次及繫年等問題，請參見本書書末附錄。

第二章　生平與交遊

第一節　生　平

　　吳偉業，字駿公，號梅村，江南太倉州人，生於明神宗萬歷三十七年己酉（西元 1609）。據顧湄〈吳梅村先生行狀〉所言，其五世祖禮部主事諱凱，高祖河南參政諱愈，曾祖鴻臚序班諱南。自吳凱以下，三世皆葬於崑。祖吳議，因家道中落，始遷太倉。父吳琨，屢試不第，遂以授書為業。

　　顧氏〈行狀〉言梅村有異質，少多病，輒廢讀，而才學輒自進；迨為文，下筆頃刻數千言。十四歲，隨父讀書於吳繼善家之南樓。後又與繼善弟吳克孝、吳國杰等人砥礪為文。梅村好三史，能屬文，同里張溥見而歎曰：「文章正印，其在子矣。」因留受業，相率為通經博古之學。〔註1〕崇禎二年，張溥等以興復古學，致君澤民為號召，合眾文社而成復社。且為尹山大會，聲勢動朝野。梅村以其為溥之及門弟子，被好事者附會為復社十哲之一。〔註2〕

　　崇禎三年（1630）秋，赴南京省試中舉。次年會試第一，殿試第

〔註 1〕張溥賞識梅村文章之事，見顧湄〈吳梅村先生行狀〉及陳廷敬〈吳梅村先生墓表〉。此二文附見《吳梅村全集》頁 1403、1408。
〔註 2〕見馮其庸、葉君遠《吳梅村年譜》頁 32、33。

二，授翰林院編修。崇禎親閱其卷，批「正大博雅，足式詭靡」。尋蒙帝賜假歸娶，當世榮之。梅村亦自言：

> 吾一生快意，無過三聲：臚唱占雲，宮袍曜日，帶醒初上，
> 奏節戞然；錦畫御輪，綺宵卻扇，流蘇初下，放鈎鏗然；
> 海果生遲，石麟夢遠，珠胎初脫，墮地呱然。〔註3〕

所謂「奏節戞然」、「放鈎鏗然」者指其聯捷會元鼎甲，欽賜歸娶之榮耀。梅村師張溥亦同年進士。同年友則有楊廷麟、楊士聰、姜埰、左懋第等人。

此年，張溥緝廷臣溫體仁結黨諸事，繕成疏稿，授梅村參劾之。梅村立朝未久，于朝局未習練，故增損其稿，改參體仁黨蔡亦琛。〔註4〕崇禎八年（1635），入朝補原官，充實錄纂修官。崇禎九年（1636），奉命典試湖廣，宋玫為副使，分考官有龔鼎孳，梅村與二人甚相得。〔註5〕崇禎十年（1637），與楊廷麟共從黃道周學《易》，過從頗密，於道周之人品，才學極欽仰，至歎為神人。次年（1638）正月，疏劾首輔張至發，謂其懷私徇庇、固陋因循，盡襲前相溫體仁所為。疏入不報，然其直聲動朝右。又與楊士聰共劾太僕寺卿史葐諸不法事。〔註6〕

崇禎十三年（1640），上表陳述其母子抱病之情，獲改任南京國子監司樂。〔註7〕甫赴任，聞黃道周遭廷杖訊，即遣太學生涂仲吉入都上書，為道周辨冤。觸帝怒，嚴為責問主使，梅村幾不免。〔註8〕崇禎十四年（1641）五月，張溥卒。六月二十五日，被任為左中允，不赴，時已返里。自此以迄崇禎朝滅亡，始終閒居不仕。〔註9〕

〔註3〕見顧師軾《梅村先生年譜》梅村二十三歲下所引。此文附見《吳梅村全集》頁1434、1435。

〔註4〕見陸世儀《復社紀略》卷二。台北：新興。

〔註5〕見《吳梅村全集》卷二十四〈書宋九青逸事〉、及卷五十八〈梅村詩話〉。

〔註6〕同註2，頁75、85、86。

〔註7〕同註2，頁101。

〔註8〕見《吳梅村全集》卷五十七〈與子暻疏〉一文。

〔註9〕見註2，頁110。

　　崇禎十七年（1644）三月，流寇李自成下大同、宣府、居庸關，陷京師。十九日，崇禎自縊於萬壽山（煤山），是爲甲申國變。梅村時里居，聞訊號慟欲自縊，爲家人所覺，其母抱持流涕而阻止，﹝註10﹞其〈遣悶六首〉其三回憶此事，愧怍道：「故人往日燔妻子，我因親在何敢死！」忠、孝不能兩全的矛盾與衝突，使其終身鬱鬱寡歡。

　　弘光朝立，召爲詹事府少詹事，梅村上〈辭職疏〉。後赴任，見朝政腐敗，知事不可爲。而蔡奕琛已夤緣馬士英復柄用，欲修舊恨。故梅村以母病急掛冠去，﹝註11﹞事在順治二年（1645）正月。

　　崇禎十七年（順治元年，1644），梅村因舊明吏部郎王士騏賁園，拓而新之，易名「梅村」。順治二年（1645），以梅村自號。里居梅村後，懼於詩禍、史禍。每東南有獄，長慮收者在門，故閉門不通人物，﹝註12﹞以韜晦自保，並以遺民自期。然當時東南士子猶承襲明末餘風，紛結文社。梅村少年時即爲復社要員，此時已隱然爲士子領袖。因此，順治九年（1652），愼交、同聲二社有隙，梅村受錢謙益付託，作〈致雲間同社諸子書〉以居間調停。

　　此時清廷欲籠絡箝制東南士子，下柱地方疏薦人才，梅村便成了首要對象。此年四、五月間，兩江總督馬國柱薦舉梅村，梅村旋上馬書馬氏，以病辭，並於次年（1653）四月初至南京謁馬國柱，上〈辭薦揭〉，可知其堅臥不出的心志。然此年一、二月間，吏部侍郎孫承澤薦舉梅村，大學士陳名夏、陳之遴亦嘗力薦。蓋當朝多疑其獨欲高節全名，故強薦其出仕。是秋，聞徵辟詔書下，在有司敦逼、而雙親懼禍，嚴裝催發的壓力下，九月攜家人北上，次年（順治十一年，1654）初春抵京。其〈將至京師寄當事諸老四首〉其四有「記送鐵崖詩句好，白衣宣至白衣還」。懇望當朝諸老憫其心志，能如明初楊鐵崖一般，白衣宣至白衣還，其失節仕清前的哀求，令人同情。

────────────

﹝註10﹞見顧湄〈吳梅村先生行狀〉。
﹝註11﹞見程穆衡《婁東耆舊傳》〈吳偉業〉傳。附於《吳梅村全集》，頁1411。
﹝註12﹞見《吳梅村全集》卷五十七〈與子暻疏〉。

　　梅村在京，歷仕秘書院侍讀、《順治大訓》纂修官，並參與纂修
《內政輯要》。順治十三年（1656），陞國子監祭酒，然皆非要職。順
治十一年，陳名夏得罪死，十三年陳之遴獲罪被處流徙盛京，龔鼎孳
更遠謫廣東。政治上無所作爲，朋友多遭貶謫，而其繼妻浦氏又卒於
京。因此，梅村失節仕清的苦悶和亟欲歸隱之心情，時流露於詩。

　　順治十三年（1654）十月十日，其伯母張氏卒。梅村上疏乞過繼
伯父母爲嗣子，且假以奉其喪，實已作歸隱之計，無意復出。〔註13〕

　　梅村歸隱後，可謂飽經憂患。順治十五年（1658），陳之遴再獲
罪革職，并父母兄弟妻子流徙盛京，家產籍沒，梅村作〈贈遼左故人
八首〉傷其不幸。此年，清廷因試闈弊端而興起「科場案」。梅村友
人陸慶曾、孫暘、吳兆騫俱遭牽連而流徙邊地。順治十六年（1659）
五月，鄭成功、張煌言連克瓜洲、鎮江，圍江寧，江南重被戰火蹂躪。
此時梅村仲女回婁，阻於兵變，北信不至。次年忽聞其夫陳容永亦同
隨其翁丈陳之遴遭流徙，憂悸而亡。順治十七年（1660），王昊因嘉
定錢糧案牽連被逮，自蘇州械送北上。次年（1661），清廷追索錢糧
逋欠而興起「奏銷案」。王瑞國自粵罷官歸來，遭此牽累，致家業蕩
盡，梅村因部提牽累，幾至破家。雖遭褫革衣頂，卻適合其願，因從
此不須受清廷羈束。〔註14〕不久，杭人陸鸞借「通海案」傾陷梅村及
慎交、同聲二社，上書告密，首及梅村，梅村一家甚危，賴當事者營
救，事得解。〔註15〕

　　康熙元年（1662）到三年（1664），梅村連舉三字：暻、暽、暄。
老來得子，可堪告慰。此外，其聲名早著，老年已儼然爲文壇祭酒。
從遊者日眾，請求其作品者頗多。順治十七年（1660），梅村選同里
周肇、王揆、黃與堅、許旭、王撰、王昊、王抃、王曜升、顧湄、王
攄等十人之詩爲《太倉十子詩選》。此婁東（太倉）詩派，以梅村爲

　　〔註13〕見註2，頁338。
　　〔註14〕同註12。
　　〔註15〕見註2，頁411，及〈與子暻疏〉一文。

領袖。同年，其詩集付梓，名《梅村先生詩集》。康熙六年（1667），顧有孝、趙澐編定錢謙益、龔鼎孳與梅村之詩為《江左三大家詩鈔》，可見其詩為時輩推重之一般。次年（1668），《梅村集》刻成行世，是其創作豐收而接近完稿的階段。

　　康熙十年（1671），梅村曾致書冒襄，以所編之《春秋地理志》與《春秋氏族志》未能付梓為憾。病危時作〈與子璟疏〉囑其長子暻，須將友人借去之《流寇紀略》一部，收葺完全，可見對著作之殷重。而回憶一生遭際，萬事憂危，無一刻不歷艱難，無一境不嘗辛苦，自覺為天下大苦人。又自愧受前朝厚恩，卻貳仕異朝，實無面目見崇禎先帝和楊廷麟等殉國之友人。顧湄〈吳梅村先生行狀〉載其遺言：

> 吾死後，斂以僧裝，葬吾於鄧尉、靈巖相近，墓前立一圓
> 石，題曰：「詩人吳梅村之墓」，勿作祠堂，勿乞銘於人。

　　梅村卒於康熙十年（西元 1671）十二月二十四日，享年六十有三。平生著述可見者有《梅村集》四十卷、《梅村家藏稿》五十八卷、《綏寇紀略》（即《流寇紀略》）十二卷、補遺三卷、《秣陵春》傳奇二卷、雜劇《臨春閣》一卷、《通天臺》一卷。可考者有《春秋地理志》十六卷、《春秋氏族志》二十四卷等等。

第二節　交　遊

　　康熙十年秋，梅村致書（此書原註：辛亥中秋絕筆）冒襄，自謂「平生以文章友朋為性命」。顧湄〈吳梅村先生行狀〉亦云：

> 與人交，不事矯飾，煦如春風。平生規言矩行，尺寸無所
> 踰越。每以獎進人材為己任，諄諄勸誘，至老不息。喜扶
> 植善類，或懼無妄，識與不識輒為營救，士林咸樂歸之，
> 而於遺民舊老，高蹈巖壑者，尤維持瞻護之惟恐不急也。

可見梅村為人和煦，喜獎進人材，又能急人患難，篤於友誼，故人樂與之交往。

　　此節則僅擇與本文相關者言之。其生卒年可考知者，依出生年月

先後敍述。尚待考求者，則列於後。

（一）錢謙益（1582～1664）字受之，常熟人。《清史稿》言其崇禎元年任官至禮部侍郎。南都立，馬士英引爲禮部尚書。順治三年，清豫親王多鐸定江南，謙益迎降。馮銓充明史館正總裁，而謙益副之，俄乞歸。《清史稿》卷四百八十四云：

> 謙益爲文博贍，諳悉朝典，詩尤擅其勝。明季王、李號稱
> 復古，文體日下，謙益起而力振之。家富藏書，晚歲絳雲
> 樓火，惟一佛像不爐，遂歸心釋教，著《楞嚴經蒙鈔》。其
> 自爲詩文，曰《牧齋集》，曰《初學集》、《有學集》。

謙益爲一代文宗，其詩論梅村雖未必全然首肯，卻頗爲推崇。梅村〈龔芝麓詩序〉（《全集》卷二十八）云：

> 牧齋深心學社，晚更放而之於香山、劍南，其投老諸什爲
> 尤工。既手輯其全集，又出餘力以博綜二百餘年之作，其
> 推揚幽隱爲太過，而矯時救俗，以至排詆三四鉅公，即其
> 中未必自許爲定論也，誠有見於後人之駁難必起，而吾以
> 議論與之上下，庶幾疑信往復，同敝天壤，而牧齋之於詩
> 也可以百世。

所謂「三四鉅公」指前後七子李夢陽、何景明、王世貞、李攀龍等人。推揚「幽隱」者，指李流芳、程嘉燧等人。梅村一向推崇王世貞等人，其文學主張近於復古派，故與錢謙益詩論不盡合。然二人相與議論，互相推重。順治十七梅村詩集將付梓，乞序於謙益。謙益致書梅村，於其詩贊美備至， [註16] 而婁東、虞山乃當時並峙之詩派，二人既爲宗主，其門下弟子亦相友相善。康熙六年，顧有孝、趙澐編定龔鼎孳與兩人之詩爲《江左三大家詩鈔》，而謙益已卒矣。

（二）黃道周（1585～1646）字幼平，漳浦之銅山人也。徐鼐《小

〔註16〕《梅村家藏稿》卷首附錢謙益〈致梅村書〉言梅村詩：「則非精求於
韓、杜二家，吸取其神髓，而伙助之以眉山、劍南，斷斷乎不能窺
其籬落，識其阡陌也。」序文又稱贊梅村詩「其殆可學而不可能者
乎！」可謂推崇至極。

腆紀傳》卷二十三有傳云：道周，字幼平，漳浦之銅山人。銅山在孤島中，有石室。自幼坐臥其中，故其門下士稱爲石齋先生。登天啓壬戌（1622）進士，改庶吉士。歷編修，與修《國史實錄》。崇禎九年（1636），以薦，授右中允。

梅村與楊廷麟嘗從黃道周學《易》。〈梅村詩話〉言楊廷麟字伯祥，別字機部，臨江人。負直節、好強諫。遇黃道周於京邸，一見道合。崇禎十一年，黃道周上疏劾楊嗣昌、陳新甲奪情事。崇禎召對群臣於平臺，道周直諫，觸帝怒，被貶爲江西布政司都事。八月出都，梅村與楊廷麟送至都門外，[註17] 梅村作〈送黃石齋謫官〉一詩贈之，又曾賦〈殿上行〉一詩頌其正直忠諫的氣節。弘光朝立，起戶部右侍郎。南都覆滅後，黃道周與張肯堂，鄭芝龍等人奉唐王建號福州。黃道周見鄭芝龍柄國政，無經略志，故以師相募兵江西，與楊廷麟等人合力抗清。據《明史》卷二百七十八〈楊廷麟〉傳，順治二年，唐王手書加廷麟吏部右侍郎，守贛州。順治二年，黃道周兵敗被執，次年於南京從容就義。楊廷麟則於順治三年十月四日，清兵陷贛州時，從城上投濠死。

梅村甚佩服道周的氣節人格。談遷《北遊錄‧紀文》中載順治十一年梅村述道周遺事云：

> 噫！以朱雲、耿育之戇，兼信國、疊山之氣；以京房、翼奉之奧，兼董仲舒、劉向之文，曾不得以一端名之，殆神人也。

梅村譽道周爲神人，可謂讚美至極。

（三）蒼雪法師（1588～1656）師名讀徹，初字見曉，後更號蒼雪，別號南來，雲南呈貢人，俗姓趙氏。其生平見陳乃乾《蒼雪大師行年考略》。〈梅村詩話〉（《全集》卷第五十八）云：

〔註17〕《吳梅村全集》卷三十五〈送林衡者還閩序〉云：往者在長安，石齋曾以《易》傳授余及豫章楊機部。未及竟，石齋用言事得罪，相送出都門，……。

蒼雪師，雲南人。與維揚汰如師生同年月日，相去萬里，
而法門兄弟，氣誼最得。蒼住中峯，汰住華山，人以比無
著、天親焉。汰公早世，其徒道開能詩兼書畫，後亦卒。
而蒼公年老有肺疾，然好談詩。以壬辰（順治九年，1652）
臘月過草堂，謂余曰：「今世狐禪盛行，大藏教將墜於地矣。
且無論義學，即求一詩人不可復得，乃幸與子遇。我襆被
來，不曾攜詩卷，當爲子誦之。」是夜風雨大作，師語音
傖重，撼動四壁，疾動，喉間咯咯有聲，已呼茶復話，不
爲倦。漏下三鼓，得數十篇，視階下雨深二尺矣。當其得
意，軒眉抵掌，慷慨擊案，自謂生平於此證入不二法門，
禪機詩學，總一參悟。其詩之蒼深清老，沉著痛快，當爲
詩中第一，不徒僧中第一也。……師和余西田賞菊詩，有
「獨擅秋容晚節全」，全字落韻，和者甚多，無出師上者。
其金陵懷古四首，最爲時所傳。師雖方外，於興亡之際，
感慨泣下，每見之詩歌。嘗自詠云：「剪尺杖頭挑寶誌，山
河掌上見圖澄。休將白帽街頭賣，道衍終爲未了僧。」益
以見其志云。

蒼雪與汰如同爲一雨法師的上座弟子，二人生年月日又同，時人擬之
無著、天親。蒼雪〈丙戌立春曉望懷婁東吳司成梅村諸公〉（《南來堂
詩集》補編卷三上）七律云：

婁東百里別來長，夢破槐南國已亡。萬井人煙沈下界，一
時群動起東方。六街天邊迎春色，半夜空中見海光。遙憶
人龍當此際，九淵深處好潛藏。

此詩發抒亡國之痛，殷望浙、閩義師，故云：「夢破槐南國已亡」、
「一時群動起東方」、「半夜空中見海光」。末云：「九淵深處好潛藏」，
寄語諸人善自韜晦，以求保全，時爲順治三年。次年，其〈丁亥秋，
王奉常煙客西田賞菊，和吳宮詹駿公韻〉二首其二（《南來堂詩集》
卷三下）云：

傳來野圃成家世，漫比芙蓉老更妍。一笑正逢留客醉，滿
頭爭欲插花鈿。好看傲色嚴霜後，獨耐秋寒晚節全。恥向

西風鬥紅紫，避人終不受人憐。

此詩唱和梅村。〔註18〕「獨耐秋寒晚節全」一句自比霜菊，以堅貞自傲，風骨畢見。梅村云：「和者甚多，無出師上者」，當非溢美。蒼雪〈金陵懷古四首〉其三（《南來堂詩集》卷三下）云：

浪打山根斷鐵繩，降帆曾見出金陵。三軍天塹如飛渡，六月江流忽凍冰。剪尺杖頭懸寶誌，山河掌上照圖澄。可憐（憐一作堪）白帽逢人賣，道衍終爲未了僧。

文字與梅村所引小異。《明史》卷一四五言姚廣孝，長洲人。李醫家子，年十四度爲僧，名道衍，字斯道，密勸燕王起兵。燕王即帝位，授資善大夫太子少師，復其姓，賜名廣孝。查繼佐《罪惟錄》列傳卷十六姚廣孝傳云：

得見燕王藩邸，則乘間請曰：「臣觀大王骨相非常，英武冠世。今皇圖草昧，東宮仁柔，願厚自愛。大王試乞臣府中，臣奉白帽著王。」此隱語，王著白，其文皇也。

蒼雪此詩云：「休將白帽街頭賣，道衍終爲未了僧」益見其甘爲遺民，不仕新朝的志節。梅村云：「師雖方外，於興亡之際，感慨泣下，每見之詩歌。」其心有戚戚焉，此因二人詩作，均頗多興亡滄桑的情感。順治十三年閏五月，蒼雪卒。梅村遙弔故人，作〈哭蒼雪法師二首〉（《全集》卷十六）其一頸聯云：「得道好窮詩正變，觀心難遣世興亡」。其二首二句云：「說法中峯語句眞，滄桑閱盡剩閑身」。末二句云：「總教落得江南夢，萬樹梅花孰比鄰？」梅村當時在京，不得南歸，故寄慨獨深。

〔註18〕梅村詩即〈王煙客招往西田同黃二攝六王大子彥及家舅氏朱昭芑李爾公賓侯兄弟賞菊二首〉其二云：不扶自直疏還密，已折仍開瘦更妍。最愛蕭齋臨素壁，好因高燭耀華鈿。坐來艷質同杯泛，老去孤根僅瓦全（原註：蒔者以瓦束土）。若向鄰家怨移植，寄人籬下受人憐。此詩收於《全集》卷五，同卷尚有〈丁亥之秋王煙客招予西田賞菊踰月蒼雪師亦至今年予既臥病同游者多以事阻敘舊約爲之慨然因賦此詩〉七律一首。由詩題所述，梅村丁亥秋西田賞菊詩成，踰月蒼公至婁東，始有和作。

（四）文祖堯（1589～1661）字心傳，號介石，劉貢人。梅村《全集》卷第三十六〈文先生六十序〉作於順治五年，乃爲祖堯祝嘏之文，文中略言其生平出處。文祖堯滇南人，崇禎十六年爲江南太倉州學正，故州人稱爲先生。次年甲申國難後，棄官從蒼雪遊於中峰寺。後復還吳中，服僧服，盡謝其生徒，杜門不交人物。因阻於兵亂，滯於太倉曇陽觀。蒼雪《南來堂詩集》補編卷三下有〈贈廣文文介石鄉友〉七律，首二句云：「暫借曇陽作首陽，嚼來苜蓿菜根香。」二人均滇人，同以遺民自許，故有以「曇陽觀」爲「首陽」語。梅村亦有〈曇陽觀訪文學博介石兼讀蒼雪師舊跡有感〉七古一詩，末云：

> 丈夫行年已七十，天涯戎馬知何日？點蒼青、洱海白，道
> 路雖開亦無及。

此詩當作於順治十五年，文祖堯七十歲時。滇地乃桂王抗清的大本營，兵事所阻，故有「道路雖開亦無及」的感歎。梅村〈文先生十六序〉云：

> 先生所學者，堯、舜、周公、孔子之道，其於君臣父子也，
> 仕必守其官，處必歸其家，老有所以養，少有所以奉。今
> 先生居此四年矣，庶幾師弟子之禮存焉，其君臣父子之道，
> 所不行者蓋亦多矣，而謂非先生之窮歟！

可知文祖堯雖僧服而師友蒼雪，其生命人格實近於儒。未能歸鄉以盡君臣父子之道，所以有窮途之感。順治十八年，終究作歸滇之行，中道卒。

（五）瞿式耜（1590～1650）字稼軒，常熟人。據《明史》卷第二百八十〈瞿式耜〉傳及〈梅村詩話〉，崇禎九年，常熟奸民張漢儒希溫體仁指意，訐錢謙益、式耜貪肆不法。師生二人因而被逮就獄。梅村時在京師，贈以〈東皋草堂歌〉一詩，今已佚。東皋乃式耜之園林，其酷嗜沈周畫，爲耕石軒藏之。

順治三年九月，清兵破汀洲。式耜與丁魁楚等議立永明王由榔，乃迎王梧州，以十月十日監國肇慶。進式耜吏部右侍郎、東閣大學士，

兼掌史部事。順治五年秋，梅村重至常熟東皋，則式耜子伯升懼有門戶之禍，其故山別墅，皆荒蕪斥賣，無復向日之觀。梅村作〈後東皋草堂歌〉傷之。

　　順治七年十一月，清兵入桂林，執式耜和張同敞。式耜、同敞不降於清，被殺。張同敞，字別山，江陵人，明代張居正之曾孫。徐鼒《小腆紀傳》卷三十三有傳。錢謙益為詩哭式耜，式耜在囚中，亦有〈頻夢牧師〉之作。梅村謂二人師弟氣誼，出入患難十餘年，雖末路頓殊，而初心不異。梅村亦為詩哭之，其〈雜感二十一首〉其二十一（原註：為稼軒）云：

> 萬里從王擁節旄，通侯青史姓名高。禁垣遺直看封事，絕徼孤忠誓佩刀。元祐黨碑藏北寺，辟疆山墅記東皋。歸來耕石堂前夢，書畫平生結聚勞。

此詩開頭四句表彰其翼戴桂王之功及殺身成仁之義。後四句追述當年黨禍，慨歎其園林已零落，圖籍隨其風流散盡。

　　（六）王時敏（1592～1681）字遜之，號煙客，江南太倉人。自其祖王錫爵仕宦為相後，其族始光大。王時敏及其孫王原祁俱為丹青名家。清初山水「四王」，王家即居其二，另二人為王鑑、王翬。

　　梅村與王時敏同里，科名相亞。梅村亦工畫，二人談畫論藝，過從頗密，其〈王奉常煙客七十序〉（《全集》卷三十七）云：

> 兵興之後，再闢西田於距城十里之歸村，因以老農自號。蓋追念國恩，感懷今昔，雖屬賜第，遊塵寰，屢思從樵牧自放。賦調日急，生計浸微，類有所不釋於中，乃日偕高僧隱君子往來贈答，間召集梨園老樂工，用絲竹陶寫，以此行年七十，齒髮不衰，人服公之天資夷曠，而不知其寄託則固深遠矣。

鼎革後，王時敏常邀梅村、蒼雪和尚等人宴樂於西田。梅村〈琵琶行并序〉一詩即於此遇通州樂師白在湄，子或如，及舊中常侍姚公話前朝事，感慨而作。其詩集中和王時敏之詩作不少。王時敏子王抃、王揆從梅村問學。順治十七年，梅村選刊的《太倉十子詩選》，二人與

名其中。王揆子即王原祁，梅村嘗為其試稿作序。王氏一門，與梅村交情深厚矣。

（七）徐汧（1597～1645）字九一，長州人。《明史》列傳第一百五十五〈徐汧〉傳云：

> 生未期而孤。稍長砥行，有時名，與同里楊廷樞相友善。廷樞，復社諸生所稱維斗先生者也。天啓五年，魏大中被逮過蘇州，汧貨金資其行。周順昌被逮，緹騎橫索錢，與廷樞斂財經理之，當是時，汧、廷樞名聞天下。……十四年奉使益王府，便道還家。當是時，復社諸生氣甚盛，汧與廷樞、顧杲、華允誠等往復尤契。居久之，京師陷。福王召汧為少詹事。……明年（順治二年），南京失守，蘇、常相繼下。汧慨然太息，作書戒二子，投虎丘新塘橋下死。

梅村與徐汧同為復社社員。崇禎十四年，徐汧敕使益王府，行前囑梅村為其〈清風使節圖〉題詩，以頌揚兩家祖先之功德。此圖乃徐汧祖先徐仲山以武部郎奉命封鄭藩，當時諸賢贈行所作也。徐仲山與梅村高祖吳愈為同年進士，兩家本為世交。順治十一年秋，梅村在京師遇昔日徐汧家中歌伎王紫稼，作〈王郎曲〉七古一首，追憶舊友，感懷身世，語多悽惻。

（八）王瑞國（1600～1677）字子彥，別號書城，太倉人。其祖王世懋，曾官太常寺少卿。王世懋兄王世貞，曾官刑部尚書。王氏固里中高門。瑞國子王天植為梅村婿，二人以中表為兒女親家。順治五年，王瑞國五十初度，梅村贈詩祝嘏。〈贈王子彥五十四首〉其一七律頷聯云：「九成宮體銀鉤就，萬卷樓居玉軸收（原註：家有樓名萬卷）」，可見王氏乃書香世家。順治十一年，王瑞國至吏部謁選。唐孫華〈敕授文林郎廣東增城縣知縣書城王公墓誌銘〉〔註19〕云：

> ……易代之後，絕意仕進，惟與奉常煙客王公，僉憲魯岡吳公、宮詹梅村吳公交誼至篤，相約為東阡北陌之遊。意謂自此終隱矣，而告訐之禍起。時江南反側未靖，山海間

〔註19〕此轉引自馮其庸、葉君遠《吳梅村年譜》，頁171。

尚多逋盜巨奸宿猾，因緣媒蘗，聳動官府，凡郡邑中豐屋
高貲，多誣以通叛而攫取其財，所摧敗者數十百家。公既
累世卿族，產故饒裕，爲群小所窺瞰，遂掛名訟牒，毀家
行賕，僅而得免，而累世之畜已盡矣。公欲終隱不出，懲
艾前事，以門高懼及，因就吏部謁選，得粵東之增城縣，
非其志也。……

梅村〈送王子彥南歸四首〉作於王氏就吏部謁選後，其三頸聯云：「憂
患妨高臥，衰遲累遠行」，歎其憂患而多舛。

　　順治十八年，王瑞國自粵增城令罷官歸里，旋爲奏銷案牽累，家
業幾蕩盡，梅村作〈短歌〉傷其不幸。王瑞國姪王昊，字惟夏，順治
十七年因嘉定錢糧案牽累，九月被械送北上。梅村〈送王子惟夏以牽
染北行四首〉即言此事。由二人的遭遇，清初朝廷打擊江南大戶之酷
烈，可見一般了。

　　（九）吳繼善（1606～1644）字志衍，太倉人。梅村十四歲識志
衍，志衍長其三歲，兩人深相得。俱師事張溥，爲復社成員，又同爲
崇禎三年鄉試之魁選，兩人可謂少年得志。《吳梅村全集》卷第五十
二〈志衍傳〉云：

志衍博聞辯智，風流警速，於書一覽輒記，下筆灑灑數千
言，家本《春秋》，治三《傳》，通《史》、《漢》諸大家，
繼又出入齊、梁，工詩歌，善尺牘，尤愛圖繪，有元人風，
下至樗蒲、六博、彈琴、蹴踘，無不畢解。性好客，日具
數人饌，賓至者無貴賤必與均，每三爵之後，詞辨鋒起，
雜以諧謔，輒屈其坐人。余口不識杯鐺，同其醉醒；而志
衍白擲劇飲，與人決度，不勝不止，岸幘笑詠，酣飲絕叫
以爲常。生平負志節，急人患難。

梅村與吳繼善少同學，俱師事張溥，二人交情甚篤。吳繼善甚受馮元飈
賞識。元飈，字爾弢，慈谿人，曾任尙書，即〈志衍傳〉中云大司馬鄞
仙馮公。吳繼善任成都令，崇禎十七年張獻忠陷城，被殺。盡室皆被屠，
獨其弟事衍脫難歸。梅村詩文如〈志衍傳〉、〈哭志衍〉等、〈觀蜀鵑啼

劇有感四首并序〉七律等，追悼故友，情感眞摯，允爲佳構。

（十）周廷鑣（1606～1671）字元立，福建晉江人。梅村崇禎三
年赴南京省試中舉。其時座主姜曰廣、陳演。房師即周廷鑣。《吳梅
村全集》卷第二十八〈傅石澗詩序〉云：

> 余早歲受知於溫陵周芮公先生。先生以吏部郎典選，相國
> 東崖黃公時在左坊，兩公者同里同籍，有詩名，余繇及門
> 後進，唱酬切劘於其間者四五年而後別去。比亂離分隔，
> 余爲詩以郵寄先生於閩中，先生偕相國和之，……

據馮其庸、葉君遠《吳梅村年譜》崇禎八年註三云：周廷鑣於天啓七
年至崇禎七年任鎮江府推官，旋即陞爲吏部文選司主事。梅村詩序言
「以吏部郎典選」者指此。黃景昉即東崖黃公，與周廷鑣同里，且同
年進士，故詩序云：「同里同籍」。順治十一年，梅村有〈寄房師周芮
公先生四首并序〉寄閩中。周、黃二人均和之。馮其庸、葉君遠《吳
梅村年譜》康熙九年云：

> 周廷鑣道經蘇州，偉業與追話舊事，登高憑弔，感慨係之。

次年，梅村與廷鑣卒。

（十一）陳子龍（1608～1647）字臥子，松江華亭人。〈梅村詩
話〉云：

> 陳子龍字臥子，雲間華亭人。繇丁丑進士考選兵給事中，
> 殉節死，友人宋轅文收其遺稿，今並存。臥子負曠世逸才，
> 年二十，與臨川艾千子論文不合，面斥之。其四六跨徐、
> 庾；論策視二蘇；詩特高華雄渾，睥睨一世，好推崇右丞，
> 後又模擬太白，而於少陵微有異同，要亦倔強語，非繇中
> 也。初與夏考功瑗公、周文學勒卣、徐孝廉闇公同起，而
> 李舒章特以詩故雁行。號陳、李詩，繼得轅文又號三子詩，
> 然皆不及。當是時，幾杜名聞天下。臥子眼光奕奕，意氣
> 籠罩千人，見者無不辟易。登臨贈答，淋漓慷慨，雖百世
> 後猶想見其人也。嘗與余宿京邸，夜半謂余曰：「卿詩絕似
> 李頎。」又誦余〈雒陽行〉一篇，謂爲合作。

引文所語臨川艾南英千子，以制藝聞名當時，與子龍論文不合。
《吳梅村全集》卷二十四梅村〈復社紀事〉云：

> 千子之學，雅自命大家，孰於其響南豐、臨川兩公之言，
> 未嘗無依據。顧爲人褊狹矜愎，不能虛公以求是。嘗燕集
> 弇州山園，臥子年十九，詩歌古文傾一世，艾旁睨之，謂
> 此年少何所知，酒酣論文，仗氣罵坐，臥子不能忍，直前
> 毆之，乃嘿而逃去。

子龍與艾南英論文一事，可見其年少意氣。梅村與其交往，當始於崇
禎二年復社、幾社相繼成立時。二人時有詩酒唱和，甚相得。馮其庸、
葉君遠《吳梅村年譜》崇禎四年春，二人在京偕社友張溥、楊廷樞、
徐汧、杜麟徵、萬壽祺、彭賓、宋徵璧、夏允彝等游處，擬立燕臺之
社，以繼前後七子之跡，後以陞落未果。

陳子龍爲幾社魁首，與宋徵輿、李雯稱雲間三子。宋徵輿字直方，
一字轅文，號林屋。李雯字舒章。三人詩齊名，然梅村以爲宋、李二
人不及子龍。陳子龍初與同邑夏考功瑗公、周文學靳卣、徐孝廉闇公
同起。夏考功瑗公即夏允彝，字彝仲。徐孝廉闇公即徐孚遠。順治二
年，南都破，吳江總兵吳志葵以兵恢復松江，陳子龍自爲監軍。事敗，
松江破，夏允彝自投松塘死。子龍以祖母在，匿深山。後因吳勝兆事，
獄連子龍，被逮。順治四年五月十三日乘間投水死。徐孚遠於松江破
後，遁入海，死於島中。

梅村與子龍俱有詩名於時。王漁洋《香祖筆記》卷二盛讚子龍七
律之成就，言其

> 沈雄瑰麗，近代作者，未見其比，殆冠古之才。一時瑜亮，
> 獨有梅村耳。

對二人推舉極矣。

（十二）陳之遴，字彥升，浙江海寧人。其四子容永，字直方，
爲梅村婿。梅村爲其仲女所作〈亡女權厝誌〉云：

> 陳，海寧大姓也，今相國初在翰林與余同官，其生子女也
> 又同歲，相國之父中丞公以請婚，年十八始禮成，歸於相

國子孝廉容永字直方。

梅村仲女生於崇禎十年，順治十一年婚禮成，歸於陳容永。陳之遴曾
兩授弘文院大學士，一在順治九年，一在順治十二年。順治十三年，
陳之遴獲罪，謫居盛京。十五年夏，又因賄結太監吳良輔被革職，并
父母兄弟妻子流徙盛京，家產籍沒。〈亡女權厝誌〉云：

> 當相國再以它事下請室，家人咸被繫。……獄旬月而後讞，
> 全家徙遼左，用流人法，不得為前月比。獨子婦不在遣
> 中，……

此誌言其仲女順治十六年回婁。不久，江上之役作，北信不至，州人
一日數驚，其女因積憂勞久，病咯血，常就醫郡城。梅村憐其無依，
父女常相守。陳容永右目眇，於律，廢疾者贖，可免流徙邊地，故梅
村〈寄懷陳直方四首〉其一以「可憐諸子壯，不料闔門收。要路冤誰
救，寬恩病獨留」數言來寬慰其女。次年二月，梅村偶過蘇州拙政園，
見園內山茶花盛開，作〈詠拙政園山茶花并引〉一詩，詠物抒懷，傷
陳之遴之遭遇。四月，聞陳容永亦遭遣邊，其女憂悸嘔血，遂於五月
六日卒。

（十三）穆雲桂，字苑先，梅村〈穆苑先墓誌銘〉云：

> 自余生十一始識君，居同巷，學同師，出必偕，宴必共，
> 如是者五十年。

二人交情五十年，相知甚深。〈墓誌銘〉言其性質識度，以和平安雅
為長，察機宜，中肯綮，諸公往往從而決策。為人豐頤彊飯，腰腹甚
寬，寡思慮，節嗜欲，無室家塵俗之累，安居養生。

穆苑先的祖父、父親善醫。梅村少時曾就其齋讀書。〈墓誌銘〉
云：

> 余之初就君齋讀書也，有同時遊處者四人：志衍、純祜為
> 兄弟，魯岡與之共事，其輩行差少，皆吳氏，余宗也；鄰
> 舍生孫令修亦與焉。自午、未後十餘年，余與四人者先後
> 成進士，而吾師張西銘先生方以復社傾東南，君進而從游。
> 先生之幼弟曰救庵，其遇君特厚。同社中推朱子昭芑、周

子子俶，皆與君交極深，此吾黨友朋聚會之大略也。

穆苑先與梅村諸人均爲復社社員。其中吳繼善，字志衍；其弟吳國杰，字純祜；吳克孝，字人撫，號魯岡，此三人與梅村同宗；孫以敬，字令修，號浣心，爲鄰舍友。而朱明鎬，字昭芭，梅村舅氏；周肇，字子俶；張王治，字無近，號教庵，張溥弟。眾人皆居太倉，此梅村友朋聚會之大略也。

梅村與吳繼善、吳國杰、吳克孝等人先後成進士。惟穆苑先不遇，自傷連蹇，逃於酒、禪。然穆苑先篤於友誼。〈墓誌銘〉云：

> 令修官閩中，君過建溪以送之，因留噉荔枝，商所以爲治，甌寧之政遂爲八閩最。余叨貳陪雍，君來訪雞籠講舍，流連浹旬，恣探冶城諸名勝，與其賢者相結而後歸。無何，亂離大作，吾等諸人皆引去，謀與君偕隱海濱。已而教庵驟顯。教庵由睦之桐廬令入爲給諫，君爲之上嚴灘者三，過京師者再，得以盡交浙東、河北諸長者。教庵戇直好言事，君引禍福與之爭，即逆耳無少避。諸公聞之皆曰：「穆君、黃門之益友也。」晚而從純祜於汝南之確山，純祜仕宦失志，所守又山城殘破，本不足以屈知己，君特徇舊交之請，雖至顛踣道途無所恨，然亦自此東歸，不復出矣。

穆苑先與張王治交情甚篤，黃門乃官銜，指張王治。穆苑先晚年從吳純祜於汝南之確山，後歸太倉，梅村爲作〈贈穆大苑先〉一詩。梅村晚年，知交零落，惟與穆氏等少時友人遊山水，往來於佛寺，因此，梅村有〈丁未三月廿四日從山後過湖宿福源精舍〉、〈廿五日偕穆苑先孫浣心葉子聞允文游石公山盤龍石梁寂光歸雲諸勝〉、〈遊石公歸是夜驟雨明晨微霽同諸君天王寺看牡丹〉五古三首。以及〈同孫浣心郁靜巖家純祜過福城觀華嚴會〉七律等詩。

穆苑先初娶陸氏，生一男，殤。繼室徐氏，能勤苦佐助。竟無子。其沒也，從所善學佛慈公浴於福城精舍，引襪失衣，輿歸，遂不復言。夙貧，教庵經紀其喪，始克斂。其亡之一日，猶徒步訪梅村，梅村適有百里行，欲與俱，不果。比梅村歸，已不復見矣，故傷痛尤甚。

　　（十四）卞玉京，其生平傳略見梅村〈過錦樹林玉京道人墓并傳〉
云：

> 玉京道人，莫詳所自出，或曰秦淮人，姓卞氏。知書，工
> 小楷，能畫蘭，能琴。年十八，橋虎丘之山塘。所居湘簾
> 棐几，嚴淨無纖塵，雙眸泓然，日與佳墨良紙相映徹。見
> 客初亦不甚酬對，少焉諧謔間作，一坐傾靡。與之久者，
> 時見有怨恨色，問之輒亂以它語，其警慧雖文士莫及也。
> 與鹿樵生一見，遂欲以身許，酒酣拊几而顧曰：「亦有意
> 乎？」生固為若弗解者，長歎凝睇，後亦竟弗復言。

玉京與梅村相遇於蘇州，玉京欲以身許，梅村弗應。順治七年，梅村
至常熟錢謙益家，因錢氏之力欲邀致玉京，終弗能，引為恨事，並作
〈琴河感舊四首并序〉，此事〈梅村詩話〉云：

> 女道士卞玉京字雲裝，白門人也。……後往南中，七年不
> 得消息。忽過尚湖，寓一友家不出。余在牧齋宗伯座，談
> 及故人，牧齋云力能致之，即呼輿往迎。續報至矣，已而
> 登樓，託以妝點始見，久之云痁疾驟發，請以異日訪余山
> 莊。余詩云：「緣知薄倖逢應恨，恰便多情喚卻羞。」此當
> 日情景實語也。又過三月，為辛卯初春，乃得扁舟見訪，
> 共載橫塘，始將前四詩書以贈之。……玉京明慧絕倫，書
> 法逼真黃庭，琴亦妙得指法。余有〈聽女道士彈琴歌〉及
> 〈西江月〉、〈醉春風〉填詞，皆為玉京作，……。

可知二人緣慳一面，至三月後辛卯（順治八年）初春再遇，乃共載蘇
州橫塘，梅村始贈以前作四詩。玉京著黃衣作道人裝，為坐客鼓琴，
述弘光帝選妃事，梅村感賦〈聽女道士卞玉京彈琴歌〉。玉京後歸於
東中一諸侯，不得意，進其婢柔柔奉之，乞身下髮，依良醫保御鄭三
山，誠心向佛，持課誦戒律甚嚴。卒後葬於惠山祇陀菴錦樹林之原，
梅村過而以詩憑弔，追憶昔遊，深致慨歎。

第三章 寫作志向和態度

第一節 創作詩史，諷切當世之志

梅村身遭鼎革之際，閱歷興亡，發爲諷諭吟詠之詩，往往能覘見一代盛衰消息。此歸功其寫作態度嚴謹詳實，並夙懷創作詩史以諷切當世之志。

梅村通籍入仕後，目睹朝政日非，時有激切的諷諭之作。崇禎十一年，黃道周因屢疏批評朝廷用人非當，觸帝怒，被貶爲江西布政司都事。梅村感賦〈殿上行〉，頌其風節。同年，其友楊廷麟疏劾兵部尚書楊嗣昌，嗣昌恚，詭薦其知兵，改任廷麟兵部職方主事，贊畫盧象昇軍。不久，象昇與清兵戰，太監高起潛坐視不援，象昇遂敗死賈莊（即古代鉅鹿）。廷麟上書直陳始末，遭貶秩。梅村讀其〈悲鉅鹿詩〉，感賦〈讀楊參軍悲鉅鹿詩〉云：「身雖濩落負知交，天爲孤忠留信史」，深惜此詩史之作。次年，廷麟至太倉與梅村聚飲，梅村爲作〈臨江參軍〉，錢謙益作短歌，程嘉燧爲畫〈髯參軍圖〉。〈梅村詩話〉論此詩云：

> 余與機部相知最深，於其爲參軍周旋最久，故於詩最真，
> 論其事最當，即謂之詩史可勿愧。

其詩云「余與交十年，弱節資扶植。忠孝固平生，吾徒在眞實」。可

見梅村以詩史自負，務求「詩眞」、「論當」，實受到廷麟文章志節的砥礪。此後屢有感時諷諭之作，如〈襄陽樂〉〈雒陽行〉等詩。

及其退隱「梅村」，感慨興亡，其詩〈圓圓曲〉指斥降將吳三桂、〈蘆洲行〉諷刺「蘆政」、〈鴛湖曲〉寓亡國之痛。梅村所以濡忍苟活，實隱含創作「詩史」之志。故其〈哭志衍〉記述吳志衍死難，詩云：

> 後來識死事，良史曾誰確？

哀傷之餘，不忘將志衍死節表於詩篇。順治九年春他到嘉興輯纂《綏寇紀略》，記述流寇始末，欲爲史著。次年梅村承薦出仕，本非其願，北上臨行時，陸世儀贈詩云：「湖山消半臂，祕院修前史」，〔註 1〕以修史之事相期，實深知梅村者。

梅村在京諸作，如〈臨淮老妓行〉、〈松山哀〉、〈雁門尚書行并序〉等詩，追逐前朝興亡，關乎一代之史，頗受後人推崇。〔註 2〕其著作動機可覽其同時作品〈銀泉山〉云：「總爲是非留信史」。是非得失可賴詩以傳，又何嘗不可以圖畫明之？〈題崔青蚓洗象圖〉七古云：

> ……十餘年來人事變，碧雞金馬爭傳箭。越人善象教象兵，扶南身毒來酣戰。惜哉崔生不復見，畫圖未得開生面。若使從軍使趙佗，蒼梧城下看如練。更作昆明象戰圖，止須一疋鵝溪絹。

畫家崔青蚓的作品毀於甲申兵火，〔註 3〕睹其遺圖，慨歎其未及圖摹

〔註 1〕陸世儀的詩見《陸陳二先生詩文鈔》中《桴亭先生詩鈔》卷四〈五君詠送吳梅村太史北赴徵車〉其三〈宋宋祁〉，陸氏以梅村比之宋祁。同時胡介有〈送吳梅村被徵入都〉詩四首，其一云：「身隨杞宋留文獻，代閱商周重鼎彝」亦以修史、存史之事相期。見《旅堂詩文集》。以上轉引自馮其庸、葉君遠《吳梅村年譜》，頁 265。

〔註 2〕趙翼〈甌北詩話〉卷九云：「梅村身閱鼎革，其所詠多有關於時事之大者。如〈臨江參軍〉、〈南廂園叟〉、〈永和宮詞〉、〈雒陽行〉、〈殿上行〉、〈蕭史青門曲〉、〈松山哀〉、〈雁門尚書行〉、〈臨淮老妓行〉、〈楚兩生行〉、〈圓圓曲〉、〈思陵長公主輓詞〉等作，皆極有關係。……此詩人慧眼，善於取題處。」對此數首詩的內容及取材，頗表推崇。

〔註 3〕談遷《北游錄·紀聞上》云：「都人崔青蚓，順天諸生也。善繪，軏守寂，無子，贅婿無賴，盡破其產。甲申之亂，竟餒死。吳駿公先生題其〈洗象圖〉云：」此崔青蚓生平大略。

滇戰以爲「圖史」，梅村想必心有戚戚焉。

順治十七年，梅村訪李玉於蘇州，爲其〈清忠譜〉作序云：

> 逆案既布，以公事填詞傳奇者凡數家，李子玄玉所作《清
> 忠譜》最晚出，獨以文肅公與公（周順昌）相映發，而事
> 俱按實，其言亦雅馴，目之信史可也。

李玉《清忠譜》傳奇描寫閹宦魏忠賢迫害忠良周順昌等人。「其事俱
按實，其言亦雅馴」，可視爲信史。可見詩歌、詞曲、圖畫又何嘗不
能映發、證明、記錄、闡釋歷史？此外，梅村〈且樸齋詩稿序〉（《全
集》卷六十）主張：「古者詩與史通」的詩史觀念。序文云：

> 古者詩與史通，故天子採詩，其有關世運升降、時政得失
> 者，雖野夫游女之詩，必宣付史館，不必其爲士大夫之詩
> 也；太史陳詩，其有關於世運升降，時政得失者，雖野夫
> 游女之詩，必入貢天子，不必其爲朝廷邦國之史也。

詩與史通，故天子採詩，太史陳詩，重視其關乎世運升降，時政得失
者，不必論作者之階層。梅村既以創作詩史爲志，復強調詩要諷切當
世，後者實爲前者觀念的進一步闡發。順治六年，爲彭賓《偶存草》
詩集作序。其〈彭燕又偶存草序〉（《全集》卷二十八）云：

> 余同年彭燕又刻其詩《偶存草》以示余，曰：「吾之詩以散
> 佚不及存，以避忌不敢存，故所存止此，以名吾篇也，子
> 爲我序之。」余曰：「子之言偶存也，而僅詩云乎哉？……
> 古來詩人，處極盛之世，應制雍容，從軍慷慨，登臨贈答，
> 文酒流連，此縱志極意者所爲詩也；其次即仕宦偃蹇，坎
> 壈無聊，發爲微吟，諷切當世，知之者以爲憐，不知者亦
> 無以爲罪：彼皆有詩之樂而無其累者也，豈吾與燕又所遇
> 之時哉？」

彭賓詩因避忌、散佚，未能備存，故名詩集《偶存草》。梅村慨歎之
餘，思及知交零落，自覺如「偶存之人」。身處亂世，偃蹇坎壈，作
詩自當以諷切當世爲要。觀《吳梅村全集》收詩一千一百三十二首，
諷諭詩有二百三十四首，佔全數五分之一強。且自其年少通籍入仕後

到晚年，其間雖歷盡患難，其創作卻未曾中輟。可見其強調詩宜諷切時世，並躬自力行，非一時憤世之語。其創作詩史，諷切當世的寫作態度，殆無可疑。

第二節　嚴謹詳實的態度

梅村寫作態度嚴謹，由取材上可見。〈臨江參軍〉（原註：楊公廷麟，字伯祥，臨江人。崇禎中以兵部贊畫參督師盧象昇軍事）〔註4〕云：

> 臨江髯參軍，負性何貞栗。上書請賜對，高語爭得失。左右為流汗，天子知質直。公卿有闕遺，廣坐憂指摘。鷹隼伏指爪，其氣常突兀。同舍展歡謔，失語輒面斥。萬仞削蒼崖，飛鳥不得立。余與交十年，弱節資扶植。忠孝固平生，吾徒在真實。去年羽書來，中樞失籌策。桓桓盧尚書，提兵戰疾力。將相有纖介，中外為危慄。君拜極言疏，夜半片紙出。贊畫樞曹郎，遷官得左秩。天子欲用人，何必歷顯職。所恨持祿流，垂頭氣默塞。主上憂山東，無能恃緩急。投身感至性，不敢量臣力。受詞長安門，走馬桑乾側。但見塵滅沒，不知風慘慄。四野多悲笳，十日無消息。蒼頭草中來，整暇見紙墨。唯說尚書賢，與語材挺特。次見諸大帥，驕懦固無匹。逗撓失事機，倏忽不相及。變計趣之去，直云戰不得。成敗不可知，死生余所執。余時讀其書，對案不能食。賈莊敗問至，南望為於邑。忽得別地書，慰藉告親識。云與副都護，會師有月日。顧恨不同死，痛憤填胸臆。先是在軍中，我師已孔亟。剽略斬亂兵，掩面對之泣。我法為三軍，汝實飢寒極。諸營勢潰亡，群公意敦逼。公獨顧而笑，我死則塞責。老母隔山川，無緣寄悽惻。作書與兒子，勿復收吾骨。得歸或相見，且復慰家室。別我顧無言，但云到順德。犄角竟無人，親軍惟數百。是夜所乘馬，嘶鳴氣蕭瑟。椎鼓鼓聲哀，拔刀刀芒澀。公

〔註4〕此詩《梅村詩話》所載和《梅村詩集》頗有出入，後者為定稿，故引用後者。

知爲我故，悲歌壯心溢。當爲諸將軍，揮戈誓深入。日暮
箭鏃盡，左右刀鋋集。帳下勸之走，叱謂吾死國。官能制
萬里，年不及四十。詔下詰死狀，疏成紙爲濕。引義太激
昂，見者憂讒疾。公既我先亡，投跡復奚恤。大節苟弗明，
後世謂吾筆！此意通鬼神，至尊從薄讁。生還就耕釣，志
願自此畢。匡廬何巉嶪，大江流不測。君看磊落士，艱難
到蓬蓽。猶見參軍船，再訪征東宅。風雨懷友生，江山爲
社稷。生死無愧辭，大義照顏色。

此詩概括楊廷麟書信的大意。從「蒼頭草中來，整暇見紙墨」到「予
時讀其書，對案不能食」爲第一信；「忽得別地書，慰藉告親識」到
「官能制萬里，年不及四十」乃楊廷麟受詔，直以實情上報之書。其
中「作書與兒子，勿復收吾骨。得歸或相見，且復慰家室」四句則是
楊廷麟書中引用盧象昇家書語。〈梅村詩話〉云：

機部受詔，直以實對。慈谿馮鄴仙得其書，謂余曰：「此疏
入，機部死矣！」爲定數語。機部聞之則大恨。先是嗣昌
遣部役張姓者偵賈莊，而其人談盧公死狀，流涕動色。嗣
昌榜笞之，楚毒倍至，口無改辭，曰：「死則死耳，盧老爺
忠臣，吾儕小人，敢欺天乎？」遂以考死。於是機部貽書
馮與余曰：「高監一段，竟爲刪卻，後世謂伯祥不及一部役
耶？」然機部竟以此得免。

梅村用此以入詩，運用第一手資料。故其自負此詩最眞實，非妄語。
　　取材謹慎之外，對於敍述者的身分，亦注重求證。例如〈吳門遇
劉雪舫〉云：

出門遇高會，雜坐皆良朋。排闥一少年，其氣爲幽并。羌
裘雖裹膝，目乃無諸傖。忽然笑語合，與我談生平：亡姑
備宮掖，吾父天家婚。先皇在信邸，降禮如諸甥。長兄進
徹侯，次兄拜將軍。先皇早失恃，寤寐求音形。太廟奉睿
容，流涕朝群臣。新樂初受封，搢笏登王廷。至尊亦豐頤，
一見驚公卿。兩宮方貴重，通籍長安門。周侯累纖微，鄙
哉無令名。田氏起輕俠，賓客多縱橫。不比先后家，天語

頻諄諄。獨見新樂朝，上意偏殷勤。愛其子弟謹，憂彼倖給貧。每開十三庫，手賜千黃金。長戈指北闕，鼕鼓來西秦。寧武止一戰，各帥皆投兵。漁陽股肱郡，千里無堅城。嗚呼四海主，此際惟一身。彷彿萬歲山，先后輜軿迎。辛苦十七年，欲訴知何因。今纔識母面，同去朝諸陵。我兄聞再拜，慟哭高皇靈。烈烈鞏都尉，揮手先我行。寧同英國死，不作襄城生。我幼獨見遺，貧賤今依人。當時聽其語，剪燭忘深更。長安昔全盛，曾記朝元正。道逢五侯騎，顧晰爲卿兄。即君貌酷似，豐下而微黔。貴戚諸舊游，追憶應難真。依稀李與郭，流落今誰存？君曰欲我譚，清酒須三升。舊時白石莊，萬柳餘空根。海淀李侯墅，秋雁飛沙汀。博平有別業，乃在西湖濱。惠安蓄名花，牡丹天下聞。富貴一朝盡，落日浮寒雲。走馬南海子，射兔西山陰。路傍一寢園，御道居人侵。碑鑴孝純字，僵石苺苔青。下馬向之拜，見者疑王孫。詢是先后姪，感歎增傷心。落魄游江湖，蹤跡嗟飄零。傾囊縱蒲博，劇飲甘沉淪。不圖風雨夜，話舊同諸君。已矣勿復言，涕下沾衣襟。

由「出門遇高會，雜坐皆良朋」到「當時聽其語，剪燭忘深更」記述與王室貴戚劉雪舫相遇，聽其話前朝事。「長安昔全盛，曾記朝元正」到「依稀李與郭，流落今誰存？」是梅村追憶，欲映證其實，故有「貴戚諸舊游，追憶應難真」等語。俟雪舫敘畢，梅村始釋疑而涕零，求證的審慎態度在組織章法上表現無遺。又如〈臨淮老妓行〉諷刺明代東平侯劉澤清驕淫反覆，恣虐淮安，由其歌妓多兒口述，多一分真實。但多兒其人呢？詩云：「依然絲管對東風，坐中尚識當時客。」有熟識者爲證，再無可疑。

　　至於傳疑之事，其語氣常有所保留。〈清涼山讚佛詩〉四首寫董妃承寵，薨後備極哀榮。順治因傷痛而佞佛，曾有出家的念頭。其二云：
　　微聞金雞詔，亦由玉妃出
《東華錄》順治十七年十一月壬子朔云：
　　諭刑部：朕覽朝審招冊，待決之囚甚眾，雖各犯自罹法網，

國憲難寬，但朕思人命至重，概行正法，於心不忍。明年
歲次辛丑，值皇太后本命年普天同慶，又念端敬皇后彌留
時，諄諄以矜恤秋決爲言，朕是以體上天好生之德，特沛
解網之仁。見在監候各犯，概從減等使之創艾省改，稱朕
刑期無刑，嘉與海内維新之意。爾部即會同法司，將各犯
比照減等例，定擬罪名，開具簡明招冊具奏。

孟森〈世祖出家事考實〉〔註5〕云：

據此諭則減刑明言從端敬后彌留之屬，然則爲后生人以求
冥福耳。先以皇太后本命爲言，本命云者，太后丑年生，
肖屬牛，至辛丑亦牛年也。蓋孝莊文皇后於康熙二十六年
丁卯崩，壽七十五，上推生年爲明萬曆四十一年癸丑，至
順治十八年辛丑四十九歲。夫以本命年爲普天同慶，世無
其例，無非爲端敬肆赦，強加太后作一口實。詩言「微聞
金雞詔，亦由玉妃出，」略作傳疑之詞，詩人之忠厚耳。

世祖因董鄂妃彌留所囑諭詔減刑，卻以皇太后本命年慶誕爲名，因此
梅村語氣保留，是其謹愼處。至於詳實而可信者，往往可以補史之不
足。例如〈木棉吟〉詩序敍述木棉的產地、播遷及上海、嘉定、太倉
等地綿紡的興衰、沿革，猶如該地木棉業的簡史。而詩云：

種花先傳治花法，左足先窺踏車捷。豨膏滑軸運雙穿，鐵
峽黏雲吐重疊。椎弓絃急雪飄搖，白玉裝成絮萬條。兩指
按來聲不斷，一輪明月影蕭蕭。

詩中言整治棉花的過程歷歷可見，得力於詳實的描寫。〈馬草行〉憤
慨催徵馬草的酷政，詩云：

……府帖傳呼點行速，買草先差人打束。香芻堪秣飽驊騮，
不數西涼誇苜蓿。京營將士導行錢，解戶公攤數十千。長
官除頭吏乾沒，自將私價僦車船。苦差常例須應免，需索
停留終不遣。百里曾行幾日程，十家早破中人產。半路移
文稱不用，歸來符取重裝送。推車挽上秦淮橋，道遇將軍
紫騮鞍。轅門芻豆高如山，長衫沒髁看奚官。黃金絡頸馬

〔註5〕見孟森《清初三大疑案考實》，台北，夏學社，頁66、67。

肥死，忍令百姓愁饑寒。……

苛刻的催徵，長官胥吏的貪污；朝令夕改，枉費民力，再對照上位者
的優養，令人憤怒。靳榮藩〈蘆洲行〉注中提到：

〈馬草行〉解戶公攤、苦差、除頭等等，皆係詩中創見，
蓋梅村有意學杜故也。

詩中實錄當時口語，頗具創見。而此詩詳實處可覘知時弊，類似的例
子不少。梅村所以有「詩史」之譽，觀其寫作態度可知。

第四章 題材與旨趣

第一節 題　材

　　梅村諷諭詩的題材包羅甚廣，大抵可分人物、事件兩大類。前者如「皇室宮闈」、「遺民士子」、「藝人伶伎」、「忠臣、奸佞及降將」；後者如「朝政軍事」、「戰亂流離」、「吏治民生」等方面，試分述如下：

一、皇室宮闈

　　梅村此類作品中以〈雒陽行〉一詩最先寫成，當在崇禎十六年十七月福王由崧襲封後。由崧父常洵爲神宗與鄭貴妃所生，死於崇禎十四年流寇破洛陽時，此詩即詠其身世。而〈清涼山讚佛詩〉寫於順治十八年清世祖崩逝，其遺詔已頒布之後，時間上最晚完成。而明神宗到思宗等皇帝的宮闈事，又見於〈銀泉山〉、〈琵琶行并序〉等詩。皆作於甲申國變後，詩中揭露后紀的爭嫡爭寵、外戚的豪奢暴虐，以及勝國王孫的淪落感和亡國之痛。

　　詩詠南明諸帝者，如〈讀史雜感十六首〉其五、其十二、其十四，〈行路難十八首〉其三、其六，〈雜感二十一首〉其八，〈勾章井〉及〈聽女道士卞玉京彈琴歌〉等。而〈雜感二十一首〉其三則詠清初攝政王多爾袞。此多以擬古詠史的形式來諷切時事，觀其詩題可知。而

題名「雜感」者，看似不鄭重，其實內容深刻。此或因事涉宮闈，忌於時諱，而如此命題。

二、遺民士子

明代遺民，就廣義指明亡後不再干謁祿位的人，而不僅狹義的專指因忠於前朝而退隱者。〔註1〕

甲申國變後，梅村被弘光朝召為詹事府少詹事。因與馬士英、阮大鋮不合，次年正月即歸里。閉門不通人物，欲以遺民終老，其詩屢言之。例如〈讀史雜詩四首〉其三刺薦舉者。〈毛子晉齋中讀吳匏庵手抄宋謝翺西臺慟哭記〉言遺民之慟。此外，〈國學〉、〈贈吳錦雯兼示同社諸子〉、〈途中遇雪即事言懷〉諸詩亦披露其志。

至於〈行路難十八首〉其四、其八、其十、其十三、其十八則自悲身世。以上諸詩皆作於仕清之前。

梅村失節出仕後，每自慚自愧。此見於〈寄房師周芮公先生四首并序〉、〈退谷歌〉、〈王郎曲〉、〈通玄老人龍腹竹歌〉、〈礬清湖并序〉、〈題二禽圖〉、〈遣悶六首〉、〈廿五日偕穆苑先孫浣心葉子聞允文遊石公山盤龍石梁寂光歸雲諸勝〉等詩。至於〈偶成十二首〉其一為自憐身世之作。

此外，詩詠遺民者，如：

（一）〈東萊行〉為姜如農，如須兄弟作，並以遺民之志互勉。

（二）〈汲古閣歌〉稱舉毛晉以遺民之心作典藏出版書籍之事業。

（三）〈贈吳錦雯兼示同社諸子〉詠吳錦雯等人。

（四）〈西田招隱詩四首〉其三為王時敏作。

〔註1〕「明遺民」一詞之界定，依照何冠彪〈論明遺民之出處〉一文所云。收於其《明末清初學術思想研究》一書。此文註1對此詞有清楚之解說。William Peterson 指出，有些遺民在明亡以前已前退隱，可是入清以後，他們卻被人誤會是為了不仕二主而引退；另有些不仕清的遺民，在明亡時尚未成長，他們拒絕出仕，或許祇受到父兄殉國的影響，所以嚴格來說，他們的行徑祇是孝順的表現，並非出自忠心。何氏因此將「明遺民」一詞作廣義的界定。

（五）〈題蘇門高士圖贈孫徵君鍾元〉詠孫夏峰。

（六）〈曇陽觀訪文學博介石兼讀蒼雪師舊跡有感〉贈文介石。

（七）〈白燕吟〉贈單恂。

贈士子的詩篇，如：

（一）〈贈穆大苑先〉安慰穆氏連蹇之遭遇。

（二）順治十四年，科場案起，因此案而被牽連之考官及士子，
　　　或被斬，或被流徙。梅村友人陸慶曾、孫暘、吳兆騫等人
　　　亦遭禍而被流徙。梅村作〈贈陸生〉、〈吾谷行〉、〈悲歌贈
　　　吳季子〉三詩分別贈之，以傷其不幸。

言謫宦失路之悲者，如〈贈遼左故人八首〉其一、其三及〈詠拙
政園山茶花并引〉，皆為陳之遴作。

三、藝人伶伎

　　梅村〈琵琶行并序〉一詩敍述崇禎十七年以來亂離事，兼詠通州
琵琶名手白在湄，子或如。〈聽女道士卞玉京彈琴歌〉亦詠及歌伎卞
玉京的遭遇。〈臨淮老妓行〉藉歌妓冬兒之遭遇來指斥降將劉澤清。〈題
崔青蚓洗象圖〉哀憐畫家崔氏死於戰亂，遺圖零落。〈題劉伴阮凌煙
閣圖并序〉詠畫家劉伴阮之畫作，兼及崔青蚓、陳章侯。〈楚兩生行
并序〉則詠說書人柳敬亭及善歌者蘇崑生。

四、忠臣、奸佞及降將

　　世運之盛衰每繫乎人心之邪正。

　　梅村自通籍入仕後，目睹權相奸臣誤國，而忠臣正直者反遭貶
謫、廷杖。直言疏劾之餘，亦以詩篇褒貶善惡，多激切之情。

　　（一）詩詠崇禎朝的廷臣及將領，可分為：

　　1. 忠諫之臣：如〈殿上行〉、〈送黃石齋謫官〉、〈傅右君以諫死，
其子持喪歸臨川〉、〈送姚永言都諫謫官〉、〈哭志衍〉等詩，分別詠黃
道周、傅朝佑、姚永言、吳繼善等人。〈行路難十八首〉其十一則借

詠史以哀憐因直諫獲罪而慘遭仇殺者。

2. 閹黨及奸臣：詩詠此者，如〈蠹簡〉諷刺延、西二撫因貪婪而招盜。〈送宛陵施愚山提學山東三首〉其二諷刺齊人張至發。〈讀史雜詩四首〉其二則借詠史刺溫體仁黨薛國觀。〈田家鐵獅歌〉諷刺輔臣王應熊夤緣田弘遇而貪狠不法事。〈鴛湖曲〉借吳昌時湖墅的毀壞，諷刺其貪贓枉法而亡。

3. 禦清剿寇的將領：詠禦清將領者，如〈詠史十二首〉其五、〈雜感二十一首〉其十九詠孔有德、耿仲明登萊之叛及孫元化兵敗棄市之事。〔註2〕〈詠史十二首〉其九等則借詠史，分別詠袁崇煥，叛將孔有德、耿仲明、孫可望等人。〈懷楊機部軍前〉、〈再憶機部〉、〈臨江參軍〉、〈讀楊參軍悲鉅鹿詩〉等則詠楊廷麟參贊督師盧象昇軍之始末。

順治十二年，梅村作〈松山哀〉，哀憐崇禎十五年松山戰役中殉難的將士，斥責洪承疇變節降清。同年的〈雁門尚書行并序〉一詩則追述崇禎十六年，孫傳庭兵敗潼關而殉國事。

盧象昇敗死賈莊，明朝失一大將。松杏戰敗後，明關外僅餘寧遠一孤城。孫傳庭敗死，流寇逐入關，其勢愈熾。〈雁門尚書行并序〉云：「公死而天下事以去。」《明史》卷第一百五十〈孫傳庭〉傳亦云：「傳庭死而明亡矣。」故〈臨江參軍〉、〈松山哀〉、〈雁門尚書行并序〉等詩所言均關乎明朝禦清剿寇成敗甚大之戰役。

此外，〈圓圓曲〉、〈雜感二十一首〉其六、其七、其十六、其十八，〈即事十首〉其十、〈滇池鐃吹四首〉、〈詠史十二首〉其四均指斥降將吳三桂。斥責洪承疇者，除了〈松山哀〉外，尚有〈雜感二十一首〉其九、〈即事十首〉其九、〈讀史偶述四十首〉其二十四、二十五諸詩。梅村對吳三桂、洪承疇輩變節降清、反噬故主，深惡痛絕，故屢以詩筆撻伐。

〔註 2〕見周法高〈吳梅村詩小箋〉頁 224、225。收於《中國語文論叢》中篇。

　　（二）詩詠弘光朝的廷臣將領者，如〈讀史雜感十六首〉其一到其四、〈揚州四首〉其二、其三，〈讀史雜詩四首〉其一，〈臨淮老妓行〉、〈過東平故壘〉等。對忠臣史可法及奸臣馬士英、阮大鋮，當時鎮將左良玉、劉澤清等人有所褒貶。

　　（三）詩詠魯王監國廷臣及將領者，如〈讀史雜感十六首〉其十言順治三年，明江上兵潰，方國安劫監國魯王走紹興。其十一言此年六月，清兵破金華，魯文淵閣大學士朱大典闔家焚死事。

　　（四）詩詠唐王隆武及桂王永曆廷臣及將領者，如〈即事十首〉其八則諷刺降清的唐王朝將領鄭芝龍。〈雜感二十一首〉其十詠順治六年，南明桂王將領何騰蛟殺身成仁。〈後東皋草堂歌〉作於順治五年，哀憐瞿式耜東皋園林之荒蕪，瞿氏此時翼戴桂王於粵西。〈雜感二十一首〉其十三則言其部將豪橫，使其有掣肘之苦。南明弘光朝及唐、魯、桂王朝所以相繼覆滅，觀此諸什可知。

　　（五）梅村仕清期間，除了〈松山哀〉等詩諷刺洪承疇。順治十二年，〈送友人出塞〉一詩哀憐季開生因直諫而遭流徙。順治十三年到十六年九月間，又有〈客談雲間帥坐中事〉以諷刺松江提督馬逢知的橫暴。〈茸城行〉一詩更將此人嘴臉刻劃的窮形盡相。

　　此類題材命題的特點如下：

　　（一）多以讀史雜感、讀史雜詩、讀史偶述等為題，乃借古諷今之作。〈偶成十二首〉其五云：

　　　韓非傳同老子，蘇侯坐配唐堯。今古一丘之貉，不知誰鳳誰梟？

韓非、老子，本不該同傳而立，而古來像這種鳳梟同巢、賢愚不分的現象太多了。梅村詩評騭當代人物，正為了辨別誰鳳誰梟，誰當褒當貶。所以讀史雜感或偶述，都非泛作，而是要人當作「詩史」來讀。讀懂是非所在，方不辜負作者「每為是非留信史」的苦心。

　　（二）以即事、雜感為題的詩，多即事詠懷之作。若同詠一人者，應前後參見，則其心術再無可隱藏，詠吳三桂、洪承疇者即然。

（三）〈松山哀〉、〈揚州四首〉其二、其三，〈過東平故壘〉，〈後東皋草堂歌〉，〈茸城行〉等詩，或以事名篇，或爲旅次所見，或記園林、城市之盛衰。今昔對比的滄桑中透露諷世刺人之意。

五、朝政國事

梅村自通籍入仕後，眼見國事日非，每有憂危之辭。例如：

（一）朝政：〈送左子直左子忠兄弟還桐城〉憂心兵火及黨禍。〈詠史十二首〉其十一亦言黨禍。〈行路難十八首〉其九言諫說之難。

詩詠弘光朝政者，如〈白門遇北來友人〉諷刺江左歌舞宴樂，毫無憂患意識。〈讀史雜感十六首〉其七譏諷弘光朝不能進取並不能自守也。〈雜感二十一首〉其十二、〈即事十首〉其一、其七等詩則詠清初朝政。

（二）邊防：〈高麗行〉憂心邊防及朝鮮。〈邊思〉二首、〈雲中將〉等詩亦憂心明末邊防。〈雜感二十一首〉其二十則憂心清初邊事。

（三）軍事戰略：〈襄陽樂〉記崇禎十四年襄陽城破，諷刺楊嗣昌領軍疏失。〈汴梁二首〉、〈行路難十八首〉其七詠崇禎十五年，李自成決黃河灌開封事，哀周藩幾遭禍，諷刺守將失土之罪。〈送周子俶張青琱往河南學使者幕〉其四則諷刺當年中原戰計失策，作於順治十一年冬。

〈有感〉，詩則諷刺弘光朝保守而不進取的戰略。〈宣宗御用戲金蟋蟀盆歌〉反省明二百年來之興亡，並反省明末戰事諸多不利的原因。順治十年，梅村重至南京，見舊遊之地多已零落，感慨興亡，作〈鐘山〉、〈臺城〉、〈功臣廟〉諸詩。此年北上京師中，作〈揚州四首〉其一，於弘光一朝，多感慨滄桑語。

此外，鄭成功海師連犯閩、越、江南等地。梅村〈江上〉、〈海警〉、〈聞台州四首〉其一諸詩憂心兵防。

（四）規箴君主：梅村仕清時，其規箴諷諫之作，如〈恭紀聖駕幸南海子遇雪大獵〉、〈長安雜詠四首〉其三、其四，〈雜感二十一首〉其十四、〈和楊鐵崖天寶遺事詩二首〉等。

六、戰亂流離

明末流寇竄亂、邊境戰事頻傳。戰火蔓原、哀鴻遍野。清人入關進京後，旋即揮軍南下，消滅南明政權。攻城掠地外，復屠殺劫奪。人民飽受蹂躪之餘，軍隊過處尚有催徵軍租、輸征供應之苦。此戰亂流離之景況，每見於梅村詩。

〈琵琶行并序〉一詩，鋪敘崇禎年間戰亂之慘景。〈行路難十八首〉其二因物比興，言城毀國亡之悲。其十四言商賈行旅之事，以喻道路之多難。其十六狀行路之險巇等等。可見當時煙塵烽火之慘酷。

此外，〈哭志衍〉、〈閬州行〉二詩則言張獻忠寇蜀為亂。

順治二年，清兵攻陷揚州，史可法殉國。清人屠城十日，劫掠婦女。梅村〈揚州四首〉其四即控訴此一暴行。至於清人攻陷南京，執殺福王，復轉戰江南、閩、越、江西各地，欲一舉殲滅南明部隊。戰火遍野，致使百姓遭受破家流離等災禍。則見於〈避亂六首〉、〈攀清湖并序〉、〈聽女道士卞玉京彈琴歌〉、〈遇南廂園叟感賦八十韻〉、〈讀史雜感十六首〉其十三、其十五、〈雜感二十一首〉其一、〈董山兒〉、〈梅花庵話雨同林若撫聯句〉等詩。

至於戰爭後零落之慘況：民不聊生，圖籍、園林、林木焚燒毀壞、物資的掠奪等等，則見於〈登上方橋有感〉、〈觀象臺〉、〈海戶曲〉、〈項黃中家觀萬歲通天法帖〉、〈汲古閣歌〉、〈讀史偶述四十首〉其二十、二十一，以及〈橘〉、〈鴛湖曲〉等詩。

順治十年，梅村北上京師途中，見到各地戰亂摧殘後的景象及軍隊專橫作亂之事，有〈高郵道中四首〉其三、〈清江閘〉、〈黃河〉、〈膠州〉、〈途中遇雪即事言懷〉等詩。順治十四年回鄉途中，又作〈郯城曉發〉一詩以見證此景。此外〈代州〉、〈寄懷陳直方四首〉其三均慨歎中原多戰亂。〈贈穆大苑先〉、〈送純祜兄之官確山四首〉其三則言軍隊之橫暴。

順治十年、十一年，〈寄房師周芮公先生四首并序〉、〈聞台州警四首〉分別言順治十一年鄭成功海師攻閩晉江、及十四年攻台州之

事。順治十六年，鄭氏發動江上之役。入長江、克瓜州、圍江寧，江南重被戰火蹂躪至慘。〈詠月〉、〈秋感〉、〈江城遠眺〉、〈遣悶六首〉諸詩，敍述戰亂，語頗沈痛。

至於〈松山哀〉、〈田家鐵獅歌〉、〈雪中遇獵〉、〈織女〉等詩，則哀憐征戍之苦與征人之犧牲。

梅村痛切探討戰爭的本質，其詩時常流露非戰、反戰之思想。此見於〈松山哀〉、〈樓聞晚角〉、〈雜詩二十一首〉其五、〈即事十首〉其八等，實爲天下蒼生之哀告。〔註3〕

七、吏治民生

明末連年戰事不斷。東北有滿人叩關入犯。朝廷備戰，連年徵餉。加上派征雜稅之苛，人民苦不堪言。西北延、西一帶，饑荒相尋，官吏貪墨，以致逼民爲寇，流竄爲禍。鼎革之際，清人憑恃武力，所過處屠殺蹂躪。又縱容官吏之橫暴，令其急征誅求，以供軍輸，則民何以堪？梅村深知民瘼，代民哀告。其詩風颿實徑切，可覘知民生疾苦。

崇禎七年，梅村銷假還朝，〈過滄州麻姑城〉一詩記述山東戰亂，軍吏復誅求租賦。此外，〈三松老人歌〉記述朝廷設尙衣局、間架稅等催征織帛稅金，以及官吏貪賄等事。

清人佔領江南後，官吏按籍縛捉富人，坐索千金。徵民修官塘、解馬草，又以載兵爲籍口，強捉民船。官吏未勘實土地，便妄徵蘆田稅賦。〈遇南廂園叟感賦八十韻〉、〈馬草行〉、〈捉船行〉、〈蘆洲行〉等便控訴這些苛政。

言花租太重者，如〈織婦詞〉、〈雜感二十一首〉其二。此外，〈打冰詞〉、〈再觀打冰詞〉二詩言船夫打冰之苦役。〈苦雨〉言潦雨之苦。〈即事十首〉其五記黃河潰決後，費盡民力築堤，卻未克其功，以致水患再啓。〈題蘇門高士圖贈孫徵君鍾元〉斥責清人圈田之暴政。〈讀史偶述四十首〉其三十四言淇地百姓伐竹供輸京師之苦。〈燕窩〉言

〔註3〕同註2，頁213。

上位者掠奪燕窩以自養。〈偶得三首〉其一言旗人放債收取高利貸,〈臨頓兒〉寫百姓逋錢賣子的人倫慘況等等。

此外,〈塗松晚發〉、〈郊城曉發〉、〈過吳江有感〉諸詩,目睹了官吏誅求後的零落之景況。〈直溪吏〉刻劃吏胥橫暴的嘴臉。〈偶成十二首〉其四則控訴官吏摧破民家之殘酷。〈廿五日偕穆苑先孫浣心葉子聞允文游石公山盤龍石梁寂光歸雲諸勝〉、〈礬清湖并序〉諸詩也道出征輸之苛刻。

至於江南田賦之重,〈西田招隱詩四首〉其三、〈感事〉等詩俱已透露。順治十七年,嘉定錢糧案起,王昊遭牽連而被逮送至京。梅村〈送王子惟夏以牽染北行四首〉其三傷其不幸,語甚悲憤。次年,清廷因追索錢糧逋欠而興起「奏銷案」。董含《三岡識略》 〔註4〕 記奏銷之禍云:

> 江南賦役,百倍他省,而蘇松尤重,邇來役外之征,有兌役、
> 里役、該年催辦、捆頭等名。雜派有鑽夫、水夫、牛稅、馬
> 茸、馬草、大樹、釘、麻油、鐵、箭竹、鉛彈、火藥、造倉
> 等項。又有黃冊、人丁、三捆、軍田、狀丁、逃兵等冊。大
> 約舊賦未清,新鉤已近,積述常數十萬,時司農告匱,始十
> 年並征,民力已竭,而逋欠如故。巡撫朱國治,強愎自用,
> 造欠冊達部,悉列江南紳衿一萬三千餘人,號曰抗糧。既而
> 盡行褫革,發本處枷責,鞭扑紛紛,衣冠掃地。

梅村以在籍部提牽累,幾至破家。其友王瑞國、吳燕餘、孫魯等人亦遭禍而家業蕩盡。梅村作〈短歌〉、〈贈學易友人吳燕餘二首〉、〈高涼司馬行〉諸詩以安慰之。

民生艱難如此,難怪〈即事十首〉其七云:「始信蕭曹務休息,太平良策未全無。」

第二節　旨　趣

梅村諷諭詩所詠,多關乎時事之大者。不但能與史書相發明,更

〔註4〕轉引自孟森《明清史論著集刊》,頁436。台北:世界。

可補史之闕誤，此觀其詩之旨趣可知。

一、帝妃的輓歌與王孫的沈淪

梅村詩詠明末皇室宮闈者，多作於亡國後。其詩哀輓帝妃，寄寓亡國之痛。改朝換姓之際，王孫的沈淪不見國史，梅村所詠，可補史闕。

詠清室宮闈者如〈清涼山讚佛詩〉等，詞意深隱，情意婉曲，亦甚動人。

（一）明末的皇室

1. 崇禎、周后、田妃等

詩詠此者如〈永和宮詞〉云：

……中宮謂得君王意，銀鑲不妒溫成貴。早日艱難護大家，比來歡笑同良娣。奉使龍樓貫佩蘭，往還偶失兩宮歡。雖云樊嬺能辭令，卻得昭儀喜怒難。綠綈小字書成印，瓊函自署充華進。請罪長教聖主憐，含辭欲得君王慍，君王內顧惜傾城，故劍還存敵體思。手詔玉人蒙詰問，自來階下拭啼痕。外家官拜金吾尉，平生游俠多輕利。縛客因催博進錢，當筵便殺彈箏伎。班姬才調左姬賢，霍氏驕奢竇氏專。涕泣微聞椒殿詔，笑譚豪奪灞陵田。有司奏削將軍俸，貴人冷落宮車夢。永巷傳聞去玩花，景和門裡誰陪從？天頻不懌侍人愁，后促黃門召共游。初勸官家伴不應，玉車早到殿西頭。兩王最小牽衣戲，長者讀書少者弟。聞道群臣譽定陶，獨將多病憐如意。豈有神君語帳中，漫云王母降離宮。巫陽莫救倉舒恨，金鎖彫殘玉筋紅。從此君王慘不樂，叢臺置酒風蕭索。已報河南失數州，況經少子傷零落。貴妃瘦損坐匡床，慵髻啼眉掩洞房。豆蔻湯溫冰簟冷，荔枝漿熱玉魚涼。病不禁秋淚沾臆，裴回自絕君王膝。苔沒長門有夢歸，花飛寒食應相憶。玉匣珠襦啟便房，薤歌無異葬同昌。君王欲製哀蟬賦，誄筆詞臣有謝莊。頭白宮娥暗顰蹙，庸知朝露非為福？宮草明年戰血腥，當時莫向西陵哭。窮泉相見痛倉黃，還向官家問永王。幸免玉環逢

喪亂，不須銅雀怨興亡。自古豪華如轉轂，武安若在憂家族。愛子雖添北渚愁，外家已葬驪山足。夜雨椒房陰火青，杜鵑啼血濯龍門。漢家伏后知同恨，止少當年一貴人。碧殿淒涼新木拱，行人尚識昭儀塚。麥飯冬青問茂陵，斜陽蔓草埋殘壠。昭丘松檟北風哀，南內春深擁夜來。莫奏霓裳天寶曲，景陽宮井落秋槐。

〈永和宮詞〉為崇禎寵妃田氏作。言田妃外家之驕奢及田妃與周后偶有失和之事。崇禎眼見國事如棘，又置身其間，不免有慍怒憂愁之情。「中宮謂得君王意」以下言周后與田妃起初相和，後偶有失歡事。「奉使龍樓賈佩蘭」四句言兩宮失和事，以賈佩蘭，樊嬺等侍女側面道出，婉言致諷。

「綠綈小字書成印」以下言崇禎眼見國事如棘，對田妃又愛又恨。田妃「自來階下拭啼痕」，其思及外家之驕奢，心中有無限幽恨。故續寫田弘遇好游俠及驕奢專橫，以襯托田妃的才調和賢能，故詩云：「班姬才調左姬賢，霍氏驕奢竇氏專」。田弘遇後因罪被削俸，田妃因而斥居冷宮。「永巷傳聞去玩花」二句是田妃冀幸語，「天顏不懌要人怨」二句寫崇禎思念田妃之情。「初勸官家伴不應」二句言周后已看出崇禎思妃的心事，故命宮駕迎田妃，使帝與妃二人復合。

「兩王最小牽衣戲」數句指田紀所生永王慈照，悼靈王慈煥等等。悼靈王病危時忽云：「九蓮菩薩言帝待外戚薄，將盡殤諸子」，遂薨。九蓮菩蓮者，神宗母孝定李太后也。太后好佛，宮中像作九蓮座。帝念王靈異，封為孺孝悼靈王元機慈應真君。事見《明史》〈諸王〉傳。梅村不信此事，故云：「豈有神君語帳中，漫云王母降離宮。」

「巫陽莫救倉舒恨」數句言君王失子之痛。倉舒指曹操子曹沖，早卒。以此比擬悼靈王，頗適切。「已報河南失數州」指崇禎十四年，李自成陷河南，殺福王常洵，同年又陷南陽，殺唐王聿鏌等事。「貴妃瘦損坐匡床」以下言田妃之病薨。

此詩接著言甲申國難，末云：「昭丘松檟北風哀，南內春深擁夜

來。莫奏霓裳天寶曲，景陽宮井落秋槐。」以田妃寢園之荒涼對比弘光朝的荒淫，悲中寓諷。

2. 崇禎舅家子弟劉文炳、劉雪舫等

〈吳門遇劉雪舫〉一詩敍述崇禎舅家劉文炳等人。記其弟劉雪舫的追憶：

> ……亡姑備宮掖，吾父天家婚，先皇在信邸，降禮如諸甥。長兄進徹侯，次兄拜將軍。先皇早失恃，寤寐求音形。太廟奉睿容，流涕朝群臣。新樂初受封，搢笏登王廷。至尊亦豐頤，一見驚公卿。兩宮方貴重，通籍長安門。周侯累纖微，鄙哉無令名。田氏起輕俠，賓客多縱橫。不比先后家，天語頻諄諄。獨見新樂朝，上意偏殷勤。愛其子弟謹，憂彼俸給貧。每開十三庫，手賜千黃金。長戈指北關，鼙鼓來西秦。寧武止一戰，各帥皆投兵。漁陽股肱郡，千里無堅城。嗚呼四海王，此際惟一身。彷彿萬歲山，先后輼輬迎。辛苦十七年，欲訴知何因。今纔識母面，同去朝諸陵。我兄聞再拜，慟哭高皇靈。烈烈鞏都尉，揮手先我行。寧同英國死，不作襄城生。……舊時白石莊，萬柳餘空根。海淀李侯墅，秋雁飛沙汀。博平有別業，乃在西湖濱。惠安蓄名花，牡丹天下聞。富貴一朝盡，落日浮寒雲。走馬南海子，射兔西山陰。路傍一寢園，御道居人侵。碑鐫孝純字，僵石莓苔青。下馬向之拜，見者疑王孫。詢是先后姪，感歎增傷心。落魄游江湖，蹤跡嗟飄零。傾囊縱蒲博，劇飲甘沉淪。不圖風雨夜，話舊同諸君。已矣勿復言，涕下沾衣襟。

詩中敍述新樂忠恪侯劉文炳的賢能。以周奎之鄙陋和田氏之輕俠好客來對襯。「寧武止一戰，各帥皆投兵」以下言寧武一役後，明將紛降於流寇，京師遂不守。「嗚呼四海王，此際惟一身」數句言崇禎自縊於萬歲山，縱使其死後得見其母，而情何以堪？「我兄聞再拜，慟哭高皇靈」數句言駙馬鞏永固與新樂忠恪侯劉文炳均殉國。

「寧可英國死，不作襄城生」則指英國公張世澤亦死於此難。「不作襄城生」指襄城伯李國楨解甲聽命於流寇，寇索賄不足，拷折其踝，

後自縊死。據靳榮藩的考證，福王時建旌忠祠，入祀者包括李國楨。蓋其時傳聞有異，或謂國楨早自縊殉國。故梅村此詩，實可正傳聞之謬。

　　「海淀李侯墅，秋雁飛沙汀」以下言外戚別業之零落。海淀是明武清侯李偉故園，李氏乃神宗生母之父；博平侯乃光宗孝元皇后郭氏外家；惠安伯則成祖皇后張氏外家之後嗣。「碑鑴孝純字」一句，孝純乃崇禎生母劉氏之尊諡。由「路傍一寢園，御道居人侵」等語，知王室寢園遭人侵盜。而劉雪舫「落魄游江湖，蹤跡嗟飄零。傾囊縱蒲博，劇飲甘沉淪。」亦知其沈淪之情。

3. 長平公主

　　又如〈思陵長公主輓詩〉為長平公主作。詩附松江張宸〈長平公主誄〉曰：「長平公主者，明崇禎皇帝女，周皇后產也。」此誄敘其生平頗簡要。梅村此輓詩用五言排律之體裁。將甲申國變前後、王室的遭遇，寫得悽楚動人。詩云：

> 貴主徽音美，前朝典命光。鴻名垂遠近，哀誄著興亡。託體皇枝貴，承休聖善祥。母儀惟謹肅，家法在矜莊。上苑穠桃李，瑤池小鳳凰。鸞音青繡扆，魚笏皁羅囊。沉燎熏爐細，流蘇寶蓋香。禊期陪祓水，繭館助條桑。綠緌芃蘭佩，紅螭薜荔璋。錫封需大國，喚仗及迴廊。受冊威儀定，傳烽羽檄忙。司輿停鹵簿，掌瑞徹珩璜。婺宿明河澹，薇垣太白芒。至尊憂咄吒，仁壽涕彷徨。酈邑年方幼，瓊華齒正芳。艱難愁付託，顛沛懼參商。文葆憐還戲，勝衣泣未遑。從容咨傅母，倥傯詢貂璫。傳箭聞嚴鼓，投籤見拊床，內人縫使甲，中旨票支糧。使者填平朔，將軍帶護羌。寧無一矢救，足慰兩宮望？盜賊狐篝火，關山蟻潰防。逍遙師逗橈，奔突寇披猖。牙纛看吹折，梯衝舞莫當。妖氛纏象闕，殺氣滿陳倉。天道真蒙昧，君心顧慨慷。割慈全國體，處變重宗潢。胄子除華紱，家丞具急裝。敕須離禁闥，手為換衣裳。社稷仇宜報，君親語勿忘。遇人尚退讓，慎己舊行藏，國母摩笄刺，宮娥掩袂傷。他年標信史，同

日見高皇。元主甘從殉，君王入未央。抽刀凌左闥，申脰就干將。嘆血彤闈地，橫尸紫蘂汪。絕吭甦又咽，瞑睫倦微揚。裹褓移私第，霑胸進勺漿。誓肌封斷骨，茹戚吮殘創。死早隨諸妹，生猶望二王。股肱羞魏相，肺腑恨周昌。賊遁仍函谷，兵來豈建康？六軍勢面慟，四海遏音喪。故國新原廟，群臣舊奉常。睟圭陳厭翟，題湊載輼輬。隱逼賢妃冢，山疑望子岡。銜哀存父老，主祭失元良，訣絕均坯土，飄零各異方。衣冠羸博葬，風兩鶺鴒行。浩劫歸空壤，浮生寄渺茫。玉眞圖下髮，申伯勸承筐。沅浦餘堯女，營丘止孟姜。君臣今世代，甥舅即蒸嘗。湯沐鄉亭秩，家門殿省郎。淒涼脂粉礎，零落綺羅箱。宅枕平津巷，街通少府牆。晝閒偕妯娌，曉坐向姑嫜。偶語追銅雀，無聊問柏梁。豫游推插柳，勝蹟是梳妝。菡萏鴛鴦扇，茱萸鸚鵡觴。大庖南膳廠，奇卉北花房，暖閣葫蘆錦，溫泉荳蔻湯。雕薪獅首炭，甜食虎睛糖。壯麗成焦土，榛蕪拱白楊。麋游鳷鵲觀，苔沒鬥雞坊。荀灌心惆悵，秦休志激昂。崩城身竟殞，填海願難償。命也知悉憾，天乎數不臧。累歔床簀語，即空寢園傍。半體先從父，遺骸始見娘。黃泉母子痛，白骨弟兄殤。夙昔銅駝泣，諸陵石馬荒。三年修荇藻，一飯奠嵩邙。寒食重來路，新阡宿草長。溪田延黍稼，隴笛臥牛羊。朽壤穿螻蟻，驚沙起鴟鶴。病椿眠廢社，衰葦折寒塘。列刹皇姑寺，馱經內道場。侍鬟稱練行，小像刻沉香。玉座懸朱帳，金支渡法航。少兒添晝燭，保媼伴帷堂。露濕丹楓泠，星稀青鳥翔。幡旄晨隱隱，鈴鑷夜將將。控鶴攀龍馭，驂麟謁帝閽。靈妃歌縹緲，神女笑徜徉。苦霧迷槐市，雌霓遠建章。歸鑾思五廟，涉漢淚三湘。柔福何慚宋，平陽可佐唐。虞淵瞻返日，萬里叫飛霜。自古遭兵擾，偏嗟擁樹妨。魯元馳孔亟，羋季負倉黃。漂泊悲臨海，包含恥溧陽。本朝端閫閾，設制勝嚴疆。處順惇恭儉，時危植紀綱。英聲超北地，雅操邁東鄉。新野墳松直，招祇祠柏蒼。薤歌雖慘澹，汗簡自輝煌。謚號千秋定，銘旌

百禩彰。秦簫吹斷續，楚挽哭滄浪。

思陵長公平之生平，可參見張宸〈長平公主誄〉，梅村依誄文之大要作輓詩，數抒哀情。

「貴主徽音美，前朝典命光」四句破題。「托體皇枝貴，承休聖善祥」言皇室母儀之謹肅矜莊。「上苑穠桃李，瑤池小鳳凰」數句描寫服飾器物，以烘托人物之身分。「錫封需大國，喚仗及迴廊」二句言公主妙選良家，議將降主。

「受冊威儀定，傳烽羽檄忙」數句指適逢流寇之變。故云：「至尊憂咄叱，仁壽涕彷徨」上言崇禎，下言周后，指帝、后二人憂心寇變。「酆邑年方幼，瓊華齒正芳」至「從容咨傅母，悾急詢貂璫」數句，指帝與后二人憂心皇子公主之情。

「傳箭聞嚴鼓，投籤見拊床」數語言兵事悾急之景。「寧無一矢救，足慰兩宮望」詰問守將者失城之責，悲痛中寓諷。

故「盜賊狐籌火，關山蟻潰防」數語言流寇勢長，明軍勢頹，終致城陷。「天道真蒙昧，君心顧慨慷」數語言崇禎臨難前的處置。「救須離禁闥，手為換衣裳」二句見崇禎愛子之情，且殷囑：「社稷仇宜報，君親語勿忘」等等。

「國母摩笄刺，宮娥掩袂傷」四語，言帝命周后自裁。「元主甘從殉，君王入未央」數句言崇禎以劍揮斫長平公主，斷其左臂，又斫昭仁主於昭仁殿等事。可看出其決斷的個性。長平公平被斫後復甦。「茹戚吮殘創」之餘，回憶死去諸妹，殷盼太子及定王慈炯、永王慈炤等得以生還。

「股肱羞魏相，肺腑恨周昌」數句，言長平公主之羞恨。魏相指魏藻德，《明史》言其崇禎十五年入閣輔政，一無建白，但倡議令百官捐助而已。流寇京師，魏藻德輸萬金，賊以為少，酷刑五日夜，腦裂而死。周昌指周奎，為周后之父。崇禎十七年，加封嘉定侯。李自成逼京師時，帝遣內侍徐高密諭周奎倡勳戚輸餉，奎堅謝無有。後不得已奏捐萬金，且乞周后為助。城陷後，慈烺等皇子避難其府，周奎

竟拒予扶護。此二人誤國之甚，令人羞恨入於肺腑股肱。

「賊遁仍函谷，兵來豈建康？」二句言賊遁後，佔領京師的竟是清朝軍隊。「故國新原廟」一句見國祚已改。「群臣舊奉常」諷刺降清的前朝大臣。「贈圭陳厭翟，題湊載輼輬」以下言明遺民為崇禎、周后營葬之事。崇禎、周后同葬於田妃塚，故云：「隧逼賢妃冢」。「銜哀存父老，主祭失元良」二句慨歎忠良殉國，也暗諷降清之朝臣。「風雨鶺鴒行」一句則呼應「生猶望二王」，指其思念太子二王。據《明史·流寇傳》，李自成為清兵所敗後，挾太子二王西走。故詩云：「風雨鶺鴒行」。

「浩劫歸空壤，浮生寄渺茫」數句指長平公主欲依緇空王，順治不許，詔求原配，令周世顯尚主。「君臣今世代」二句言鼎革之悲，由長公主道來，倍感滄桑。「偶語追銅雀，無聊問柏梁」以下追述甲申前宮中盛事，由禽鳥、庖膳、奇花閣等等，娓娓道來，有繁麗之美。「壯麗成焦土，榛蕉拱白揚」則是如今之零落。昔日如「甜食虎睛糖」般的回憶，如今已成悲苦。

「荀灌心惆悵，秦休志激昂」數句云亡國後難以填平的遺憾和悲痛。「命也知奚憾，天乎數不臧」是怨天怨命之語。「累欷床簀語，即窆寢園傍」數句語長平公主身殁。「半體先從父，遺骸始見娘」數句言其茹戚思親以殁。

「夙昔銅駝泣，諸陵石馬荒」數語言長平公主殁後其寢園之荒蕪。「列刹皇姑寺，馱經內道場」數語言守陵者祭祀時所見冷清之景況。帝闉、靈妃數語寄託作者思念故君之情。

「苦霧迷槐市，雌霓遠建章」以下讚歎長平。「自古遭兵擾，偏嗟擁樹妨」六句以漢魯元公主等遭亂離之事來襯托長平。「本朝端閫閾，設制勝嚴彊」六句正面稱頌其英聲及雅操。

「新野墳松直，招祇祠柏蒼」數句言其身後謚號銘旌之輝煌。末二句「秦簫吹斷續，楚挽哭滄浪」言輓歌之哀。

此詩哀輓長平公主。其生於皇家，追念帝父后母與其亡國之痛，

眞如殘創之臂，終身茹戚吮舐而難望撫平。

據談遷《北遊錄·紀聞下》「長平公主誄」一條云：

> 孫承澤《春明夢餘錄》曰：「公主名徽媞。甲申年十五。傷
> 右臂肩際。明年九月成婚。丁亥卒，公主葬周氏宅旁。今
> 地賜豐盛王，垣之不可入，在廣寧門内。周世顯，父國輔。」

引文「傷右臂肩際」的「右臂」應是「左臂」之誤。長平公主順治二
年九月仍與周世顯成婚。順治四年卒。

4. 寧德、樂安公主及駙馬劉有福、鞏永固等

至於〈蕭史青門曲〉則爲寧德長公主而作。詩云：

> 蕭史青門望明月，碧鸞尾掃銀河闊。好時池臺白草荒，扶
> 風邸舍黃塵沒。當年故后婕妤家，槐市無人噪晚鴉。卻憶
> 沁園公主第，春鶯啼殺上陽花。嗚呼先皇寡兄弟，天家貴
> 主稱同氣。奉車都尉誰最賢，鞏公才地如王濟。被服依然
> 儒者風，讀書妙得公卿譽。大内傾宮嫁樂安，光宗少女宜
> 加意。正值官家從代來，王姬禮數從優異。先是朝廷啓未
> 央，天人寧德降劉郎。道路爭傳長公主，夫婿豪華勢莫當。
> 百兩車來塡紫陌，千金檻送出雕房。紅窗小院調鸚鵡，翠
> 館繁箏叫鳳凰。白首傅璣阿母飾，綠幨大袖騎奴裝。灼灼
> 天桃共穠李，兩家姊妹驕紈綺。九子鸞雛鬥玉釵，釵工百
> 萬恣求取。屋裡薰爐溢若雲，門前鈿轂流如水。外家肺腑
> 數尊親，神廟榮昌主尚存。話到孝純能識面，抱來太子輒
> 呼名。六宮都講家人禮，四節頻加戚里恩。同謝面詣龍德
> 殿，共乘油壁月華門。萬事榮華有消歇，樂安一病音容沒。
> 莞弱桃笙朝露空，溫明祕器空堂設。玉房珍玩宮中賜，遺
> 言上獻依常制。卻添駙馬不勝情，至尊覽表爲流涕。金冊
> 珠衣進太妃，鏡奩鈿合還夫婿。此時同產更無人，寧德來
> 朝笑語眞。憂及四方宵旰甚，自家兄妹話艱辛。明年鐵騎
> 燒宮闕，君后倉黃相訣絕。仙人樓上看灰飛，織女橋邊聽
> 流血。慷慨難從鞏公死，亂離怕與劉郎別。扶攜人婦出兵
> 間，改朔移朝至今活。粉碓脂田縣吏收，妝樓舞閣豪家奪。

曾見天街羨璧人，今朝破帽迎風雪。賣珠易米返柴門，貴
主淒涼向誰説。苦憶先皇涕淚漣，長平嬌小最堪憐。青萍
血碧它生果，紫玉魂歸異代緣。盡歡周郎曾入選，俄驚秦
女遽登仙。青青寒食東風柳，彰義門邊冷墓田。昨夜西窗
仍夢見，樂安小妹重歡讌。先后傳呼喚捲簾，貴妃笑折櫻
桃倦。玉階露冷出宮門，御溝春水流花片。花落回頭往事
非，更殘燈灺淚沾衣。休言傅粉何平叔，莫見焚香衛少兒。
何處笙歌臨大道？誰家陵墓對斜暉？只看天上瓊樓夜，烏
鵲年年它自飛。

詩題用秦穆公弄玉與其夫蕭史登仙一典。靳榮藩云：

> 此詩為寧德公主而作，然不以秦女命題而以蕭史標目者，
> 婦必從夫之義也。又詩中直書其事而命題寄托古人，是梅
> 村不肯迫切處。

此說是。故起四句悲蕭史邸舍的荒蕪。「掌年故后婕妤家，槐市無人
噪晚鴉」四句則指周后、田妃及公主宅第之零落。

「嗚呼先皇寡兄弟，天家貴主稱同氣」以下言公主。先插敍樂安
駙馬鞏永固，此因甲申國難時鞏永固殉國，而寧德夫婦苟存。兩相比
較，以諷刺寧德。

「大內傾宮嫁樂安」二句則言樂安下嫁鞏永固。「正值官家從代
來」二句靳氏言：以漢文帝之由代王為天子比莊烈之以信王即帝位。

「先是朝廷啓未央」永下言光宗女寧德公主下嫁劉有福。「百兩
車來填紫陌，千金檻送出雕房」六句鋪寫寧德之貴盛。「灼灼夭桃共
穠李」六句合寫寧德、樂安二主之貴盛。「先家肺腑數尊親」則由寧
德、樂安兩位長公主引出榮昌大長公主。「話到孝純能識面，抱來太
子輒呼名」由榮昌之口引出崇禎生母及其皇太子。「六宮都講家人禮」
數句則詠王室之重恩禮。

「萬事榮華有消歇」等句言樂安病沒，「莞蕛桃笙朝露空」等句
寫其遺物，以見其身後之淒涼。

「此時同產更無人，寧德來朝笑語真」二句轉言寧德。「憂及四

方宵旰甚，自家兄妹話艱辛」寫兄妹情語，眞摯動人。「明年鐵騎燒
宮闕，君臣倉黃相訣絕」四句言甲申國難時，鞏永固舉劍自刎，闔家
自焚死，見《明史》〈公主〉傳。

「慷慨難從鞏公死，亂離怕與劉郎別」二句言寧德亂後獨存。「扶
攜夫婦出兵間，改朔移朝至今活」以下言其家境淒寒，不復有舊日的
貴盛。

「苦懷先皇涕淚漣」數語以寧德的回憶，交待甲申後王室的遭
遇。「青萍血碧它生果」四句言長平公主早夭。「青青寒食東風柳」二
句言其墓田。

「昨夜西窗仍夢見」數句借寧德的夢境，寫舊日周后、貴妃、樂
安等人歡讌談笑之貌。「花落回頭往事非」以下言國亡之滄桑。「何處笙
歌臨大道，誰家陵墓對斜暉」二句盛衰之景對比，暗寓改朝換姓之痛。

程穆衡箋云：

> 按《明史》〈公主〉傳但云：寧德公主，光宗女，下嫁劉有
> 福。並無薨辛月日，亦無事實。意有福當國變後，必有不
> 可問者，故削而不書，此詩眞堪補史。駙馬都尉，故侯家
> 也，故曰：「蕭史青門」。

程說是。此詩刺寧德公主夫婦未能殉國，以國變後其淒寒的處境來發
抒亡國之痛。

5. 田妃父田弘遇

田妃父田弘遇的驕奢專橫，則見〈田家鐵獅歌〉一詩：

> 田家鐵獅屹相向，齘齗蹲夷信殊狀。良工朱火初寫成，四
> 顧咨嗟覺神王。先朝異物徠西極，上林金鎖攣梐出。玉關
> 罷獻獸圈空，刻畫丹青似爭力。武安戚里起高門，欲表君
> 恩示子孫。鑄就銘詞鑴日月，天貼神歠守重闈。第令監奴
> 睛閃爍，老熊當路將人攫。不堪此子更當關，鉤爪張睅吐
> 銀齶。七寶香猊玉辟邪，嬉游牽伴入侯家。圉人新進天閑
> 馬，御賜仍名獅子花。假面羌胡裝雜伎，猰㺄突出拳毛異。
> 跳擲聲聲畫鼓催，條支海上何繇致？異材逸歠信超群，其

氣無乃如將軍。將軍豈是批熊手，瞋目哮呼天下聞。省中
忽唱田蚡死，青犢明年食龍子。蝦蟆血灑上陽門，三十六
宮土花紫。此時鐵獅絕可憐，兒童牽挽誰能前。橐駝磨肩
牛礪角，霜摧雨蝕枯藤纏。主人已去朱扉改，眼鼻塵沙經
幾載。鎖鑰無能護北門，畫圖何處歸西海？⋯⋯

此詩首言鐵獅四顧神王之貌。「先朝異物徠西極」以下以雄獅之勢襯
托田氏之氣燄。「武安戚里起高門」四句言田氏蒙渥恩寵，君主鑄就
鐵獅以贈，望其鎮守重闇。「第令監奴睛閃爍」四句則以老熊、鐵獅
張牙鉤爪以攫人之貌，比喻田氏及其賓客王應熊等人之專橫。即〈永
和宮詞〉所云：「縛客因催博進錢，當筵便殺彈箏伎。」等暴行。

「七寶香猊玉辟邪」數句，以玉飾、名馬、雜伎等異物來襯托出
田氏之豪者。「異材逸獸信超群」四句夸寫其氣勢。以「瞋目哮呼天
下聞」言田氏豪橫之甚。

「省中忽唱田蚡死」四句言田家之衰敗，田氏死於崇禎十六年。
次年，流寇陷京師，太子二王或死或不知去向，故云：「青犢明年食
龍子」，而帝、后俱亡，故云：「蝦蟆血染上陽門」。

「此時鐵獅絕可憐」數語，以鐵獅之摧蝕襯寫田氏之衰。因而慨
歎當年諸將為何無能護守要地，坐令流寇陷城，更痛惜圖籍被掠焚
毀。而田氏顯赫一時，只知輕利好俠。其賓客縱橫，卻無能救國。甚
至甲申國難後，永、定二王投奔田家，田氏妻竟拒予扶護。〈臨淮老
妓行〉一詩云：

> ⋯⋯暗穿敵壘過侯家，妓堂仍訝調絲竹。祿山禆將帶弓刀，
> 醉擁如花念奴曲，倉卒逢人問二王，武安妻子相持哭。薰
> 天貴戚倚椒房，不為君王收骨肉。⋯⋯

此歌妓多兒入京偵兩宮消息時所見，當非虛言。此可知田氏誤國之罪
大矣。

6. 福王常洵

〈雒陽行〉詠福王常洵的身世，詩云：

> 詔書早洗雒陽塵，叔父如王有幾人？先帝玉符分愛子，西

京銅狄泣王孫。白頭宮監鋤荊棘，曾在華清內承直。遭亂
城頭烏夜啼，四十年來事堪憶。神皇倚瑟楚歌時，百子池
邊嫋柳絲。早見鴻飛四海翼，可憐花發萬年枝。銅扉未啟
牽衣諫，銀箭初殘淚如霰。幾年不省公車章，從來數罷昭
陽宴。骨肉終全異母恩，功名徒付上書人。貴彊無取諸侯
相，調護何關老大臣。萬歲千秋相訣絕，青雀投懷玉魚別。
昭丘煙草自蒼茫，湯殿香泉暗嗚咽。析圭分土上東門，寶
轂雕輪九陌塵。驪山西去辭溫室，渭水東流別任城。少室
峰頭寫桐漆，靈光殿就張琴瑟。願王保此黃髮期，誰料遭
逢黑山賊。嗟乎龍種誠足憐，母愛子抱非徒然。江夏漫裁
修柏賦，東阿徒詠豆萁篇。我朝家法喻前制，兩宮父子無
遺議。廷論縣來責佞夫，國恩自是優如意。萬家湯沐啟周
京，千騎旌旗給羽林。總為先朝憐白象，豈知今日誤黃巾。
鄒枚客館傷狐兔，燕趙歌樓散煙霧。茂陵西築望思臺，月
落青楓不知路。今皇興念總帷哀，流涕黃封手自裁。殿內
遂停三部伎，宮中為設八關齋。束薪流水王人戍，太牢加
璧通侯祭。帝子魂歸南浦雲，王妃淚灑東平樹。北風吹雨
故宮寒，重見新王受詔還。唯有千尋舊松梧，照人落落嵩
高山。

此詩當作於崇禎十六年七月，福王朱常洵次子由崧襲封後。

　「詔書早洗雒陽塵」四句言福王常洵為崇禎叔父，故朝廷尊禮
之。其為神宗第二子，封雒陽，為福王。崇禎十四年正月，流寇李自
成陷雒陽，殺福王，故詩云：「西京銅狄泣王孫」。「白頭宮監鋤荊棘」
四句，以白頭宮監道出神宗朝往事。

　「神皇倚瑟楚歌時」四句用漢高祖為戚夫人楚歌曰：「鴻鵠高飛，
一舉千里，羽翮已就，橫絕四海。」的典故，指群臣輔佐太子，神宗
欲廢之而不能矣。故「銅扉未啟牽衣諫」二句言鄭貴妃謀立己子為太
子，賴群臣力爭始罷，神宗則左右為難，故云：「幾年不省公車章，從
來數罷昭陽宴」，於群臣奏章等相應不理。吳翌鳳引《明史·諸王傳》
云：

萬曆十四年，鄭妃進封皇貴妃而王恭妃生皇長子已五歲
矣，不益封。中外籍籍，疑帝將立愛。廷臣坐爭國本，竄
讁者相踵其後。帝上畏太后，下迫輔臣葉向高、申時行、
王錫爵等言，于二十九年始冊東宮而封常洵為福王。婚費
三十萬，營洛陽邸第三十八萬，十倍常制。廷臣請之藩者
數十百，奏置弗省。

梅村《綏寇紀略‧汴渠墊》云：

福王，神宗愛子也，母鄭貴妃最幸。……顧天下有出鄭氏
上者即觖望，雖至尊亦兩難之。仗廷諍力稍自強。浸尋乃
日為離間，諸大臣調護萬端。元良既冊命，而四子同日出
閣，恩寵惟均，凡以為鄭氏也。

神宗因上畏太后，下迫於群臣力諍，故于萬曆二十九年冊立東宮，而
封常洵為福王，此賴群臣上書和老臣調護之力甚多。詩卻云：「功名
徒付上書人」、「調護何關老大臣」等等。不歸功群臣，而歸功聖明，
其實是婉言諷諭之手法。「骨肉終全異母恩」指後來所謂妖書、持挺
等事牽連鄭貴妃，但終未有骨肉相殘之過，見神宗、光宗之寬大。

「萬歲千秋相訣絕」以下，《綏寇紀略‧汴渠墊》云：

上非貴妃不寢食。妃一子雖長，猶不離抱。聞其將遠離，日
夜泣。請之國日期者數十百奏，置弗省。最後妃弟子鄭養性
亦言之，雖非至誠，顧以太子名號久正，上春秋高，久病，
不乘此時早就邸，為王富貴計，何庸復待乎？妃亦心動，言
之上，不能戀母子情，獨辨治國裝宜厚，上唯然從之。……
稱神宗晚年，……大漸時，顧視貴妃，用洛陽為念。

常洵萬曆二十九年封福王，四十二年始就藩。此因鄭貴妃不忍與愛子
常洵遠離，後念神宗春秋高，恐一旦崩逝，則富貴不保，故遣之就藩。
而神宗大漸時，猶以雒陽為念，可見其偏愛常洵。此詩「萬歲千秋相
訣絕」四語，即指鄭妃憂心神宗崩逝，則所依無人。

「析圭分土上東門」八句指福王就封雒陽。「溫室」代指帝妃。「任
城」比瑞王常浩，神宗第五子，封漢中，故云：「渭水東流別任城」。

「誰料遭逢黑山賊」則指流寇陷雒陽。

「嗟乎龍種誠足憐」到「國恩自是優如意」，靳榮藩云：

> 此言人倫之變，自古多有。後四句為尊者諱。

以如意比福王，指二者均因母貴而幾代太子，而詩云：「江夏漫裁修柏賦」，「國恩自是優如意」等，乃為尊者諱，婉言致諷。「萬家湯沐啓周京」一句，程穆衡引《綏寇紀略·汴渠墊》云：

> 詔賜王田四萬頃，所司爭之力，得減半。中州腴土不足，
> 度山東、湖廣界以充。

「總為先朝憐白象」數語則言寇亂後零落之景。「今皇興念總帷哀」數語則寫雒陽城陷，福王遇害後，崇禎震悼，輟朝三日，發御前銀一萬兩命冉興讓等人齎往慰卹，此亦見於《綏寇紀略》。

「帝子魂歸南浦雲，玉妃淚灑東平樹」二句，下句程穆衡引《綏寇紀略·汴渠墊》云：

> 世子於孟縣訪求福王妃，尚在。相見不復識，惟抱持哭。

指雒陽陷後，世子由崧與其母重逢。「北風吹雨故宮寒」四句指福王常洵次子由崧襲封事。「嵩」諧音「崧」，故末句有讚許之意。

7. 鄭貴妃

〈銀泉山〉一詩則詠鄭貴妃：

> 銀泉山下行人稀，青楓月落魚燈微。道旁翁仲忽聞語，火入空墳燒寶衣。五陵小兒若狐兔，夜穴紅牆縣官捕。玉椀珠襦散草間，云是先朝鄭妃墓。覆雨翻雲四十年，專房共輦承恩顧。禮數絕來母后殊，至尊錯把旁人怒。承直中宮侍宴迴，血裹銀環不知數。豈有言辭忤大家，蛾眉薄命將身誤。宮人斜畔伯勞啼，聲聲為怨驪姬訴。盡道昭儀殉夜臺，萬歲千秋共朝暮。宮車一去不相隨，當時枉信南山錮。只今雲母似平生，皓齒明眸向誰妒？選侍陵園亦已荒，移宮事蹟更茫茫。兩朝臺諫孤忠在，一月昭陽舊恨長。總為是非留信史，卻憐恩寵異前王。路人尚說東西李（原註：二李寢園亦在山下。）指點飛花入壞牆。

此詩先敍鄭妃墓遭盜掘。「覆雨翻雲四十年」指萬曆十年光宗生，鄭妃即謀立己子，後引發廷臣力爭國本，始罷。至光宗孝昌元年即萬曆四十八年，前後約四十年，見靳榮藩注。「禮數縣來母后殊，至尊錯把旁人怒」二句指鄭貴妃非皇后，其子本不當爲太子。神宗因此貶謫上書諸臣，是錯怒之舉。

「承直中宮侍宴迴」數句言鄭妃之專妒。以致神宗恣行威怒，鞭笞群下，宮人閹豎無辜死者千人，見《明史》〈于玉立〉傳。故「宮人斜畔伯勞啼」二句，用擬人筆法想像宮人斜畔伯勞啼怨驪姬之景，婉言致諷。「盡道昭儀殉夜臺」四句言鄭妃墓，指其身前受盡專寵，身後墓園徒遭盜掘。

「選侍陵園亦已荒」以下言移宮事。《明史》〈后妃〉傳言康妃李氏，光宗選侍也，最有寵。與鄭貴妃相結，鄭貴妃爲其請皇后封，李氏亦請封鄭氏爲皇太后。光宗在位一月崩。李氏踞乾清宮，群閹且教其閉皇長子。楊漣等群臣懼李氏欲聽政，抗疏力爭，李氏遂移宮居仁壽殿，明日熹宗即位，自光宗崩至是凡六日。事載《明史》〈楊漣〉〈左光斗〉等傳。詩云：「兩朝臺諫孤臣在，一月昭陽舊恨長。」指此。末二句則言二李陵寢之荒。

8. 福王由崧

至於詠福王由崧者，見於〈雜史雜感十六首〉其五云：

> 聞築新宮就，君王擁麗華。尚言虛內主，廣欲選良家。使
> 者蝄頭舫，才人豹尾車。可憐青塚月，已照白門花。

據徐鼒《小腆紀傳》〈弘光〉紀順治二年夏四月丁卯（十五日），福王選淑女於元暉殿。京師女七十人中阮姓一人、浙女五十人中王姓一人。

福王荒淫無道，大敵當前，猶大事選妃。後未冊禮，清人已渡江，悉劫掠女子而去。此詩頷、頸二聯刺福王之荒淫，末哀憐遭劫的女子。

9. 魯王元妃張氏

此外，如〈勾章井〉云：

> 神魚映日天門高，恩牢弩射錢塘潮。母龍挾子飛不得，黑

風吹斷黿鼉橋。只看文鳧勾章井,金鰲背上穿清冷。三軍
鹵飲感甘泉,十丈飛流牽素練。面面琉璃砌碧欄,貝宮天
際倚簾看。馬秦山接桃花島,呂宋帆移枳子灣。海色曈曈
照深殿,紅桑日起觚稜炫。金井杯承帝子漿,玉顏影入昭
陽扇。聞道君王去射蛟,樓船十萬水犀豪。那知一夜宮中
火,倒映三山五色濤。蒼鯨挈鎖電光紫,擊浪噓雲食龍子。
轆轤聲斷銀瓶墜,遠殿虹蜺美人死。旃檀紫竹慈雲夢,寶
陀山近鸞旌送。香水流來菩薩泉,白象迎歸善財洞。不羨
蓬瀛作水仙,神樓十二竟茫然。桑田休道麻姑笑,桃核難
求王母憐。君不見秦皇漢武終何益,至今海上留遺跡。鎬
池璧至後宮愁,鉤弋宮空少子泣。珠襦玉匣總塵封,即爾
飄零死亦得。羞落陳宮玉樹花,臙脂井上無顏色。

此詩錢仲聯〈吳梅村詩補箋〉引證甚詳。如其所引查繼佐《罪惟錄》
〈魯王〉妃云:

> ……己丑監國四年(順治六年,1649)……秋八月,監國
> 詣舟山。舟山唐曰翁洲,宋曰昌國縣,西距蛟門二百二十
> 里,東距普陀四十里,長一百三十里,闊七十里。……監
> 國即參將原署為府。……辛卯監國六年(順治八年,
> 1652)……秋八月,內師三路攻舟山,定西名振,侍郎煌
> 言以兵分應,南北洋皆捷。監國祭蛟門,疾還,御舟不登
> 陸,欲攜世子入舟。名振不可:「此以寒守者之心,是速盡
> 也。」監國諾。已而蕩胡進戰螺頭洋,擲火自焚,師殲,
> 內師執進脅降,不應。……內師攻舟山,不遺力,被炮死
> 者亦伙。困十晝夜……是月之晦日……明午城破,定西名
> 振扈蹕遠洋,監國繼紀張氏赴井死,宮眷十三人從死,一
> 內監自挹井旁以殉。世子北去。

徐鼒《小腆紀年》〈后妃〉列傳〈張元妃〉云:

> 鄞人,魯監國入舟山後冊立。初以丙戌(順治三年,1646)
> 春入宮,次於會稽張妃,主內政。毛有倫之奉命扈宮眷、
> 世子自蛟關出海也,期會於舟山。道逢定海總兵張國柱亂
> 兵殺掠,劫宮嬪諸內人去,有倫全軍歸命。時妃在副舟中,

急令舟人鼓棹突前，追兵不及。伏荒島數日，飄泊至舟山，
而監國已入閩，旁皇無所歸。吏部尚書張肯堂遣官護之，
得過長垣。監國見之流涕，始進冊爲元妃。……辛卯（順
治八年，1651）秋，大清兵以三道入海。監國謂蛟關未能
猝渡，親帥師出搗吳淞。蕩湖伯阮進敗死，兵臨城下，安
洋將軍劉世勳議分兵送宮眷出，然後背水一戰。妃傳諭辭
曰：「將軍意良厚，然蠣灘鯨背之間，懼爲姦人所賣，則張
妃之續也。願得死此淨土。」諸臣乃止。城陷，妃整簪服
北向拜謝，投井死。

可知魯張元妃死於順治八年九月清兵陷舟山後。魯王時率師出搗吳
淞，安洋將軍劉世勳欲送官眷出，張元妃慮不免遭兵劫掠，蹈會稽張
妃覆轍，遂投井死。

　　詩首言清兵陷舟山，魯張元妃投井死事。「母龍挾子飛不得」一
句，梅村似言世子亦死，然據《罪惟錄》言世子北去，此或傳聞有異。

　　「三軍鹵飲感甘泉」六句言舟山之宮闕及地理位置，「海色曈曈
照深殿」四句進而言魯王及張元妃。「玉顏影入昭陽扇」側寫張妃之
嬌態。

　　「聞道君王去射蛟」指魯監國五年（順治七年），魯王祭蛟門一
事。「那知一夜宮中火」六句言清兵陷舟山，張元妃投井死。此處正
面描寫，呼應前面「只看文鴦勾章井，金鰲背上穿清冷」二句，一開
一闔，中間敍事井然。「旃檀紫竹慈雲夢」六句想像普陀淨土之景況，
哀憐張元妃之殉節。張妃遺言願死於淨土，故詩人渲染生情。

　　「桑田休道麻姑笑」以下言滄桑感。「君不見秦皇漢武終何益」
傷帝王遺跡，以傷魯王妃及其宮闕。「鎬池璧至後宮愁」二句言國亡
妃死之悲。「珠襦玉匣總塵封」二句暗指崇禎后妃等人。末二句以陳
亡之典喻之，寓含亡國之痛。

10. 魯王以海，唐王聿鍵

　　〈讀史雜感十六首〉其十二云：

聽說無諸國，南陽佳氣來。三軍手詔痛，一相誓師哀。魯

衛交難合，黥彭間早開。崆峒游不返，虛築越王臺。

此詩言魯王、唐王不合事。首二句乃唐王登位詔書語。其中有「漢光武聞子嬰之信，以六月即位鄗南，即以是年爲建武元年」。見徐鼒《小腆紀傳》〈隆武〉紀。「南陽佳氣」即指漢光武事。頷聯言黃道周誓師北進，募兵江西事。頸聯上句言魯王、唐王不合。《小腆紀聞》言唐王以科臣劉中藻頒詔浙東，浙東不納，於是閩、浙水火矣。下句指黃道周、鄭芝龍相將間不合事。末二句哀隆武朝之覆滅。梅村〈行路難十八首〉其三云：

> 君不見無須將閫叫呼天，賜錢請葬驪山邊，父爲萬乘子黔首，不得耕種咸陽田。君不見金墉城頭高百尺，河間成都弄刀戟，草木萌芽殺長沙，狂風烈烈吹枯骨。人生骨肉那何保，富貴榮華幾時好？龍子作事非尋常，奪棗爭梨天下擾。金床玉几不得眠，一朝零落同秋草。

此時用秦二世逼扶蘇、將閭自盡，及晉東海王使張方殺成都王乂，南陽王模殺河間王顒等典故。詩云：「龍子作事非尋常，奪棗爭梨天下擾」。豈感於閩、浙水火事而致歎邪？

11. 桂王由榔

〈讀史雜感十六首〉其十四言桂王被劫至武岡事云：

> 計出游雲夢，雄風羨獨醒。連營巴水白，吹角楚天青。五嶽專衡嶠，三江阻洞庭。故家多屈宋，應勒武岡銘。

《小腆紀年》卷十四云：

> 順治四年夏四月乙亥，……劉承胤遂劫桂王如武岡。

詩首二句言桂王永曆被劫至武岡事。頷聯指劉承胤等部將之軍容，詩不言劫持，而言「游雲夢」，反語致諷。頸聯言桂王所居所阻均限一隅，末二句諷群臣既無力護主，又豈能勒銘頌揚此輩之所爲？對劉承胤等人諷之極矣。

（二）清初的皇室

1. 順治與董鄂妃

　　梅村又有〈七夕即事四首〉、〈清涼山讚佛詩四首〉、〈讀史有感八首〉、〈古意六首〉等詩，詠清初宮闈事。其詞曲隱恍惝，前人考辨紛紜，莫衷一是。〔註5〕可確知者，〈清涼山讚佛詩四首〉詠清世祖與皇貴妃董鄂氏之事。孟森《清初三大疑案考實》〈世祖出家考實〉一文認為此詩作於順治十八年，世祖遺詔已頒之後，對其本事典故，考證詳確。此四詩云：

其　一

西北有高山，云是文殊臺。臺上明月池，千葉金蓮開。花花相映發，葉葉同根栽。王母攜雙成，綠蓋雲中來。漢主坐法宮，一見光徘徊。結以同心合，授以九子釵。翠裝雕玉輦，丹椒沉香齋。護置琉璃屏，立在文石階。長恐乘風去，舍我歸蓬萊。從獵往上林，小隊城南隈。雪鷹異凡羽，果馬殊群材。言過樂游苑，進及長楊街。張宴奏絲桐，新月穿宮槐。攜手忽太息，樂極生微哀。千秋終寂寞，此日誰追陪？陛下壽萬年，妾命如塵埃。願共南山椁，長奉西宮杯。披香淖博士，側聽私驚猜。今日樂方樂，斯語胡為哉？待詔東方生，執戟前詼諧。薰鑪拂緗帳，白露零蒼苔。吾王慎玉體，對酒毋傷懷。

其　二

傷懷驚涼風，深宮鳴蟋蟀。嚴霜被瓊樹，芙蓉凋素質。可憐千里草，萎落無顏色。孔雀蒲桃錦，親自紅女織。殊方初云獻，知破萬家室。瑟瑟大秦珠，珊瑚高八尺。割之施精藍，千佛莊嚴飾。持來付一炬，泉路誰能識。紅顏尚焦土，百萬無容惜。小臣助長號，賜衣或一襲。只愁許史輩，急淚難時得。從官進哀誄，黃紙鈔名入。流涕盧郎才，咨嗟謝生筆。尚方列珍膳，天廚供玉粒。官家未解菜，對案不能食。黑衣召誌公，白馬馱羅什。焚香內道場，廣座楞

〔註5〕關於〈七夕即事四首〉〈讀史有感八首〉〈古意六首〉諸詩，可參見孟森《清初三大疑案考實》〈世祖出家考實〉一文，及高陽《高陽說詩》〈董小宛入清宮始末詩證〉，周法高〈董妃與董小宛新考〉一文等。

伽譯。資彼象教恩，輕我人王力。微聞金雞詔，亦由玉妃
出。高原營寢廟，近野開陵邑。南望倉舒墳，掩面添悽惻。
戒言秣我馬，遨游凌八極。

其　三

八極何茫茫，曰往清涼山。此山蓄靈異，浩氣供屈盤。能
蓄太古雪，一洗天地顏。日馭有不到，縹緲風雲寒。世尊
昔示現，說法同阿難。講樹聳千尺，搖落青琅玕。諸天過
峰頭，絳節乘銀鸞。一笑偶下謫，脫卻芙蓉冠。游戲登瓊
樓，窈窕垂雲鬟。三世俄去來，任作優曇看。名山初望幸，
銜命釋道安。預從最高頂，灑掃七佛壇。靈境乃杳絕，捫
葛勞躋攀。路盡逢一峰，傑閣圍朱闌。中坐一天人，吐氣
如栴檀。寄語漢皇帝，何苦留人間？煙嵐倏滅沒，流水空
潺湲。回首長安城，縞素慘不歡。房星竟未動，天降白玉
棺。惜哉善財洞，未得誇迎鑾。惟有大道心，與石永不刊。
以此護金輪，法海無波瀾。

其　四

嘗聞穆天子，六飛聘萬里。仙人觴瑤池，白雲出杯底。遠
駕求長生，逐日過濛汜。盛姬病不救，揮鞭哭弱水。漢皇
好神仙，妻子思脫屣。東巡并西幸，離宮宿羅綺。寵奪長
門陳，恩盛傾城李。穠華即修夜，痛入哀蟬誄。苦無不死
方，得令昭陽起。晚抱甘泉病，遽下輪臺悔。蕭蕭茂陵樹，
殘碑泣風雨。天地有此山，蒼崖閱興毀。我佛施津梁，層
層簇蓮蘂。龍象居虛空，下界聞鬥蟻。乘時方救物，生民
難其已。澹泊心無為，怡神在玉几。長以兢業心，了彼清
淨理。羊車稀復幸，牛山竊所鄙。縱灑蒼梧淚，莫賣西陵
屨。持此禮覺王，賢聖總一軌。道參無生妙，功謝有為恥。
色空兩不住，收拾宗風裡。

其一首段「西北有高山」數句託之遊仙。用《漢武內典》西王母的典
故，其侍女名董雙成，暗擬董鄂妃。「漢主坐法宮」以下十句言帝與
妃定情及妃承寵之事。「從獵往上林」以下十句言妃從侍帝宴遊畋獵。

「攜手忽太息」以下忽作樂極生悲語。「千秋終寂寞，此日誰追陪？」
乃世祖慨歎語。「陛下壽萬年，妾命如塵埃。願共南山槨，長奉西宮
杯」乃董鄂妃語，情眞而悽惻。末云：「吾王愼玉體，對酒勿傷懷。」
爲董鄂妃寬慰世祖語。

其二首云：「傷懷驚涼風，深宮鳴蟋蟀」。蟬連第一首，言董鄂妃
薨逝，因景生情。「可憐千里草，萎落無顏色」二句，「千里草」即「董」
字，暗指董鄂妃。

「孔雀蒲桃錦，親自紅女織」以下言董妃葬禮備極哀榮豪奢。董
鄂妃薨於順治十七年八月十九日。張宸〈雜記〉一文載順治崩逝時，
雜焚珍寶異物，謂之小丟紙、大丟紙。「孔雀蒲桃錦」至「百萬無容
惜」數句，即指此禮俗。「小臣助長號」數句，孟森云：

> 其次言上意視小臣能助哀者有賞，否則遭譴，用宋孝武殷
> 貴妃喪，劉德順、羊志等奉詔哀哭事，頗譏世祖。據張青
> 珂記，蓋實有此事，記有云：「先是內大臣命婦哭臨不哀者
> 議處，皇太后力解乃已。」

「從官進哀誄」二句指董鄂妃喪，世祖命諸大臣議諡，其諡曰：「孝
獻莊和至德宣仁溫惠端敬皇后」。然世祖猶以無「天聖」二字爲歉。
據孟森云：

> 歷代嫡后皆有「承天輔聖」等字，非嫡而子爲帝者，有「育
> 聖」等字，端敬既不以嫡論，亦不得以子嗣帝位而得一「聖」
> 字，是誠歉矣。

由以上諸事之逾禮，可知世祖寵愛董鄂妃之深。〈東華錄〉載世祖遺
詔云：

> 端敬皇后，於皇太后克盡孝道，輔佐朕躬，內政聿修。朕
> 仰奉慈綸，追念賢淑，喪祭典禮，過從優厚，不能以禮止
> 情，諸事踰濫不經，是朕之罪一也。

此遺詔其實受成於皇太后之意旨而後宣示。然世祖所爲，確有踰濫不
經之事。此詩中「紅顏向焦土，百萬無容惜」數語即深致諷意。

「流涕盧郎才，咨嗟謝生筆」以中盧思道、謝莊比擬善爲哀誄之

大臣。「尚方列珍膳，天廚供玉粒」數語言世祖因傷痛而廢食。「黑衣召誌公，白馬馱羅什」數語指世祖為董鄂妃作法事、誦經祈福。「微聞金雞詔，亦由玉妃出」二語指世祖為此諭詔減刑，應是從董鄂妃彌留時之囑付。「高原營寢廟」以下言世祖難遣喪子失妃之痛，故欲遊清涼山，以解脫痛苦。

其三先正面描寫清涼山為一靈異縹緲之境。次言天人窈窕超脫之貌，與其一詩中神人定情之景呼應。「名山初望幸，銜命釋道安」數言指帝苦苦相尋，天人勸其當遺世超脫。「回首長安城，縞素慘不歡」以下言順治崩殂。由「房星竟未動，天降白玉棺」知順治實未出家五台山，故詩云：「惜哉善財洞，未得誇迎鑾」。

其四則以遊仙之事言人間生死。「嘗聞穆天子，六飛騁萬里」至「盛姬病不救，揮鞭哭弱水」用《穆天子傳》周穆王游仙一典。周王遊於河濟，盛君獻女。後盛姬亡，天子殯姬於穀丘之廟，葬于樂池之南。

「盛姬病不救」二句見遊仙求長生仍不能免除妻妾病亡之痛。「漢皇好神仙，妻子思脫屣」言漢皇生前既專寵妻妾，妻妾亡後，又痛賦哀誄，見忘情之難。「天地有此山，蒼崖閱興毀」等句以清涼山為一閱盡興毀之境。為脫離情苦，企求清淨者追求之境。故以「澹泊心無為，怡神在玉几」等讚佛語來諷諭。蓋世祖一生專寵董鄂氏，無心顧及他妃，正見其忘情之難，如何能道參無生，功謝有為？故以清涼山為閱盡興毀的淨土，象徵鍾情者終生追求之境，以此表達諷諭之意。

2. 多爾袞

此外，〈雜感二十一首〉其三云：

> 旌旗日落起征鴻，蘆管淒涼雜部中。鵁鶄廢宮南內月，麒麟枯塚北邙風。金縢兄弟山河固，玉几君臣笑語空。回首蹜林秋祭遠，枉拋心力度江東。

此詩詠多爾袞。多爾袞為清太祖第十四子，太宗崩，以和碩鄭親王濟爾哈朗、和碩睿親王多爾袞輔政。孟森《明清史講義》清代史第一章第三節頁397云：

> 清入關創業，爲多爾袞一手所爲。世祖沖齡，政由攝政王
> 出。當順治七年以前，事皆攝政專斷，其不爲帝者，自守
> 臣節耳。

順治七年十二月戊子，多爾袞薨，尊爲「懋德修道廣業定功安民立政
誠敬義皇帝」，廟號成宗。順治八年，世祖親政，鄭親王濟爾哈朗等
上疏言其僭擬至尊，又使肅親王豪格不得其死，強納其妃及財產等
事。詔削爵撤廟享，並罷其生母孝烈武皇后諡號廟享，黜宗室，籍沒
財產入官等等。此詩頸聯上句用周公作〈金縢〉一典，擬之爲顧命之
臣；下句「玉几君臣笑語空」指其亡後遭世祖清算。末二句慨歎其枉
自效忠驅馳，卻落得如此下場。

二、身世之感與遺民之慟

甲申國難時，梅村里居。國變後，被弘光朝召爲詹事府少詹事，
與馬、阮不合，遂歸隱「梅村」。因虛名在人，爲世指目，故閉門不
通人物，以韜晦避禍，並以遺民自期。順治十年，因薦出仕，實非本
願。其心境甚苦，故未三年即告歸。重居故園，又被奏銷案、陸鑾告
訐等事牽累，幾至破家。其病危時〈與子暻疏〉自述一生遭際，萬事
憂危。無一刻不歷艱難，無一境不嘗辛苦，當非虛言。故其詩中每有
身世之感與遺民之慟。

順治四年，梅村與姜如須相遇於江南。爲姜如農、如須兄弟作〈東
萊行〉，並表彰故人左懋第、宋玫的節義。此諸友皆東萊人氏。宋玫
死於崇禎十六年清兵陷萊陽時。弘光朝立，左懋第銜命北上議和。清
人脅降不成，殺之。姜垓字如農，據徐鼐《小腆紀傳》卷五十六云：
垓崇禎年間擢禮科給事中，因疏諫而下詔獄，逮至午門，杖一百，幾
死。崇禎十七年正月，謫戍宣州衛。弘光朝亡，與弟姜垓避兵天台。
嘗奉母歸萊陽，清山東巡撫薦諸朝廷，乃佯墜馬折股，乘間復馳至蘇
州。自號宣州老兵。病革時，猶念念舊君謫戍宣城之命，卒葬宣城。
其弟姜垓，字如須，曾受官行人，掌奉使諸事。此詩敘鼎革之後：

……愛弟棄官相追從，避兵盡室來江東。本爲逐臣溝壑裡，卻因奉母亂離中。三年流落江湖夢，茂陵荒草西風慟。頭顱雖在故人憐，髀肉猶爲舊君痛。我來扶杖過山頭，把酒論文遇子由。異地客愁君更遠，中原同調幾人留？司空平昔耽佳句，千首詩成罷官去。戰鼓東來白骨寒，二勞山月魂何處？左氏勳名照汗青，過江忠孝數中丞。孺卿也向龍沙死，柴市何人哭子卿？只君兄弟天涯客，漂零尚是煙霜隔。思歸詩寄廣陵潮，憶弟書來虎丘石。回頭風塵涕淚流，故鄉蕭瑟海天秋。田橫島在魚龍冷，樂大城荒草木愁。當日竹宮從萬騎，祀日歌風何意氣。斷碑年月記乾封，柏梁侍從誰承制？魯連蹈海非求名，鴟夷一舸寧逃生？丈夫淪落有時命，豈復悠悠行路心。我亦滄浪釣船繫，明日隨君買山住。

鼎革後姜如農奉母避兵江南，回首茂陵荒草，不禁爲故國君王而痛。「髀肉猶爲舊君痛」言遺臣之痛，痛入髀肉。接著言梅村與姜如須久別重遇，引爲同調。「司空平昔耽佳句，千首詩成罷官去」四句言宋玫死節事。「左氏勳名照汗青，過江忠孝數中丞」二句指左懋第使清，不降而被殺一事。梅村比之蘇武，蘇武弟字孺卿，比擬懋第弟左懋泰。

「只君兄弟天涯客，漂零尚是煙霜隔」數句寫姜氏兄弟因阻於戰亂，遂流離乖隔。「田橫島在魚龍冷」用田橫及其客殺身殉主的典故，暗指左、宋等人殉國之節義。

「當日竹宮從萬騎，祀日歌風何意氣」以下追念往昔君恩。以魯連、范蠡自比，發抒隱居而不仕新朝之志，與諸友相期，故末云：「我亦滄浪釣船繫，明日隨君買山住。」

順治四年秋，梅村至常熟瞿式耜東皋園林，見其園因官吏追索而零落不堪，深爲痛惜。〈後東皋草堂歌〉云：

君家東皋枕山麓，百頃流泉浸花竹。石田書畫數百卷，酷嗜平生手藏籙。隱囊麈尾寄蕭齋，鴻鵠高飛鷹隼猜。白社青山舊居在，黃門北寺捕車來。有詔憐君放去，重到故鄉棲隱處。短策仍看屋後山，扁舟卻繫門前樹。此時鉤黨

雖縱橫，終是君王折檻臣。放逐縱緣當事意，江湖還賴主
人恩。一朝龍去辭鄉國，萬里烽烟歸未得。可憐雙戟中丞
家，門帖淒涼題賣宅。有子單居持戶難，呼門吏怒索家錢。
窮搜廢篋應無計，棄擲城南五尺山。……我初扶杖過君家，
開尊九月逢黃花。秋日溪山好圖畫，石田眞蹟深咨嗟。傳
聞此圖再易主，同時賓客知存幾？又見溪山改舊觀，雕欄
碧檻今已矣。搖落深知宋玉愁，衡陽雁斷楚天秋。斜暉有
恨家何在，極浦無言水自流。我來草堂何處宿？挑燈夜把
長歌續。十年舊事總成悲，再賦閒愁不堪讀。魏寢梁園事
已空，杜鵑寂寞怨西風。平泉獨樂荒榛裡，寒雨孤村聽暝
鐘。

此詩首二句言瞿氏園林之美及其嗜愛收藏石田書畫。「隱囊塵尾寄蕭
齋」六句言其遭權相所訐，罷官歸鄉。

「有詔憐君放君去，重到故鄉棲隱處」以下言其罷歸後，築東皋
於虞山下。「短策仍看屋後山」六句言國在則家在。故當時鉤黨雖縱
橫，「仍看」屋後山，且「終是」君王折檻臣。其安居鄉園，「還賴」
主人恩。「仍看」、「終是」、「還賴」等詞寓意深微。「一朝龍去辭鄉國，
萬田烽煙歸未得」以下言國亡後瞿氏唱義粵西，不但有家歸不得，其
家更因官吏追索而殘破。故「我初扶杖過君家，開尊九月逢黃花」以
下作者撫今追昔，慨歎其園林無復舊觀，深惜石田眞蹟爲人所奪。「搖
落深知宋玉悲，衡陽雁斷楚天秋」四句，將瞿氏擬爲宋玉，以斜暉象
徵國勢之傾頹。「魏寢梁園事已空，杜鵑寂寞怨西風」四句以魏寢梁
園、平泉獨樂等古代名園之荒蕪，寄寓國亡園毀之悲痛。

藉以故人園林的毀壞來發抒亡國之痛者，又見〈鴛湖曲〉。此詩
作於順治六年二月梅村重至嘉興鴛湖時，見故友吳昌時湖墅零落，回
憶昔日宴樂張飲，感賦而作。詩首先追敘當年歡宴之景及後來吳昌時
因事見法。詩末云：

……東市朝衣一旦休，北邙坯土亦難留。白楊尚作他人樹，
紅粉知非舊日樓。烽火名園竄狐兔，畫閣偷窺老兵怒。寧

> 使當時沒縣官，不堪朝市都非故。我來倚棹向湖邊，煙雨
> 臺空倍惆然。芳草乍疑歌扇綠，落英錯認舞衣鮮。人生苦
> 樂皆陳跡，年去年來堪痛惜。聞笛休嗟石季倫，銜杯且效
> 陶彭澤。君不見白浪掀天一葉危，收竿還怕轉船遲。世人
> 無限風波苦，輸與江湖釣叟知。

此言吳昌時見法後，其湖墅遭兵火蹂躪之景。「寧使當時沒縣官，不
堪朝市都非故」二句，言吳昌時生前聚斂，死後家業零落。當時未入
朝廷，如今徒遭清人摧殘。「畫閣偷窺老兵怒」一句，痛斥清軍爲「老
兵」，到處焚掠，因此末尾慨歎世路風波之苦。

　　順治五年，梅村至常熟訪毛晉汲古閣。〈汲古閣歌〉稱譽毛晉一
介遺民卻能肩負典藏及出版書籍之大業。詩云：

> ……當時海內多風塵，石經馬矢高丘陵。已壞書囊縛作袴，
> 復驚木冊摧爲薪。君家高閣偏無恙，主人留宿傾家釀。醉
> 來燒燭夜攤書，隻眼摩挲覺神王。古人關書借三館，羨君
> 自致五千卷。又云獻書輒拜官，歎君帶索躬耕田。伏生藏
> 壁遭書禁，中郎祕惜矜談進。君獲奇書好示人，雞林巨賈
> 爭摹印。讀書到死苦不足，小學雕蟲置廢簏。君今萬卷盡
> 刊訛，刑家小兒徒碌碌。客來詩酒話生平，家近湖山擁百
> 城。不數當年清閟閣，亂離蹤跡似雲林。

戰亂摧壞書冊之際，毛晉以十年心力悉力於收拾保存及出版流通書
籍。爲此帶索躬耕，儉以自奉。好收奇書，又注重摹印刊訛。其不求
獻書得官，只求書籍得以保存及流傳。因此，梅村以明初倪瓚喻之，
兩人於亂離之際，建閣藏書，以贍護典籍之志業，足堪後人稱譽。同
時作品〈毛子晉齋中讀吳匏庵手抄宋謝翱西臺慟哭記〉云：

> 扁舟訪奇書，夜月南湖宿。主人開東軒，磊落三萬軸。別
> 度加收藏，前賢矜手錄。北堂學士鈔，南宋遺民牘。言過
> 富春渚，登望文山哭。子陵留高臺，西面滄江綠。婦翁爲
> 神仙，天子共遊學，攜家就赤城，高舉凌黃鵠。尚笑君房
> 癡，寧甘子雲辱。七里溪光清，千仞松風謖。盧陵赴急難，
> 幕府從羈僕。運去須武侯，君存即文叔。臣心誓勿諼，漢

祚憂難復。昆陽大雨風，虎豹如蝟縮。詭譎滹沱冰，倉卒
蕪亭粥。所以恢黃圖，無乃資赤伏。即今錢塘潮，莫救厓
山麓。空坑戰士盡，柴市孤臣戮。一死之靡它，百身其奚
贖！糞生天天年，翟公湛家族。會稽處士星，求死得亦足。
安能期故人，共臥容加腹。巢許而蕭曹，遭遇全高躅。文
山竟以殉，趙社終爲屋。海上悲田橫，國中痛王蠋。門人
蒿里歌，故吏平陵曲。彼存君臣義，此製朋友服。相國誠
知人，舉事何顚躓。丈夫失時命，無以辭碌碌。看君書一
編，俾我愁千斛。禹蹟荒煙霞，越臺走麋鹿。不圖疊山傳，
再向嚴灘續。配食從方干，豐碑繼梅福。主人更命酒，哀
吟同擊筑。四坐皆涕零，霜風激群木。嗟乎誠義士，已矣
不忍讀！

此詩於毛晉齋中讀明代吳寬手抄宋謝翱〈西臺慟哭記〉後所作。吳寬，
自號匏庵。《明史》卷一百八十四其傳云：吳寬，字原博，長洲人。
以文行有聲諸生間。成化八年，會試、廷試皆第一，授修撰。侍孝宗
東宮，秩滿進右諭德。孝宗即位，以舊學遷左庶子，預修《憲宗實錄》，
進少詹事兼侍讀學士。弘治八年，擢吏部右侍郎。十六年，進禮部尙
書，年七十卒於官。贈太子少保。諡文定。

　　梅村仕履和吳寬相似。梅村會試第一、廷試第二，亦曾侍太子東
宮，弘光朝則任少詹府少詹事。

　　宋遺民謝翱的生平，見《宋史翼》卷三十五。謝翱，字皋羽。後
徙浦城，福建福安人。德祐二年，元兵入臨安，擄恭帝北去。丞相文
天祥亡走閩中，開府南劍。翱傾家貲募鄉兵數百人赴軍門，署諮議參
軍。明年，隨天祥引兵至漳州。已而天祥趨廣東，與翱別。後四年，
文天祥在燕京殉節，翱悲不自勝。每見山水池榭、雲嵐草木，與天祥
所處偶似者，則徘徊顧盼，悲不敢泣。又後三年，翱過姑蘇。姑蘇乃
天祥初開府之治，翱望夫差之臺而始哭之。又後四年而哭天祥於越
臺，又後五年與其友吳思齊等買舟浮七里瀨，謁嚴光祠。祠後有東西
二釣臺，翱登西臺上，設位祭天祥，再拜跪伏而號慟不已，歸後作〈西

臺慟哭記〉，記其慟哭文天祥之殉節，兼懷思其先父，故深寓家國之悲。清朝的張丁註解道：

> 若其慟西臺，則慟乎丞相也；慟丞相則慟乎宋之三百年也。

此說精當。梅村同懷謝翱之悲，讀其文而慟哭殉節諸臣；慟哭諸臣則慟乎有明一代。因此，其詩兼敍光武與其故人嚴光事，則悲運窮物改，君臣相得之事不復見矣。

　　此詩首言毛子晉書齋。「別庋加收藏」四句言吳匏庵手抄之宋謝翱〈西臺慟哭記〉。「言過富春渚，登望文山哭」以下至詩末言讀後感。「言過富春渚」二句言慟哭。「子陵留高臺，西面滄江綠」二句言西臺，至此點明詩題之意。

　　「婦翁爲神仙，天子共游學」八句言子陵事。子陵娶梅福季女，梅福於王莽專政時，棄妻子，去九江，人傳以爲仙。嚴子陵則少與光武同游學。「尚笑君房癡，寧甘子雲辱」上句用後漢侯霸位至公侯典。下句用王莽篡位，使人收揚雄，雄自天祿閣上自投下，幾死。以詠嚴光隱居不仕之志節，寄託己不仕異朝之志。

　　「廬陵赴急難」至「無乃資赤伏」，靳榮藩云：

> 前六句寫信國（文天祥）起兵，是所哭之人也。後六句因子陵而及光武，又以光武之能復漢祚反襯信國之莫救宋社也。

此說是。「所以恢黃圖，無乃資赤伏」以《後漢書・光武紀》載彊華自關中奉赤伏，符應光武膺受天命之事，故自「即今錢塘潮」以下，悲文天祥之殉國，慨歎運窮物改。「空坑戰士盡，柴市孤臣戮」二句用文天祥事悲殉國之故臣。例如〈讀史雜感十六首〉其十六云：

> 風雨章江路，山川感廢興。城荒孤鷺遠，潮怒老蛟憑。止水孤臣盡，空坑故鬼增。淒涼餘汗簡，遺事續廬陵。

周法高〈吳梅村詩小箋〉一文云此詩詠姜曰廣在南昌死節之事。姜氏時任禮部尚書兼東閣大學士，相當輔相之位。順治六年，南昌城陷，姜氏投水死。此詩前四句即言此事。後四句以文天祥比擬姜氏。於身

分頗適切，文天祥領兵，敗於空坑，被執，故云：「空坑故鬼增。」
文、姜二人均兵敗江西，後殉國死，故末云：「遺事續廬陵」，以頌揚
姜氏之節義。

「龔生夭天年，翟公湛家族」二句。上句指漢龔勝，哀帝時為渤
海太守。因病家居。王莽篡位，力拒徵聘，絕食死，年七十九。下句
指漢翟義，為東郡太守。王莽居攝，義舉兵討莽。事敗，被夷滅三族。
「會稽處士星」二句，吳翌鳳箋註引《晉書》〈隱逸〉傳云：

> 會稽謝敷隱居若邪山，名聞不及戴逵。時月犯少微。人云：
> 「處士星也。」皆為逵憂。俄而敷卒。人嘲逵曰：「吳中高
> 士，求死不得。」

此二句自喻求死殉節不成，以「求死得亦足」自嘲。求死不得的愧作
之情，時見於梅村詩。例如〈與友人談遺事〉云：「孤臣流涕青門外，
徒使田橫客笑人。」以田橫客、翟義、龔勝等來比擬抗清殉國或國亡
殉節者，自嘲徒然流涕，愧對英烈。

「安能期故人」二句，指光武、嚴光同榻而眠事，指君臣之相得，
今不復見。「巢許而蕭曹」二句，慨歎運乖命蹇，欲如巢、許或蕭、
曹，各遂其志，恐不易得。「文山竟以殉，趙社終為屋」二句，藉南
宋之覆亡，發抒國亡之悲。

「海上悲田橫，國中痛王蠋」悲慟殉國者，故云：「門人蒿里歌，
故吏平陵曲。」而「彼存君臣義」二句，指謝翶慟哭於西臺。翶以布
衣從文丞相抗元，丞相殉國後，翶以朋友服設主祭哭其英節，何況梅
村為勝國遺臣，能無愧無感嗎？故哀憐道：「丈夫失時命，無以辭碌
碌。」將遭遇之乖蹇歸之時運，是運窮之際的牢騷語。

「看君書一編」以下記讀此文而慟哭。「禹蹟荒煙霞」數語，指
謝翶哭於越臺，後又慟哭於西臺。「越臺走麋鹿」一句借以悲慟唐王
隆武帝一朝之覆滅。〈讀史雜感十六首〉其十二云：

> 聽說無諸國，南陽佳氣來。三軍手詔痛，一相誓師哀。魯
> 衛交難合，黥彭間早開。崆峒游不返，虛築越王臺。

周法高〈吳梅村詩小箋〉頁216云此詩詠唐王朝內失和及閩浙不睦而致滅亡之事。首二句指唐王詔三軍書。「一相誓師哀」指黃道周募兵江西之事。「魯衛交難合」指閩、浙不睦。「彭黔間早開」指黃道周與鄭芝龍失和。末二句指順治三年，唐王被清人執死於福州。「虛築越王臺」即「越臺走麋鹿」之意，同悲故國之覆亡。

「配食從方干」指謝翱病革時，遺言葬於釣臺之南，原唐方干故居。「豐碑繼梅福」指謝翱繼踵梅福、嚴光等隱士之節。

「主人更命酒」二句言慟哭之情。「四坐皆涕零，霜風激群木，嗟乎誠義士，已矣不忍讀。」則四坐皆遺民，宜其涕零慟哭矣。

此詩道盡身世之悲，遺民之慟，借前人酒杯澆心中壘塊，梅村難言之隱盡見於此。借古詠懷，自悲身世者，又如〈行路難十八首〉其四云：

> 愁思忽不樂，乃上咸陽橋。盤螭蹲獸勢相醪，谽呀口鼻吞崩濤。當時平明出萬騎，馬蹄碟躞何逍遙。長安冠蓋一朝改，紫裘意氣非吾曹。柴車辟易伏道畔，舍人辭去妻拏嘲。人生太行起面前，何必褒斜棧閣崎嶇高。

此慨歎改朝換姓後，昔日盛會不再。賓客散去，妻拏嘲怨，故歎世途艱難。甚八又云：

> 男兒讀書良不惡，屈首殘編務穿鑿。窮年矻矻竟無成，徒使聲華受蕭索。君不見王令文章今大進，丘公官退才亦盡。寂寂齋居自著書，太玄奇字無人問。

自憐罷官後之蕭索。欲有著書名山之業，又不免揚雄覆瓿之歎。其十八云：

> 吾將老焉惟糟丘，裸身大笑輕王侯。禮法之士憎如讎，此中未得逍遙游。不如飲一斗，頹然便就醉，執法在前無所畏。君不見嵇生幽憤阮生哭，箕踞狂呼不得意。

此疾憤禮法之羈束，故縱情而逃於酒，以發幽憤不得意之情。

順治十年，梅村因薦出仕。北上京師途中，多自憐身世之作。如〈過淮陰有感二首〉其二云：「我本淮王舊雞犬，不隨仙去落人間。」

追思故君，自慚自愧。〈途中遇雪即事言懷〉云：

> ……赤縣初移社，青門早灌畦。餘生隨雁鶩，狀志失虹蜺。
> 築圃千條柳，耕田十具犁。昔賢長笑傲，吾道務提撕。得
> 失書新語，行藏學古稽。詩才追短李，畫癖近迂倪。室靜
> 閒支枕，樓高懶上梯。老宜稱漫士，窮喜備殘黎。有道寧
> 徵管，無才欲薦嵇。北山休誚讓，東觀豈攀躋。……

「赤縣初移社」二句，即〈自歎〉所云：「旁人休笑陶弘景，神武當
年早挂冠」，自言早已挂冠歸隱。如今應薦至京，猶以昔賢不貳仕異
朝之道來自我提撕，且欲滑稽混世，以求保全。自比管寧、嵇康，以
自堅卻薦之心。

梅村受強薦出仕，其處境之苦正如〈寄房師周芮公先生四首并序〉
其三的首二句所云：「但若盤桓便見收，詔書趨迫敢淹留？」對於陳
之遴等人的薦舉，其四詩末二句云：「巨源舊日稱知己，誤玷名賢啓
事中。」陳氏既爲知己，何事薦舉？其語甚激憤。此因其房師周廷鑨
雖以同徵，獨得不至。梅村愧對房師，故自恨誤節出仕。

順治十一年，梅村遇徐汧家故伎王紫稼於京師。〈王郎曲〉詩末
小注云：

> 王郎名稼，字紫稼，於勿齋徐先生二株園中見之，髫而皙，
> 明慧善歌。今秋遇于京師，相去已十六七載，風流儇巧，
> 猶承平故習。酒酣一出其伎，坐上爲之傾靡。余此曲成，
> 合肥龔公芝麓口占贈之曰：「薊苑霜高舞柘枝，當年楊柳尚
> 如絲。酒闌卻唱梅村曲，腸斷王郎十五時。」

梅村等人見王郎承平故習，猶勝往昔，不禁有滄桑感。故詩云：「十
年芳草長洲綠，主人池館惟喬木。王郎三十老長安，老大傷心故園曲。
誰知顏色更美好，瞳神剪水清如玉。」玉郎的歌藝舞姿撫慰其悼友與
亡國之悲，故又云：「只今重聽王郎曲，不須再把昭文痛」。詩末云：

> 君不見康崑崙、黃幡綽，承恩白首華清閣。古來絕藝當通
> 都，盛名肯放優閒多？王郎王郎可奈何！

王郎因盛名而爲京師豪家延致，如唐代藝人康崑崙、黃幡綽之承渥聖

恩，乃慨歎盛名之累，白頭碌碌，不免自憐身世。靳榮藩云：

> 或問：「梅村以『可奈何』三字悲悼身世，然則梅村固無罪
> 與？」曰：「《明史》〈倪元璐〉傳極斥楊維垣「無可奈何」
> 之非。夫梅村病中絕筆所謂：「一錢不值何須說」者，蓋不
> 以可奈何自解也。不以自解而不能不時寓其可奈何之悲，
> 于梅村愈有恫焉。

明末朝臣倪元璐斥楊維垣自附閹黨，又以無可奈何自解。梅村〈賀新郎〉〈病中有感〉一詞下片云：

> 故人慷慨多奇節。爲當年、沈吟不斷，草間偷活。艾炙眉
> 頭瓜噴鼻，今日須難訣絕。早患苦、重來千疊。脫屣妻孥
> 非易事，竟一錢不值何須說！人世事，幾完缺？

梅村因顧及家室，被迫出仕，深愧殉國故友。「脫屣妻孥非易事，竟一錢不值何須說！」言自慚自愧，卻羞於辯解；羞於自辯卻又時時流露者，可知其失節之恫深矣。

此年，〈退谷歌〉云：

> ……仰天四顧指而笑，此下即是宜春宮。若教天子廣苑囿，
> 吾地應入甘泉中。丈夫蹤跡貴狡獪，何必萬里游崆峒？君
> 不見抱石沉、焚山死，被髮佯狂棄妻子；匡廬峰、成都市、
> 欲逃名姓竟誰是？少微無光客星暗、四皓衣冠只如此。使
> 我山不得高，水不得深、鳥不得飛、魚不得沉。武陵洞口
> 聞野哭，蕭斧斫盡桃花林。仙人得道古來宅，劫火到處相
> 追尋。不如三輔內，此地依青門，非朝非市非沉淪。鄠杜
> 豈關蕭相請，茂陵不厭相如貧。飲君酒，就君宿，羨君逍
> 遙之退谷。花好須隨禁苑開，泉清一讓溫湯浴。中使敲門
> 爲放鷹，羽林下馬因尋鹿。我生亦胡爲，白頭苦碌碌。送
> 君還山識君屋，庭草彷彿江南綠，客心歷亂登高目。噫嚱
> 乎歸哉！我家乃在莫釐之下，具區之東，側身長望將安從？

此詩贈孫承澤。此時孫氏已致仕，築退谷於京師附近的西山。故詩云：「若教天子廣苑囿，吾地應入甘泉中」。「丈夫蹤跡貴狡獪，何必萬里游崆峒？」對照抱石沈、焚山死的殉國故人與佯狂棄家，隱居不仕之

遺民，梅村心有愧怍之情。

「使我山不得高，水不得深，鳥不得飛，魚不得沈」數句形容心靈的桃源被斫盡的痛苦。因此「不如三輔內，此地依青門，非朝非市非沈淪」數語稱羨孫氏得以致仕隱居，故自歎：「我生亦胡爲，白頭苦碌碌」。「噫嘻乎歸哉」數語則強烈表達歸隱之心志。

此心事又見〈遣悶六首〉其三云：「故人往日燔妻子，我因親在何敢死！憔悴而今困於此，欲往從之媿青史」等句。此詩作於順治十六年鄭成功發動江上之役時，梅村飽經憂患，不禁追憶殉國故人，故出語激切。眼見戰火蹂躪圖籍，百王遺文賤棄如土，故其六末二句云：「一字不向人間留，亂離已矣吾無憂。」發抒著述之志挫折落空之憤慨。

梅村坎壈於盛名，故每有隱世不深之歎。〈廿五日偕穆苑先孫浣心葉子聞允文游石公山盤龍石梁寂光歸雲諸勝〉一詩云：

> ……卻留幽境在，似爲肥遯設。當年綺里李，卜居採薇蕨。皓首走漢廷，恨未與世絕。若隨靈威去，此處攬藤葛。子房知難致，邰薦且捫舌。……

從此商山四皓自比，恨當年隱世不深，未與世絕，故難辭薦舉。詩又云：

> ……側肩僅容趾，腹背供磨軋。下端蘚磴牢，上覰崩崖豁。攀躋差毫釐，失足憂一蹉。前奇慕先過，後險欣乍脫。歌呼雜齠稚，嘻笑視履韈。君看長安道，高步多蹉跌。散誕來江湖，蒲伏羞千謁。頭因石丈低，腰向山靈折。……

此以山水之可愛對照世途之險惡多蹉跌。「頭因石丈低，腰向山靈折」二句可看出作者在游山玩水中釋放出多年來干謁於人世的苦悶。詩末又云：

> 我有瑯玕管，上灑湘妃血。濯足臨滄浪，浩思吟不輟。未堪追陽冰，猶足誇李渤。隱從煙霞閉，出供時世閱。刻之藏書巖，千載應不滅。

作者自負其彩筆，上灑湘妃血，故其筆下多感念舊日君王之悲。末有隱世著書，以藏諸名山之意。

此外，詩詠遺民者，如〈贈吳錦雯兼示同社諸子〉云：

吾家季重才翩翩，身長七尺虬鬚髯。投我新詩百餘軸，滿床絹素生雲煙。自言里中有三陸，長衫拂髁矜豪賢。弟先兄舉致身早，我亦挾冊游長安。其餘諸子俱嶽嶽，感時上策愁祁連。會飲痛哭岳祠下，聞者大笑驚狂顛。皋亭山頭金鼓震，萬騎蹴踏東南天。貽書訣別士龍死，嗚呼吾友非高官。餘或脫身棄妻子，西興潮落無歸船。我因老親守窮巷，買山未得囊無錢。息心掩關謝時輩，五年不到西溪邊。比因訪客過山寺，故人文酒相盤桓。手君詩篇令我讀，使我磊落開心顏。豈甘不死愧良友，欲使奇字留人間。跳刀拍張雖將相，有書一卷吾徒傳。吾聞其語重歎息，平生故舊空茫然。不信扁舟偶乘興，丁儀吳質追隨歡。酒酣對客作長句，十紙誾誾松風寒。後來此會良不易，況今海內多艱難。安得與君結廬住，南山著述北山眠。

馮其庸、葉君遠《吳梅村年譜》將此詩列在順治六年梅村訪杭州時作。吳有朋，字錦雯；丁澎，字飛濤。即詩中以吳質、丁儀來比擬者。二人為登樓社成員，而此社嘗加入復社。故詩題稱為同社諸友。

詩開頭云：「吾家季重才翩翩，身長七尺虬鬚髯」四句形容吳錦雯的外形及文才，比擬為曹魏吳質，質字季重。接著敘述同社諸友先後通籍入仕，並深懷憂國之情。即詩云：「會飲痛哭岳祠下，聞者大笑驚狂顛」數句。「皋亭山頭金鼓震，萬騎蹴踏東南天」以下言國變後，同社諸友或殉國或棄家隱世。

「我因老親守窮巷，買山未得囊無錢」數句自言因有親在，故奉親隱居。「比因訪客過山寺，故人文酒相盤桓」以下記此遊，並稱許吳錦雯著述之志。「豈甘不死愧良友，欲使奇字留人間」乃錦雯自述語，梅村何嘗不如此期許？故詩末言時世多艱，良朋高會之事不易得，惟以隱世著述自期。

〈疊陽觀訪文學博介石兼讀蒼雪師舊跡有感〉云：

……嗚呼！銅鼓鳴，莊蹻起，青草湖邊築營壘，金馬碧雞

恨已矣。人言堯幽囚，或言舜野死，目斷蒼梧淚不止。吾
州城南祠仙子，窈窕丹青映圖史。玉棺上天人不見，遺骨
千年蛻於此。先生結茅居其傍，歸不歸兮思故卿。盡道長
沙軍，已得滇池王。伏波南下開夜郎，烏纍孤城猶屈強，
青蛉絕塞終微茫。……

此言滇地戰事。「人言堯幽囚」數言，文介石聞桂王遭清人執死，悲
痛不已。「吾州城南祠仙子」數言，指梅村讀蒼雪舊跡，慰憐文氏思
鄉之情。「盡道長沙軍，已得滇池王」以下，傷故國終淪亡，諷刺吳
三桂等執殺桂王之罪行。

　　此外，〈白燕吟〉一詩云：

雲間白燕菴，袁海叟丙舍在焉，吾友單猗菴隱居其傍，鴻飛冥
冥，爲弋者所慕，故作此吟以贈之，余年二十餘，遇猗菴於陳
徵君西佘山館，有歌者在席，迴環昔夢，因及其事。猗菴解組
歸田，遭逢多故，視海叟之西臺謝病，倒騎烏犍牛，以智僅免
者，均有牢落之感，俾讀者前後相觀，非獨因物比興也。

白燕菴頭晚照紅，摧頹毛羽訴西風。雖經社日重來到，終
怯雕梁故壘空。……縞素還家念主人，瓊樓珠箔已成塵。
雪衣力盡藍田土，玉骨神傷漢苑春。銜泥從此依林木，窺
簷詎肯樊籠辱。高舉知無鴻鵠心，微生幸少烏鳶肉。探卵
兒郎物命殘，朱絲繫足柘弓彈。傷心早已巢君屋，猶作徘
徊怪鳥看。漫留指爪空迴顧，差池下上秦淮路。紫頷關山
夢怎歸，烏衣門巷雛誰哺？頭白天涯脫網羅，向人張口爲
愁多。啁啾莫向斜陽語，爲唱袁生一曲歌。

康熙六年，單恂因明太子朱光輔案，牽連入獄，後獲免。視其同里先
賢袁凱，二人均有牢落之感。梅村此作，追蹤袁凱〈白燕吟〉比興之
風。「雖經社日重來到，終怯雕梁故壘空」言單恂破家之苦。「縞素還
家念主人」四句，寫盡遺民之痛。「雪衣力盡藍田土，玉骨神傷漢苑
春」，上句用《史記》〈五宗〉世家，臨江閩王榮畏罪自殺，燕數萬銜
土置冢上，百姓憐之。下句典故，程穆衡箋注云：

句暗用《漢書》〈外戚〉傳：定陶丁姬，哀帝母也，爲帝太

> 后崩，合葬恭皇陵。哀帝崩，王莽奏貶太后，號曰丁姬，
> 請以木棺代去珠玉衣，葬丁姬媵妾之次，奏可。掘丁姬故
> 冢。莽又周棘其處，以爲世戒。時有群燕數千，銜土投丁
> 姬穿中。

因此，「雪衣力盡藍田土」二句指鼎革之際，明朝帝妃陵墓屢遭盜掘，而明朝臣民，又無力挽回國亡之勢。「銜泥從此依林木」數語言單恂棲隱家園，以韜晦自保。「探卵兒郎物命殘，朱絲繫足柘弓彈」四句言官吏羅織罪名、陷民入罪。「頭白天涯脫網羅」四句，因詠其鄉里先賢袁凱〈白燕吟〉牢落之感以憐其遭遇。

梅村〈西田招隱詩四首〉（原註：西田，王煙客奉常別墅）其三云：「苦言官長峻，未敢休微躬。樸陋矜詩書，無乃與我同。日落掩扉去，滿地桃花紅。」其時徵調日急，王時敏困於官吏之峻求，故云：「苦言官長峻，未敢休微躬」。時敏與梅村生活雖樸陋，尚矜守詩書及家園，可見其遺民心志。

三、同情士子藝人等的遭遇

梅村同情士子、藝人、謫宦、畫家等失路之悲，與其同悲同哭，見諸詩篇，情感眞摯。

（一）琵琶樂師白氏父子

例如〈琵琶行并序〉云：

> 去梅村一里，爲王太常煙客南園。今春梅花盛開，予偶步到此，
> 忽聞琵琶聲出於短垣叢竹間，循牆側聽，當其妙處，不覺拊掌。
> 主人開門延客，問向誰彈，則通州白在湄，子又如，父子善琵
> 琶，好爲新聲。須臾花下置酒，白生爲予朗彈一曲，乃先帝十
> 七年以來事，敍述亂離，豪嘈淒切。坐客有舊中常侍姚公，避
> 地流落江南，因言先帝在玉熙宮中，梨園子弟奏水嬉、過錦諸
> 戲，內才人於暖閣齋，鏤金曲柄琵琶彈清商雜調。自河南寇亂，
> 天顏常慘然不悅，無有此樂矣。相與哽咽者久之。於是作長句
> 紀其事，凡六百二言，仍命之曰琵琶行。

琵琶急響多秦聲，對山慷慨稱入神；同時渼陂亦第一，兩

人失志遭遷謫。絕調王康並盛名，崑崙摩詰無顏色。百餘
年來操南風，竹枝水調謳吳儂。里人度曲魏良輔，高士填
詞梁伯龍。北調猶存止弦索，朔管胡琴相間作。盡失傳頭
誤後生，誰知卻唱江南樂。今春偶步城南斜，王家池館彈
琵琶。悄聽失聲叫奇絕，主人招客同看花。爲問按歌人姓
白，家住通州好尋覓。袴褶新更回鶻裝，虬鬚錯認龜茲客。
偶因同坐話先皇，手把檀槽淚數行。抱向前人訴遺事，其
時月黑花茫茫。初撥鵾弦秋雨滴，刀劍相磨轂相擊。驚沙
拂面鼓沈沈，春然一聲飛霹靂。南山石裂黃河傾，馬啼迸
散車徒行。鐵鳳銅盤柱摧塌，四條弦上煙塵生。忽焉摧藏
若枯木，寂寞空城烏啄肉。轆轤夜半轉咿啞，嗚咽無聲貴
人哭。碎佩叢鈴斷續風，冰泉凍壑瀉淙淙。明珠瑟瑟抛殘
盡，卻在輕攏慢撚中。斜抹輕挑中一摘，漻慄颲颲憯肌骨。
銜枚鐵騎飲桑乾，白草黃沙夜吹笛。可憐風雪滿關山，烏
鵲南飛行路難。猓嘯鼯啼山鬼語，瞿塘千尺響鳴灘。坐中
有客淚如霰，先朝舊直乾清宮。穿宮近侍拜長秋，咬春燕
九陪游燕。先皇駕幸玉熙宮，鳳紙斂名喚樂工。苑內水嬉
金傀儡，殿頭過錦玉玲瓏。一自中原盛豺虎，煖閣才人撤
歌舞。挿柳停搊素手箏，燒燈罷擊花奴鼓。我亦承明侍至
尊，止聞古樂奏雲門。段師淪落延年死，不見君王賜予恩。
一人勞悴深宮裡，賊騎西來趨易水。萬歲山前羣鼓鳴，九
龍池畔悲笳起。換羽移宮總斷腸，江村花落聽霓裳。龜年
哽咽歌長恨，力士淒涼說上皇。前輩風流最堪羨，明時遷
客猶嗟怨。即今相對苦南冠，昇平樂事難重見。白生爾盡
一杯酒，縡來此伎推能手。岐王席散少陵窮，五陵召客君
知否？猶有風塵潦倒人，偶逢絲竹便沾巾。江湖滿地南鄉
子，鐵笛哀歌何處尋？

依詩序所言，梅村於王時敏南園遇琵琶師白氏父子，白氏父子爲朗彈
一曲，乃崇禎十七年來以來事。座客有舊常侍姚公，聽罷後傷感不已，
因言崇禎宮中遺事，遂使眾人哽咽久之。

　　首言琵琶聲帶秦音，遂言及百餘年間之曲風。康海，字德涵，號

對山，陝西武功人，弘治十五人狀元，王九思，字敬夫，號渼陂，陝西鄠縣人。二人同里同官，後同以劉謹黨被廢，故詩云：「兩人失志遭遷謫。」此二人爲明孝宗弘治年間著名的雜劇作家。

「百餘年來操南風」數語，言明中葉後，雜劇漸式微，崑曲興起，經魏良輔改革創新而後光大。良輔字尚泉，原籍江西，流寓太倉，故詩云：「里人度曲魏良輔」。崑曲所以統一南北曲，一尊獨大，部分歸功於作家備出，例如梁辰魚，字伯龍，崑山人，有《浣紗記》傳奇等作。

「北調猶存止弦索」以下，言北曲漸衰，猶存弦索及朔管等樂器之配奏。「今春偶步城南斜」四句驚訝絕調重視。「袴褶新更回鶻裝」二句言白氏父子之衣飾、外形。

「偶因同坐話先皇」以下則白生爲朗彈一曲，乃崇禎十七年間事。「初撥鵾弦秋雨滴」四句言刀劍相擊，戰鼓沈沈之聲。「南山石裂黃河傾」四句言崇禎十四年李自成破洛陽，殺福王常洵及十五年決黃河灌開封等。故云鐵鳳摧塌、黃河傾流。此以戰事意象形容聲音之肅殺。「忽焉摧藏若枯木」四句言城陷人空之慘況，故云：「寂寞空城烏啄肉」、「嗚咽無聲貴人哭」。「碎珮叢鈴斷續風」四句以碎亂拋殘之物來驀寫聲音。「斜抹輕挑中一摘」八句言甲申國變後南渡之景，以及張獻忠亂蜀事。以「可憐風雪滿關山，烏鵲南飛行路難」四句狀世況行道之艱難。

「坐中有客淚如霰」以下乃舊常侍姚公敍述崇禎在玉熙宮中，與梨園子弟奏水嬉、過錦諸戲，內才人於暖閣齋，鏤金曲柄琵琶彈清商雜調等遺事。「一自中原盛豺虎」數句言崇禎十四、十五年間河南寇亂，諸藩相繼罹難後，崇禎常慘然不悅。

「我亦承明侍至尊」二句，乃梅村述先皇事。「段師淪落延年死」二句，與眾人同悲君王。「一人勞悴深宮裡」四句更哀慟甲申國變，君王自縊。「換羽移宮總斷腸」以下言亡國之悲，以李龜年喻白生，以高力士喻舊常侍姚公。「前輩風流最堪羨，明時遷客猶嗟怨」二句即詩首所言王、康等人。如今重聽白生絕調，不勝故國之悲。故云：

「即今相對苦南冠，昇平樂事難重見」。「白生爾盡一杯酒」以下，則與眾人同悲潦倒淪落。「鐵笛哀歌何處尋」用〈明史〉〈楊維楨〉傳，言其坐船屋上，吹鐵笛，作梅花弄。維楨由元入明，明太祖宣至，又以白衣放還。晚年溺於音樂，出必從以歌童舞女，蓋內心有所不得意。梅村以其哀歌自喻身世之感。

（二）歌伎卞玉京

　　順治八年初春，梅村與卞玉京重逢，二人共載蘇州橫塘，玉京爲述弘光選妃事，並自傷淪落，梅村寫作〈聽女道士卞玉京彈琴歌〉云：

> 駕鵝逢天風，北向驚飛鳴。飛鳴入夜急，側聽彈琴聲。借問彈者誰？云是當年卞玉京。玉京與我南中遇，家近大功坊底路。小院青樓大道邊，對門卻是中山住。……昨夜城頭吹簍篥，教坊也被傳呼急。碧玉班中怕點留，樂營門外盧家泣。私更裝束出江邊，恰遇丹陽下渚船。翦就黃絁貪入道，攜來綠綺訴嬋娟。此地繇來盛歌舞，子弟三班十番鼓。月明絃索更無聲，山塘寂寞遭兵苦。十年同伴兩三人，沙董朱顏盡黃土。貴戚深閨陌上塵，吾輩漂零何足數！坐客聞言起歎嗟，江山蕭瑟隱悲笳。莫將蔡女邊頭曲，落盡吳王苑裡花。

詩首以「駕鵝逢天風，北向驚飛鳴」渲染驚逃倉皇之氣氛。以「飛鳴入夜急」形容卞玉京琴音之促迫。再言昔遊，並指出玉京歌伎之身分。中段敍述弘光選妃未定，清人已破南京，劫掠婦女而去。

　　「昨天城頭吹簍篥」以下言教坊女子亦未能倖免。「私更裝束出江邊」數句，言玉京變服而逃。「此地繇來盛歌舞」四句言蘇州被兵後零落之景，故云：「月明弦索更無聲，山塘寂寞遭兵苦」。

　　「十年同伴兩三人」四句乃卞玉京哀傷同伴及中山貴戚女的不幸。「吾輩漂零何足數」即〈過錦樹林玉京道人墓并傳〉小傳云：「吾儕淪落，分也。又復誰怨乎？」乃玉京自歎淪落，其身世堪憐，故梅村云：「莫將蔡女邊頭曲，落盡吳王苑裡花。」東漢蔡琰遭胡亂，有〈悲

憤詩〉自敍其不幸之遭遇。此以蔡琰喻玉京，蓋二人均遭亂離，也暗諷清人爲胡虜。「落盡吳王苑裡花」則同情被清人劫掠的吳地婦女。

（三）畫家崔青蚓

順治十一年，梅村〈題崔青蚓洗象圖〉一詩云：

嗚呼顧陸不可作，世間景物都蕭索。雲臺冠劍半無存，維摩寺壁全凋落。開元名手空想像，昭陵御馬通泉鶴。燕山崔生何好奇，書畫不肯求人知。仙靈雲氣追恍惚，宓妃雒女乘龍螭。平生得意圖洗象，興來掃筆開屏障。赤鬫如披洱海裝，白牙似立含元仗。當時駕幸承天門，鸞旗日月陳金根。雞鳴鐘動雙闕下，歸然不動如崑崙。崔生布衣懷紙筆，道衝驄哄金吾牵。仰見天街馴象來，歸去沉吟思十日。眼前突兀如摩挲，非山非屋非陂陀。昔聞阿難騎香象，栴檀林內頻經過。我之此圖無乃是，貝多羅樹金沙河。十丈黃塵向天闕，霜天夜踏宮牆月。芻豆支來三品料，鞭梢趨就千官謁。材大寧堪世人用，徒使低頭受羈絏。叩鼻殷成北闕雷，怒蹄捲起西山雪。圖成懸在長安市，道旁觀者呼奇絕。性癖難供勢要求，價高一任名豪奪。十餘年來人事變，碧難金馬爭傳箭。越人善象教象兵，扶南身毒來酣戰。惜哉崔生不復見，畫圖未得開生面。若使從軍使趙佗，蒼梧城下看如練。更作昆明象戰圖，止須一疋鵝溪絹。嗟嗟崔生餓死長安陌，亂離荒草埋殘骨。一生心力付兵火，此卷猶在堪愛惜。君不見武宗供奉徐髯仙，豹房夜直從游畋。青熊蒼兕寫奇特，至尊催賜黃金錢，只今零落同雲煙。古來畫家致身或將相，丹青慘澹誰千年？

此哀悼畫家崔青蚓之遭遇。談遷《北游錄・紀聞上》云：

都人崔青蚓，順天諸生也。善畫繪，執守寂，無子，贅婿無賴，盡破其產。甲申之亂，竟餒死。吳駿公先生題其〈洗象圖〉云。

此詩開頭慨歎丹青名家及其畫作之零落。「燕山崔生何好奇」四語，言其畫作之生動。「平生得意圖洗象」點出此圖。

「赤罽如披洱海裝」六句言承平時御象壯歸歸之貌。「崔生布衣懷紙筆」數句言崔生觀察、創作之過程，所謂意在筆先。「昔聞阿難騎香象」四句，以阿難乘象來襯寫此圖。「十丈黃塵向天闕」六句則寫象受羈紲之景況，與阿難騎象之莊嚴對比，有身世之悲。故云：「材大寧堪世人用，徒使低頭受羈紲」，憐崔生才大而運蹇。

「京師風俗看洗象」六句描寫都人觀洗象的風俗，並以「道旁觀者呼奇絕」來讚歎此圖。「性癖難供勢要求」二句言其不以此干謁之傲骨。「十餘年來人事改」言滇地象戰，可惜崔生不復見矣。其餒死於甲申兵火，未被滇戰之苦，與梅村相較，何者幸？何者不幸？梅村慨歎之中，自憐身世。

「嗟嗟崔生餓死長安陌」數句，傷其死於戰亂，畫作付於兵火。「君不見武宗供奉徐髯仙」以下敘前朝武宗供奉徐霖事，見文采風流俱已零落，此因崔氏之遭遇而悲悼時世。此外，〈題劉伴阮凌煙閣圖并序〉云：

> ……細數從前翰墨家，海內知名交八九。慘澹相看識苦心，殘縑零落知何有。技窮仙佛并侯王，四十年來誰不朽。北有崔青蚓，南有陳章侯。崔也餓死值喪亂，維摩一卷兵間留。含牙白象貝多樹，圖成還記通都求。陳生落魄走酒肆，好摹傖父屠沽流。笑償王媼錢十萬，稗官戲墨行觥籌。……

此回憶畫苑諸友。而戰亂之後，諸子皆零落矣。崔青蚓值亂而餓死，遺圖寥落。陳洪綬字章侯，諸暨人，國子監生，與崔青蚓齊名。人稱南陳北崔。靳榮藩引朱彝尊〈陳洪綬〉傳云其既遭亂，混迹浮屠，自稱老遲，亦稱悔遲，亦稱老蓮，縱酒狎妓如故。此詩則言其落魄走於酒肆，戲墨觥籌間猶見英氣。

（四）說書人柳敬亭、善歌者蘇崑生

順治十六年，梅村為蘇崑生、柳敬亭作〈楚兩生行并序〉，其詩序云：

> 蔡州蘇崑生、維揚柳敬亭，其地皆楚分也，而又客於楚。

> 左寧南駐武昌，柳以談、蘇以歌爲幸舍重客。寧南沒於九江舟中，百萬眾皆奔潰。柳已先期東下。蘇生痛哭，削髮入九華山，久之出從武林汪然明；然明亡，之吳中。吳中以善歌名海內，然不過嘽緩柔曼爲新聲，蘇生則於陰陽抗墜，分刌比度，如崑刀之切玉，叩之栗然，非時世所工也。嘗遇虎丘廣場大集，生睨其旁，笑曰：某郎以某字不合律。有識之者曰：彼傖楚乃竊言是非。思有以挫之，間請一發聲，不覺屈服。顧少年耳剽日久，終不肯輕自貶下，就蘇生問所長。生亦落落難合，到海濱，寓吾里。蕭寺風雪中，以余與柳生有雅故，爲立小傳，援之以請曰：吾浪跡三十年，爲通侯所知，今失路憔悴而來過此，惟願公一言，與柳生並傳足矣。柳生近客於雲間帥，識其必敗，苦無以自脫，浮湛敖弄，在軍政一無所關，其禍也幸以免。蘇生將渡江，余作〈楚兩生行〉送之，以之寓柳生，俾知余與蘇生游，且爲柳生危之也。

蘇崑生以歌，柳敬亭以談爲左良玉幸舍重客。左良玉死後，二人俱失落憔悴。柳敬亭後客於雲間鎮帥馬逢知所。故詩爲蘇、柳兩人立傳外，並爲柳生危之也。詩云：

> 黃鵠磯頭楚兩生，征南上客擅縱橫。將軍已沒時世換，絕調空隨流水聲。一生拄頰高談妙，君卿唇舌淳于笑。痛哭長因感舊恩，詼嘲尚足陪年少。途窮重走伏波軍，短衣縛袴非吾好。抵掌聊分幕府金，褰裳自把江村釣。一生嚼徵與含商，笑殺江南古調亡。洗出元音傾老輩，疊成妍唱待君王。一絲縈曳珠盤轉，半黍分明玉尺量，最是大堤西去曲，累人腸斷杜當陽。憶昔將軍正全盛，江樓高會誇名勝。生來索酒便長歌，中天明月軍聲靜。將軍聽罷據胡床，撫髀百戰今衰病。一朝身死豎降旛，貔貅散盡無橫陣。祁連高冢泣西風，射堂賓客嗟蓬鬢。羈棲孤館伴斜曛，野哭天邊幾處聞。草滿猶尋江令宅，花開閒弔杜秋墳。鵾絃屢換尊前舞，鼉鼓誰開江上軍。楚客祗憐歸未得，吳兒肯道不如君。我念邗江頭白叟，滑稽幸免君知否？失路徒貽妻子

憂，脫身莫落諸侯手。坎壈繇來爲盛名，見君寥落思君友。
老去年來消息稀，寄爾新詩同一首。隱語藏名代客嘲，姑
蘇臺畔東風柳。

首二句言蘇崑生、柳敬亭二人受知遇於左良玉。再言二人之身分、才
藝，並深懷舊恩，詩云：「痛哭長因感舊恩」、「累人腸斷杜當陽」，此
又何嘗不是梅村感念舊日君恩的心情？

「憶昔將軍正全盛，江樓高會誇名勝」以下言左良玉病死九江舟
中，其子左夢庚即以百萬軍降清，故云：「一朝身死曁降旛，貔貅散
盡無橫陣」。

「羈棲孤館伴斜曛，野哭天邊幾處聞」言蘇崑生失路野哭於左氏
之墳，其實亦是作者當年泣念舊恩之情。「鷗絃屢換尊前舞」二句言
江上之役。「我念邗江頭白叟，滑稽幸免君知否？」二句言柳敬亭，
然而滑稽混世，以求保全之悲，梅村亦深有體會。「坎壈繇來爲盛名，
見君寥落思君友」二句哀憐柳生，而虛名在人，爲世指目之苦，梅村
亦遍嚐矣。末二句則隱語藏名，以寓柳生。雖爲二人立傳，然而三人
同感念舊恩，均懷身世之悲，故得同悲同哭矣。

（五）因「科場案」遭徙邊的士子

詩詠士子失落之悲者，如〈贈陸生〉、〈吾谷行〉、〈悲歌贈吳季子〉
三詩，作於順治十四年丁酉（1657）到順治十五年戊戌（1658）之間。
〈贈陸生〉贈其友陸慶曾，〈吾谷行〉則爲孫承恩、孫暘兄弟而作。〈悲
歌贈吳季子〉爲吳兆騫作，梅村詩註云：「松陵人，字漢槎。」

這三人因丁酉科場案而罹罪發邊，梅村哀憐友朋，贈詩來安慰他
們。

丁酉年科舉案，孟森《明清史論著集刊》「科場案」一文論述頗
詳細。該文云：

明一代迷信八股，迷信科舉，至亡國時爲極盛，餘毒所蘊，
假清代而盡洩之。蓋滿人旁觀極清，籠絡中國之秀民，莫
妙於中其所迷信。始入關則連歲開科，以慰蹭蹬者之心，

而嚴刑峻法，俾忮求之士稱快。丁酉之獄，主司、考官及
中式之士子，誅戮及遣戍者無數。其時發難者漢人，受禍
者亦漢人。漢人陷溺於科舉至深且酷，不惜假滿人以爲殺
戮，以洩多數僥倖未遂之人年年被擯之憤，……丁酉獄蔓
延幾至全國，以順天、江南兩省爲鉅。

丁酉年即順治十年時。該年十月，給事中任克溥參奏順天闈考試官李
振鄴、張我僕等人受賄行私考生，致考試不公，清帝於是下令懲罰，
諸考官或處以極刑，或連同父母兄弟妻子俱流放尙陽堡。賄買科名的
考生如陸慶曾、孫暘亦在流徙之列。

　　江南闈科場案則始於同年十一月，給事中陰應節參奏江南主考官
方猶等受賄舞弊，於是詔下議處，考官全體皆死罪，其家產沒入官，
妻子收爲奴虜。考生吳兆騫等人及其父母妻子均流徙到比尙陽堡更加
遼的寧古塔。可見此闈之科場獄案更甚於順天闈，此乃清廷以案獄大
規模壓制漢人文士之始。〔註6〕

　　當時梅村以奉嗣母之喪，獲假歸家，雖未遭牽連，但眼見罹難士
子多是友朋鄰里，其悲憤溢於詩篇。〈贈陸生〉云：

陸生得名三十年，布衣好客囊無錢。尙書墓道千章樹，處
士江村二頃田。京華浪跡非長計，賣藥求名總游戲。習俗
誰容我棄捐，才名苦受人招致。古來權要嗜奔走，巧借高
賢謝多口。古來貧賤難自持，一餐誤喪生平守。陸生落落
眞吾流，行年五十今何求？好將輕俠藏亡命，恥把文章謁
貴游。丈夫肯用他途進？相逢誤喜知名姓。狡獪原來達士
心，棲遲不免文人病。黃金白璧誰家子，見人盡道當如此。
銅山一旦拉然崩，卻笑黔婁此中死。嗟君時命劇可憐，蜚
語牽連竟配邊。木葉山頭悲夜夜，春申浦上望年年。江花
江月歸何處，燕子鶯兒等飄絮。紅豆啼殘曲裡聲，白楊哭
斷齋前樹。屈指鄉園筍蕨肥，南烹置酒夢依稀。尊鱸正美
書堆寄，燈火將殘淚獨揮。君不見鴻都買第歸來客，駟馬

〔註6〕以上詳見孟森〈明清史論著集刊〉「科場案」一節。台北：世界。

軒車胡辟易。西園論價喜誰知，東觀掄文矜莫及。從他羅
隱與方干，不比如君行路難。只有一篇思舊賦，江關蕭瑟
幾人看？

此詩乃贈陸慶曾。陸氏字子元，雲間人。吳翌鳳注引錢湘靈之言曰：

> 子元以機、雲家世，與彝仲，大樽爲輩行，轗軻二十年，
> 垂老乃博一舉，復遭誣以白首禦邊而死，一妾挈幼子牽衣
> 袂，行路盡爲流涕。

夏允彝字彝仲，陳子龍號大樽，兩人與陸氏同里復同輩。夏、陳二人
乃明末抗清名臣，俱殉國以成就名節。而陸氏卻坎坷半生，臨老應試
又遭誣而配發邊疆，老來蹭蹬，令人同情。

此詩首二句言其聲名、身世。「尚書墓道千章樹」二句則敘其家
世及家境。《吳詩集覽》云：

> 尚書謂其祖陸樹聲。按《明史》〈陸樹聲〉傳：「字與吉，
> 舉嘉靖二十年會試第一，歷官禮部尚書，贈太子太保，諡
> 文定。」

因此，陸氏乃世家子爲老名士。接著「京華浪跡非長計，賣藥求名總
游戲，習俗誰容我棄損，才名苦受人招致」則敘其招禍的原因。孟森
該文頁三九七引《痛史‧丁酉北闈大獄紀略》云：

> 當是時，太宰方詫爲得情，不意二十五關節中，首爲陸慶
> 曾，係二十年名宿，且曾藥癒振鄴，借中式以酬醫，而非
> 入賄者，亦即逮入，不少恕。

「京華浪跡非長計，賣藥求名總游戲」四句言其賣藥求名，本非所願，
不幸因而招禍。「古來權要嗜奔走」四句以汲汲於富貴及屈服於貧賤
者，來襯托陸生落落無求之心。

「好將輕俠藏亡命」二句即言其不干謁求進。「狡獪原來達士心」
二句指陸氏藥癒李振鄴，縱有文人棲遲求名之病，亦不失爲通達，不
該受到流徙。

「黃金白璧誰家子」四句暗諷富家子弟靠買通關節而中舉，反襯
陸生之冤屈，同情陸生因蜚語牽連而徙邊。「木葉山頭悲夜夜」二句，

上句指行戍者之悲，下句言故園之思。「江月江花歸何處」二句吾飄零之苦。「紅豆啼殘曲裡聲」六句想像其思鄉之情。

「君不見鴻都買第歸來客」四句為陌韻，典用《後漢書》〈崔實〉傳，靈帝開鴻都門榜賣官爵事來諷刺靠買賄得官者，呼應「黃金白璧誰家子」諸句之意。「從他羅隱與方干」二句言陸氏如羅隱、方干等隱士，然棲隱未安，即遭禍徙邊。「只有一篇思舊賦，江關蕭瑟幾人看」二句，作者以舊交之情憐其蕭瑟之感。

〈吾谷行〉一詩為孫恩承、孫暘兄弟而作。孫暘因科場案而遭戍於尚陽堡。詩云：

> 吾谷千章萬章木，挿石緣溪秀林麓。中有雙林向背生，並幹交柯互蟠曲。一株夭矯面東風，上拂青雲宿黃鵠。黃鵠引吭鳴一聲，響入瑤花飛簌簌。一株偃蹇踞陰崖，半死半生遭屈辱。雷劈燒痕翠鬣焦，雨垂漏滴蒼皮縮。泥崩石斷迸枯根，鼠竄蟲穿隱空腹。行人過此盡彷徨，日暮驅車不能速。前山路轉相公墳，宰木參差亂入雲。枝上子規啼碧血，道傍少婦泣羅裙。羅裙碧血招魂哭，寡鵠羈雌不忍聞。同伴幾家逢下淚，羨他夫婿尚從軍。可憐吾谷天邊樹，猶有相逢斷腸處。得免倉黃剪伐愁，敢辭漂泊風霜懼。木葉山頭雪正飛，行人十月邊陽戍。兄在長安弟玉關，摘葉攀條不能去。昨宵有客大都來，傳道君王幸漸臺。便殿含毫題詔濕，閤門走馬報花開。宮槐聽取從官詠，御柳催成應制才。定有春風到吾谷，故園不用憂樵牧。雖遇彫枯墜葉黃，恰逢滋茂攢條綠。由來榮落總何常，莫向千門羨棟梁。君不見庾信傷心枯樹賦，縱吟風月是他鄉。

陳康祺《郎潛紀聞》〔註7〕云：

> 順治戊戌狀元孫承恩，常熟人也。先是承恩弟暘，舉丁酉北闈，以事遭戍。臚傳前一夕，章皇帝閱承恩卷，其頌語有云：「克寬克仁，止孝止慈。」玉音稱賞。拆卷見其籍貫，

〔註7〕同註6，頁407。

疑與孫暘一家，遣學士王熙疾馳出禁城，至承恩寓面詢。
學士故與承恩善，因語之故，且曰：「今升天沈淵，決於一
言，回奏當云何？」承恩良久慨然曰：「禍福命耳，不可以
欺君賣弟。」學士歎息，既上馬復回，顧云：「將毋悔乎？」
承恩曰：「雖死無悔。」學士疾馳去。章皇帝秉燭以待，既
得奏，尤喜其不欺，遂定爲一甲第一名。

孫暘身罹科場之獄，其兄承恩文采過人，不爲欺君賣弟之行，因而蒙
渥皇恩。二人際遇，不啻天壤之別。孫氏世居蘇州府吾谷，其地在常
熟附近。故梅村以「吾谷行」爲題。

　　詩開頭「吾谷千章萬章木」四句，以吾谷雙株并幹交柯之木比喻
孫氏兄弟。

　　「一株夭矯面東風」四句形容孫承恩仕途得意。「一株僂蹇踞陰
崖」以下，排比鋪寫樹木之枯悴，形容孫暘之遭遇。「前山路轉相公
墳」八句，程穆衡云：

　　　　嚴相公者，嘉靖大學士嚴訥也。〈壬夏日錄〉：「嚴貽吉，字
　　　　子六，相公裔孫，癸未進士。官給諫，爲科場居間。事發，
　　　　腰斬，籍沒，子妻妾俱流尚陽堡。」此段俱詠此事。

由嚴貽吉遭腰斬一事，可知此案用刑之酷。因此，「羅裙碧血招魂哭」
數句即言少婦喪夫之痛。

　　「可憐吾谷天邊樹」到「摘葉攀條不忍去」言孫暘雖幸未受極刑，
卻不免徙邊之苦。哀憐中有所安慰。

　　「昨宵有客大都來」數語，稱羨孫承恩蒙渥皇恩，以寬慰孫氏一
家，故云：「定有春風到吾谷，故園不用憂樵枚」，「由來榮落總何常，
莫向千門羨棟梁」數語，以榮落無常之理來安慰孫暘。

　　〈悲歌贈吳季子〉（原註：松陵人，字漢槎）一詩云：
　　　　人生千里與萬里，黯然消魂別而已。君獨何爲至於此？山
　　　　非山兮水非水，生非生兮死非死。十三學經並學史，生在
　　　　江南長紈綺。詞賦翩翩眾莫比，白璧青蠅見排抵。一朝束
　　　　縛去，上書難自理，絕塞千山斷行李。送吏淚不止，流人

復何倚？彼尚愁不歸，我行定已矣！八月龍沙雪花起，橐駝垂腰馬沒耳。白骨皚皚經戰壘，黑河無船渡者幾？前憂猛虎後蒼兕，土穴偷生若螻蟻。大魚如山不見尾，張鬐爲風沫爲雨。日月倒行入海底，白晝相逢半人鬼。噫嘻乎悲哉！生男聰明慎勿喜，倉頡夜哭良有以。受患祇從讀書始，君不見，吳季子！

靳榮藩〈吳詩集覽〉引〈蘇州府志〉云：

> 吳兆騫一字漢槎，少有儁才，與慎交社，名聞遠近。順治丁酉舉於鄉。科場事發、遣戍寧古塔，所著有《秋笳集》。

吳兆騫因江南闈科場案遭遣戍寧古塔，其地全年寒冷，不適合居住，較遣戍尙陽堡者更慘。因此梅村悲之更甚。

「人生千里與萬里，黯然消魂別而已」數句，將一腔悲憤脫口而出，眞摯感人。「十三學經並學史」四句言其身世並同情其無端被禍。「一朝束縛去，上書難自理」以下，鋪寫行道之艱苦，諷刺這不人不鬼的世界。「噫嘻乎悲哉！生男聰明慎勿喜，倉頡夜哭良有以。受患祇從讀書始，君不見，吳季子」數言，爲天下讀書人灑同情之淚。

（六）謫宦陳之遴

此外，詩詠謫宦者，如〈詠拙政園山茶花并引〉云：

> 拙政園，故大弘寺基也。其地林木絕勝，有王御史者侵之以廣其宮，後歸徐氏最久。兵興，爲鎮將所據，已而海昌陳相國得之。內有寶珠山茶三四株，交柯合理，得勢爭高，每花時，鉅麗鮮妍，紛披照曜，爲江南所僅見。相國自買此園，在政地十年不歸，再經譴謫遼海，此花從未寓目。余偶過太息，爲作此詩，他日午橋獨樂，定有酬唱以示看花君子也。
>
> ……近年此地歸相公，相公勞苦承明宮。眞宰陽和暗迴斡，長安日日披薰風。花留金谷遲難落，花到朱門分外紅。獨有君恩歸未得，百花深鎖月明中。灌花老人向前說，園中昨夜零霜雪。黃沙淅淅動人愁，碧樹垂垂爲誰發？可憐塞上燕支山，染花不就花枝殷。江城作花顏色好，杜鵑啼血

何斑斑。花開連理古來少，並蒂同心不相保。名花珍異惜
如珠，滿地飄殘胡不掃？楊柳絲絲二月天，玉門關外無芳
草。縱費東君著意吹，忍經摧折春光老。看花不語淚沾衣，
惆悵花間燕子飛。折取一枝還供佛，征人消息幾時歸？

此詩作於順治十七年二月，其時陳之遴因罪譴謫遼海。詩由其拙政園
的寶珠山茶詠起，以花的開落來比喻人事的興衰。「近年此地歸相公」
以下言陳之憐。「長安日日披薰風」、「花到朱門分外紅」言其蒙受君
恩。「獨有君恩歸未得」二句言其眷戀恩寵，戮力於公，以致辜負名
園美景。「灌花老人向前說」數語，憐其譴謫邊地。「黃沙淅淅動人愁，
碧樹垂垂為誰發？」四句，以塞外沙磧之景色對照園內繁花盛開，二
者一冷一暖，以傷其遭遇之不幸。

「花開連理古來少」二句則憐其仲女與陳容永夫婦。二人身罹憂
患，乖隔兩地。「名花珍異惜如珠」六語以山茶飄殘零落來比喻陳氏
之遭遇。「折取一枝還供佛，征人消息幾時歸？」則梅村一家均祝禱
陳之遴早日獲赦歸來。

四、褒揚忠臣、貶斥奸佞及降將

（一）崇禎朝的廷臣及將領

梅村自通籍入仕後，眼見國政日非，每有憂危之辭。朝廷權相當
國，黨禍熾烈；疆域則流寇竄亂，滿人叩關。其晚年〈清忠譜序〉云：

余所惜者，先朝列聖相承，思陵躬親菲惡、焦勞勤政者，
十有七年，而逆寇射天，神京淪陷。追維始禍，起於延西
二撫之貪婪；皆逆賢黨也。當是時，逆布其黨宇內，秦中
要地二撫，實閹腹心，肆虐縱貪，莫之敢指，貽禍全秦者
數歲；終於賊焰燎原，災彌穹壤，一敗而不可救，真可痛
也！尤扼腕者，思陵圖治，相文文肅僅兩月，忌之者即以
事中之去位，國政愈不可為。甲申之變，留都立君，國是
未定，顧乃先朋黨、後朝廷，而東南之禍亦至。噫！彼為
閹黨漏網之孽，固無足怪，誰為老成，喪心耄及，更可痛

也！假令忠介公當日得久立於熹廟之朝，拾遺補過，退傾
險而進正直，國家之禍，寧復至此？又使文肅之相不遽罷，
扶衰救弊，卜年或可再延。而一誤再誤，等於漢、唐末造
之覆轍。始信兩公於閹黨之事，決然以死生去就爭之，其
有關宗社非細也。

此爲李玉傳奇作序。李玉以周順昌事塡詞。順昌，字景文，吳縣人。
因忤逆璫魏忠賢而被逮問斃命。後其友文震孟爲訟冤，終賴昭雪。

　　文震孟，字文起，吳縣人，文徵明曾孫。因忤魏忠賢，被斥爲民。
崇禎元年以侍讀召。八年，帝特招禮部左侍郎兼東閣大學士，入閣預
政，因溫體仁劾而罷。《明史》言其剛方貞介，有古大臣風。惜三月
而斥，未竟其用。福王時，追謚文肅。〔註8〕

　　梅村深惜文震孟、周順昌不得久立於朝，以扶衰救弊，遂使閹黨
爲禍，以致國亡。

　　此外，明末剿寇禦清，漸趨失利。此因內政不修，饑荒連年，以
致逼民爲盜。朝廷爲了抵禦東北滿人入犯，一再增餉。人民不堪其苦，
遂四竄爲亂，於是寇亂愈熾。流寇與清人二患相尋，明朝遂覆亡。追
其禍端，起於天啓末，魏忠賢黨喬應甲爲陝西巡撫，朱童蒙爲延綏巡
撫，二人貪黷不詰盜，流寇由是始，〔註9〕故梅村對此深恨不已。其
褒揚忠臣，貶斥奸佞及降將的詩作如下：

1. 忠諫之臣

　　詩詠忠諫之臣者，如〈殿上行〉云：

殿上雲旗天半出，夾陞無聲手擎直。有旨傳呼召集賢，左
右公卿少顏色。公卿矗來畏廷議，上殿叩頭輒心悸。吾丘
發策詘平津，未斥齊人漸汲尉。先生侍從垂金魚，退直且
上庖西書。況今慷慨復遑惜，不爾何以乘朝車。秦京盜賊
雜風雨，梁宋丘墟長沮洳。降人數部花門留，抽騎千人桂
林戍。至尊宵旰誰分憂，挾彈求鳳高墉謀。老臣自詣都詔

〔註8〕見《明史》卷第二百五十一〈文震孟〉傳。
〔註9〕見《明史》卷第三百九〈流賊〉傳。

－91－

獄，逐客新辭鵁鸛樓。先生翻然氣填臆，口讀彈文叱安石。
期門將軍鬚戟張，側足聞之退股栗。吾聞孝宗宰執何其賢！
劉公大夏戴公珊。夾城日移對便殿，造膝密語爲艱難。如
今公卿習唯唯，長跪不言而已矣。黃絲歷亂朱絲直，秋蟲
蹈曲秋雕起。嗚呼！拾遺指佞乃史臣，優容愚戇天王仁。

此詩作於崇禎十一年六、七月間。據《明史》〈黃道周〉傳，本年六
月，道周疏劾兵部尚書楊嗣昌，宣大總督陳新甲等人奪情任用事。七
月，崇禎召群臣於平臺奏對。道周面斥嗣昌，忤帝意，遭貶謫。

　　此詩頌道周正直敢諫之氣節。首六句以召對時群臣之唯唯叩頭來
襯托黃道周的直諫。

　　「吾丘發策詘平津」二句以西漢汲黯喻道周，蓋二人均骨鯁之臣。
「未斥齊人」者，指齊人張至發嘗擯道周，爲給事中馮元飆所刺。至
發怒，兩疏詆道周，而極頌溫體仁孤執不欺，復遭梅村疏劾，〔註 10〕
事在崇禎十一年正月。此年七月，道周即因直諫而貶官，不及疏劾張
至發。「況今慷慨復邅惜」二言，言其以拾遺補闕自許。

　　「秦京盜賊雜風雨」四句，靳榮藩指其爲道周疏中言。靳氏云「秦
京」一句指李自成犯四川，時在崇禎十年。「梁宋丘墟長沮洳」指崇
禎十、十一年間山東、兩畿、河南大旱及蝗害。「降人數部花門留」
指崇禎十一年夏四月，張獻忠僞降，總理軍務熊文燦受之。「抽騎千
人桂林戍」指流寇大熾，楊嗣昌卻陰主互市。又因兵以分防，不能常
聚，故有抽練之議，命各地總督、總兵各自練兵。其所議兵凡七十三
萬有奇，然民流餉絀，未嘗有實〔註 11〕此四事不載於黃道周傳。其所
諫關乎內亂、天災、軍事之大者，可知其膽識眼光。「先生翻然氣填
臆」以下指道周彈劾楊嗣昌奪情事。「側足聞之退股栗」一語，言嗣
昌之畏憚。

　　末舉明孝宗時劉大夏、戴珊等大臣，帝召對時往往與之造膝密語

〔註10〕見《明史》卷第二百五十三〈張至發〉傳。
〔註11〕見《明史》卷第二百五十二〈楊嗣昌〉傳。

之佳話，感慨如今公卿之唯唯，更襯托出道周的骨鯁。

　　黃道周被貶爲江南布政司都事後，梅村〈送黃石齋謫官〉頷、頸二聯云：「十年流涕孤臣事，一夜秋風病客舟。地近詩書防黨禁，山高星漢動邊愁。」黨禍、邊患是道周所憂，也正是明末政治、軍事上的問題。

　　此外，崇禎九年，傅朝知疏論溫體仁六大罪，觸帝怒，下獄。十一年多，國事益棘，獲罪者益眾，獄幾滿。朝佑從獄中上書請寬恤，語過激。被責以廷杖六十，創重而死。梅村〈傅右君以諫死，其子持喪歸臨川〉云：

　　　　直道身何在？猶爲天地傷。同時憐死諫？幾疏宥疏狂？盡
　　　　室方多難，孤舟況異鄉。蕭條大河上，高樹足風霜。

此詩傷傅氏因直諫而亡。「同時憐死諫？幾疏宥疏狂？」二言，見直諫之不容於朝廷。多難之際，其子持喪歸鄉，猶如高樹足風霜，甚爲艱苦。十三年，姚永言因言事忤旨，謫江西布政司照磨，〈送姚永言都諫謫官〉云：

　　　　此日江湖去，孤臣豈即安？危時容諫易？吾道盡心難。野
　　　　滌山川直，城空草木寒。蕭蕭戎馬後，憔悴故人看。

此慨歎國政憂危之時，朝廷反不能容諫，以致忠臣遭貶。

　　順治四年，梅村作〈哭志衍〉一詩悼念吳繼善。吳繼善崇禎十六年赴成都令任，崇禎十七年張獻忠陷成都後，全家被屠滅。此詩寫志衍性情行事，由生活瑣事入手，頗眞切動人。詩記崇禎十四年，吳繼善至南京訪梅村，兩人慷慨言天下事云：

　　　　顧予石城頭，橫覽浮大白。慷慨天下事，風塵慘河朔。諸
　　　　將擁重兵，養寇飽鹵掠。背後若有節，此輩急斬斷。自請
　　　　五千騎，一舉殲首惡。餘黨皆吾人，散使歸耕穫。即今朝
　　　　政亂，舉錯混清濁。君父切邊疆，群臣私悼惺。當官不彈
　　　　治，何以司封駁。對仗劾三公，正色吐謇諤。……再拜蜀
　　　　王書，流涕傾葵藿。請府發千金，三軍賜酺醵。賓旅給犀
　　　　渠，叟兵配驅駱。此地俯中原，巨靈司鎖鑰。水櫃扼涪江，

石門防劍閣。我謀適不用，岷峨氣蕭索。

「風塵慘河朔」一句，據馮其庸、葉君遠《吳梅村年譜》考證，本年正月，李自成破洛陽；二月，張獻忠破襄陽，所言者應指此。「諸將擁重兵，養寇飽鹵掠」以下言諫將擁兵養寇。朝政又清濁不分，群臣私幃幄之策。後吳繼善任成都令，上書蜀王，請發府金餽軍，並加強兵備等等，此即「再拜蜀王書，流涕傾葵藿」數句所言。〔註12〕蜀王不納，致使成都陷於流寇之手。明末諸王之庸碌，於此可見一般。

2. 閹黨及奸臣

流寇起於秦地延、西二撫之貪婪。因此，梅村〈蠹簡〉一詩頷聯上句云：「秦灰招鼠盜」即諷刺此閹黨之禍國。

崇禎即位，即翦除魏璫及其黨羽，定為逆案，燬版《三朝要典》，復起用并恩恤東林黨舊臣。以袁崇煥為兵部尚書，督師薊遼，朝政煥然一新。可惜未久即任用太監鄧希詔等監軍，〔註13〕又誤用周延儒、溫體仁等奸臣，國政遂日非。《明史》〈奸臣〉列傳，崇禎朝有周、溫二人，弘光朝則有馬士英，並兼及阮大鋮。周延儒，字玉繩，宜興人。崇禎三年二月由禮部尚書兼文淵閣大學士。六月，溫體仁亦入。九月，崇禎以延儒為首輔。後因納賄等事遭群臣疏劾，溫體仁復陰黜其黨，延儒遂於崇禎六年六月引疾乞歸，而體仁則進為首輔。〔註14〕

溫體仁，字長卿，烏程人。為人外曲謹而中猛鷙，機深刺骨。居位八年，念朝士多與為怨，不敢恣肆。用廉謹自結於上，苞苴不入門。然當是時，流寇躪畿輔，擾中原，邊警雜沓，民生日困，未嘗建一策，惟日與善類為仇。〔註15〕

梅村立朝之初，即疏劾其黨蔡奕琛。崇禎九年，太倉陸文聲假興利詣闕陳言，疏告張溥、張采二人倡復社以亂天下。溫體仁方惡復社，

〔註12〕此書見徐鼒《小腆紀傳》卷第九〈宗藩〉列傳〈蜀王至澍〉所錄。
〔註13〕見《明史》本紀，卷第二十三〈莊烈帝〉。
〔註14〕見《明史》第三百八〈奸臣〉列傳〈周延儒〉。
〔註15〕同上註，〈溫體仁〉。

遂擬嚴旨窮究。賴梅村等人營救始免。〔註16〕

　　溫體仁於崇禎十年得旨放歸，次年死，其所推薦張至發、薛國觀之徒，皆效法其行，蔽賢植黨，國事日壞，以致於亡。〔註17〕

　　崇禎十一年，梅村疏劾首輔張至發，謂其盡踵前相溫體仁所爲。疏入不報，然其直聲動朝右。此外，其〈送宛陵施愚山提學山東三首〉，送施閏章任山東按察使司僉事，提調學政。此詩其二云：

> 魯儒好逢掖，傴僂循墻恭。長劍忽拄頤，掉舌談天雄。諸
> 侯走書幣，擁篲梧丘宮。孟嘗一公子，珠履傾關東。後來
> 北海相，坐上猶遺風。君愁吳越士，名在甘陵中。無使稷
> 下徒，車馬矜雍容。華士苟不戮，橫議將安窮？古道誠可
> 作，千里尊龜蒙。

首二句用《左傳》昭公七年，宋正考父佐政以恭循之典故。「長劍忽拄頤」四句指戰國驕衍迂大而閎辯之徒。燕昭王曾擁篲先驅，築宮室以處之。再續言戰國齊國孟嘗君、東漢末北海相孔融等好客之徒。「君愁吳越士」二句，《後漢書》〈黨錮〉傳，漢桓帝即位，擢其師甘陵周福爲尚書。時同郡河南尹房植有名，二家各樹朋徒，漸成尤隙。由是甘陵有南北部黨人之目。見吳翌鳳《吳梅村詩集》所引。「無使稷下徒」二語，言無使稷下橫議之風再起。程穆衡箋云：

> 言浙黨之禍始于齊人亓詩教、張至發輩而言，不嫌過激。《明
> 史》〈方從哲〉傳：「齊、楚、浙三黨鼎立，務搏擊清流。
> 齊人亓詩教、從哲門生，勢尤張。」〈張至發〉傳：「齊、
> 楚、浙三黨方熾。至發，齊黨也。」

《明史》言方從哲萬曆四十一年拜禮部尚書兼東閣大學士，與吳道南并命。時葉向高爲首輔，道南在籍。向高去國，從哲遂獨相。其時言路已無正人，黨論漸息。方從哲盡斥東林，且及林居者。齊、楚、浙三黨鼎立，務搏擊清流。齊人亓詩教，從哲門生，勢尤張。張至發亦屬齊黨。梅村慨歎前朝黨禍之餘，寄望施愚山變澆薄之風爲淳厚，故

〔註16〕見馮其庸、葉君遠《吳梅村年譜》崇禎十年所言。
〔註17〕同註15。

云：「古道誠可作，千里尊龜蒙。」龜、蒙二山在魯，願其恢復魯風。

此外，〈讀史雜詩四首〉其二云：

> 商君刑師傅，徙木見威約。范叔詆涇陽，折脅吐謇諤。地
> 疏主恩深，法輕主權削。苟非用刻深，何以膺付託？功成
> 或倖退，禍至終難度。屈伸變化間，即事多斟酌。談笑遷
> 種人，吾思王景略。

靳榮藩云此詩刺薛國觀。國觀，韓城人，先附魏忠賢，忠賢敗，爲朝臣劾罷。溫體仁因其素仇東林，密薦於崇禎，遂大用。其一踵體仁所爲，導崇禎以深刻。崇禎久而覺其奸，遂及於禍。〔註18〕

詩用商鞅、范睢等刻深用法之徒比之。「苟非用刻深，何以膺付託？」指薛氏一踵溫氏所爲。「功成或倖退」二句言崇禎十三年國觀奪職放歸，袁愷再疏發其納賄諸事，次年七月被逮至都。監刑者至門，自知不免，就縊死。故詩云：「功成或倖退，禍至終難度。」溫、薛二人玩寇弗除，相較前秦苻堅相王猛能預見胡虜之患，不禁令人慨歎。

此外，如〈田家鐵獅歌〉慨歎田貴妃父田弘遇家鐵獅之摧蝕破敗，追述田氏當年之專橫。詩云：

> ……鑄就銘詞鑴日月，天貽神獸守重闡。第令監奴睛閃爍，
> 老熊當路將人攫。不堪此子更當關，鉤爪張眸吐銀齶。……

此隱用《北史》〈王羆〉傳，王羆云：「老羆當路臥，貉子那得過」一語，將「老羆」改爲「老熊」以諷刺王應熊。應熊，字非熊，巴縣人。萬曆四十一年進士。博學多才，熟諳典故，而性谿刻強狠，人多畏之。周延儒、溫體仁援以自助，咸與善。及延儒罷，體仁援益力。六年冬，廷推閣臣，應熊望輕不與，持旨擢禮部尚書兼東閣大學士，與何吾騶並入參機務。命下，朝野胥駭，給事中章正宸疏劾其「狼籍封靡，淪於市行」。帝大怒，下正宸詔獄，削籍歸。〔註19〕

王應熊得以入閣輔政，實因夤緣田氏，又善逢迎崇禎帝。此輩好

〔註18〕見《明史》卷第二百五十三〈薛國觀〉傳。
〔註19〕見《明史》卷第二百五十三〈王應熊〉傳。

攀附而強狠，正宜充爲田氏家的「看門熊獅」；當路攫人、張牙舞爪則諷刺其亂政，可謂諷之極矣。

〈思陵長公主輓詩〉又云：「股肱羞魏相，肺腑恨周昌。」周昌借指周后父周奎。魏相指魏藻德，《明史》其傳言其崇禎十五年入閣輔政，一無建白，但倡議令百官捐助而已。流寇陷京師，魏氏輸萬金，賊以爲少，酷刑五日夜，腦裂而死。此輩爲股肱之大臣，誤國如此，難怪令人羞恨入股肱肺腑。

至於周延儒，於崇禎六年失勢後，復借張溥等復社諸子之力，入閣輔政。初頗有所作爲，後信用文選郎吳昌時等人。昌時因贓私巨萬，遭崇禎親鞫而斃。周延儒遭牽連而被勒命自盡。〔註20〕

《明史》〈周延儒〉傳言吳昌時：

> 吳昌時，嘉興人。有幹材，頗爲東林奔走。然爲人墨而傲，通廠衛，把持朝官，同朝咸嫉之。……已而御史蔣拱宸劾吳昌時贓私巨萬，大抵牽連延儒。……帝怒甚，御中左門，親鞫昌時，折甚脛，無所承，怒不解。拱宸面訐其通內，帝察之有跡，乃下獄論死，始有意誅延儒。……冬十二月（崇禎十六年），昌時棄市，命勒延儒自盡，籍其家。

梅村〈鴛湖曲〉一詩爲吳昌時作。同時作品〈鴛湖感舊〉詩序云：「予曾過吳來之竹亭湖墅，出家樂張飲，後來之以事見法，重游感賦比篇。」吳昌時，字來之。此二詩皆作於順治六年。〈鴛湖曲〉（原註：爲竹亭作）云：

> 鴛鴦湖畔草黏天，二月春深好放船。柳葉亂飄千尺雨，桃花斜帶一溪煙。煙雨迷離不知處，舊堤卻認門前樹。樹上流鶯三兩聲，十年此地扁舟住。主人愛客錦筵開，水閣風吹笑語來。畫鼓隊催桃葉伎，玉簫聲出柘枝臺。輕靴窄袖嬌妝束，脆管繁弦競追逐。雲鬟子弟按霓裳，雪面參軍舞鸜鵒。酒盡移船曲榭西，滿湖燈火醉人歸。朝來別奏新翻曲，更出紅妝向柳堤。歡樂朝朝兼暮暮，七貴三公何足數？

〔註20〕見《明史》卷第三百八〈奸臣〉列傳〈周延儒〉。

十幅蒲帆幾尺風，吹君直上長安路。長安富貴玉驄驕，侍
女薰香護早朝。分付南湖舊花柳，好留煙月伴歸橈。那知
轉眼浮生夢，蕭蕭日影悲風動。中散彈琴竟未終，山公啓
事成何用？東市朝衣一旦休，北邙坯土亦難留。白楊尚作
他人樹，紅粉知非舊日樓。烽火名園竄狐兔，畫閣偷窺老
兵怒。寧使當時沒縣官，不堪朝市都非故。我來倚棹向湖
邊，煙雨臺空倍惘然。芳草乍疑歌扇綠，落英錯認舞衣鮮。
人生苦樂皆陳迹，年去年來堪痛惜。聞笛休嗟石季倫，銜
杯且效陶彭澤。君不見白浪掀天一葉危，收竿還怕轉船遲。
世人無限風波苦，輸與江湖釣叟知。

首言眼前景。「主人愛客錦筵開」以下言當年宴飲之樂，窮極奢華。「歡
樂朝朝兼暮暮，七貴三公何足數？」二句言其富傾王侯。「十幅蒲帆
幾尺風」數句言其入朝當官。「東市朝衣一旦休，北邙坯土亦難留」
指其因罪被殺。「白楊尚作他人樹」以下言今日湖墅零落之景況。「寧
使當時沒縣官，不堪朝市都非故」諷刺其生前貪贓聚斂，身後何有？
此輩只知營私，不知報國，孰知朝市都改，則家亦何存？諷刺極矣。

「我來倚棹向湖邊」以下，梅村歎時世風波之苦。「聞笛休嗟石
季倫，銜杯且效陶彭澤」二語，將吳昌時比爲晉代石崇，可謂貼切。
自比陶潛，欲以隱居終老。

周延儒貪婪徇私，溫體仁輩猛鷙刻深，王應熊強狠、魏藻德庸碌。
周、溫二人又蔽賢植黨，輔臣如此，明朝焉能不亡？

3. 禦清剿寇的將領

據錢穆《國史大綱》，明代東北關外分海西女眞、建州女眞、野
人女眞三部。滿州族爲建州女眞。萬曆四十六年，後金努爾哈赤，宣
布告天七大恨，取撫順。次年，明以楊鎬爲四路總指運官，出兵討之，
不幸敗於薩爾滸。於是先後以熊廷弼、孫承宗等人經略薊遼。熹宗天
啓二年，以承宗爲薊遼經略使，以袁崇煥守寧遠。天啓五年清太祖努
爾哈赤西犯，爲袁崇煥所敗，努爾哈赤負創死。其子皇太極立，再攻
寧遠又敗，明人謂之寧、錦大捷。然袁崇煥不悅於魏忠賢，遭劾罷。

　　崇禎即位，復起用袁崇煥督師薊、遼，兼督登、萊、天津軍務。崇禎二年，滿人以間道入關，圍京師，時所入隘口乃薊、遼總理劉策所轄，而崇煥甫聞變即千里赴救，自謂有功無罪，然都人驟遭兵，怨謗紛起，謂崇煥縱敵擁兵，滿人設間，令所獲宦官知之，陰縱使去。崇禎信之，次年，遂殺袁崇煥〔註21〕梅村詩詠袁崇煥者，即〈詠史十二首〉其五云：

> 兵在速與遲，不在巧與拙。干將頓不用，強弩殼不發。猛
> 虎有猶豫，北士無勇決。樂生濟上軍，迎刃踰數節。已下
> 七十城，欲使齊人悅。五載功未成，變起因間謀。以此資
> 田單，莫僅尤騎劫。後來戲下將，區區守聊攝。千載魯連
> 書，讀者爲悲咽。

周法高〈吳梅村詠史詩三首箋〉〔註22〕云：

> 案此詩以樂毅比袁崇煥。樂毅攻齊，五歲不下；而崇煥亦
> 有「五年全遼可復」之語。樂毅之召，由於齊人行間，而
> 崇煥下獄，亦由清人行間。詩中譏樂毅用兵不速，而崇煥
> 亦有「守爲正著，戰爲奇著」、「法在漸不在驟」之說。又
> 以騎劫之戰死比滿桂之戰死，其用事可謂巧合無比。

此說是。〈袁崇煥〉傳云：崇煥既縛，大壽潰而去。武經略滿桂以趣戰急，與大清兵戰，竟死，去縛崇煥時甫半月。

　　「後來戲下將」四句當指崇煥部將祖大壽。大壽後鎮守錦州。崇禎十五年，松山被清兵破，大壽困守，因援絕糧竭而降清。四句以樂毅麾下將比之。見《史記》〈魯仲連〉傳：燕將攻下齊聊城，聊城人或讒之燕，燕將懼誅，因保守聊城不敢歸。齊田單政聊城，歲餘士卒多死而聊城不下。魯仲連遺燕將書，勸其或歸燕、或游齊，當二者擇一。燕將思及終不免於戮，遂自盡，梅村豈以此諷大壽變節降清乎？

　　〈雜感二十一首〉其十九詠崇禎四年孔有德、耿仲明登萊之叛及孫元化兵敗棄市之事。詩云：

〔註21〕見《明史》卷第二百五十九，〈袁崇煥〉傳。
〔註22〕見周法高《中國文學論叢》。中篇頁192～193。

蓬萊閣上海雲黃，用火神機壁壘荒。本爲流人營碣石，豈知援辛起蕭牆。戈船舊恨東征戰，牙纛新封右地王。辛苦中丞西市骨，空將熱血灑扶桑。

此詩周法高《中國語文論叢》〈吳梅村詩小箋〉一文釋之頗詳。據《明史》卷第二百四十八〈徐從治〉傳及《清史稿》卷第二百三十四〈孔有德〉、〈耿仲明〉傳所云：崇禎四年，滿人圍大凌河城，徐元化遣孔有德以八百騎赴援。次吳橋，大雨雪，眾無所得食，則出行掠。李九成者，亦毛文龍步將，袁崇煥殺毛文龍後，與有德同歸元化，元化使齎銀市馬塞上，銀盡耗，懼罪。其子應元在有德軍，九成還就應元，唆有德謀爲變。元化主撫，檄所過郡縣無邀擊。有德亦佯許元化降，遂抵登州。耿仲明等人爲內應，城遂陷。元化被執，自剄不殊，有德等以元化故有恩，縱還。元化，字初陽，嘉定人。天啓間舉於鄉。所善西洋礮法，蓋得之徐光啓。賊從元化還，詔逮之，棄市。

孔有德以元化所製西洋大礮攻萊，後與耿仲明降清。蓬萊閣，在山東省登州府蓬萊縣北丹崖山上，宋治平中建。明代禁軍習火鎗之營爲神機營。周法高云：

> 詩中首二句言當時雖有西洋大礮，但毫未得用，壁壘已荒。三四兩句敘派孔有德率遼人赴東北增援，而部下中途叛變。當初孔有德、耿仲明原爲毛文龍部下，毛文龍在東江爲袁崇煥所誅；孔有德、耿仲明後來終於降清。有德封恭順王，仲明封懷順王（漢書：「遣左右大將各萬餘騎，屯田右地。」右地，謂要地也）故詩中五六句及之。最後兩句詠孫元化爲明室所誅之事。

登、萊陷後，賴朱大典剿之，孔有德、耿仲明兵敗遁入海，後降清。

崇禎十一年九月，清兵入牆子嶺，總督吳阿衡及總兵吳國俊爲監視內監鄧希詔賀誕，聞警倉率而返，調御失措，故及於難。〔註23〕梅村〈牆子路〉一詩云：

> 匈奴動地漁陽鼓，都護酣歌幕府鐘。一夜薊門風雪裡，軍

〔註23〕見谷應泰《明史紀事本末補遺》卷六「東兵入口」所云。

　　前樽酒賣盧龍。

　　清人入侵，明守將竟在火線上爲太監賀誕。樽酒之間，將國土奉送給敵人，諷刺極矣。

　　清人入關，至營城石匣，駐於牛蘭，崇禎命盧象昇督天下援兵。此年五月，象昇父奄逝，故馳疏乞奔喪。帝不許，當時楊嗣昌、陳新甲亦奪情起用，太監高起潛亦衰絰臨戎。故象昇謂人臣無親，安可與事君？欲面責楊嗣昌等人。而嗣昌、起潛主和議，象昇主戰，議不合。崇禎依違兩端，以宣、大、山西三師屬象昇，關、寧諸路屬起潛。象昇名督天下兵，實不及二萬。〔註24〕此時楊廷麟上疏劾楊嗣昌以主和誤國，嗣昌大怒，詭稱其知兵，改兵部職方主事，赴盧象昇軍贊畫。後象昇與清人戰，因無援敗死。詔下詰問其死狀，楊廷麟直以實對，遭貶秩。崇禎十二年多，廷麟訪象昇子孫，過訪太倉，梅村作詩贈之，〈臨江參軍〉（原註：楊公廷麟，字伯祥，臨江人。崇禎中以兵部贊畫參督師盧象昇軍事）云：

　　臨江髯參軍，負性何貞栗。上書請賜對，高語爭得失。左右爲流汗，天子知質直。公卿有闕遺，廣坐憂指摘。鷹隼伏指爪，其氣常突兀。同舍展歡謔，失語輒面斥。萬仞削蒼崖，飛鳥不得立。予與交十年，弱節資扶植。忠孝固平生，吾徒在眞實。去年羽書來，中樞失籌策。桓桓尚書公，提兵戰力疾。將相有纖介，中外爲危慄。君拜極言疏，夜半片紙出。贊畫樞曹郎，遷官得左秩。天子欲用人，何必歷顯職。所恨持祿流，垂頭氣默塞。主上憂山東，無能恃緩急。投身感至性，不敢量臣力。受詞長安門，走馬桑乾側。但見塵滅沒，不知風慘慄。四野多悲笳，十日無消息。蒼頭草中來，整暇見紙墨。唯說尚書賢，與語材挺特，次見諸大帥，驕懦固無匹。逗撓失事機，倏忽不相及。變計趣之去，直云戰不得。成敗不可知，生死予所執。予時讀其書，對案不能食。一朝敗問至，南望爲於邑。忽得別地

書，慰藉告親識。云與副都護，會師有月日。顧恨不同死，
痛憤填胸臆。先是在軍中，我師已孔亟。剽略斬亂兵，掩
面對之泣：我法為三軍，汝實飢寒極。諸營勢潰亡，群公
意敦逼。公獨顧而笑，我死則塞責。老母隔山川，無繇寄
悽惻。作書與兒子，無復收吾骨。得歸或相見，且復慰家
室。別我顧無言，但云到順德。犄角竟無人，親軍惟數百。
是夜所乘馬，嘶鳴氣蕭瑟。椎鼓鼓聲哀，拔刀刀芒澀。公
知為我故，悲歌壯心溢。當為諸將軍，揮戈誓深入。日暮
箭鏃盡，左右刀鋋集。帳下勸之走，叱謂吾死國。官能制
萬里，年不及四十。詔下詰死狀，疏成紙為溼。引義太激
昂，見者憂讒疾。公既先我亡，投跡復奚恤。大節苟弗明，
後世謂吾筆！此意通鬼神，至尊從薄譴。生還就耕釣，志
願自此畢。匡廬何巀嶪，大江流不測。君看磊落士，艱難
到蓬蓽。猶見參軍船，再訪征東宅。風雨懷友生，江山為
社稷。生死無媿辭，大義照顏色。

此詩首先言楊廷麟個性貞栗，質直好諫。次言清人入關，劫掠山東，
時楊嗣昌主和，盧象昇主戰，二人意見不合，中外為之危慄。而楊廷
麟此時贊畫盧象昇軍事，實因感於為官者垂頭氣塞，無能救危，故詩
云：「所恨持祿流，垂頭氣默塞」。

　　「十日無消息，蒼頭草中來」為楊廷麟在軍前致梅村書，書中稱
許盧象昇之將才。又痛斥諸帥驕懦，竟變計逃走，不敢抗敵，而廷麟
自矢與盧氏同生死。

　　「忽得別地書，慰藉告親識」到「官能制萬里，年不及四十」乃
廷麟受詔，直以實情上報之書。「先是在軍中，我師已孔亟」以下言
賈莊戰役前盧氏的處境。「剽略斬亂兵，掩面對之泣：我法為三軍，
汝實飢寒甚」四句寫盧氏在情法衝突下的悲痛。「諸營勢潰亡，群公
意敦逼」數句言兵勢日蹙，盧氏自知必死，早置死生於度外。「老母
隔山川，無由寄悽惻」數語言盧氏忠孝不能兩全之悽惻，並作書其子，
交待後事。「別我顧無言，但云到順德」即〈梅村詩話〉所云：

> 已而中外異心，兵勢日蹙，盧自謂必死，顧參軍書生，徒
> 共死無益，乃以計檄之去，機部不知也。

因此盧氏茹忍情緒，平靜的送楊廷麟離去。「犄角竟無人，親軍惟數百」以下言盧氏孤軍抗敵，以致殉國。〈梅村詩話〉云：

> 賈莊前數日，督師誓必戰，顧孤軍無援。聞太監高起潛兵
> 在近，則大喜，於真定野廟中倚土銼作書，約之合軍。高
> 竟拔營夜遁，督師用無援故敗。

盧氏殉國之大節，詩中寫得凜凜動人。如「公知為我故，悲歌壯心溢」又如「日暮箭鏃盡，左右刀鋋集。帳下勸之走，叱謂吾死國。」等語。

「詔下詰死狀，疏成紙為淫」等語，言楊廷麟受詔，直以實對，遭貶秩。楊廷麟將至宜興訪盧氏子孫，過訪梅村，故詩云：「猶見參軍船，再彷征東宅」。末以「生死無愧辭，大義照顏色」稱讚楊廷麟的氣節。

此詩當與〈懷楊機部軍前〉、〈再憶機部〉、〈讀楊參軍悲鉅鹿詩〉等詩合看。

此外，〈松山哀〉云：

> 拔劍倚柱悲無端，為君慷慨歌松山。盧龍蜿蜒東走欲入海，
> 屹然捴拄當雄關。連城列障去不息，茲山突兀煙峰攢。中
> 有壘石之軍盤，白骨撐距凌巑岏。十三萬兵同日死，渾河
> 流血增奔湍。豈無遭際異，變化須臾間，出身憂勞致將相，
> 征蠻建節重登壇。還憶往時舊部曲，喟然歎息摧心肝。……

此詩作於順治十二年，時洪承疇任湖廣等五省經略，視師長沙，統籌伐明事宜。梅村追憶崇禎十四、十五年間松山戰役，明軍死者無算，故以「十三萬軍同日死，渾河流血增奔湍」數語哀憐之。洪氏憶此，當亦心傷，為何又「征蠻建節重登壇」呢？此誅責其心的史筆。此詩當與〈雜感二十一首〉其九，〈即事十首〉其九、〈讀史偶述四十首〉其二十四、二十五等合看。〈讀史偶述四十首〉其二十四云：

> 平生馬草世人知，垂老猶堪萬里馳。卻怪杏山書到日，三
> 軍早哭道旁碑。

當年松山之役敗訊至京，崇禎設壇，欲親祭洪氏，後知其變節降清而非殉國，乃止。前二句指洪氏垂老奔馳，供清驅遣。下二句言當年事，諷其變節。

　　松山之役，起因於崇禎十三年，總兵祖大壽以錦州圍困告急。崇禎命洪承疇合兵十三萬往援。承疇主持重，而朝議以兵多餉艱，令職方郎中張若騏促戰，乃進次松山，倉卒應戰，終貽敗機。〔註25〕

　　松山戰敗，明關外僅餘寧遠一孤城，再無力禦清。

　　〈贈范司馬質公偕錢職方大鶴〉一詩云：

> 國家司馬推南中，直節不撓三原公。當時江東尚無事，憂國惟聞箚子至。一月不見王公書，百僚爭問江東使。前有三原今吳橋，范公赤舄來東郊。太尉五兵分二閫，司戎三士領諸曹。殿中錢郎最年少，輕裘長鋏秦淮道。朝服常薰女史香，從戎好側參軍帽。兩人置酒登新亭，惆悵中原未釋兵。盡道石城開北府，何如漢水任南征。錢郎意氣酣杯酒，不憂賊來憂賊走。鼓吹先移幕府山，戈船早斷濡須口。罷官爲失平津侯，壯心空擊月氏頭。八公草木軍容在，六代煙霞詩卷收。是時羽書正旁午，尚書杖鉞防江楚。早歲曾提宣武軍，舊人自效龍驤伍。麾下爭看金僕姑，帳前立直銀刀都。諮謀雖少周公瑾，跳盪猶有蕭摩訶。尚書當念安危計，感時又忤鷺臺議。三公劍履且辭歸，九河烽火家何處。千人曾役羽林軍，短牘還過司馬門。鄉夢自依宣德里，郊居且卜石塘村。落日簾帷呼碧玉，琵琶莫唱歸飛曲。丈夫四海猶比鄰，何必思家數車轂。醉後悲歌涕淚橫，北風吹雨入江聲。白蘋騁望思公子，黃菊登高憶故人。錢郎挐舟再相見，芙蓉堂下開懽讌。去日將軍解佩刀，重來歌妓低團扇。仍道朝廷思令公，璽書旦夕下山東。過江願請三千騎，奪取樓蘭不受封。

此詩當作於崇禎十五年，范景文因薦召拜工部尚書之前。崇禎十一

〔註25〕見《清史列傳》〈貳臣傳〉〈洪承疇〉。

年，廷臣如黃道周等論楊嗣昌奪情輔政，多被譴，景文倡同列合詞論救。帝不悅，詰首謀，景文自引罪，且以眾論僉同爲言，帝益怒，削籍爲民。直到十五年始重新起用。崇禎七年冬到十一年，景文初起南京右都御史，未幾就拜兵尚書，參贊機務，〔註26〕時錢大鶴任兵部職方。崇禎十四年，梅村任南京國子監司業，與錢氏同游。二人爲同年進士，梅村一女適大鶴子，兩人又爲兒女親家。

詩開頭言成化年間南京兵部尚書王恕。《明史》卷第一八二言其先後應詔陳言者二十一，建白者三十九，皆力阻權倖，天下傾心慕之。遇朝事有不可，必曰：「王公胡不言也？」則又曰：「公疏且至矣。」已，恕疏果至。時爲謠曰：「兩京十二部，獨有一王恕。」

此言王恕、范景文二人之行事先後輝映。故云：「前有三原今吳橋，范公赤舄來東郊。」范景文，字夢章，吳橋人。

「殿中錢郎最年少」以下言錢大鶴年少英武風流。「兩人置酒登新亭」以下則憂心流寇之亂。「盡道石城開北府」二句諷刺剿寇政策保守而不圖進攻。「錢郎意氣酣杯酒」數句言錢大鶴經營設防妥當，不懼賊犯。崇禎十五年，張獻忠縱橫皖南，習水師於巢湖。《吳梅村全集》卷第五十三〈祭錢大鶴文〉云：

憶昔南都，子官職方，受知樞密，經營設防。雞籠雀桁，
屯營睥睨，皖口祲氛，壯思涌屬。爰跨駿騎，赤韉銀刀，
沿江上下，君實人豪。……

所謂「皖口祲氛」者，即指流寇之亂。「罷官爲失平津侯」指錢氏得罪權要而罷職。「是時羽書正旁午」數句言范景文善於領軍。《明史》言景文任兵部尚書時，屢遣兵戍池河、浦口，援廬州，扼滁陽，有警輒發，節制精明。「尚書當念安危計，感時又忤鸞臺議」指其被削籍爲民。「三公劍履且辭歸」以下言其里居時憂國之情。

「錢郎拏舟再相見」以下言范景文、錢大鶴二人之重逢歡讌之情。「仍道朝廷思令公」四句，指范景文重起用爲刑部尚書。未上，改工

────────────

〔註26〕見《明史》卷第二百六十五〈范景文〉。

部。「過江願請三千騎，奪取樓蘭不受封」言其剿寇之壯志。甲申京師
陷，范景文赴雙塔寺旁古井死。贈太傅，諡文貞。清朝賜諡文忠。

崇禎十六年十月，李自成破潼關，守將孫傳庭戰死。孫氏死，明
朝再無剿寇之大將，其亡勢決矣。〈雁門尚書行并序〉爲孫氏作：

> 雁門尚書行，爲大司馬白谷孫公作也。公代州人，地故雁門郡。
> 長身伉爽，才武絕人。其用秦兵也，將憑嚴關爲持久，且固將
> 吏心，秦士大夫弗善也，累檄趣之戰，不得已始出。天淫雨，
> 糇糧不繼，師大潰，潼關陷，獨身橫刀衝賊陣以沒，從騎俱散，
> 不能得其屍。公之出也，自念必死，顧語張夫人，夫人曰：「丈
> 夫報國耳！無憂我。」西安破，率二女六妾沉于井，揮其八歲
> 兒以去，兒踰垣避賊，墮民舍中，有老翁者善衣食之。二年，
> 公長子世瑞重跰入秦，得夫人屍，貌如生。老翁歸以弟，相扶
> 還。見者泣下，蓋公素有德秦人云。余門人馮君訥生，公同里
> 人，作潼關行紀其事；余曾識公於朝，因感賦此什。公死而天
> 下事以去，然其敗由趣戰，且大雨糧絕，此固天意，抑本廟謨，
> 未可專以責公也。公之參佐，惟監軍道喬公以明經奏用，能不
> 負公，潼關之破，同日死，名元柱，定襄人。

雁門尚書受專征，登壇顧盼三軍驚。身長八尺左右射，坐
上咄咤風雲生。家居絕塞愛死士，一日費盡千黃金。讀書
致身取將相，關西鼠子方縱橫。長安城頭揮羽扇，臥甲韜
弓不忘戰。持重能收壯士心，沉機好待党徒變。忽傳使者
上都來，夜半星馳馬流汗。覆轍寧堪似往年，催軍還用松
山箭。尚書得詔初沉吟，蹶起橫刀忽長歎。我今不死非英
雄，古來得失誰由算？椎牛誓衆出潼關，墟落蕭條轉餉難。
六月炎蒸驅萬馬，二崤風雨斷千山。雄心慷慨宵飛檄，殺
氣憑陵老據鞍。掃撣謀成頻撫劍，量沙力盡爲傳餐。尚書
戰敗追兵急，退守嚴關收潰卒。此地乘高足萬全，只今天
險嗟何及！蟻聚蜂屯已入城，持矛瞋目呼狂賊。戰馬嘶鳴
失主歸，橫尸撐距無能識。烏鳶啄肉北風寒，寡鵠孤鸞不
忍看。願逐相公忠義死，一門恨血土花斑。故園有子音書
絕，勾注烽煙路百盤。欲走雲中穿紫塞，別尋奇道訪長安。
長安到日添悲哽，繭足荊榛見瞽井。轆轤繩斷野苔生，幾

尺枯泉浸形影。永夜曾歸風露清，經秋不化冰霜冷。二女
何年驚碧鸞，七姬無塚埋紅粉。複壁藏兒定有無，破巢窮
鳥問將雛。時來作使千兵勢，運去流離六尺孤。傍人指點
牽衣袂，相看一慟眞吾弟。訣絕難爲老母心，護持始識遺
民意。回首潼關廢壘高，知公於此葬蓬蒿。沙沉白骨魂應
在，雨洗金瘡恨未消。渭水無情自東去，殘鴉落日藍田樹。
青史誰人哭薤碑，赤眉銅馬知何處？嗚呼！材官鐵騎看如
雲，不降即走徒紛紛。尚書養士三十載，一時同死何無人？
至今惟說喬參軍！

「雁門尚書受專征，登壇顧盼三軍驚」以下言孫氏「長身伉爽，
才武絕人」。由其愛士、及讀書致身、持重沈機等方面來刻劃。「覆轍
寧堪似往年，催軍還用松山箭」二語，言此役敗由趣戰，重蹈松山之
役的覆轍。「尚書得詔初沈吟，蹶起橫刀忽長歎。」四句言其臨戰前
視死如歸的心情。

「椎牛誓衆出潼關，墟落蕭條轉餉難。」數句，即詩序所云：「天
淫雨，糧糧不繼。」故詩云：「掃篝謀成頻撫劍，量沙力盡爲傳餐」。
而「蟻聚蜂屯已入城，持矛瞋目呼狂賊」四句言孫氏殉國。

「故鄉有子音書絕，勾注烽煙路百盤」以下即詩序言其長子入
秦，得其母屍，貌如生，老翁歸以弟，相扶還等等。「傍人指點牽衣
袂，相看一慟眞吾弟。訣絕難爲老母心，護持始識遺民意。」四句言
兄弟相見，其弟回憶與母訣絕及遺民護持之大義。

以下回首潼關廢壘，梅村深有感觸。例如「赤眉銅馬知何處？」
指流寇已滅。然而又有多少在降明或降清後，反而仗節爲將？「嗚呼」
以下言孫氏之監軍道喬元柱亦同日殉國，附於驥尾，與孫氏同垂不朽。

此外，諷刺吳三桂的〈圓圓曲〉云：

鼎湖當日棄人間，破敵收京下玉關。慟哭六軍俱縞素，衝
冠一怒爲紅顏。紅顏流落非吾戀，逆賊天亡自荒讌。電掃
黃巾定黑山，哭罷君親再相見。相見初經田竇家，侯門歌
舞出如花。許將戚里篝篌伎，等取將軍油壁車。家本姑蘇

浣花里。圓圓小字嬌羅綺。夢向夫差苑裡遊，宮娥擁入君王起。前身合是採蓮人，門前一片橫塘水。橫塘雙漿去如飛，何處豪家強載歸？此際豈知非薄命，此時只有淚沾衣。薰天意氣連宮掖，明眸皓齒無人惜。奪歸永巷閉良家，教就新聲傾坐客。坐客飛觴紅日暮，一曲哀絃向誰訴？白晳通侯最少年，揀取花枝屢迴顧。早攜嬌鳥出樊籠，待得銀河幾時渡？恨殺軍書底死催，苦留後約將人誤，相約恩深相見難，一朝蟻賊滿長安。可憐思婦樓頭柳，認作天邊粉絮看。遍索綠珠圍內第，強呼絳樹出雕欄。若非壯士全師勝，爭得娥眉匹馬還。娥眉馬上傳呼進，雲鬟不整驚魂定。蠟炬迎來在戰場，啼妝滿面殘紅印。專征簫鼓向秦川，金牛道上車千乘。斜谷雲深起畫樓，散關月落開妝鏡。傳來消息滿江鄉，烏柏紅經十度霜。教曲妓師憐尚在，浣紗女伴憶同行。舊巢共是啣泥燕，飛上枝頭變鳳凰。長向尊前悲老大，有人夫婿擅侯王。當時祇受聲名累，貴戚名豪競延致。一斛明珠萬斛愁，關山漂泊腰支細。錯怨狂風颺落花，無邊春色來天地。嘗聞傾國與傾城，翻使周郎受重名。妻子豈應關大計，英雄無奈是多情。全家白骨成灰土，一代紅妝照汗青。君不見館娃初起鴛鴦宿，越女如花看不足。香逕塵生鳥自啼，屧廊人去苔空綠。換羽移宮萬里愁，珠歌翠舞古梁州。爲君別唱吳宮曲，漢水東南日夜流！

吳三桂因愛妾陳圓圓爲流寇劉宗敏所得，憤而乞師於清，致使明朝覆亡。詩開頭即言六軍縞素，吳氏破敵收京。「衝冠一怒爲紅顏」爲全詩詩眼，直斥吳三桂的心術非正，爲一紅顏而喪送國家。「紅顏流落非吾戀」四句，似爲吳三桂自辯口吻。然而流寇陷京城前夕，崇禎曾急詔吳三桂回師，吳三桂爲保存實力，遷延誤事，以致流寇陷城。如今說他「電掃黃巾定黑山，哭罷君親再相見」等等，不是極諷刺嗎？

「相見初經田竇家」用頂眞法蟬連上句。掀開眞相，則知所謂的家國之慟原來是吳、陳二人的愛情所造成的。寫二人初遇於田弘遇家，田氏允諾將陳圓圓送給吳三桂。再倒敍陳圓圓的身世。「家本姑

蘇浣花里」六句，用夫差西施典故。此因陳圓圓和西施同爲吳娃；吳王夫差借指吳三桂。接著言陳圓圓爲豪家所奪，「此際豈知非薄命」二語言其自傷身世，爲以後的際遇作伏筆。

「坐客飛觴紅日暮」以下鋪敘吳、陳的愛情，沁人心脾。「恨殺軍書底死催，苦留後約將人誤」數句，道出良人征戍之際，思婦翹盼早歸之情。「相約恩深相見難」以下言流寇陷京城後，陳圓圓爲劉宗敏掠奪。「若非壯士全師勝」二句大闔。前「衝冠一怒爲紅顏」一句大開。開闔之間，敘述吳、陳的愛情，則吳三桂的心術畢見。二人的愛情堪憐，不幸卻牽動國傾城毀的悲劇。

「娥眉馬上傳呼進」四句寫戰場勝利，紅顏復得。「蠟炬迎來在戰場，啼妝滿面殘紅印」以戰士浴血之景對照紅顏的啼妝，則戰士之犧牲只換得一美人，諷刺極矣。「斜谷雲深起畫樓」二句言吳三桂移鎮漢中事。

「傳來消息滿江鄉」數句，以由圓圓舊日女伴、妓師的艷羨來襯托其聲名。其實聲名的牽累和好處，都非陳圓圓所能自主。當年被豪家掠奪時的心情只能淚沾羅衣、暗自傷心。不言掠奪，偏說「延致」，微言致諷。「嘗聞傾國與傾城」數句，極稱揚陳圓圓，正爲了貶斥吳三桂。將吳氏比爲周瑜，比的不倫不類，所以深致諷刺。不言陳圓圓薄命無奈之命運，反言吳三桂「無奈是多情」。吳三桂使國亡家毀，豈一句「無奈是多情」即可脫罪？其千秋臭名將映照一代紅妝矣。

「君不見館娃初起鴛鴦宿」數句，再用夫差西施典故，以吳宮的零落預示吳三桂的敗亡。吳三桂此時鎮守漢中，故詩有「珠歌翠舞古梁洲」及「漢水東南日夜流」等語。

此詩當與〈雜感二十一首〉其六、其十六、其十八，〈即事十首〉其十、〈滇池鐃吹四首〉等詩合看。例如〈雜感二十一首〉其十八云：

> 武安席上見雙鬟，血淚青娥陷賊還。只爲君親來故國，不
> 因女子下雄關。取兵遼海哥舒翰，得婦江南謝阿蠻。快馬
> 健兒無限恨，天教紅粉定燕山。

此詩概括〈圓圓曲〉一詩的大意。末二語表達作者之憤慨。〈即事十首〉其十末四句云：「全家故國空從難，異姓真王獨拜恩。回首十年成敗事，笛聲哀怨起黃昏。」亦痛加斥責吳三桂的賣國行為。〈滇池鐃吹四首〉當作於順治十八年冬，吳三桂征緬，緬人執永曆帝獻吳三桂軍前，清人遂收雲南，見馮其庸、葉君遠《吳梅村年譜》。其一云：

> 碧雞臺樹亂雲中，舊是梁王避暑宮。銅柱雨來千嶂洗，鐵橋風定百蠻通。朱鳶縣小輸貫布，白象營高掛柘弓。誰唱太平滇海曲，檳榔花發去年紅。

此詩首二句言滇地舊跡，梁王指元世祖第五子忽哥赤之裔也。元亡後，持臣節如故，以對照隱諷吳氏之叛降。頷聯言滇地已定；頸聯言此地偃武之後，居人輸役之景。末忽以「檳榔花發去年紅」暗示吳三桂叛殺之心未滅，靳榮藩云此句：「蓋為滇人危之也。」其說是。

（二）弘光朝的廷臣及將領

崇禎十七年三月，京師陷，崇禎自縊死。南京諸大臣聞變，倉卒議立君。而福王由崧、潞王常淓俱避賊至淮安，倫序當屬福王。諸大臣慮福王立，或追怨「妖書」等案，欲立潞王。時馬士英督師盧、鳳，獨以為不可，密與操江誠意伯劉孔昭，總兵高傑、劉澤清、黃得功、劉良佐等勾結，致書兵部尚書史可法，言當立福王。並擁兵迎福王至江上，諸大臣乃不敢言。因此福王得立，乃馬士英力也。〔註27〕

馬士英柄政後，貪鄙無遠略，復引用閹黨阮大鋮，日事報復，招權罔利，縱容鎮將，以致福王弘光一朝旋亡。

梅村詩詠弘光朝將領、廷臣者不少。如〈讀史雜感十六首〉其一云：

> 吳越黃星見，園陵紫氣浮。六師屯鵲尾，雙闕表牛頭。鎮靜資安石，艱危仗武侯。新開都護符，宰相領揚州。

此詠史可法。以謝安、諸葛亮喻之，故頸聯云：「鎮靜資安石，艱危仗武侯」。末二句言史可法開府揚州事。《明史》卷第三百八〈奸臣〉

〔註27〕見《明史》卷第三百八，〈奸臣〉列傳〈馬士英〉。

列傳〈馬士英〉云：

> （福王）於是進士英東閣大學士兼兵部尚書、都察院右副
> 都御史，與可法及戶部尚書高弘圖並命，士英仍督師鳳陽。
> 士英大慍，令高傑、劉澤清等疏趣可法督師淮、揚，而士
> 英留輔政，乃掌兵部，權震中外。

史可法督師淮、揚，朝內則馬士英亂政，國事遂日益敗壞。〈揚州四
首〉其二云：

> 野哭江村百感生，鬥雞臺憶漢家營。將軍甲第纍弓臥，丞
> 相中原拜表行。白面談邊多入幕，赤眉求印卻翻城。當時
> 只有黃公覆，西上偏隨阮步兵。

首二句回憶史可法鎮守揚州事。領聯上句言諸將無收復失土之志；下
句言史可法為經略中原，上疏請頒討賊疏。頸聯上句言謀臣多白面書
生，故誤事不淺；下句言高傑原為流寇，降明後仗節為將，竟肆掠揚
州。末二句以東吳大將黃蓋，即黃公覆比擬黃得功。黃氏不像劉澤清
等人般跋扈，其雖能克盡職守，可惜卻聽命於阮大鋮。順治二年，明
將左良玉以清君側為名，自武昌引兵東下，馬、阮等急調得功軍抵禦，
致使邊防空虛。詩末云：「西上偏隨阮步兵」以阮籍代指阮大鋮，此
因二人同姓，阮籍曾任步兵校尉，大鋮時任兵部尚書，二者的官職相
近，可見當時將領驕懦，與馬、阮為黨，只有史可法一人獨撐大局，
南都焉能不亡？

其三又云：

> 盡領通侯位上卿，三分淮蔡各專征。東來處仲無它志，北
> 去深源有盛名。江左衣冠先解體，京西豪傑竟投兵。只今
> 八月觀濤處，浪打新塘戰鼓聲。

首二句指當時鎮守淮、蔡的將領劉澤清、劉良佐、黃得功等人。領聯
上句指左良玉以偽太子獄，引兵而東，欲殺馬士英，事在明弘光元年
（清順治二年）。《明史》〈馬士英〉傳云：

> 太子之來也，識者指其偽，而都下士民譁然是之。時又有
> 童氏者，自稱王妃，亦下獄。督撫、鎮將交章爭太子及童

妃事。王亞出獄詞，遍示中外，眾論益籍籍，謂士英等朋
奸，導王滅絕倫理。澍（黃澍）在良玉軍中，日夜言太子
冤狀，請引兵除君側惡。良玉亦上疏請全太子，斥士英等
為奸臣。又以士英裁其餉，大憾，移檄遠近，聲士英罪。
復上疏……疏上，遂引兵而東。

梅村以晉代王敦比之。謂左氏起兵，為清君側，實無異志。而《明史》
〈奸臣〉列傳〈馬士英〉傳卻云：「左良玉擁兵上流，跋扈有異志。」
梅村同情左良玉，或受到柳敬亭、蘇崑生二人影響。柳、蘇二生曾客
於左氏帳下，受到知遇，見梅村〈楚兩生行并序〉詩序，二人所言應
非妄。可見左氏起兵一事，時人評價未必盡同。以晉殷浩北伐喻史可
法的北伐之志。殷浩北伐未成，史可法亦因奸臣、將領掣肘，戰死揚
州。「江左衣冠先解體」指弘光朝的顯貴於城陷後紛紛降清。「京西豪
傑竟投兵」應指劉良佐。良佐陝西人，驍勇善戰，清兵南至，先降。
末言撫今追昔，似聞戰鼓聲猶在，令人遺恨不絕。

　　〈讀史雜感十六首〉其二云：

莫定三分計，先求五等封。國中惟指馬，閫外盡從龍。朝
事歸諸將，軍輸仰大農。淮南數州地，幕府但歌鐘。

首二句言馬士英阮大鋮輩貪鄙無遠略，惟求封爵。「國中惟指馬」指
其所為，為千夫所怒指。《明史》列傳第一百五十五〈徐汧〉傳云：

福王召汧為少詹事。……既就職，陳時政七事，惓惓以化
恩讎、去偏黨為言。而安遠侯柳祚昌疏言攻汧，謂：「……
陛下定鼎金陵，彼為〈討金陵檄〉，所云：『中原逐鹿，南
國指馬』是何語？……」時國事方棘，事亦竟寢。

馬士英之妄為，乃朝廷指目痛恨者，觀此可知。

　　頸聯言朝事軍輸俱仰賴鎮將。當時江北四鎮：東平伯劉澤清轄淮
海，駐淮北，總兵官高傑轄徐泗，駐泗水；總兵官劉良佐轄鳳壽，駐
臨淮；靖南伯黃得功轄滁和，駐盧州。其中高傑本為李自成部將，歸
順明朝後，擁兵自重，甲申國變後曾肆劫揚州。而《明史》列傳第一
百六十一言劉澤清：

時武臣各占分地，賦入不以上供，恣其所用，置封疆兵事
一切不問。與廷臣互分黨援，干預朝政，排擠異己，奏牘
紛如，紀綱盡裂，而澤清所言尤狂悖。

此詩云：「朝事歸諸將」即指此輩之狂悖亂政。此詩末云：「淮南數州
地，幕府但歌鐘」則指此輩淫樂無度。

〈讀史雜感〉其三云：

北寺讒成獄，西園賄拜官。上書休討賊，進爵在迎鑾。相
國爭開第，將軍罷築壇。空餘蘇武節，流涕向長安。

首二句言阮大鋮興獄欲傾陷東林黨人，而朝廷賄賂拜官之事公然進
行。《明史》〈馬士英〉傳云：

時有狂僧大悲出語不類，爲總督京營戎政趙之龍所捕。大
鋮欲假以誅東林及素所不合者，因造十八羅漢、五十三參
之目，書史可法、高弘圖、姜曰廣等姓名，內大悲袖中，
海內人望，無不備列。錢謙益先已上疏頌士英，且爲大鋮
訟冤修好矣，大鋮憾不釋，亦列焉，將窮治其事。獄詞詭
秘，朝士皆自危，而士英不欲興大獄，乃當大悲妖言律斬
而止。

張縉彥以本兵首從賊，賊敗，縉彥竄歸河南，自言集義勇
收復列城，即授原官，總督河北、山西、河南軍務，便宜
行事。其他大僚降賊者，賄入，輒復其官。諸白丁、隸役
輸重賂，立躋大帥。都人爲語曰：「職方賤如狗，都督滿街
走。」其刑賞倒亂如此。

「北寺讒成獄」即指阮大鋮欲借大悲事誅東林及素所不合者。「西園
賄拜官」指當時賄入即拜官，可見刑賞倒亂。故梅村〈清忠譜序〉慨
歎南都立，先朋黨、後朝廷，以致國家旋亡。

頷聯指馬氏貪鄙無討賊之志，賴迎立福王有功而進爵。頸聯上句
指馬氏將史可法排擠出朝一事；下句指四鎮惟知淫樂，無北伐之志。
末指左懋第，懋第銜命北上，與清人議和，《明史》〈左懋第〉傳云：

本朝（清朝）館之鴻臚寺，改館大醫院。順治二年六月，
聞南京失守，慟哭。至閏月十二日，以不降誅。

其四云：

> 御刀周奉叔，應敕阮佃夫。列戟當關怒，高軒哄道呼。監
> 奴右衛率，小吏執金吾。匍匐車塵下，腰間玉鹿盧。

此詩諷刺阮大鋮之輩及朝廷濫授名器。程穆衡《吳梅村詩集箋注》云：

> 以福府千戶常應俊爲襄衛伯，補青浦知縣陳燫爲中書舍
> 人。王鏞子無黨，世錦衣指揮使。應俊者本革工，值弘光
> 出亡，負之履雪中數十里，脫於難，與燫、鏞、無黨皆翌
> 衛有功者也。有林翹者善星術，士英在戍日，卜其大用，
> 後薦授中書，尋躐一品武衛蟒玉趨事。

可見名器濫授之一般。至於周奉叔見《南史》列傳第三十六。爲齊高
帝麾下大將周盤龍之子。勇力絕人，少隨父征討，所在暴掠。鬱林王
即位，以爲心膂，甚受親寵，得入內，無所忌憚。阮佃夫見《南史》
〈恩倖〉傳，會稽諸暨人，擁立齊明帝有功，位至侯王，執掌朝政，
亞於人主。大通貨賄，凡事非重賄不行。其僕從附隸皆受不次之位：
捉車人武中郎將，傍馬者員外郎。朝士貴賤，莫不自結。梅村以此二
人比馬、阮諸輩，用典貼切。

其八云：

> 偏師過采石，突騎滿新林。已設牽羊禮，難爲刑馬心。孤
> 軍摧葦筏，百戰死王琳。極目蕪城遠，滄江暮雨深。

首二句言清兵已陷南京。頷聯上句言弘光已降，則諸將何能刑馬誓軍
以護主？《明史》卷第二百六十八〈黃得功〉傳云：

> 時大清兵已渡江，知福王奔，分兵襲太平。得功方收兵屯
> 蕪湖，福王潛入其營。得功驚泣曰：「陛下死守京城，臣等
> 猶可盡力，奈何聽奸人言，倉卒至此！且臣方對敵，安能
> 扈駕？」王曰：「非卿無可仗者。」得功泣曰：「願效死。」
> 得功戰荻港時，傷臂幾墮。衣葛衣，以帛絡臂，佩刀坐小
> 舟，督麾下八總兵結束前迎敵。而劉良佐已先歸命，大呼
> 岸上招降。得功怒叱曰：「汝乃降乎！」忽飛矢至，中其喉
> 偏左。得功知不可爲，擲刀拾所拔箭刺吭死。其妻聞之，
> 亦自經。總兵翁之琪投江死，中軍田雄遂挾福王降。

故頸聯以韋粲、王琳喻得功。《南史》卷第五十八〈韋粲〉傳云：粲，南朝梁人，字長蒨。大同中爲衡州刺史，召還至廬陵。聞侯景作逆，倍道赴援。至石頭城中路青塘，侯景望粲營未立，率卒來攻。韋粲軍敗，左右牽避賊，粲不動，遂見害。簡文帝聞之流涕，歎社稷所寄，不幸死矣。王琳，北齊山陰人，字子珩，仕梁爲將帥。梁亡後，立永嘉王莊於荊州，歸齊，欲存梁緒。累官巴陵郡王，特進侍中。陳將吳明徹來寇，軍敗被殺。王琳少爲將帥，屢經戰亂，雅有忠義之節，見《南史》卷第六十四。

　　《明史》言得功忠義出於天性，實弘光朝倚重之大將，不幸爲降將劉良佐部下所殺。詩以韋粲、王琳喻之，可謂貼切。

　　此外，如〈臨淮老妓行〉一詩諷刺弘光朝時的鎮將劉澤清荒淫宴樂。據張岱《石匱書》卷三十八云：劉澤清，山東曹縣人。甲申間封爲東平伯，詔與吳三桂入衛京師，不至。國變後轄淮海，駐淮北。造第於淮安，規模宏麗，上擬王府，兵丁恣肆，百姓苦之。南都失守後，其擁兵登萊，舳艫數萬，盡爲颶風所漂沒無餘。後投誠清朝，羈留旗下。其鄉曹縣起義，多其宗人。遂被縛，斬於西市。

　　此詩藉其當年妓師多兒口述，刻劃其嘴臉，詩云：

> 臨淮將軍擅開府，不鬥身強鬥歌舞。白骨何如棄戰場，青娥已自成灰土。……臨淮游俠起山東，帳下銀箏小隊紅。巧笑射棚分畫的，濃妝毬仗簇花叢。縱爲房老腰肢在，若論軍容粉黛工。羊侃侍兒能走馬，李波小妹解彎弓。錦帶輕衫嬌結束，城南挾彈貪馳逐。……翻身歸去遇南兵，退駐淮陰正拔營。寶劍幾曾求死士，明珠還欲致傾城。男兒作健酣杯酒，女子無愁發曼聲。可憐西風怒，吹折山陽樹，將軍自撤沿淮戍。不惜黃金購海師，西施一舸東南避。鬱洲崩浪大於山，張帆捩柂無歸處。重來海口豎降幡，全家北過長淮去。長淮一去幾時還，誤作王侯邸第看。收者到門停奏伎，蕭條西市歎南冠。……

詩開頭以「不鬥身強鬥歌舞」一語斥其荒淫。「臨淮游俠起山東」以

下數句鋪敍歌舞之盛。「羊侃侍兒能走馬」二句言多兒馳逐能武。「寶劍幾曾求死士」數句言其軍隊逸於淫樂。「可憐西風怒，吹折山陽樹，將軍自撤沿淮戍」數句言清人南下，劉澤清擁兵登萊，以舳艫濟海避禍東南。後遇颶風，船隻漂泊，只得降清。「長淮一去幾時還」數句言其降清後淫樂如故，至死不悟。此輩身為鎮將，縱樂鬥舞，弘光朝焉能不覆？

（三）監國魯王朝的廷臣及將領

　　魯王以海，太祖十世孫，魯肅王壽鏞之第五子也。順治二年，弘光朝滅。錢肅樂等奉王監國於紹興，次年為魯監國元年（清順治三年）。詩詠此朝之廷臣、將領者，如〈讀史雜感十六首〉其十一云：

　　　　屢檄知難下，全軍壓婺州。國亡誰與守？城壞復能修。喋
　　　　血雙溪閣，焚家八詠樓。江東子弟恨，伏劍淚長流。

此詩言順治三年七月十六日，清兵破浙江金華，明魯文淵閣大學士婺定伯督師朱大典闔家焚死之事。戴名世（《戴名世集》）〈弘光朝偽東宮偽后及黨禍紀略〉一文云：

　　　　大鋮（阮大鋮）自蕪湖走浙江……，大典故督師南中，與
　　　　大鋮同事。至是大鋮抵金華，自言窮迫來歸，大典憐而納
　　　　之。大鋮為內應，金華破，屠之。大典自殺，闔家五百人
　　　　皆自焚死。大兵遂連收金、衢諸郡縣。

頷聯慨歎國亡城毀，「國亡誰與守」一句更隱諷奸臣誤國。頸聯言清兵屠城，而朱大典闔家焚死殉國。末寫江東子弟為之伏劍悲涕，傷其復國守城之志未遂。

　　其十則云：

　　　　越絕山河在，征人尚錦袍。乘風竹箭利，狎浪水犀豪。怪
　　　　石千灘險，疑城百里高。臨江諸將帥，委甲甬東逃。

據徐鼒《小腆紀年》順治三年五月二十七日「明江上兵潰，方國安劫監國魯王走紹興」下云：

　　　　貝勒偵知浙中虛實，益兵北岸，以巨砲擊方國安營，廚灶

盡破。國安嘆曰：「此天奪我食也」。意入閩必大用，即不
濟，可便道入滇、黔；遂於二十七日拔營至紹興，率馬、
阮兵劫監國南行；江上諸軍聞之，遂大潰。

梅村詩云：「臨江諸將帥，委甲甬東逃。」指此。詩頷、頸二聯極言
地利，末二句言諸將遁逃，更見此輩之庸懦。

（四）隆武、永曆朝的廷臣及將領

梅村詩詠唐王隆武朝降將鄭芝龍者，如〈即事十首〉其八云：

柳營江上羽書傳，白馬三郎被酒眠。無意漫提歐冶劍，有
心長放呂嘉船。金錢北去緣求印，鐵券南來再控弦。廟算
只今勤遠略，伏波橫海已經年。

此詩詩意，程穆衡箋云：

此章言海氛未靖，乃指鄭成功，耿逆未有萌芽也。貝靳之
誘鄭芝龍降也，曰：「今我授閩、浙總督印，無所授，以待
將軍。」故曰：「北去緣求印。」順治九年十一月，遣人入
海，招撫鄭成功。成功不受命，故曰：「鐵券南來再控弦」
也。

鄭芝龍本為明代東南沿海的海寇，被招撫後，積宮至都督同知。又以
海利交通朝貴，寖以大顯。徐鼐《小腆紀傳》卷第六十三云：

乙酉（1645）秋七月，隆武帝立於福州，進芝龍、鴻逵為
侯，封芝豹澄濟伯、彩永勝伯，……芝龍見其子森，上奇
其貌，與語，大悅之；賜國姓，名成功，……即延平王成
功，倭婦翁氏所生也。……我貝靳招以書曰：「我之所以重
將軍者，以能立唐藩也。人臣事君，必竭其力；力盡不勝
天，則投明而事，建不世勳。此豪傑之舉也。今兩粵未平，
鑄『閩粵總督』印以待」芝龍得書，大喜；即劫其眾，奉
表出降。成功諫曰：「閩、粵不比北方得任意馳驅，若憑險
設伏，收人心以固其本，興販各港以足其餉，選將練兵，
號召不難矣。夫虎不可離山、魚不可脫淵，離山不威、脫
淵則困，願吾父思之」。時成功已率所部遁金門。芝龍召之
同行，復書曰：「從來父教子以忠，未聞教子以貳。今父不

聽兒言，倘有不惻，兒只有縞素而已。」芝龍嗤其狂悖，
率五百人詣貝靳於福州。相見握手甚歡，折箭爲誓，遂薙
髮降。

唐王隆武一朝，其政事由鄭芝龍柄握。其子鄭森，唐王賜國姓，名成
功。清兵南入閩時，鑄「閩粵總督」印以招，芝龍不聽成功諫，變節
降清。旋即被挾持北上，封同安侯。順治三年（即明隆武二年，魯監
國元年），鄭成功起兵海上，以圖恢復。清廷利用鄭芝龍爲餌，屢次
招降鄭成功不成。〔註28〕而芝龍亦暗與成功交通。故詩頷聯云：「無
意漫提歐冶劍，有心長放呂嘉船。」即以漢武帝時呂嘉喻鄭成功。頸
聯上句指芝龍受清朝閩、浙總督印事。下句指清廷招撫鄭成功，成功
不受命。末云：「伏波橫海已數年。」則東南屢受成功海師之橫擾已
有時日，慨歎海氛未靖也。

　　順治十六年五月，鄭成功、張煌言大舉北上。六月，鄭成功連克
瓜洲、鎮江。七月十二日，至江寧，圍城。後因軍紀弛廢、人無鬥志
而敗。梅村〈七夕感事〉五律一詩即言此事：

南飛烏鵲夜，北顧鸛鵝軍。圍壁鉦傳火，巢車劍挂雲。江
從嚴鼓斷，風向祭牙分。眼見孫曹事，他年著異聞。

〔註28〕王先謙《東華錄》「順治十年五月乙亥」云：射精奇尼哈番鄭芝龍爲
同安侯，子成功爲海澄公，弟鴻逵爲奉化伯，芝豹爲左都督，錫之
敕諭曰：「今以芝龍首倡歸順，賞未酬功，特封爲同安侯，錫之誥命。
芝龍子成功爲海澄公，芝龍弟鴻逵爲奉化伯，芝豹爲左軍都督府左
都督總兵官，各食祿俸如例，成功、鴻逵另有專敕，芝豹遇缺推補。
朕推心置腹，不吝爵賞，嘉與更始。猶慮爾等疑畏徘徊，茲等遣官
黃徵明往諭。敕諭到日，滿洲大軍即行撤回。閩海地方保障事宜，
悉以委託。爾等當會同督撫，商酌行事，應奏聞者，不時奏聞。爾
等受茲寵命，果能殫心竭力，輯寧地方，實爾等之功。如或仍懷疑
慮，不肯實心任事，以致地方不安，非徒誤朕封疆，亦且擾爾桑梓。
揆情度理，爾等量必不然。況爾等父兄在朕左右，子弟盡列公侯，
懷君德則爲忠臣，體親心則爲孝子，順兄志則爲悌弟。此爾等千載
一時之遇也。不可勉哉？」
此以封侯待鄭成功等人，又挾持鄭芝龍以脅迫成功，欲爲招降之餌，
然此計終未成。

高陽《高陽說詩》〈「江上之役」詩紀〉一文語之甚詳，該書頁 85、86 云：

> 此以鄭成功的「江上之役」，比擬為赤壁鏖兵。首以鄭成功擬曹操，實非恭維，而是譏其自大；「鸛鵝軍」典出左傳，注謂「鸛鵝皆陣名」，用於此處，謂鄭成功的部下，有如童嬉。「圍壁」不典，乃梅村自創的新詞，壁者營壘，指清軍縶於金陵西北城外的少數部隊，以優勢兵力不攻而圍，計已甚左；「鉦傳火」者，士卒以鉦傳火而造飯，軍前猶如寒食，乞火而炊，這頓飯吃下來，非半天不可，何能應變；不敗何待？「巢車」典亦出左傳；「成十六年」：「楚子登巢車以望晉軍」；注謂「巢車，車上有櫓」。此指鄭成功的水師而言；「劍拄雲」者，將星如雲，但於樓船上仗劍觀望而已。此與「圍壁」皆言鄭軍不攻；而期望旦夕間有變，不戰而下金陵。
>
> 第二聯上句寫實；下句用借東風之典，言變生不測。「孫曹」指孫權與曹操；結句調侃絕妙，其實傷心出以詼諧，正見遺老心境之沈痛。

此役敗後，鄭成功於順治十八年（明永曆十五年，西元 1661 年）三月，進兵收復臺灣，以為反清復明之根據地。旋於次年病逝於臺灣。

此外，〈雜感二十一首〉其十云：

> 十載間關歷苦辛，汨羅風雨泣孤臣。王孫去國餘三戶，公子從亡止五人。報主有心爭赤壁，借兵無力聽黃巾。誰知招屈亭前水，卻是當時白馬津。

此詩詠何騰蛟。徐鼒《小腆紀傳》卷第二十九云：

> 何騰蛟，字雲從，貴州黎平衛人。天啓辛酉（1621）舉人。崇禎中，授南陽知縣。地當要衝，流寇出沒；練兵堵禦，數挫去。從巡撫陳必謙破賊安皋山，斬首四百餘級。土賊發，亦討平之：能聲大著。……癸未（1643）冬，晉右僉都御史，巡撫湖北。時湖北盡陷，止武昌一郡為寧南侯左良玉屯軍所。騰蛟之任，與良玉交驩，一軍帖服。……閏

中隆武帝立，……委任益至。旋闖賊李自成死於九宮山，其將劉體仁、郝搖旗等有眾四、五萬，以無主，將歸騰蛟。……自成後妻高氏與其弟一功、從子李錦擁眾數十萬逼常德乞撫，騰蛟馳檄令巡撫堵胤錫往撫之，安置荆州。……錦後賜名赤心，一功賜名必正；與承胤、赤心、郝永忠、袁宗第、王進才及董英、馬進忠、馬士秀、曹志建、王允成、盧鼎並開鎮湖南、湖北間，所謂十三鎮者是也（永忠即搖旗，英、志建故中軍，餘皆良玉舊將也）。騰蛟銳意東下，丙戌（1946）正月，拜表出師湘陰，期大會。諸鎮觀望不進，獨赤心自湖北至。遇大兵，三戰三北而還。諸鎮兵遂罷，騰蛟威望亦頓損。諸鎮漸驕橫，朝宣貪殘尤甚，劫人而剝其皮；永忠效之，騰蛟不能制。……既聞永曆帝立，乃稍安。尋進武英殿大學士，加太子太保。……湘潭，空城也，赤心不宿而去，騰蛟乃入居之，撫膺痛哭曰：「督師五年，所就若此。天邪？人邪？」緋衣冠帶坐堂上。降將徐勇引軍入。勇故部將，率眾羅拜勸降。大叱之，遂擁以出。至長沙，絕粒七日不死，乃見殺。事聞，上（桂王）哀悼甚至，賜祭九壇，贈中湘王，諡忠烈。

何騰蛟本爲明剿流寇大將，後歸左良玉軍。唐王隆武帝立，委任益至，駐長沙。旋招撫郝搖旗、劉體仁、李赤心、李必正等流寇，并其舊部開鎮湖南、湖北間，號十三鎮。然流寇反正者多驕橫爲亂。騰蛟無兵，不能制。順治五年（明永曆二年）方議兵長沙，而督師與諸將有隙。諸將遂焚城潰去。騰蛟親至湘潭，欲邀李赤心，而赤心已去，所餘僅空城，遂被降將徐勇執。不屈，死於長沙。時爲順治六年（永曆三年）正月。

騰蛟死，桂王永曆贈中湘王，諡忠烈。詩首句言「十載間關歷苦辛」指其巡撫湖廣到殉國，前後七年。「十載」舉其成數。頷聯指南明唐王、桂王，皆爲「王孫去國」，所從亡者僅一二孤臣。「報主有心爭赤壁」指何騰蛟開鎮湖北、湖南間，號十三鎮。「借兵無力聽黃巾」指其聯合李自成流寇舊部，而反受牽制。末二句周法高《中國論文論叢》〈吳梅村詩小箋〉一文引《通鑑》唐昭宣帝天祐二年下云：

時朱全忠聚樞等及朝士貶官者三十餘人於白馬驛。一夕，
盡殺之，投尸於河。李振言於全忠曰：「此輩嘗自謂清流，
宜投之黃河，使爲濁流。」全忠笑而從之。

此引「白馬之禍」事，比喻騰蛟等清流喪盡。「招屈亭」者招屈原英
魂之所，比喻騰蛟殉國之節同於三閭大夫。

（五）清初的廷臣及將領

詩詠此者，如〈送友人出塞〉（原註：門人杜登春曰：此詩送泰
興季掌科作也。季名開生，字天中，以言事觸先帝怒，徙尚陽。言官
之遣始此。）

上書有意不忘君，竄逐還將諫草焚。聖主起居當日愼，小
臣忠愛本風聞。玉關信斷機中錦，金谷園空畫裡雲。塞馬
一聲親舊哭，焉支少婦欲從軍。

周法高〈吳梅村詩小箋〉頁 208、209 引清世祖實錄卷九十二，順治
十二年乙未秋七月乙酉，兵科右給事中季開生奏言一事。季開生上疏
諫言朝廷發銀往揚州買女子一事，其大意謂揚州邊江接海，頻受賊
氛。男子守城，婦女餽餉，服勞茹苦，正自難堪。忽聞此舉，憂懼何
如？其疏入，觸怒順治。後刑部議奏：「革職兵科右給事中季開生。
身爲言官，不知乾清宮需要器皿，差人採辦，乃妄聽訛言，瀆奏沽名，
應杖一百，折贖流徙尙陽堡，從之。」

詩云：「小臣忠愛本風聞」，憐其直諫而獲罪。頸聯以下言妻子及
親舊哀憐之情。

此外，〈茸城行〉一詩則諷刺蘇松提督馬逢知。董含《三岡識
略》言：

馬逢知起家群盜，由浙移鎮雲間，貪橫僭侈，民殷實者，械
至倒懸之，以醋灌其鼻；人不堪，無不傾其所有，死者無算。
復廣占民廬，縱兵四出劫掠。時海寇未靖，逢知密使往來；
江上之變，先期約降，要封王爵，反形大露。科臣成公肇毅，
特疏糾之；朝廷恐生他變，溫旨徵入，繫獄，妻子發配象奴。
未幾，與二子俱伏法。當逢知之入覲也。珍寶二十餘船，金

銀數百萬，他物不可勝計，及死無一存者。

馬逢知自順治十三年起任蘇、松、常、鎮提督，順治十六年被劾解任，見《清史列傳》卷八十〈馬逢知〉傳。〈茸城行〉言其橫暴等罪行：

> ……不知何處一將軍，到日雄豪炙手薰。羊侃後房歌按隊，陳豨賓客劍成群。刻金爲漏三更箭，錯寶施床五色文。異物江淮常月進，新聲京雒自天聞。承恩累賜華林宴，歸鎮高談橫海勳。未見尺書收草澤，徒誇名字得風雲。此地江湖絖鎖鑰，家擅陶朱戶程卓。千箱布帛運軺車，百貨魚鹽充邸閣。將軍一一數高貲，下令搜牢徧墟落。非爲仇家告併兼，即稱盜賊通囊橐。望屋遙窺室內藏，算緡似責從前諾。敢信黔妻脫網羅，早看狗頓填溝壑。窟室飛觴傳箭催，博場戲賣橫刀索。縱有名豪解折行，可堪小戶勝狂藥。將軍沉湎不知止，箕踞當筵任頤指。拔劍公收伍伯妻，鳴鏑射殺良家子。江表爭猜張敬兒，軍中思縛盧從史。柱破城南十萬家，養士何無一人死。貪財好色英雄事，若輩屠沽安足齒。

「羊侃後房歌按隊」四句言其豪奢。「異物江淮常月進」二句言其僭越之舉。「承恩累賜華林宴」四句形容其炙手薰天。

「此地江湖絖鎖鑰」以下言其貪橫、搜刮、好色、好殺，比爲屠沽之輩尙嫌保留。鄭成功發動江上之役時，與馬氏交通，馬氏因此反形大露。詩云：「江表爭猜張敬兒，軍中思縛盧長史」二句，上句本《南史》張敬兒傳，言其爲雍州刺史，爲官貪殘豪取，且造謠生事，意圖代天子自爲，事敗伏誅。盧從史爲唐貞元間昭義軍節使，與王承宗密謀叛亂，事敗被擒。馬氏與此輩可謂一丘之貉。此詩末云：「側身回視忽長笑，此亦當今馬伏波。」此擬馬氏爲東漢馬援。二人相去不啻千里，比的不倫不類，譏諷之意顯然。〈客談雲間帥坐中事〉亦爲馬氏作，當參見。

五、規箴政事，反省興亡得失

梅村甫入仕，見國政之失，每有規箴補闕。鼎革後，深懷亡國之

痛，於前朝興亡得失有所反省。至於清初國政的舉措得失，亦每見於詩篇。此與其褒揚忠臣、貶斥邪佞的詩史精神一致。二者合觀，可知其爲官之操守及器識。

（一）朝　政

梅村憂心朝政者，如〈送左子直子忠兄弟還桐城〉云：

君家先德重西京，別我臨江涕淚橫。趙氏有孤仍世族，衛公無諡在諸卿。（原註：時未賜諡。）看碑太學傷鉤黨，置酒新亭望息兵。莫歎祀宮豺虎跡，浮丘山下草初生。

《明史》卷第二百四十四〈左光斗〉傳云：左光斗，字遺直，桐城人。萬曆三十五年進士，除中書舍人。選授御史，巡視中城。光宗崩，李選侍據乾清宮，迫皇長子封皇后，賴左光斗與揚漣協心建議，上疏請李妃移宮，排閹奴，扶熹宗，由是朝野並稱爲「楊、左」。後忤魏忠賢，被逮下獄，天啓五年七月與漣爲獄卒所斃。福王時，追諡忠毅。

梅村作此詩時，光斗尙未賜諡。頸聯下句憂心海內兵火，上句「看碑太學傷鉤黨」則憂心閹黨爲禍。

詩詠弘光朝政者，如〈白門遇北來友人〉云：

風塵滿目石城頭，樽酒相看話客愁。庾信有書談北土，杜林無恙問西州。恩深故國頻回首，詔到中原盡涕流。江左即今歌舞盛，寢園蕭瑟薊門秋。

此爲與友人相遇於南京，共話國事。頸聯追思故國，亟盼恢復中原。末諷江左一片歌舞昇華，毫無憂患意識。「寢園蕭瑟薊門秋」一句深懷亡國之痛。

〈讀史雜感十六首〉其七云：

漫說黃龍府，須愁朱雀桁。三軍朝坐甲，十客夜傳觴。王氣矜天塹，邊書棄御床。江州陳戰艦，不肯下潯陽。

靳榮藩云：「此譏小朝廷之不能進取並不能自守也。」此說是。首二句言漫談進取，卻不愁國政之窳。頷聯上句言三軍無鬥志，下句言朝

臣多賓客宴樂，毫無憂患。頸聯上句斬榮藩云：

> 順治二年五月八日，大兵（清兵）抵江滸，九日昧爽順流
> 下，潛從龍潭竹哨渡。十日，馬士英猶有長江天塹之對，
> 十一日，都城破。

可見此輩徒矜天險，坐令國亡。頸聯下句言邊事封疏，福王多棄而不
問。《明史》〈奸臣〉列傳〈馬士英〉傳云：

> 大清兵抵宿遷、邳州、未幾引還。史可法以聞，士英大笑
> 不止，坐客楊士聰問故。士英曰：「君以為誠有是事耶？乃
> 史公妙用也。歲將暮，防河將吏應敘功，耗費軍資應稽算，
> 此特為序功、稽算地耳。」

邊事被置若罔聞，類似如此。末以潯陽戰艦代指江南水師。戰艦列陣
而不發，徒虛設矣。弘光朝政如此，焉能不亡？

〈雜感二十一首〉其十二則詠清朝國政：

> 柏梁高宴會群公，擊柱橫刀禁殿中。豐沛功名雄薊北，燕
> 齊賓客亂關東。五王歸政推恩厚，八使分符報命同。垂老
> 幸聞親治詔，太平時節願年豐。

首二句言帝宴群公時，諸臣漫無法度，擊柱橫刀之景況。典用《史記》
〈劉敬叔孫通〉列傳云：

> 高帝悉去秦苛儀，法為簡易。群臣飲酒爭功，醉或妄呼，
> 拔劍擊柱。

因此，頷聯上句云：「豐沛功名雄薊北」，言清初諸將之功名。頸聯指諸
王歸政，政復一統。末云幸聞順治親治詔，則此詩當作於順治八年春正
月庚寅下親政詔後。「太平時節願年豐」一語作祝禱語。至於「燕齊賓
客亂關東」應指順治五年，姜瓖起兵大同事。《清史列傳》〈貳臣〉傳云：

> 姜瓖，陝西榆林人。明宣化鎮總兵。流賊李自成至居庸關，
> 瓖迎降。本朝順治五年五月，睿親王多爾袞定京師，瓖乘
> 機入大同，……睿親王令管總兵事，瓖請以明棗強王裔朱
> 鼎珊嗣藩大同，奉明宗社，睿親王切責之。……五年十一
> 月，喀爾喀部眾入邊，上遣英親王同端重視王博洛等統兵
> 駐防大同，總督耿焞率司道各官出城儲偫芻糧，瓖聞大兵

> 至，疑襲己，遂據城叛。……偽總兵楊振威及偽官裴季中
> 等謀斬瓖，并其兄琳、弟有光首，出降，遂復大同。

姜瓖之亂始於順治五年。次年八月，大同被圍，城內饑死者眾，楊振
威等斬瓖，出降，亂遂平。

此詩頌揚順治親政，不忘諷刺前政之失。〈即事十首〉其一云：

> 夾城朝日漸臺風，玉樹青蔥起桂宮。（原註：時乾清宮成。）
> 謁者北衙新掌節，（原註：初設內監。）郎官西府舊乘驄。
> （原註：新選部郎為巡方。）叔孫禮在終應復，蕭相功成
> 固不同。百戰可憐諸將帥，幾人高會未央中？

首句言皇城即景，當作於京師，第二句言乾清宮成。《清史稿》〈世祖〉
本紀云：順治十三年閏五月己未乾清宮等成。第三句言初設內監，〈清
史稿〉卷第一百十八〈職官〉志云：

> 順治十一年，命工部立十三衙門，設司禮、御用、御馬、
> 內官、尚衣、尚膳、尚寶、司設八監，尚方、惜薪、鐘鼓
> 三司，兵仗、織染二局。……十三年，改鐘鼓司為禮儀監，
> 尚寶監為司。時猶舊臣、寺臣兼用也。

第四句言新選部郎為巡方。程穆衡箋云：

> ……順治十二年秋九月，上御內苑，親擇亞卿而下，臺諫
> 以上，賢而才者，出為方岳憲長等官，凡四十許人。

「叔孫禮在終應復」指朝儀應復，方不致有「擊柱橫刀禁殿中」之舉
動。末二句則慨歎諸將帥多已不存，無能與此盛典。

〈即事十首〉其七又云：

> 新傳使者出皇都，十道飛車算國租。故事已除將作監，他
> 年須尚執金吾。主持朝論垂魚袋，料理軍書下虎符。始信
> 蕭曹務休息，太平良策未全無。

首二句程穆衡云：

> 《大清則例》順治十二年八月，戶部尚書邱等議覆科臣張王
> 治疏。照得州縣徵糧，每省特設糧道二員，節年分管。原責
> 其肅弊懲奸，使軍民帖服也。今增米增糧如此之多，甚至困
> 縛糧長、凌虐州縣。應敕各該督按嚴查參處，以儆將來。

程氏云頷、頸二聯言急徵科者驟遷，此非休息良策。誠如程氏所引，糧道二員本在肅弊懲奸，使軍民帖服，不料卻反而因縛糧長、凌虐州縣。故詩末以與民休息之策規諫當局。

此外，順治十五年陳之遴因罪流徙盛京。梅村〈贈遼左故人八首〉其一頷聯云：「曾募流移耕塞下，豈遷豪傑實關中？」既傷其不幸，也批評清廷流徙朝臣之政策。

（二）邊　防

梅村詩言邊防得失者。例如〈高麗行〉一詩敍述明朝藩屬朝鮮，歷敍其與中國的交往。從唐置安東都護府於該地，再敍述明與朝鮮的關係。並插敍其祖檀君等事。接著言：

> ……三十六島島兵起，先皇趣救車三千。遼人頭裹夫餘布，將軍屨及楊花渡。一戰功收合市城，萬家粟輓裹平路。此事由來四十年，君倚漢使眞如天。陳湯已去定遠死，一朝羽檄愁烽煙。榆關早斷三韓道，蒲海難通百濟船。嗚呼！東方君子不死國，堪嗟漸漸玄菟麥。豈甘侯印下勾驪，終望王師右碣石。

「三十六島島兵起，先皇趣救車三千」六句，據錢仲聯〈吳梅村詩補箋〉頁96的引證，當指萬曆二十年（西元1592）日本豐臣秀吉犯朝鮮一事。明遣軍救之，連師七年，終定朝鮮。到崇禎十年（西元1637）春二月朔，朝鮮降于大清，前後四十六年，取成數四十，故曰：「此事由來四十年，君倚漢使眞如天。」

「陳湯已去定遠死，一朝羽檄愁烽煙」二句，上句應指袁崇煥等守邊名將已死，以漢代出使西域名將陳湯、班超等比擬。下句指崇禎九年十一月清太宗親征朝鮮。次年，朝鮮降。「榆關早斷三韓道」二句指明與高麗之交通斷絕。末作嗟歎，期望王師復振，收回屬國。

此外，如〈邊思〉（「都尉征西領蹶張」一首）末二句云：「承恩宿將皆年老，見說三關鼓角涼」，則憂心邊將年老，不克守邊，〈雲中將〉一詩頷聯云：「大小一身兼百戰，是非三策任諸公。」此詩所指，不知

何人。但明末廷臣不知邊事，偏好議論，是戰事失利之因。〔註29〕

此外，〈雜感二十一首〉其二十云：

> 雁門西去塞雲愁，首蓿千群散紫騮。築館柔然非戚里，置
> 亭張掖豈鴻溝？先機拒户領防虎，故智蹂田恐奪牛。都護
> 莫誇勤遠略，龍堆吹雪滿并洲。

首二句愁邊塞事。頷、頸二聯承首二句，規諷當愼防邊亂。「龍堆吹
雪滿并州」一語，考《清史稿》卷四〈世祖〉本紀順治五年十二月，
姜瓖以大同叛。次年二月乙亥，甘、涼逆回米喇印、丁國棟復作亂。
梅村豈預見并州等邊境之未安？

（三）軍事戰略

崇禎十四年二月，張獻忠以輕騎自當陽一日夜馳三百里，殺楊嗣
昌使者於道，取軍符。以二月十一日抵襄陽近郊，用二十八騎持軍符
先馳呼城門督師楊嗣昌調兵。守者合符而信，入之。夜半從中起，城
遂陷，襄王朱翊銘被殺。嗣昌初以襄陽重鎮，仍深溝方洫而三環之，
造飛梁，設橫柝，陳利兵而譏訶：非符要合者不得渡。江、漢間列城
數十，倚襄陽為天險，賊乃出不意而破之。〔註30〕梅村〈襄陽樂〉一
詩鋪敍襄陽之地利、史蹟、賢王、名宦後云：

> 襄陽之樂，乃在漢水廣，峴山高。……吾聞襄陽城北七十
> 二峰削天半，中有黑帝時，白玉為階阯，黃金為宮觀。曾
> 佐眞人起冀方，今日王師下江漢。江漢耀兵逍遙歌，祝釐
> 祠下諸軍過。廟中燕王破陣樂，襄陽小兒舞傞傞。新都護，
> 稱相公，知略輶軒承明宮，帶刀六郡良家從。相公來，車
> 如風，飛龍廐馬青絲驄。襄王置酒雲臺中，賊騎已滿清泥
> 東。嗟乎！呼鷹臺畔生荊棘，斬蛇渚內波濤立。夜半城門

〔註29〕錢穆《國史大綱》，頁613～614，論及清自努爾哈赤至皇太極，以一
　　　　小部落兩代近三十年，遽得入關破北京，蓋有數因。如明末盈廷紛
　　　　議誤事，又不知兵，以致掣肘邊將，貽誤軍機。錢氏舉明代熊廷弼、
　　　　王化貞、袁崇煥等人之言為證，可參見。

〔註30〕同註11。

門牡開，蒲胥劍履知何及！襄陽之樂，乃在漢水廣，峴山
高，故宮落日風蕭蕭。

「吾聞襄陽城北七十二峰削天半」言襄陽之地利及道家宮觀。「曾佐
真人起冀方，今日王師下江漢」以下極言嗣昌軍容之壯盛。自「襄王
置酒雲臺中」以下言襄陽城陷後零落之景況。「夜半城門門牡開，蒲
胥劍履知何及」指張獻忠殺嗣昌使取符，得以紿守將而陷城。末尾「襄
陽之樂」數句，與首句重複。末云：「故宮落日風蕭蕭」，言襄陽淒涼
之景，對照前面地利、古蹟的描寫，顯然諷刺嗣昌領軍疏失。

諷刺守將失職之詩篇，如〈汴梁二首〉云：

其　一

馮夷擊鼓走夷門，銅馬西來風雨昏。此地信陵曾養士，只
今誰解救王孫？

其　二

城上黃河屈注來，千金堤帶一時開。梁園遺跡銷沈盡，誰
與君王避吹臺？

靳榮藩云：此二首哀周藩。周藩指周王恭枵。崇禎十四年，聞賊
至，急發庫金募死士，與巡撫都御史高名衡等固守。李自成攻七晝夜，
解去。十五年，李自成復圍開封。《明史》卷第三百九〈流賊〉列傳云：
　　已，（李自成）復攻開封。……開封食盡。……名衡（高名
　　衡）等議決朱家寨口河灌賊，賊亦決馬家口河欲灌城。秋
　　九月癸未，天大雨，二口並決，聲如雷，潰北門入，穿東
　　南門出，注禍水。城中有萬戶皆沒，得脫者惟周王、妃、
　　世子及撫按以下不及二萬人。賊亦漂沒萬餘，乃拔營西去。

詩其一云：「此地信陵曾養士，只今誰解救王孫？」其二云：「誰與君
王避吹臺？」詞意迫切，詰責守土者失職之罪也。又如〈行路難十八
首〉其七云：

君不見黃河之水從天來，一朝乃沒梁王臺。梁王臺成高崔
嵬，禁門平日車如雷。千尺金堤壞，百里嚴城開。君臣將
相竟安在，化為白黿與黃能。乃知水可亡人國，昆明劫灰

　　　　何如哉！

李自成決黃河灌開封，溺人無數。梅村悲痛之餘，殷殷以水患爲戒，
隱諷諸將未加防護之失。

　　此外，〈送周子儌張青琱往河南使者幕六首〉其四云：

　　　　誰失中原計？經過廢壘高。秋風向廣武，夜雨宿成皋。此
　　　　地關河險，曾傳將士勞。當時軍祭酒，何不用吾曹？

此詩作於順治十一年冬，慨歎當年中原戰計失算。〔註31〕

　　此外，如〈贈范司馬質公偕錢職方大鶴〉云：「兩人置酒登新亭，
惆悵中原未釋兵。盡道石城開北府，何如漢水任南征？」言范、錢二
人慨歎朝廷固守而不知進取的剿寇政策。

　　〈有感〉一詩云：

　　　　已聞羽檄移青海，是處山川困白登。征北功惟修塢壁，防
　　　　秋策在打河冰。風沙刁斗三千帳，雨雪荆榛十四陵。回首
　　　　神州漫流涕，酹杯江水話中興。

「征北功惟修塢壁，防秋策在打河冰」二句不滿弘光朝保守而不進取
之戰略。故回首神州，感傷流涕。

　　此外，〈宣宗御用餞金蟋蟀盆歌〉則反省明末戰爭失利的原因，
詩云：

　　　　宣宗在御昇平初，便殿進覽豳風圖。煖閣才人籠蟋蟀，晝
　　　　長無事爲歡娛。定州花甕賜湯沐，玉粒瓊漿供飲啄。餞金
　　　　髹漆隱雙龍，果廠雕盆錦香褥。伙飛著翅逞腰身，玉砌軒
　　　　馨試一鳴。性不近人須耿介，才堪卻敵在慓輕。君王暇豫
　　　　留深意，棘門霸上皆兒戲。鬥雞走狗謾成功，今日親觀戰

────────────────

〔註31〕梅村《綏寇紀略》卷一〈澠池渡〉云：十一月（崇禎六年），官軍于
　　　　武安之柳泉、于猛虎村再破賊，賊張妙手、賀雙全等三十六家詭詞
　　　　乞撫，道臣常道立信之，因太監楊進朝以請。會天寒，河冰合，廿
　　　　四日，賊從毛家寨策馬徑渡，是爲澠池縣之馬蹄窩。防河中原袁大
　　　　權遇敵恐。河北諸軍謾云：「追之半渡，因冰解不及。」自此三晉、
　　　　畿南、懷慶、彰德、衛輝三郡不受賊禍者十年，而遂有甲申之事。
　　　　流寇採邊打邊降戰略來換取時空，遂擊潰明軍，進擾三晉、畿南一
　　　　帶。舉此一端，可見明將戰計之失算。

場利。坦顙長身張兩翼，鋸牙植股鬚如戟。漢家十二羽林郎，蟲達封侯功第一。臨淮南龍起風雲，二豪螟蛉張與陳。草間竊伏竟何用，灶下廝養非吾群。大將中山獨持重，卻月城開立不動。兩目相當振臂呼，先聲作勢多操縱。應機變化若有神，儳突彷彿常開平。黃鬚鮮卑見股栗，垂頭折足亡精魂。獨身跳免追且急，拉折攀翻只一擲。蟪蛄塞外蠕蠕走，使氣窮搜更深入。當前拔柵賭先登，奪采爭籌為主人。自分一身甘瓦注，不知重賞用黃金。君王笑謂當如此，楚漢雌雄何足齒！莫嗤超距浪輕生，橫草功名須致死。二百年來無英雄，故宮瓦礫吟秋風。一寸山河鬥蠻觸，五千甲士化沙蟲，灌莽微軀亦何有，捉生誤落兒童手。蟻賊穿墉負敗齒，戰骨雖香嗟速朽。涼秋九月長安城，黑鷹指爪愁雙睛。錦韝玉絛競馳逐，頭鵝宴上爭輸贏。鬥鴨欄空舞馬死，開元萬事堪傷心。祕閣圖書遇兵火，廠盒宣窯賤如土。名都百戲少人傳，貴戚千金向誰賭？樂安孫郎好古癖，剔紅塡漆收藏得。我來山館見雕盆，蟋蟀秋聲增歎息。嗚呼！漆城蕩蕩空無人，哀螿切切啼王孫。貧士征夫盡流涕，惜哉不遇飛將軍。

此詩詠孫承澤收藏的宣宗御用餤金蟋蟀盆，感歎承平時百戰零落，深懷興亡之感。

詩言宣宗觀鬥蟋蟀的遊戲，「燠閣才人籠蟋蟀，晝長無事為歡娛」，「君王暇豫留深意，棘門霸上皆兒戲」等，渲染昇平豫遊之景。

「坦顙長身張兩翼」以下借促織之戲來象喻開國拓疆之精神。「漢家十二羽林郎，蟲達封侯功第一」二句中，羽林郎，蟲達為漢代的官名及侯王，此借指明初開國諸將，且字面和蟲豸有關，可謂語帶雙關。「臨淮真龍起風雲」四句，尊明太祖為真龍，貶張士誠、陳友諒之輩為螟蛉，乃草間竊伏之徒。

「大將中山獨特重」八句，以明初大將徐達、常遇春領軍拓土喻蟋蟀之戰鬥。《明史》〈徐達〉傳言其「言簡慮精。在軍，令出不二」，因此稱其「持重」。傳又云：

是時稱名將，必推達、遇春。兩人才勇相類，皆太祖所倚
重。遇春剽疾敢深入，而達尤長於謀略。

因此云：「儵突彷彿常開平」。「獨身跳兔追且急」二句形容蟋蟀相鬥
貌。「蝲蛦塞外蠕蠕走」二句指元順帝北走。以「蠕蠕」言之，既點
染蟋蟀，又貶此輩為蟲豸。

「當前拔柵賭先登」八句回應宣宗觀蟋蟀相鬥事。奪采爭籌、橫
草輕生均為主人，不管是大將或是蟋蟀。然徐達、常遇春拓疆闢土相
較蟋蟀鬥死盆中，氣象大小不同。可見開國之尚武精神已退墮為承平
時豫遊之戲。

因此，「二百年來無英雄」以下慨歎時無英雄，故戰事諸多不利。
「五千甲士化沙蟲」言戰士之不武。「蟻賊穿墉負敗觜，戰骨雖香嗟
速朽」二句，上句指流寇李自成等，下句則哀悼陣亡者。「涼秋九月
長安城，黑鷹指爪愁雙睛」二句以黑鷹暗喻清人。因此自「錦韝玉緤
競馳逐」以下歎國亡後名都百戲零落，昇平之景已難復見。

「樂安孫郎好古癖」數語言此盆之收藏者，再由眼前蟋蟀秋聲之
淒涼中，哀憐王孫、貧士及征夫等。痛惜時運不我予，良將不復見，
遂令國亡。

此詩將明末戰事失利的遠因，歸咎於尚武精神之退墮。此論不必
人皆首肯，然可見梅村對國家興亡有痛切的反省。

慨歎開國氣象不復見者，如〈功臣廟〉云：

畫壁精靈閒氣豪，鄂公羽箭衛公刀。丹青賜額豐碑壯，榮
戟傳家甲第高。鹿走三山爭楚漢，雞鳴十廟失蕭曹。英雄
轉戰當年事，采石悲風起怒濤。

此記功臣廟，追憶明初功臣之偉勳，末二句云：「英雄轉戰當年事，
采石悲風起怒濤」慨歎英雄已矣，遂令國亡陸沈。〈臺城〉一詩云：

形勝當年百戰收，子孫容易失神州。金川事去家還在。玉
樹歌殘恨怎休。徐鄧功勳誰甲第？方黃骸骨總荒丘。可憐
一片秦淮月，曾照降幡出石頭。

此憶明代臺城兩度被兵事。一在建文四年，燕王以「靖難」為名，攻

陷臺城，惠帝下落不明。一在順治二年，清人攻陷此城。頷聯上句言燕王由南京金川門進城事。「家還在」指明祚猶存。下句用陳亡典故來比喻弘光朝的覆滅。頸聯感歎徐達、鄧愈之甲第易主。並慨歎方孝孺、黃子澄等忠臣之丘塚已荒，今昔對比，隱諷弘光的朝臣及將領。末哀歎弘光朝的覆亡。

此外，如〈江上〉詩云：

> 鐵馬新林戰鼓休，十年軍府笑謀謨。但虞莊蹻爭南郡，不信孫恩到蔡州。江過濡須誰築壘？潮通滬瀆（原註：在今上海）總安流。蘆花一夜西風起，兩點金焦萬里愁。

據秦珮珩〈吳梅村江上詩考證〉一文，此詩當作於順治十一年，明將張名振軍入長江一事。據《小腆紀年》順治十一年春正月，「明魯定西侯張名振復以朱成功之師入長江，望祭孝陵」云：

> 名振以上游有蠟書為內應，率海船數百溯流而上，再入京口；掠儀真，至觀音門。十三日泊金山，偕誠意伯劉孔昭登山，從者五百人。……次日，紗帽青袍角帶，向東南遙祭孝陵；設醮三日，揮淚題詩。……

此詩末云：「兩點金焦萬里愁」即指張名振軍泊金山事。首二句言南京已十年未披戰火，故軍府多不重謀謨之事。頷聯上句言南明桂王，以《史記》〈西南夷〉列傳中楚威王將軍莊蹻率眾王滇一事為喻。下句將張名振等人比為晉代海寇孫恩。「但虞」、「不信」二語言清人重西南之事，未提防海上之師。頸聯二句言清人築壘防備，以靖海氛。然末二句仍憂愁金焦戰事。

次年，張名振取舟山，海警頻仍，梅村〈海警〉一詩頷聯云：「刊木止因裝大艦，習流真豈募空拳」。憂心海師不克禦敵。又云：「楚失餘皇尚晝眠」、「虛糜十萬水衡錢」。守軍無心戰鬥，卻虛糜水衡錢。〈聞台州警四首〉其一云：

> 高灘響急峭帆收，橘柚人煙對鬱洲。天際燕飛黃石嶺，雲中犬吠赤城樓。投戈將士逍遙臥，橫笛漁翁縹渺愁。聞說天台踰萬丈，可容長嘯碧峰頭？

此言順治十四年八月二十六日鄭成功犯台州府。據《清世祖實錄選輯》
云：

> 順治十四年八月二十六日，海寇鄭成功犯浙江台州府，分
> 巡紹台道蔡瓊枝、副將李必及府縣等官俱降賊。

頷聯即景生情，暗指鄭成功犯台州。靳榮藩言「天際燕飛黃石嶺」一
句，將鄭成功暗比三國時的寇盜張燕。「雲中犬」則指鄭氏為勝國遺
民，梅村〈過淮陰有感二首〉其二末二句云：「我本淮王舊雞犬，不
隨仙去落人間」。自比為淮王雞犬，以遺民自許。頸聯云戰士仗恃天
險，以逸待勞，卻令人不得不憂。故末云：「可容長嘯碧峰頭？」言
天台高險，豈可容許鄭成功海師長嘯過峰頭，深有激勵諷諫之意。

（四）規箴君主

梅村仕清時，亦有規箴補闕之詩。例如順治十二年〈恭紀聖駕幸
南海子遇雪大獵〉云：

> 君王羽獵近長安，龍雀刀環七寶鞍。立馬山川千騎擁，賜
> 錢父老萬人看（原註：賑饑）。霜林白鹿開金彈，春酒黃羊
> 進玉盤。不向回中逢大雪，無因知道外邊寒。

此記順治大雪中射獵於南海子時，賜錢賑饑之事。末二句云：「不向
回中逢大雪，無因知道外邊寒」，乃諷諭規箴之言。又如〈長安雜詠
四首〉其三云：

> 鼓角鳴鞘下建章，平明獵火照咸陽。黃山走馬開新埒，青
> 海求鷹出大荒。奉轡射生新宿衛，帶刀行炙舊名王。侍臣
> 獻賦思遺事，指點先朝說豹房。

靳榮藩云：

> 此首詠羽獵之盛也，頌不忘規。

此說是。首二句為射獵景。頷聯以黃山走馬及青海貢鷹來襯寫。頸聯
言隨行之宿衛名王。末二句引先朝豹房故事，規諷天子不可逸於射獵
之樂。

此外，〈雜感二十一首〉其十四云：

法從千官對直廬，殿中誰是夏無且。議添常侍司宮尉，詔設期間護屬車。沙苑草荒秋射兔，灤河花發曉觀魚。三邊望幸多封事，不見相如諫獵書。

周法高〈談遷北游錄與吳梅村〉一文頁815引談遷《北游錄‧紀聞下》順治十一年十二月云：

> 戊辰，聞盜及南海子，如漢武帝幸雲陽宮事，云即七校之士，獲之矣。

周氏又引《史記》〈刺客〉列傳〈荊軻〉傳中，荊軻欲刺秦王，幸侍醫夏無且以所奉藥囊擲荊軻，秦王始獲免。言此詩前四句似指有人行刺世祖，「灤河花發曉觀魚」則引《北游錄‧紀郵下》云：

> 灤河之鯽腴而巨，色味並絕。

此詩末句云：「不見相如諫獵書」，亦規箴畋獵之作。

〈和楊鐵崖天寶遺事詩二首〉則云：

> 漢主秋宵宴上林，延年供奉漏沉沉。給來妙服裁文錦，賞就新聲賜餅金。鵁鶄風微清笛迴，蒲萄月落畫絃深。明朝曼倩思言事，日午君王駕未臨。

其二云：

> 複道笙歌幾處通，博山香裊綺疏中。檀槽豈出龜茲伎，玉笛非關于闐工。浩唱扇低槐市月，緩聲衫動石頭風。霓裳本是人間曲，天上吹來便不同。

此詩其一典用漢武帝宴樂上林，延年供奉侍遊事。頷聯言賞賚之厚。頸聯見宴樂之縱情。故末言君王未與早朝以規諷宴樂酖毒。

其二承其一之意。首二句言宮廷事。頷聯言時世好域外新樂，頸聯言宴樂之盛。末言霓裳曲以切合天寶遺事，亦取規諫之意。

六、見證戰亂流離之苦

（一）戰場的殺戮

戰場的殺戮，人何以堪？例如〈田家鐵獅歌〉云：

> 吾聞滄州鐵獅高數丈，千年猛氣難凋喪。風雲夜半戲人間，

柴皇戰伐英靈壯。蘆溝城堞對西山，橋上征人竟不還。枉
刻蹲獅七十二，桑乾流水自潺潺。秋風吹盡連雲宅，鐵鳳
銅烏飛不得。卻羨如來有化城，香林獅象空王力。扶雀犂
牛見太平，月支使者貢西京。并州精鐵終南冶，好鑄江山
莫鑄兵。

田弘遇家的衰敗，令人有滄桑之感。此詩插敘後周世宗柴榮之英武，
以悲悼明末陣亡將士。「扶雀犂牛見太平」數句，言欣見耕作生聚的
太平之景，故末二語殷殷祝禱干戈永息。

　　此外，如〈宣宗御用戱金蟋蟀盆歌〉一詩悲悼明末征夫戰士，有
「二百年來無英雄，故宮瓦礫吟秋風。一寸山河鬥蠻觸，五千甲士化
沙蟲」的感慨。末又云：「嗚呼！漆城蕩蕩空無人，哀螿切切啼王孫。
貧士征夫盡流涕，惜哉不遇飛將軍」。言時無英雄，遂令城毀國亡，
征人未歸。

　　〈織女〉一詩借思婦以致歎：

軋軋鳴梭急，盈盈涕淚微。懸知新樣錦，不理舊殘機。天
漢期還代，河梁事已非。玉箱今夜滿，我獨賦無衣。

末句指《詩經・秦風》〈無衣〉，詩言軍旅之事。此詩以織女為題，用
牛郎織女典故，指織婦思念征人之情。「玉箱今夜滿，我獨賦無衣」
二句深婉悽惻。

　　〈松山哀〉一詩言戰場殺戮之慘況云：「中有礨石之軍盤，白骨
撐距凌巉屼。十三萬兵同日死，渾河流血增奔湍。」

　　崇禎十七年，流寇張獻忠入四川，破閬中、成都等地，殺戮至慘。
〈閬州行〉云：「盡道是葭萌，殺人滿川陸。積屍峨嵋平，千村惟鬼
哭。」此當是傳聞之詞。俟楊爾緒與其妻劉氏重逢於京江，劉氏云：

……拭眼問舅姑，雲山復何處？淚盡日南天，死生不相遇。
汝有親弟兄，提攜思共濟。姊妹四五人，扶持結衣袂。懷
裡孤雛癡，啼呼不知避。失散倉皇間，骨肉都拋棄。悠悠
彼蒼天，於人抑何酷。城中十萬戶，白骨滿崖谷。官軍收
成都，千里見榛莽。設官尹猿猱，半以飼豺虎。尚道是閬

州，此地差安堵。民少官則多，莫恤蜀人苦。……

劉氏道出閩中亂離時骨肉離散、白骨遍野及官吏不恤民苦。此外，如
〈讀史雜感十六首〉其十二云：

> 再有東甌信，城空戰鼓聞。青山頻見騎，丹穴尚求君。亂
> 水衝村壘，殘兵哭嶺雲。瘡痍逢故老，還說永安軍。

此言南明魯王朝永勝伯鄭彩，將領劉中藻等人在閩地與清人的戰事。
故有「再有東甌信」、「還說永安軍」等詩句，其事在順治四、五年之
間。詩中言戰禍之慘酷，只見空城村壘，戰鼓頻聞；到處是鐵騎殘兵
的瘡痍之景。

（二）戰後的零落景況

戰亂後的零落景況，如〈松山哀〉云：「天山回首長蓬蒿，煙火
蕭條少耕作。廢壘斜陽不見人，獨留萬鬼塡寂寞。」言戰後少人耕作，
惟有荒蕪蕭條之景。

順治十年，梅村重至南京，見昔日舊遊之地多已零落，深有黍離
之悲。如〈觀象臺〉云：

> 候日觀雲倚碧空，一朝零落黍離同。昔聞石鼓移天上，（原
> 註：元移石鼓于大都）今見銅壺沒地中。黃道只看標北極，
> 赤鳥還復紀東風。郭公柱自師周髀，千尺荒臺等廢宮。

先朝銅壺等文物，俱委落草間，惟見臺荒宮廢。〈鍾山〉頸聯云：「楊
柳重栽馳道改，櫻桃莫薦寢園荒（原註：時當四月）」〈遇南廂園叟
感賦八十韻〉言舊日南廂園叟「開門延我坐，破壁低圍墻。卻指灌莽
中，此即爲南廂。」梅村追憶當年云：

> 我因訪故基，步步添思量。面水背蒼崖，中爲所居堂。四
> 海羅生徒，六館登文章。松檜皆十圍，鐘筍聲鏘鏘。百頃
> 搖澄潭，夾岸栽垂楊。池上臨華軒，菡萏吹芬芳。譚笑盡
> 貴游，花月傾壺觴。其南有一亭，梧竹生微涼。回頭望雞
> 籠，廟貌諸侯王。左李右鄧沐，中坐徐與常。霜髯見鋒骨，
> 老將東甌湯。配食十六侯，劍珮森成行。得之爲將相，寧
> 復憂封疆。北風江上急，萬馬朝騰驤。重來訪遺跡，落日

唯牛羊。……蕭條同泰寺，南枕山之陽。當時寶誌公，妙
塔天花香。改葬施金棺，手詔追襃揚。袈裟寄靈谷，製度
由蕭梁。千尺觀象臺，太史書禎祥。北望占旄頭，夜夜愁
光芒。高帝遺衣冠，月出修蒸嘗。圖書盈玉几，弓劍堆金
床。承乏忝兼官，再拜陳衣裳。南內因灑掃，銅龍啟未央。
幽花生御榻，苔澀青倉琅。離宮須望幸，執戟衛中郎。萬
事今盡非，東逝如長江。

「我因訪故基」數句言國子監之昔日。「回頭望雞籠」以下言功臣廟。
「蕭條同泰寺」數句言及同泰寺。「千尺觀象臺」以下應參見〈觀象
臺〉一詩。「高帝遺衣冠」言明代高廟與故宮之舊跡。然皆付諸流水，
惟見落日牛羊之景。

　　順治十四年，〈剡城曉發〉所目睹的是「野戍淒涼經喪亂」。〈聞
台州警四首〉其四末二句云：「最是孤城蕭瑟甚，斷虹殘雨子規啼」。
均寫戰亂後蕭瑟淒涼之景況。

（三）避亂流離之苦

　　戰亂使人飽受避亂流離之。順治二年，清軍陷南京，弘光朝覆滅。
清軍於是轉戰閩、越，蘇杭便首當其衝。梅村得知，預先至其同宗吳
青房家避亂，作〈避亂六首〉記其事。順治十四年，因吳青房造訪，
梅村爲作〈礬清湖并序〉一詩，追念舊德，其詩序言：「吾宗之繇倩、
青房、公益兄弟居於此四世矣。余以乙酉五月聞亂，倉皇攜百口投之。
中流風雨大作，扁舟掀簸，榜人不辨水門故處，久之始達。」礬清湖
位於吳縣東南。梅村往避戰亂途中，備嘗辛苦。〈避亂六首〉其二云：

長日頻云亂，臨時信孰傳。愁看小兒女，倉卒恐紛然。緩
急知難定，身經始易全。預將襁褓寄，忍使道塗捐。天意
添漂泊，孤舟雨不前。途長從妾怨，風急喜兒眠。水市灣
頭見，溪門屋後偏。終當淳樸處，不作畏途看。未得更名
姓，先教禮數寬。因人拜村叟，自去榜漁船。多累心常苦，
遭時轉自憐。干戈猶未作，已自出門難。

「天意添漂泊，孤舟雨不前」即〈礬清湖并序〉詩序所云：「中流雨

雨大作，扁舟掀簸，榜人不辨水門故處，久之始達。」等語。「多累心常苦，遭時轉自憐」等句則流露家累之苦和自憐之情。

其三又云：

> 驟得江頭信，龍關已不守。緜來嗤早計，此日盡狂走。老穉爭渡頭，篙師露兩肘。屢喚不肯開，得錢且沽酒。予也倉皇歸，一時攜百口。兩槳速若飛，扁舟戰來久。路近忽又遲，依稀認楊柳。居人望帆立，入門但需帚。依然具盤餐，相依賴親友。卻話來途中，所見俱八九。失散追尋間，啼呼挽兩手。屢休又急步，獨行是衰朽。村女亦何心，插花尚盈首。

此言南京失守後，行途皆倉皇避亂者。「予也倉皇歸，一時攜百口」四句自述避亂之辛苦。「居人望帆立，入門但需帚」等語則言吳青房兄弟的厚待。接著回憶途中所見：「失散追尋間，啼呼挽兩手。屢休又急步，獨行是衰朽」道出避亂時百姓失散啼呼之慘狀及停停趕趕的衰朽疲憊。而其四云：

> 此方容跡便，止爲過來稀。一自人爭避，溪山客易知。有心高酒價，無計掩漁扉。已見東郭叟，全家又別移。總無高枕地，祇道故園非。爲客貪蝦菜，逢人厭鼓鼙。兵戈千里近，隱遯十年遲。唯羨無家雁，滄江他自飛。

此言避亂不易。故有「一自人爭避，溪山客易知」等語。避亂尙難，何況隱遯？「惟羨無家雁，滄江他自飛」以雁的自由映照有家之苦。

〈董山兒〉則道盡亂離之際，親子仳離之苦：

> 董山兒，兒生不識亂與離。父言急去牽兒衣，母言乞火爲兒炊作糜。父母忽不見，但見長風白浪高崔嵬。將軍下一令，軍中那得聞兒啼？樓船何高高，沙岸多崩摧。榜人不能移，舉手推墮之。上有蒲與萑，下有潭與泥，十步九倒迷東西。身無袴襦，足穿蒺藜，叩頭指口惟言飢。將船送兒去，問以鄉里記憶還依稀。父兮母兮哭相認，聲音雖是形骸非。傍有一老翁，羨兒獨來歸。不知我兒何處餵游魚，或經略賣遭鞭苔？垂頭涕下何纍纍。吾欲竟此曲，此曲哀且悲，茫茫海內風塵飛。一身不自保，生兒欲何爲？君不

見，菫山兒！

「父言急去牽兒衣，母言乞火爲兒炊作糜」寫臨難分難時的親情。「上有蒲與薙，下有潯與泥，十步九倒迷東西」數句語菫山兒飽受流離之苦，令爲人父母者鼻酸。故云：「父兮母兮哭相認，聲音雖是形骸非」。其悲喜交集之情觸動失子者之痛。「不知我兒何處餵游魚，或經略賣遭鞭苔？」百姓何辜，竟然「一身不自保，生兒欲何爲？」天倫之慘劇，人何以堪！

順治十六年，鄭成功發動江上之役，江南重受戰火蹂躪。〈江上遠眺〉云：

> 幕府山前噪乳鴉，嚴城煙樹隱悲笳。柳條徧拂將軍馬，燕子難求百姓家。東海奔濤連北固，西陵傳火走南沙。江皋戰鬼無人哭，橫笛聲聲怨落花。

此詩當作於此年七月，鄭成功兵敗，南京城圍解除之後。戰後的殘破致使「燕子難求百姓家」，而「江皋戰鬼無人哭」則哀憐犧牲的戰士。同時〈遣悶六首〉言戰亂之苦，並哀憐身世，語甚悲痛。其一云：

> 秋風泠泠蛩唧唧，中夜起坐長太息。我初避兵去城邑，田野相逢半親識。扁舟遇雨煙村出，白版溪門主人立。雞黍開尊笑延入，手持釣竿前拜揖。十載鄉園變蕭瑟，父老誅求窮到骨。一朝戎馬生倉卒，婦人抱子草間匿，津亭無船渡不得。仰視烏鵲營其巢，天邊矰繳猶能逃。我獨何爲委蓬蒿？搔首回望明星高。

此言當年避亂於礬清湖，猶有親識厚待。然而十餘年來官吏的誅求致使田園蕭瑟、百姓窮困。如今戰亂再起，欲避何處？「婦人抱子草間匿，津亭無船渡不得」二句言婦人抱子避亂之苦。其二又云：「只今零落將誰望？出門一步紛蜩螗，十人五人委道傍。」言戰亂之際，多少人委命於草菅。其二云：「故園烽火憂三徑，京江戰骨無人問。」二句與〈江城遠眺〉中「江皋戰鬼無人哭」一句同悲戰亡之人。其四末四句云：「相思夜闌更剪燭，嚴城鼓聲振林木。眾雛怖向床頭伏，搖手禁之不敢哭。」可見戰時怖懼之景。其五云：

舍南春水成清渠，其上高柳三五株。草閣窈窕花扶疏，圃
有菜茹池有魚。蓬頭奴子推鹿車，藝瓜既熟分里閭。忽聞
兵馬來城隅，南翁北叟當窗趨。我把耒鋤心躊躇，問言不
答將無愚。老人無成灌蔬壤，暫息干戈竊偃仰。舍之出門
更何往？手種松杉已成長。

此言兵馬入城，強行驅遣百姓。「問言不答將無愚」數句，言怖懼噤
聲，偃仰隨人，以求自保的悲哀。

（四）軍隊劫掠婦女的暴行

　　此外，軍隊掠奪婦女的暴行，〈揚州四首〉其四首四句云：「撥盡
琵琶馬上絃，玉鉤斜畔泣嬋娟。紫駝人去瓊花院，青塚魂歸錦纜船。」
以昭君使胡未歸的典故，諷刺清人攻陷揚州時，劫掠婦女之暴行。〈讀
史雜感十六首〉首五末二句云：「可憐青塚月，已照白門花。」亦用此
典，卻是哀憐南京城陷時被禍之婦女。〈聽女道士卞玉京彈琴歌〉詩中，
卞玉京敘述徐氏中山侯之女未及入選弘光帝妃，即遭清兵擄走。詩云：

聞道君王走玉驄，犢車不用聘昭容。幸遲身入陳宮裡，卻
早名填代籍中。依稀記得祁與阮，同時亦中三宮選。可憐
俱未識君王，軍府抄名被驅遣。漫詠臨春瓊樹篇，玉顏零
落委花鈿。當時錯怨韓擒虎，張孔承恩已十年。但教一日
見天子，玉兒甘為東昏死。羊車望幸阿誰知？青塚淒涼竟
如此！我向花間拂素琴，一彈三歎為傷心。暗將別鵠離鸞
引，寫入悲風怨雨吟。昨夜城頭吹觱篥，教坊也被傳呼急。
碧玉班中怕點留，樂營門外盧家泣。……十年同伴兩三人，
沙董朱顏盡黃土。貴戚深閨陌上塵，吾輩漂零何足數！

詩自「聞道君王走玉驄，犢車不用聘昭容」到「可憐俱未識君王，軍
府抄名被驅遣」等句即詠此事。「漫詠臨春瓊樹篇」以下，用南齊東
昏侯，和南陳後主來比擬弘光，諷刺弘光因荒淫而亡國。「漫詠臨春
瓊樹篇」之典故，見郭茂倩《樂府詩集》〈玉樹後庭花〉的題解云：「其
曲有〈玉樹後庭花〉、〈臨春樂〉等。其略云：『璧月夜夜滿，瓊樹朝
朝新』，大抵皆美張貴妃、孔貴嬪之容色。」梅村詩以陳後主寵妃張、

孔二人對照弘光妃子的薄命，詩以女子怨望不已的口吻道出，令人哀憐。「昨夜城頭吹觱篥」以下，言歌妓亦未幸免。卞玉京悲憐同伴和貴戚之女的遭遇，以自我寬慰漂零之苦，愈發引人同情。

（五）圖籍文物的毀壞

至於戰亂對圖籍文物的摧毀破壞，梅村屢致痛惜。〈汲古閣歌〉（原註：毛晉字子晉，常熟人，家有汲古閣）一詩云：

> 嘉隆以後藏書家，天下毘陵與瑯琊。整齊舊聞收放失，後
> 來好事知誰及。比聞充棟虞山翁，里中又得小毛公。搜求
> 遺逸懸金購，繕寫精能鏤板工。由來斯事推趙宋，歐虞楷
> 法看飛動。集賢院印校讎精，太清樓本裝潢重。損齋手跋
> 爲披圖，蘇氏題觀在直廬。館閣百家分四庫，巾箱一幅盡
> 三都。本朝儒臣典制作，累代縹緗輸祕閣。徐廣雖編石室
> 書，孝徵好竊華林略。兩京太學藏經史，奉詔重修賜金紫。
> 高齋學士費餐錢，故事還如寫黃紙。釋典流傳自洛陽，中
> 官經廠護焚香。諸州各請名山藏，總目難窺內道場。南湖
> 主人爲歎息，十年心力恣收拾。史家編輯過神堯，律論流
> 通到羅什。當時海內多風塵，石經馬矢高丘陵。已壞書囊
> 縛作袴，復驚木冊摧爲薪。……

此詩作於順治五年，時梅村至常熟訪毛晉汲古閣。汲古閣以藏書之富和印書之精聞名天下。詩開頭二句追述明世宗嘉靖年間及穆宗隆慶年間的藏書家。毘陵即武進，指當地藏書家唐順之。瑯琊指太倉王世貞，其藏書亦富。

「比聞充棟虞山翁，里中又得小毛公」指常熟錢謙益的絳雲樓及毛晉的汲古閣。「搜求遺逸懸金購、繕寫精能鏤板工」二句言毛晉搜求善本書及繕寫鏤板之精嚴。

「由來斯事推趙宋，歐虞楷法看飛動」以下言宋代官家藏書刻書之盛。復與明代儒臣典制之作，統歸於京師之文淵閣。吳翌鳳引朱彝尊《曝書亭集》〈文淵閣書目跋〉一文，歷敘宋靖康後，內閣圖籍多歸於金，後又歸元，至明朝永樂年間則云：

> 明永樂間，敕翰林院凡南內所儲書各取一部。於是修撰陳
> 循督舟十艘，載書百櫝送北京。又嘗命禮部尚書鄭賜擇通
> 知典籍者，四出購求遺書，皆儲之文淵閣內。相傳雕本十
> 三、抄本十七，蓋合宋、金、元之所儲而匯於一，縹緗之
> 富，自古未有也。

詩云：「累代縹緗輸祕閣」一句即指此。而「兩京太學藏經史，奉詔
重脩賜金紫」二句，上句指南京國子監及北京國子監。毛一波《文史
存稿》〈汲古閣歌〉一文云：

> 「兩京太學」當指南京國子監及北京國子監，前者刊有十
> 七史，後者刊印廿一史，名曰監本。其重修之事，當如顧
> 炎武日知錄所云：「嘉靖初，南京國子監祭酒張邦奇等，請
> 校刻史書。欲差官購索民間古本，部議恐滋繁擾，上命將
> 監中十七史舊板考對修補，仍取廣東宋史板付監。遼金二
> 史無板者，購求善本翻刻。十一年七月成，祭酒林文俊等
> 表進。至萬曆中，北監又刻十三經廿一史。」又云：「廿一
> 史，萬曆間刻補不一，惟二十三年係奉旨刊刻者。全部一
> 式，字體方正，行款清楚，惟恨多誤字耳。」「金紫」即指
> 紫綬金印。

這些藏書都隨著甲申兵火和清人攻陷南京之際而蕩然無存。梅村〈題
帖二首〉其二云：

> 金元圖籍到如今，半自宣和出禁林。封記中山玉印在，一
> 般烽火竟銷沉。（原註：甲申後，質慎庫圖書百萬卷，皆宣
> 和所藏，金自汴梁輦入燕者，歷元及明初無恙，徐中山下
> 大都時，封記尚在，今皆失散不存。）

陳其年輯本《篋衍集》此註作：

> 質慎庫圖書百萬卷，皆宣和所藏，有中山王下燕時封識印
> 信，甲申後並散佚。

二註合見，可知甲申兵火後，內閣圖籍銷沉不存。順治十年，梅村重
至南京，見昔日舊游地多零落，深有感慨。其〈國學〉七律一詩頸聯
云：「四庫圖書勞訪問，六堂絃管聽銷沉」。同時詩作〈遇南廂園叟感

賦八十韻〉又云：「獨念四庫書，卷軸誇縹緗。孔廟銅犧尊，斑剝填青黃。棄擲草莽間，零落誰收藏？」等等，可知官家圖籍多毀於戰亂。

因此，詩又云：「南湖主人為歎息，十年心力恣收拾。」南湖指毛晉的南湖草堂。毛晉慨歎之餘，全力收拾散佚之圖書。「史家編輯過神堯，律論流通到羅什」二句更言其編輯流通的書籍包羅歷來古籍，又旁搜釋典。

「當時海內多風塵，石經馬矢高丘陵」四句言戰亂摧毀書囊木冊。「已壞書囊縛作袴，復驚木冊摧為薪」二句可見圖籍遭摧壞至慘。

順治六年，梅村至嘉興，過項鼎鉉家，作〈項黃中家觀萬歲通天法帖〉一詩云：

> 王氏勳名自始興，後人書法擅精能。江東將相傳家在，翰墨風流天下稱。前有瑯琊今檇李，項氏由來堪並美。襄毅旂常戰伐高，墨林書畫聲名起。當時海內號收藏，祕閣圖書玉軸裝。近代丹青推董巨，名家毫素重鍾王。鍾王妙蹟流傳舊，貞觀在御窮搜購。……我思義之負遠略，北伐貽書料強弱。惜哉徒令書畫傳，誓墓功名氣蕭索。江東無事富山水，興來灑筆臨池樂。足知文采賴昇平，父子優游擅家學。只今海內無高門，稽山越水烽煙作。春風掛席由拳城，夜雨君齋話疇昨。嗚呼吾友雅州公，舒毫落紙前人同。一官鳥撒沒坯土，萬卷青箱付朔風。少伯湖頭鼙鼓動，尚書第內煙塵空。可憐累代圖書盡，斷楮殘編墨林印。此卷仍逃劫火中，老眼縱橫看筆陣。君真襄毅之子孫，相逢意氣何相親。即看書畫與金石，訪求不屑辭家貧。嗟呼！世間奇物戀故主，留取縹緗傲絕倫。

此詩自言觀項氏家中所藏唐武則天萬歲通天年間法帖。據靳榮藩引朱彝尊《曝書亭集》，王羲之子孫王方慶進奉其先世二十八人書，武后命善書者廓填成卷，即是此帖。故詩由東晉王導一門說起。再言項氏之祖先項忠，明英宗正統年間為兵部尚書，諡襄毅。及項氏從祖項元汴墨林，生於嘉靖、隆慶年間，家藏法書名畫及鼎彝奇器，見靳榮藩

所引《韻石齋筆談》之言。

「當時海內號收藏，祕閣圖書玉軸裝」四句言當時收藏好鍾、王之書，董、巨之畫。以下言萬歲通天法帖，插敍王羲之聲名，並追敍二王家學，羨其優游於文采昇平之時。

「只今海內無高門，稽山越水烽煙作」以下言戰亂後，稽山越地的高門多殘破。「嗚呼吾友雅州公，舒毫落紙前人同」二句，梅村慨歎其友項聲國早沒。聲國曾知西川雅州，故稱爲雅州公。「一官烏撒沒坏土，萬卷青箱付朔風」六句慨歎項氏家藏在戰亂中蕩盡。據靳榮藩引《韻石齋筆談》之言，項氏家藏在清兵至嘉興時爲千人長汪六水所掠，以致蕩然無存。此萬歲通天法帖逃於劫火，令人慶幸。而項氏訪求書畫金石，不辭家貧，梅村深致稱許。

對元朝圖籍文物的尋訪，又見〈讀史偶述四十首〉其二十，二十一兩首詩：

其二十

宣爐廠盒內香燒，禁府圖書洞府簫。故國滿前君莫問，淒涼酒盞鬥成窰。

其二十一

布棚攤子滿前門，舊物官窰無一存。王府近來新發出，剔紅香盒豆青盆。

清初親王盜賣禁府文物，由「故國滿前君莫問」、「王府近來新發出」等句，可窺知消息。

此外，如〈遣悶六首〉其六云：

白頭儒生良自苦，獨抱陳編住環堵。身歷燕南遍齊魯，摩挲漆經觀石鼓，上探商周過三五，矻矻窮年竟奚補？岣嶁山頭祝融火，百王遺文棄如土。馬矢高於羹相圈，箋釋蟲魚付榛莽。寓言何必齊莊周？屬辭何必通春秋？一字不向人間留，亂離已矣吾無憂。

此言亂離之際，圖籍書多毀於兵火。「一字不向人間留，亂離已矣吾

無憂」二語何等憤慨！

康熙四年，梅村〈題劉伴阮凌煙閣圖并序〉云：

> 唐閻立本十八學士圖，相傳在兵科直房中。余官史局，慈谿馮
> 大司馬鄴仙時掌兵都垣，嘗同直禁中，出而觀之，吏啓篋未及
> 展，而馮以上命宣召，遽扃鐍而去，遂不果。今相去三十年，
> 六科廊燬於兵，此圖不可問矣。按王氏畫苑，立本畫十八學士，
> 又畫凌煙二十四功臣，故兩圖並行；凌煙圖不著，著其所繇失。
> 汴梁劉君伴阮，天才超詣，書畫尤其所長，自鍾、王以下，八
> 分行草，摹之無不酷似：山水雅擅諸家，又出新意以繪人物，
> 如所作凌煙功臣圖，氣象嵾嵯，衣裝瓌異，雖立本復出，無以
> 過焉。伴阮遊於方伯三韓佟公之門，暫留吾吳，恨尚未識面，
> 間取是圖以想像其爲人，意必嶔崎磊落，有凌雲御風之氣。余
> 因是以窺劉君之才，服方伯之知人，而深有感於余之老，不足
> 追陪名輩也。爲之歌曰：

> ……細數從前翰墨家，海內知名交八九。慘澹相看識苦心，
> 殘縑零落知何有。技窮仙佛并侯王，四十年來誰不朽。北
> 有崔青蚓，南有陳章侯。崔也餓死值喪亂，維摩一卷兵間
> 留。含牙白象貝多樹，圖成還記通都求。陳生落魄走酒肆，
> 好摹儈父屠沽流，笑償王媼錢十萬，稗官戲墨行觥籌。劉
> 生三十稱詞伯，盛名緩帶通侯席。埋沒休嗟此兩生，古今
> 多少窮途客。繁臺家在汴流平，老我相逢話鋒鑣。剩有關
> 河出後生，枉將兵火催衰白。君不見祕書高館群儒修，歐
> 虞褚薛題銀鈎。朔州老將解兵柄，折節愛與諸生游。丈夫
> 遭際好文日，布衣可以輕兜鍪。似君才藻妙行草，況工絹
> 素追營丘。它年供奉北門詔，大官賜食千金裘。嗚呼！石
> 渠麟閣總天上，凌煙圖罷圖瀛洲。

此詩序慨歎唐閻立本〈十八學士圖〉燬甲申兵火。垂老之際，得睹劉
氏凌煙閣圖。稱許之餘，作詩以贈。

「細數從前翰墨家，海內知名交八九」以下追憶昔日畫苑諸友。
慨歎諸人淪落於兵火戰亂。崔青蚓餓死於甲申兵火，僅餘下〈洗象圖〉
等畫作，陳章侯則落魄走酒肆。以此二人之遭遇對照劉氏的達遇，爲
後者慶幸。「丈夫遭際好文日，布衣可以輕兜鍪。」數句言時世重文，

則以劉氏才藻，其成就令人期待。末期許其補畫十八學士圖，既鼓勵後生，也祈盼時世能偃武修文。

（六）軍紀的窳敗

戰亂的瘡痍，隨著軍紀窳敗而加深。詩言軍紀敗壞者，例如〈避亂六首〉其六云：

> 曉起譁兵至，戈船泊市橋。草草十數人，登岸沽村醪。結束雖非常，零落無弓刀。使氣摑市翁，怒色殊無聊。不知何將軍，到此貪逍遙。官軍昔催租，下令嚴秋毫。盡道征夫苦，不惜耕人勞。江東今喪敗，千里空蕭條。此地村人居，不足容旌旄。君見大敵勇，莫但驚吾曹。

此詩本事，據趙翼《甌北詩話》卷九的考證，指順治二年太湖中明將黃蜚、吳之葵及吳江縣吳日生等糾合洞庭兩山的鄉民圍城。後被巡撫土國寶所敗。

梅村言此烏合之眾云：「草草十數人，登岸沽村醪」，「使氣摑市翁，怒色殊無聊。」此輩打著明軍旗幟，故梅村以：「官軍昔催租，下令嚴秋毫」四句，諷刺其目無軍紀，不恤民苦。

至於清兵的橫暴，梅村亦時加指斥。如順治十年，其北上京師途中，所作〈高郵道中四首〉其三的首二句云：「曾設經年戍，殘民早不堪。」其〈清江閘〉五律頸聯云：「善事監河吏，愁逢橫海兵」。詩句下註云：「時有事兩粵，兵過海上。」〈膠州〉（原註：時有兵變）一詩云：

> 將已三年戍，兵須六郡豪。一時緣調遣，平昔濫旌旄。後顧憂輜重，前軍敢遁逃？只今宜早擊，都護莫辭勞。

道出兵變的原因在將憊兵豪，平昔濫充旌旄，臨時僅供調遣，可見軍紀之敗壞。

吳純祜官碻山，梅村〈贈穆大苑先〉（原註：從汝寧碻山歸。碻山余兄純祜治也）云：「身親芻秣養驊騮，供頓三軍尙嗔怒。赤日黃埃伏道旁，鞭梢拂面將誰訴？」官吏尙且受盡曲辱，則軍隊的橫暴可

想。又如〈遇南廂園叟感賦八十韻〉云：

> ……大軍從北來，百姓聞驚惶。下令將入城，傳箭需民房。
> 里正持府帖，金在御賜廊。插旗大道邊，驅遣誰敢當。但
> 求骨肉完，其敢攜筐箱。扶持雜幼稚，失散呼耶孃。…

此言清兵攻陷南京後，強佔民房、驅遣百姓，致使親子失散啼呼。

（七）百姓輪役供軍之苦

此外，詩詠百姓輪役供軍之苦者如〈讀史雜感十六首〉其十五云：

> 早設沿江戍，仍添沂水兵。惡灘橫贛石，急浪打湓城。轂
> 騎柴桑督，樓船牛渚營。江南民力盡，辛苦事西征。

順治五人清將金聲桓反於江西，聲撼南北。清廷派大軍討伐。《東
明聞見錄》言此役：

> 警報至北京，大恐。盡撤滿洲驍騎，移檄遠近，征兵四集。
> 遣固山、譚泰、劉良佐等，帥帥犯江西，時步兵二十萬，
> 騎兵十萬，水兵十萬，舟萬餘艘，牛車、駱駝、西洋銃等
> 無算。舟尾相接，浮江而上，金鼓震天，亙三百里。清兵
> 出師之盛，前此未有也。

故此詩哀憐道：「江南民力盡，辛苦事西征」。〈蘆洲行〉則言蘆根充
為軍隊的馬草，詩云：「萬束千車運入城，草場馬廄如山積。樵蘇猶
到鍾山去，軍中日日燒陵樹。」可見清兵燒荒焦土之惡行。〈馬草行〉
言軍隊索求馬草：「府帖傳呼點行速，買草先差人打束」，根本就是搶
奪。〈橘〉一詩云：

> 莫設西山戍，蕭條是橘官（原註：時洞庭初增兵將）。果從
> 今歲少，樹為去年寒（原註：昨冬大寒，橘大半枯死）。一
> 絹輸將苦，千頭翦伐難。茂陵消渴甚，只向上林看。

此言洞庭初增兵將。而橘歉收，如何輸將？百姓的辛苦可想。此外，
〈雜感二十一首〉其一云：

> 聞道朝廷罷上都，中原民困尚難蘇。雪深六月天圍塞，雨
> 派千村地入湖。瀚海波濤飛戰艦，禁城宮闕起浮圖。關山
> 到處愁征調，願賜三軍所過租。

首二句據趙翼《甌北詩話》卷九的考證，指順治七年，攝政王以京師暑熱，欲另建京城於灤州。是年王薨，順治皇帝特詔免。頷、頸二聯言天災、戰爭及禁城建塔等事。百姓苦於征調，故以「願賜三軍所過租」一語代民陳情。

（八）非戰反戰的思想

梅村飽經戰亂流離之苦，了解戰爭殘暴的本質，故有非戰反戰之思想。例如〈松山哀〉一詩回憶崇禎十五年松山戰役，哀憐戰敗犧牲之將士，並云：

> ……嗚呼！玄菟城頭夜吹角，殺氣軍聲振寥廓。一旦功成盡入關，錦裘跨馬征夫樂。天山回首長蓬蒿，煙火蕭條少耕作。廢壘斜陽不見人，獨留萬鬼填寂寞。若使山川如此閑，不知何事爭強弱。聞道朝廷念舊京，詔書招募起春耕。兩河少壯丁男盡，三輔流移故土輕。牛背農夫分部送，雞鳴關吏點行頻。早知今日勞生聚，可惜中原耕戰人！

此言清人功成入關，錦裘跨馬。然而勝利背後是慘酷的殺戮。回首廢壘蓬蒿，斜陽中蕭條無人，惟留萬鬼填寂寞。不禁歎道：「若使山川如此閑，不知何事爭強弱？」戰爭難道是爲了摧毀一切以爭強弱？眼見流徙少壯，以求耕種再起，梅村不禁痛惜當年耕戰之人。戰爭的勝負取決於武力，清人崇尚勇武之形相見於〈雪中遇獵〉云：

> ……少年家住賀蘭山，磧裡擒生夜往還。鐵嶺草枯燒堠火，黑河凍滿渡征鞍。十載功成過高柳，閑卻平生射雕手。漫唱千人敕勒歌，只傾萬斛屠蘇酒，今朝彷彿李陵臺，將軍喜甚圍場開。黃羊突過笑追射，鼻端出火聲如雷。回去朱旗滿城闕，不信溝中凍死骨。猶有長征遠戍人，哀哀萬里交河卒。笑我書生裋褐溫，寒驢篛笠過前村。即今莫用梁園賦，扶杖歸來自閉門。

此言清將冬獵之景。「今朝彷彿李陵臺，將軍喜甚圍場開」二句言此番射獵，彷彿圍殺於降將李陵臺。「黃羊突過笑追射，鼻端出火聲如雷」二句更道盡射獵物的勝利姿勢。以力屈物之人，豈會哀恤凍死骨

和遠戍者？時世尚武霸力，難怪作者自笑書生蹇運，斯文無用。

　　了解戰爭殘暴尚武的本質，梅村因而非戰反戰。〈聞台州警四首〉其一末二句云：「桃花好種今誰種，從此人間少洞天。」此言戰亂之下，桃源何覓？其三頸聯云：「仙家壘是何年築？刺史丹無不死方。」則慨歎戰爭帶來殺戮。〈雜感二十一首〉其五末二句云：「世會適逢須粉飾，十年辛苦厭征鼙。」言深厭十年來不斷的戰爭。〈樓聞晚角〉更歎息的問道：「何年鼙鼓息，倚枕向斜曛？」故〈田家鐵獅歌〉祝禱：「并州精鐵終南冶，好鑄江山莫鑄兵。」而〈即事十首〉其六亦云：

> 西山盜賊尚縱橫，白晝畿南桴鼓鳴。誰道盡提龍武將，翻
> 教遠過闔閭城？軍需若給嫖姚騎，節制難逢僕射營。斥堠
> 但嚴三輔靖，願銷兵甲罷長征。

京畿盜賊縱橫，竟勞師動眾，在江南一地需索軍輸。其橫暴無度，民何以堪？何不嚴設斥堠監視，便能免動干戈。「願銷兵甲罷長征」是多麼沈痛的哀告！

七、針砭吏治，哀憐民生疾苦

　　梅村對吏治之窳敗，時有針砭，以哀憐民生之疾苦。

（一）明末之吏治民生

　　反映明末之吏治民生者，如〈過滄州麻姑城〉末四句云：「中原烽火山東亂，軍吏誅求海上租。不數戈船諸將在，玉壇縹緲詛匈奴。」此言滄州麻姑城一帶的百姓困於軍吏誅求租賦，又遭戰亂之苦。只好祭壇祈神，詛罵滿人，以自求多福。

　　〈三松老人歌〉則云「織罷先呈尚衣局」、又云：「醉值金吾爭道過，將軍司隸與錢通」、「南陌朝催間架錢，西山夜拾回中矢」等等，記述朝廷設尚衣局催征織帛。此外，尚有間架稅及官吏貪賄等弊病。

（二）清初圈田

　　清人入關後，大批遼人隨之內徙，遂圈佔百姓膏腴之地，是為圈田。據談遷《北游錄・紀聞下》「圈田」一條云：

初徙遼人。圈順天、永平、保定、河間之田。凡腴敞華宅
俱占去。而其人惰，田不甚墾，多蕪。

梅村〈題蘇門高士圖贈孫徵君鍾元〉（原註：容城人，孝廉）贈
孫鍾元，學者稱夏峰先生，是當時北方大儒。孫氏家容城，隸屬保定
府。順治三年，其田地遭清人圈佔 〔註32〕梅村詩言此事云：

> ……一朝鐵騎城南呼，長刀砍背將人驅。里中大姓高門閥，
> 鞭笞不得留須臾。叩頭莫敢爭膏腴，乞爲佃隸租請輸。牽
> 爺擔子立兩衢，問言不答但欷歔。先生閉門出無驢，僵臥
> 一榻絕朝餔。……

此詩言鐵騎嗔呼砍人，強佔人民膏腴之地。人民或叩頭乞求，或悚立
欷歔，活現清人圈田之橫暴。

（三）清初旗債

〈偶得三首〉其一云：

> 莫爲高貲畏告緡，百金中產未全貧。只因程鄭吹求盡，卻
> 把黔婁作富人。

此詩言旗人放債，以橫索高利貸。談遷〈北游錄·紀聞下〉「保債」
云：

> 順治初，滿人彙溢，長安新定，謂其易與，往往告貸，須
> 一人預券，如百金例餽五緡，月徵子錢，不爽時刻。少負
> 進，則移坐預券者，詬辱及之。宛平陸嵩，丙戌進士，選
> 庶常，除國史院檢討。嘗預券失期，道上被執，裸剝於家，
> 竟免官。陸邑邑不樂，游大同，適姜瓖之變，死焉。……
> 又弘文院編修官陳子鼎，爲姑蘇申氏預卷，方修史於玉芝
> 宮，毆赴刑部責之，悤三日，命杖二十免官。朝士預券，
> 非代償，則株累，叵測如此。

旗債即保債之類。「卻把黔婁作富人」一句，可見滿人誅求之甚，則

〔註32〕此事據《孫夏峰先生年譜》順治三年丙戌云：六十三歲，三月移居
新安，寓薛錦軒別墅，額其齋曰：雲宿齋。
其門人注云：是年春，先生田園俱供采地，遂驅車入新安。先生身
無長物，到處自適，屢經烽火，聞警便行。

貧民何堪？

（四）清初船夫打冰之苦

〈打冰詞〉、〈再觀打冰詞〉二詩哀憐船夫打冰的辛勞。〈打冰詞〉云：

> 北河風高水生骨，玉壘銀橋堆幾尺。新戍雲中千騎馬，橫
> 津直渡無行跡。下流湍悍川途開，吹笳官舫從南來。帆檣
> 山齊排浪進，牽船百丈聲如雷。雪深及髁衣露肘，背挽頭
> 低風塞口。相逢羨殺順流船，急問來時河凍否？溜過湖寬
> 放牏平，長年穩望一帆輕。夜深側聽流漸響，瑣碎玲瓏漸
> 結成。篙滑難施櫓枝折，舟人霜滿髭鬚白。發鼓催船喚打
> 冰，衝寒十指西風裂。吁嗟河泊何硜硜，白梧如雨終無聲。
> 魚龍潛逃科斗匿，殊耐鞭杖非窮民。官艙裘酒自高臥，只
> 話篙師又手坐。早辦人夫候治裝，明日推車冰上過。

此言北方河凍時，船夫打冰之景。「帆檣山齊排浪進，牽船百丈聲如
雷。雪深沒髁衣露肘，背挽頭低風塞口」四句描寫船夫雪中牽船之辛
苦。「相逢羨殺順流船，急問來時河凍否？」六句寫其詰問焦慮之情。
「篙滑難施櫓枝折，舟人霜滿髭鬚白」六句描述打冰。由篙滑櫓析，
舟人霜髮沾滿淒沾的雪色，其十指又衝寒而裂，最後嘆息：「吁嗟河
伯何硜硜，白梧如雨終無聲」。「魚龍潛逃科斗匿，殊耐鞭杖非窮民」
以下言官吏的優養，即詩云：「官艙裘酒自高臥，只話篙師又手坐」。
〈再觀打冰詞〉又云：「自古水嬉無此觀，披裘起坐捲簾看」、及「枕
畔輕雷殊不已，醉裡扁舟行百里」等句，刻劃官吏宴樂之貌，以諷刺
其不恤民苦。

（五）清初水患

至於詩言水患者，如〈即事十首〉其五云：

> 黃河東注出潼關，本濟漕渠竟北還。淮水獨流空到海，（原
> 註：淮水爲黃河爲逼，始于清口濟漕，河去則淮竟入海，
> 此清江閘所以涸也。）汴堤橫嚙不逢山。天心豈爲投圭璧？

民力何堪棄草菅？瓠子未成淇竹盡，龍門遠掛白雲間。（原註：金龍口決，用柳梢作土牛塞河，功竟不就。悼兩河民力之盡也。）

順治七年九月二十八日河潰決於儀封縣金龍口。順治十一年塞決口未成。五月四日復潰，七月朔潰盡。此詩當作於此時。前四句言黃河改道、淮水入海，到汴堤未克築成，敍事井然，並以小註說明。頸聯上句吳翌鳳引《史記‧河渠書》云：天子自臨決河，投白馬圭璧於河。查《史記》原文云：

天子乃使汲仁、郭昌發卒數萬人塞瓠子決。於是天子已用事萬里沙，則還，自臨決河，沈白馬玉璧于河，令群臣從官，自將軍已下，皆負薪寘決河。是時東郡燒草，以故薪柴少。而下淇園之竹以為楗。天子既臨河決，悼功之不成，乃作歌曰……。於是卒塞瓠子。

此詩頸聯用漢武帝塞瓠子決口的典故來襯寫。「天心豈為投圭璧？民力何堪棄草菅？」二句悼兩河民力之盡也。末云：「龍門遠掛白雲間」，言決口未塞成，終有水患之虞。

（六）清初江南之吏治民生

1. 官吏需索科擾之弊

此弊端見〈蘆洲行〉一詩所云：

……金戈鐵馬過江來，朱門大第誰能顧。惜薪司按先朝冊，勳產蘆洲追子粒。已共田園沒縣官，仍收子弟徵租入。我家海畔老田荒，亦長蘆根豈賜莊？州縣逢迎多妄報，排年賠累是重糧。丈量親下稱蘆政，鞭笞需索輕人命。胥吏交關橫派征，差官恐喝難供應。江南尺土有人耕，踏勘終無豪占情。徒起再科民力盡，卻虧全課國租輕。（原註：積年升科老田，本遭白重課，指為無糧侵占，故有重糧再科。後重糧去而定為蘆課，視原額反少減矣。甚言害民而又損國，其無益如此。）詔書昨下知民病，解頭使用今朝定。早破城中數百家，蘆田白售無人問。休嗟百姓困誅求，憔

悴今看舊五侯。只好負薪煨馬矢，敢誰伐荻上漁舟？君不
見舊洲已沒新洲出，黃蘆收盡江潮白。萬束千車運入城，
草場馬廊如山積。樵蘇猶到鍾山去，軍中日日燒陵樹。

蘆政原是追索前明勳臣產業所屬的蘆洲，後來竟擴及一般百姓。「我
家海畔老田荒，亦長蘆根豈賜莊？」以反詰抗議。

「州縣逢迎多妄報，排年賠累是重糧」以下即詩中小序所言者。
官吏將積年升科老田，指為無糧侵占，故有重糧再科。官吏逢迎妄報，
未曾勘實便鞭笞需索、橫派強征，簡直目無王法，造成重糧再科，後
重糧去而定為蘆課，視原額反少減矣。故梅村斥其害民而又損國。

「君不見舊洲已沒新洲出」以下言蘆根輸軍充為馬草。而軍隊肆
意掠奪，燒毀鍾山陵樹。

〈馬草行〉七古一詩進而描述輸送馬草的苦役云：

秣陵鐵騎秋風早，廄將圉人索芻蒿。當時磧北報燒荒，今
日江南輸馬草。府帖傳呼點行速，買草先差人打束。香芻
堪秣飽驊騮，不數西涼誇苜蓿。京營將士導行錢，解戶公
攤數十千。長官除頭吏乾沒，自將私價僦車船。苦差常例
須應免，需索停留終不遣。百里曾行幾日程，十家早破中
人產。半路移文稱不用，歸來符取重裝送。推車挽上秦淮
橋，道遇將軍紫騮鞾。轅門芻豆高如山，紫髯碧眼看奚官。
黃金絡頸馬肥死，忍令百姓愁飢寒。

此詩首先言南京軍隊向江南人索取馬草。「府帖傳呼點行速，買草先
差人打束」以下言輸役及文書催督過程中種種弊端。先是京營將士的
導行錢由解戶公攤，解戶再向民索求，層層需索。運送過程中，官吏
除頭乾沒，中飽私囊，自以私價租賃車船。如此百里行役，中產之家
十九皆破敗矣。「半路移文稱不用，歸來符取重裝送」二句言文書催
督不嚴，徒費民力。「推車挽上秦淮橋，道遇將軍紫騮鞾。」以下言
百姓苦於催役之際，見到「轅門芻豆高如山」、「黃金絡頸馬肥死」，
心裡作何感想？難怪作者怒道：「忍令百姓愁飢寒。」

需索科擾之弊，又見〈捉船行〉七古一詩云：

官差捉船爲載兵，大船買脫中船行。中船蘆港且潛避，小船無知唱歌去。郡符昨下吏如虎，快槳追風搖急櫓。村人露肘捉頭來，背似土牛耐鞭苦。苦辭船小要何用，爭執洶洶路人擁。前頭船見不敢行，曉事篙師斂錢送。船戶家家壞十千，官司查點候如年。發回仍索常行費，另派門攤云雇船。君不見官舫嵬峨無用處，打鼓插旗馬頭住。

官吏以載兵爲籍口，強捉民船。船夫苦於鞭苔，只得破財消災。然而索費後發回，另派門攤，是捉船之後，藉機斂錢。而官舫尙無所用，要民船何爲？可見郡符文書之謬。

此外，如〈縈清湖并序〉一詩，詩序云：

縈清湖者，西連陳湖，南接陳墓，其先褚氏之所居也。「縈清」者，土人以水清，疑其有縈石，故名；或曰范蠡去越，取道於此湖，名「范還」，以音近而訛；世遠莫得而考之。……青房亦以毀家紓役，舊業蕩然，水鳥樹林，依稀如故，而居停數椽，斷磚零甓，罔有存者，人世盛衰聚散之故，豈可問邪！撫今追往，詮次爲五言長詩，用識吾慨，且以明舊德於不忘也。

其詩云：

吾宗老孫子，住在縈清湖。湖水清且漣，其地皆膏腴。堤栽百株柳，池種千石魚。教僮數鵝鴨，遠屋開芙蕖。有書足以讀，有酒易以沽。終老寡送迎，頭髮可不梳。相傳范少伯，三徙由中吳。一舸從此去，在理或不誣。……生來遠朝市，謂足逃沮洳。長官誅求急，姓氏屬里胥。夜半聞叩門，瓶盎少所儲。豈不惜堂構，其奈愁征輸。庭樹好追涼，剪伐存枯株。池荷久不開，歲久塡泥淤。廢宅鋤爲田，蕎麥生階除。當時棲息地，零落今無餘。生還愛節物，高會逢茱萸。好採籬下菊，且讀囊中書。中懷苟自得，外物非吾須。君觀鴟夷子，眷戀傾城姝。千金亦偶然，奚足稱陶朱。不知棄家去，漁釣山之隅。江湖至廣大，何惜安微軀？揮手謝時輩，愼勿空躊躇。

「生來遠朝市」以下即吳青房自述毀家紓役，舊業蕩然。官吏誅求之急，由「夜半聞叩門，瓶盎少所儲」二句可知。「庭樹好追涼，剪伐存枯枝」以下言其家毀後零落之景。對照詩開頭的樂利富庶，不禁感慨。故以「中懷苟自得，外物非吾須」數句來安慰吳青房。言范蠡得以眷顧妻子，又富逾千金，皆偶然之事，今世已不可得。此典既切合礬清湖地名，又暗寓人事景物都非，也自嘲自己妻妾相繼下世，當年奔走避亂，心力都成虛。「不如棄家去，漁釣山之隅」數句似有棄家而隱於漁釣間的曠達，其中實懷家破之深痛。

不堪官吏誅求，以致破家者，又見〈直溪吏〉云：

> 直溪雖鄉村，故是尚書里。短棹經其門，叫聲忽盈耳。一翁被束縛，苦辭囊如洗，吏指所居堂，即貧誰信爾。呼人好作計，緩且受鞭箠。穿漏四五間，中已無窗几。屋梁紀月日，仰視殊自恥。昔也三年成，今也一朝毀。貽我風雨愁，飽汝歌呼喜。官逋依舊在，府帖重追起。旁人共欷歔，感歎良有以：東家瓦漸稀，西舍墻半圮。生涯分應盡，遲速總一理，居者今何棲，去者將安徙。明歲留空村，極目惟流水。

官吏嗔喝威脅百姓，以追索逋欠，全然不體恤民苦。「貽我風雨愁，飽汝歌呼喜」、「居者今何棲，去者將安徙」數句道盡需索科擾以致家破之苦。昔日尚書里，竟殘破爲空村，可見清人打擊江南大戶之酷烈。

描寫百姓逋錢棄子之痛苦，則見於〈臨頓兒〉一詩：

> 臨頓誰家兒，生小矜白晰。阿爺負官錢，棄置何倉卒！給我適誰家，朱門臨廣陌。囑儂且好住，跳弄無知識。獨怪臨去時，摩首如憐惜。三年教歌舞，萬里離親戚。絕伎逢侯王，寵異施恩澤。高堂紅氍毹，華燈布瑤席。授以紫檀槽，吹以白玉笛。文錦縫我衣，珍珠裝我額。瑟瑟珊瑚枝，曲罷恣狼籍。我本貧家子，邂逅遭拋擲。一身被驅使，兩口無消息。縱賞千黃金，莫救餓死骨。歡樂居它鄉，骨肉誠何益！

臨頓在長洲縣東北。「囑儂且好住，跳弄無知識」四句，寫親子分離時，父親的叮嚀憐惜，對照臨頓兒跳弄無知的神態，令人鼻酸。「三年教歌舞，萬里離親戚」以下言臨頓兒瑤席高歌，受盡侯王寵愛之際，深懷身世家園之感。「我本貧家子，邂逅遭拋擲」四句自傷被人拋擲驅使。「兩口無消息」以下言思念父母，懼其飢寒莫保。鬻子之痛與親子離散之苦，真切感人。

2. 田　賦

江南賦役，百倍他省。除了有需索科擾之弊。順治十八年，因追索田賦逋欠而有所謂「奏銷案」。順治十七年，先有嘉定錢糧案。孟森《明清史論著集刊》「奏銷案」一文言之甚詳。其書引婁東無名氏《研堂見聞雜記》云：

> 吳下錢糧拖欠，莫如練川。一青衿寄籍其間，即終身無半錙入縣官者。至甲科孝廉之屬，其所飽更不可勝計。以故數郡之內，聞風蝟至，大僚以及諸生紛紛寄冒，正供之欠數十萬。會天子震怒，特差滿官一員至練川勘實。既至，危坐署中，不動聲色，但陰取其名籍，造冊以報。時人人慴恐，而又無少間可以竄易也。既報成事，奉旨即按籍追擒，凡欠百金以上者一百七十餘人，紳衿俱在其中，其百金以下者則千計。時撫臣欲發兵擒緝，而蘇松道王公紀止之。單車至練川，坐明倫堂，諸生不知其故，以次進見。既集，逐一呼名，又手就縛，無得脫者，皆銀鐺鑠繫。兩隸押之至郡，悉送獄，而大僚則繫之西察院公署：此所謂一百七十餘人也。其餘猶未追錄。原旨械送都下，撫臣令其速行清納，代為入告，即於本處發落。於是旬日之間，完者十萬。猶有八千餘金人戶已絕，無從追索，撫臣仍欲械送；道臣王公及好義鄉紳，各捐金補償，迺止。然額課雖完，例必褫革，視原欠之多寡，責幾十，枷幾月，以為等殺，今猶未從決遣也。獨吾友王惟夏，實係他人影立，姓名在籍中；事既發，按之當道，許之題疏昭雪，惟夏亦謂免於大獄。不意廷議以影冒未可即信，必欲兩造到都合

鞫。於是同日捕至府，後其餘免械送，惟夏獨行。

此言清吏追索錢糧。上至大僚，下至諸生，凡有拖欠者無一倖免。例必褫革科名，重者且逮至都下。梅村友人王惟夏遭他人影立，竟被逮至京。誠如孟森該文所言：「此清廷有意與世家有力者為難，以威劫江南人也。」

梅村有〈送王子惟夏以牽染北行四首〉以傷王惟夏之不幸。並婉言諷示清廷此舉之橫酷。其一頸聯云：「名字供人借，文章召鬼憎」即指惟夏名遭人影冒事。其三云：

> 客睡愁頓起，霜天貫索明。此中多將相，何事一書生？末
> 俗高門賤，清時頌繫輕。為文投獄吏，歸去就躬耕。

「霜天貫索明」指惟夏被逮京途中星夜所見。也指此獄大興。古人云：「貫索九星明，天下獄煩。」憂心至極，故不寐而頻起。「此中多將相，何事一書生？」言繫獄者已多將相，何事又與一介書生為難。「末俗高門賤，清時頌繫清」二句慨歎高門大戶屢被於禍，以諷示朝廷當輕恕頌繫之人。末二句祝禱惟夏早日獲赦歸來。

嘉定錢糧案僅止一縣，次年的奏銷案則遍及蘇州、松江、常州、鎮江四府。蘇撫朱國治，造欠冊達部，悉列江南紳衿一萬三千餘人，號曰抗糧，即褫革其科名，又行枷責鞭扑。《研堂見聞雜記》云：

> 吳下錢糧一案，練川之獄得千餘人。其前就緝一百七十人，
> 以恩赦免提；餘俱革去衣頂，照例處分。乃撫臣更立奏銷
> 法，歲終，將紳衿所欠造冊申朝。時吳中士子，未諳國法，
> 有實欠未免者，有完而總書未經註銷者，有實未欠糧而為
> 他人影冒立戶者，有本邑無欠而他邑為人冒欠者，有十分
> 全完總書以織怨反造十分全欠者，千端萬緒，不可枚舉。
> 蘇、松、常、鎮四郡並溧陽一縣，紳士共得三千七百人。
> 既達於朝，部臣議覆。吏部先議：紳既食祿，不當抗糧。
> 現任降二級調用，在籍者提解來京，送刑部從重議處，已
> 故者提家人。其革職廢紳，則照民例，於本處該撫發落。
> 吾州在籍諸紳，如吳梅村、王端士、吳寧周、黃庭表、浦

> 聖卿、曹祖來、吳元祐、王子彥，俱擬提解刑部。其餘不
> 能悉記。時諸生惴惴恐，迺禮臣議覆，俱革去衣頂，照依
> 戶部所定則例處分。但先有旨，於旨前完者，免解刑部，
> 餘則否。

嘉定（即練川）之獄，其積欠百金者以恩赦免提，餘俱革去衣頂，照
例處分。而列在奏銷案欠冊中諸人，有實欠未免者，有完而總書未經
注銷者，有實未欠糧而為他人影冒立戶者，不可枚舉。而梅村及王瑞
國亦遭牽連。梅村〈短歌〉一詩言此事：

> 王郎頭白何所為，罷官嶺表歸何遲？衣囊已遭盜賊笑，襆
> 被尚少親朋知。我書與君堪太息，不如長作五羊客。君言
> 垂老命如絲，縱不歸人且歸骨。入門別懷未及話，石壕夜
> 半呼倉卒。胠篋從他誤攫金，告緡憐我非懷璧。……

王瑞國自廣東增城縣令罷官歸來。梅村言故鄉多災禍，不如遠宦他
鄉；王瑞國言與其客死他鄉，不如歸鄉。朋友之間的憐慰之語猶未已，
官吏已上門捉人，時世之艱難可知。

梅村〈贈學易友人吳燕餘二首〉，顧有孝、趙澐輯《江左三大家
詩鈔》題下有小注：

> 吳綿祚棄儒冠學易，弟子從游甚眾。歲甲辰，以賦役斃獄。

吳燕餘積欠田賦斃獄，事在康熙三年，則此二詩當作於此年之前，其
二云：

> 註就梁丘早十年，石壕呼怒篳門前。范升免後成何用，甯
> 越鞭來絕可憐。人世催科逢此地，吾生憂患在先天。從今
> 郫上田休種，廉肆無家取百錢。

末二句勸吳燕餘休種家田，以賣卜資生，非贈人之禮，實是作者激憤
使然。

此外，〈高涼司馬行〉為孫魯所作，詩作中亦流露田賦太重之苦。
康熙六年，梅村〈游石公歸是夜驟雨明晨微霽同諸君天王寺看牡丹〉
五古一詩中有「此處疑仙源，快意兼緗素。苦辭山地薄，縣官責常賦」
等句，亦可知江南田賦之重。所以作者〈感事〉一詩云：

　　　　不事扶風掾，難耕好畤田。老知三尺法，官爲五銖錢。築
　　　　土驚傳箭，呼門避權船。此身非少壯，休息待何年。

「此身非少壯，休息待何年？」二句感慨良深。

3. 花租織杼

　　梅村〈木棉吟〉七古一詩言花租太重之苦。其詩序先敘述太倉、
上海等地木棉的發祥，綿紡的盛衰，又云：

　　　　……自上海、練川以延及吾州，岡身高仰，合於土宜，隆、
　　　　萬中閩商大至，州賴以饒。今累歲弗登，價賤如土，不足
　　　　以供常賦矣。余作〈木棉吟〉紀之，俾盛衰知所考焉。

詩言此地花租之重。詩云：

　　　　……四月農占早花好，麥地栽來憂莫保。持鋤赤汗敢歸休，
　　　　長怕遊青低沒草。東舍西鄰助作勞，魚羹菜具歡呼飽。蟹
　　　　患蟲災絕跡無，社鬼驅除釀錢禱。西風淅瀝幾回吹，花臺
　　　　漸結花鈴老。豆溝零露濕衣裳，捃拾提筐逐兄嫂。冬日常
　　　　暄冷信遲，今年穩是霜黃少。有叟傴僂負載行，編蒲縛索
　　　　趁天晴。黃綿襖厚裝踰寸，白酒帘高買幾升。道畔相逢吏
　　　　嗔怒，賣花何不完租賦！老翁仰首前致詞，足不能行口披
　　　　訴。……劉河塞後遭多故，良田踏作官車路。縱加耘籽土
　　　　膏非，雨雨風風把花妒，薄熟今年市價低，收時珍重棄如
　　　　泥。天邊賈客無人到，門裡妻拏相向啼。昔年花早官租緩，
　　　　比來催急花偏晚。花還未種勉輸糧，輸待將完花信遠。昔
　　　　年河北載花去，今也栽花遍齊豫，北花高攫渡江南，南人
　　　　種植知何利。鳴呼！一歌夏白紵，再歌秋木棉。木棉未開
　　　　婦女績，緝麻執杲當姑前。徐王廟南絣澼洸，賣得官機佐
　　　　種田。田事忙過又夜作，十月當窗織梭布，盡室飢寒敢自
　　　　衣，私逋償過官錢誤。姚沙渡口片帆微，花好風波怎載歸？
　　　　隔岸人家凝望斷，千山閩客到應稀。詔書昨下開網罟，蘇
　　　　息鳥村并鴉浦。招徠殘戶墾荒蕪，要識從今種花苦。殷勤
　　　　里正聽此詞，催租須待花熟時。（原註：上海、嘉定、太倉
　　　　境俱三分宜稻，七分宜木棉。凡種木棉者俱稱花以別于稻，

有花田、花租之名。篇中言花者，從方言也。）

此詩先言棉紡的盛衰，整治棉花的方法。「四月農占早花好，麥地栽來憂莫保」以下寫農民四季辛苦的勞動，以求溫飽，寫節氣的變化，花信的早晚，以及除草、防蟲等農事，和冬天晴日時，傴僂老翁在編蒲縛索等等，作者對此體會真切。

「道畔相逢吏嗔怒，賣花何不完租賦」以下言官吏催租時的嗔怒，觸動老翁的哀告之情。老翁回憶萬曆間綿紡之盛，慨歎今日之衰微。「劉河塞後遭多故，良田踏作官車路」二句指陳劉河淤塞後，土膏都非，即詩云：「縱加耘籽土膏非，雨雨風風把花妒」。又言良田被踏為官道。進而言官吏催租急切，不恤民苦，即詩云：「昔年花早官租緩，比來催急花偏晚」等六句。又言累歲不登，價賤傷農，即詩云：「薄熟今年市價低，收時珍重棄如泥」言辛苦後的收成都被賤棄如泥，原因是昔日的市場，今已成為木棉的集盛地，所以種植已無利可圖。再加上催租急迫，花租又重。因此「木棉未開婦女績，絹麻執枲當姑前。徐王廟南絣澼洸，賣得官機佐種田。田事忙過又夜作，十月當窗織梭布，盡室飢寒敢自衣，私逋償過官錢誤。」言不但有花租，還要繳輸織帛。早上忙農事，晚上忙織布，又得整治棉花。十月天氣寒冷，卻無衣保暖，因為償過私逋後還有官錢未付。

「姚沙渡口片帆微，花好風波怎載歸」四句言木棉乏人問津。「詔書昨下開網罟，蘇息烏村并鴉浦」以下言上詔寬緩花租並招民墾荒。「殷勤里正聽此詞，催租須待花熟時」二語代民陳情哀苦。

誠如詩中小註所言：「上海、嘉定、太倉境俱三分宜稻，七分宜木棉」。棉紡關係該地民生大矣。梅村深刻體會到花農辛苦，所言覈實徑切，觀之可知民生疾苦。

除了花租過重，織婦亦苦於織帛的催征。〈織婦詞〉七古云：

黃繭繰絲不成匹，停梭倚柱空太息，少時織綺貢尚方，官家曾給千金直。孔雀蒲桃新樣改，異編奇文不遑識。桑枝漸枯蠶已老，中使南來催作早。齊紈魯縞車班班，西出玉

關賤如草。黃龍袱子紫橐駄，千箱萬疊奈爾何！

此言織造官催征織帛過早。大批織帛輸爲南方及邊戍之用，而人民的所得甚微。詩云：「官家曾給千金直」今昔對比，見清朝之刻薄。而入清後不但式樣屢換，工作又無合理的報價。「西出玉關賤如草」、「千箱萬疊奈爾何！」等句，諷刺官吏的剝削。此外，織帛輸供尚方途中，官吏常藉機索賄，〈雜感二十一首〉其二云：

簫鼓中流進奉船，司空停索導行錢。八蠶名繭盤花就，千緝奇文舞鳳旋。袴褶射雕沙磧塞，筐箱市馬玉門邊。秋風砧杵催刀尺，江左無衣已七年。

官吏停索導錢行，等於是攔路索財的惡霸。面對諸多苛政弊端，難怪詩人要代民呼告：「江左無衣已七年」。

第五章　諷諭技巧

第一節　修辭筆法

　　梅村諷諭詩有直言無隱者。例如〈雜感二十一首〉其一末二句云：「江山到處愁征調，願賜三軍所過租」，直陳時弊，以代民請命。又如〈讀史雜感十六首〉其十五末二句云：「江南民力盡，辛苦事西征。」，亦直言戰事加諸百姓的痛苦。然大部份的作品仍注重修辭技巧，以委婉表達諷諭之意。其筆法多端，均有可觀之處。細加析賞，方能窺其造語置辭之佳妙。故本節從「反語」、「設問」、「婉曲」、「雙關」、「象徵」、「譬喻」、「夸飾」、「映襯」八種方法來分析說明。

一、反　語

　　黃慶萱《修辭學》頁 321 言「倒反」的定義：

　　　　粗略地說：反諷指表象和事實的對比。包括：表面上講的是一件事，骨子裡指的是另一件相反的事；以及事與願違的矛盾事實。前者即言辭的反諷（Verbal irony）；後者名場景的反諷（Situational irony）。……修辭學上的「倒反」，僅指言辭的反諷，而不包括場景的反諷在內。

黃氏並將「倒反」歸納爲「倒辭」與「反語」兩種。倒辭是把正面的

意思倒過來說，中間並沒有諷刺的意思；反語非但把正面意思反過來說，而且其中含有諷刺的意思。本章探討諷諭技巧，故只言反語。梅村詩中的例子如〈讀史雜感十六首〉其十四云：

> 計出游雲夢，雄風羨獨醒。連營巴水白，吹角楚天青。五嶽尊衡嶠，三江阻洞庭。故家多屈宋，應勒武岡銘。

《小腆紀年》卷十四云：

> 順治四年夏四月乙亥，……劉承胤遂劫桂王如武岡。

桂王遭劉承胤劫至湖南武岡，梅村詩卻云：「計出游雲夢，雄風羨獨醒。」以反語致諷。頷聯言武岡軍容之壯盛；頸聯言桂王所居所阻均限一隅，二聯似揚實抑。末二句以屈原、宋玉比擬瞿式耜等文士。「應勒武岡銘」豈指勒銘頌揚？當然亦是反語致諷。

此筆法往往用於詩的末尾，如圖窮匕現，一刺驚人。如〈黃河〉（原註：金龍口決，河從北入海，清江，宿遷水勢稍緩，皆起新沙）一詩云：

> 白浪日崔嵬，魚龍亦壯哉。河聲天上改，地脈水中來。潮落神鴉廟，沙平戲馬台。滄桑今古事，戰鼓不須哀。

順治八年，黃河決於金龍口。十年，梅村北上京師途中作此詩。末云：「滄桑今古事，戰鼓不須哀。」似言天災如此，又何暇哀及戰亂？其實是反語致諷，言不堪天災戰禍之苦。其時清廷方用兵湖廣、四川、嶺南，與南明作戰。順治十一年，梅村在京，有〈寄房師周芮公先生四首并序〉寄周廷鑛。時鄭成功的海師進犯長江及閩越，故詩序云：「雖然，江南近信，已泊樓船；京峴舊游，皆非樂土。何必無諸臺上，始接烽煙，歐冶城邊，纔開壁壘也！」此四詩其三，四十卷本《梅村集》篇末有小注云：

> 晉江黃東崖先生和予此詩，中一聯曰：「徵書鄭重眠餐損，法曲淒涼涕淚橫。」知己之言，讀之感歎。

梅村因陳之遴等人的薦舉，被迫出仕，心境實苦。北上京師前所作《秣陵春》傳奇，即抒發其勝國遺臣之悲。黃東崖和詩中「法曲」

者，即指《秣陵春》傳奇。此四詩其四云：

> 白鶴青猿叫晚風，苦將身世訴飄蓬。千灘水惡盤渦險，九
> 曲雲迷絕磴空。廣武登臨狂阮籍，承明寂寞老揚雄。巨源
> 舊日稱知己，誤玷名賢啟事中。

以阮籍自比，揚雄則借指周廷鑨。「巨源舊日稱知己，誤玷名賢啟事中。」陳之遴如山巨源之輩，既稱「知己」，何事薦舉？可惜梅村沒有如嵇康的勇氣，作書絕交，只得出仕異朝，反語致諷，內心十分悲憤。此因周廷鑨雖以同徵，獨得不至。寄書房師，梅村愧怍之餘，其言憤慨。黃東崖深知梅村心情，故以「徵書鄭重眠餐損」二語同情之。

中原此時戰亂如此，故該年〈代州〉一詩云：

> 萬里無征戍，三關卻晏然。河來非漢境，雪積自堯年。將
> 老空屯臥，僧高絕漠還。中原偏戰鬥，此地不為邊。

代州不為邊地，只因「中原偏戰鬥」較邊地更加不安寧。「此地不為邊」一語，諷刺極矣。因此，順治十六年，陳直方坐其父陳之遴罪，同遭遣邊，梅村〈寄懷陳直方四首〉其三云：

> 萬事偶相值，愁中且遣家。江山俄轉戰，妻子又天涯。客
> 酒消殘漏，軍書過落花。出門翻自笑，安穩只龍沙。

江山征戰到處，「安穩只龍沙」一句，以反語致諷。此年五月，鄭成功、張煌言入長江，連克瓜洲、鎮江，即所謂「江上之役」。目睹戰火蹂躪，梅村作〈遣悶六首〉，其六云：

> 白頭儒生良自苦，獨抱陳編住環堵。身歷燕南遍齊魯，摩
> 挲漆經觀石鼓，上探商周過三五，矻矻窮年竟奚補？岣嶁
> 山頭祝融火，百王遺文棄如土。馬矢高於豐相圃，箋釋蟲
> 魚付榛莽。寓言何必齊莊周？屬辭何必通春秋？一字不向
> 人間留，亂離已矣吾無憂。

「寓言何必齊莊周？屬辭何必通春秋？」以反語詰問。末二語「一字不向人間留，亂離已矣吾無憂」，乃不堪亂離之反語，諷世深矣。

又如〈贈學易友人吳燕餘二首〉其二云：

> 註就梁丘早十年，石壕呼怒華門前。范升免後成何用，甯

越鞭來絕可憐。人世催科逢此地，吾生憂患在先天。從今
郫上田休種，簾肆無家取百錢。

顧有孝，趙澐輯《江左三大家詩鈔》此詩作〈贈學易友人〉，題
下有注云：

吳綿祚棄儒冠學易，弟子從遊者眾。歲甲辰，以賦役斃獄。

此詩作於順治十八年奏銷案時，吳綿祚曾遭鞭辱。詩末二語云：「從
今郫上田休種，簾肆無家取百錢。」高陽《清朝的皇帝》頁258云：

結尾兩句，感慨更深，揚雄世世種陴上之田，從今休種則
耕讀傳家亦不可得；不如致君年賣卜，日以百錢自贍。「無
家」二句絕沈痛；而他人學易，謂之為將來可資以賣卜；
非贈人之禮，實亦憤激使然。

此說精當。謂人休種田地，而以賣卜謀生，反語之中多少激憤。

二、設　問

設問的目的，有時是詢問或反省，有時是極端困惑無奈之時，問
天求人的語氣。至於反詰，通常有反唇相譏之意。設問的語氣逼人思考；
徵詢的問句引人注意。一問一歎則情感頓起波瀾；反詰則使語言跌宕有
力。梅村詩中以此致諷的例子如〈傅右君以諫死其子持喪歸臨川〉云：

直道身何在？猶為天地傷。同時憐死諫，幾疏宥疏狂？盡
室方多難，孤舟況異鄉。蕭條大河上，高樹足風霜。

《明史》卷二百五十八〈傅朝佑傳〉：傅朝佑，字右君，臨川人。
崇禎十一年冬，因國事獲罪者益多，獄幾滿。朝佑從獄中上君請寬恤，
語過激。十二年春，責以顛倒賢奸，恣意訕侮，廷杖六十，創重而卒。
「直道身何在？猶為天地傷。同時憐死諫，幾疏宥疏狂？」首二句一
問一歎，三、四句詰歎，而諷意均已在其中。又如〈送姚永言都諫謫
官〉云：

此日江湖去，孤臣豈即安？危時容諫易？吾道盡心難。野
滌山川直，城空草木寒。蕭蕭戎馬後，憔悴故人看。

據徐鼒《小腆紀傳》卷十四云：姚思孝，字永言，江都人。崇禎

戊辰進士，改庶吉士，授給事中。以言事忤旨，謫江西布政司照磨。
此詩第二句設問，見世局未靖。三句詰問，四句感歎。一問一歎間，
直諫之不容於朝廷可知。

此外，如〈雜感二十一首〉其六云：

> 萬山中斷一關分，絕塞東來鸛鵲群。少婦燕脂人似月，通
> 侯鞍馬客如雲。玉河煙柳樓頭見，鐵嶺風霜笛裡聞。劉杜
> 至今悲轉戰，城南誰賽鄧將軍？

此詩諷刺吳三桂乞師於清人，以致國家淪亡。據《吳偉業詩》一書頁
54註7云：

> 鄧將軍指鄧佐，任定遼前衛指揮使，明成化三年（1467）
> 抵禦建州女真，兵少不敵自刎。這建州女真就是後來的滿
> 族，這位鄧佐成為滿族崇拜的神人，起初在他的墳墓前祭
> 祀，叫祭「堂子」，成為滿族的祭祀大典；由酋長和後來的
> 君主主祭；入關後把「堂子」移到北京城東的長安街以南
> 祭祀，到清朝滅亡才停止。

「越南誰賽鄧將軍？」的詢問中寓含亡國之痛，而諷刺降將之意
則見於言外。又如〈讀史雜感十六首〉其十一云：

> 屢檄知難下，全軍壓婺州。國亡誰與守？城壞復能修。喋
> 血雙溪閣，焚家八詠樓。江東子弟恨，伏劍淚長流。

此詩言順治三年六月，清兵破浙江金華，明魯文淵閣大學士婺定伯督
師朱大典闔家焚死之事。

「國亡誰與守？城壞復能修。」詰問之中，多少悲憤，蓋此城失
守，因阮大鋮充當清人內應所致。除了奸臣誤國，明末城陷之責，守
土之士豈能推諉？〈汴梁二首〉云：

> 其　一
> 馮夷擊鼓走夷門，銅馬西來風雨昏。此地信陵曾養士，只
> 今誰解救王孫？
> 其　二
> 城上黃河屈注來，千金堤帚一時開。梁園遺跡銷沉盡，誰

　　　　與君王避吹臺？

此二詩言李自成決黃河灌開封一事，時在崇禎十五年。靳榮藩引《明史・河渠志》云：

　　崇禎十五年，流賊圍開封府久，守臣謀引黃河灌之，賊偵知，預為備，乘水漲，令其黨決河灌城，民盡溺死。

　　據《明史》諸王傳：周王恭枵從後山登城，露棲雨中，援軍來迎，始免於難。此二首末句的設問，靳榮藩云：

　　前首曰救，此首曰避，詞更迫矣。

此二詩末句以迫切的詢問來責備守城諸將。此外，首尾均有設問者，例如〈送周子俶張青琱往河南學使者幕六首〉其四云：

　　誰失中原計？經過廢壘高。秋風向廣武，夜雨宿成皋。此地關河險，曾傳將士勞。當時軍祭酒，何不用吾曹？

此詩作於順治十一年冬，梅村追憶明末中原諸將的戰策失算，以致軍敗城陷，不禁慨歎。

　　至於設問用於詩中及詩末者，如〈即事十首〉其五云：

　　黃河東注出潼關，本濟漕渠竟北還。淮水獨流空到海，（原註：淮水為黃河所逼，始于清口濟漕，河去則淮竟入海，此清江閘所以涸也。）汴堤橫嚙不逢山。天心豈為投圭璧？民力何堪棄草菅？瓠子未成淇竹盡，龍門遠掛白雲間。（原註：金龍口決，用柳梢作土牛塞河，功竟不就。悼兩河民力之盡也。）

黃河順治七年九月二十八日潰決於儀封縣金龍口。順治十一年塞決口未成。五月四日復潰，七月朔潰盡。此詩當作於此時。此詩頸聯以下用漢武武塞瓠子決口的典故來襯寫。「天心豈為投圭璧？」一句言求如武帝治河之貫徹始終者豈易得？顯然寓諷。「民力何堪棄草菅？」則決口未塞成而復潰，豈非草菅民力？連續設問，情感跌宕。此外，如〈贈遼左故人八首〉其一云：

　　詔書切責罷三公，千里驅車向大東。曾募流移耕塞下，豈遷豪傑實關中？桑麻亭障行人斷，松杏山河戰骨空。此去纍臣聞鬼哭，可無杯酒酹西風？

頷聯二句一開一闔。「豈遷豪傑實關中?」一句以反詰致諷。頸聯言塞外遷謫之苦。末云:「可無杯酒酹西風?」更覺憐慰之情。

梅村詩中用反語詰問來致諷的例子如〈懷楊機部軍前〉云:

> 同時遷吏獨從征,人道戎旃譴責輕。諸將自承中尉令,孤臣誰給羽林兵?憂深平勃軍南北,疏訟甘陳誼死生。猶有內讒君不顧,亦知無語學公卿?

頷聯之意,〈梅村詩話〉云:

> 楊廷麟……負直節,好強諫,上書論閣部楊嗣昌失事罪,得旨改兵部贊畫,參督師盧象昇軍事。余贈之詩曰:「諸將自承中尉令,孤臣誰給羽林軍?」蓋實事也。

其時楊嗣昌主和,盧象昇主戰。賈莊一役,太監高起潛拔營夜遯,只餘盧象昇孤軍抗清,壯烈殉國。事後,楊廷麟受詔,直以實對。故頸聯云:「憂深平勃軍南北,疏訟甘陳誼死生」。末云:「猶有內讒君不顧,亦知無語學公卿?」則廷麟不畏內讒,上書直陳盧氏大節,豈是唯唯公卿?「亦知無語學公卿?」以反語詰問,諷刺朝臣公卿。

此外,如〈東萊行〉(原註:為姜如農、如須兄弟作也)云:

> ……左氏勳名照汗青,過江忠孝數中丞。孺卿也向龍沙死,柴市何人哭子卿?……

左氏指左懋第,弘光帝時銜命北上與清人議和未成。不屈降於清,被殺。其弟懋泰則降清,並曾勸說懋第變節。詩以蘇武持節使胡比擬懋第。蘇武字子卿,其弟字孺卿,比擬懋泰。像左懋泰貪生怕死之流,詩卻云:「孺卿也向龍沙死,柴市何人哭子卿?」,不是極諷刺嗎?又如〈蘆洲行〉云:

> 江岸蘆洲不知里,積浪吹沙長灘起。云是徐常舊賜莊,百戰勳名照江水。祿給朝家禮數優,子孫萬石未云酬。西山詔許開煤冶,南國恩從賜荻洲。江水東流自朝暮,蘆花瑟瑟西風渡。金戈鐵馬過江來,朱門大第誰能顧。惜薪司按先朝冊,勳產蘆洲追子粒,已共田園沒縣官,仍收子弟徵租入。我家海畔老田荒,亦長蘆根豈賜莊?……

「蘆政」初在追索前明勳臣產業所屬的蘆洲，後來竟遍及百姓。「我家海畔老田荒，亦長蘆根豈賜莊？」反詰之中多麼諷刺。

三、婉　曲

黃慶萱《修辭學》頁 197 云「婉曲」：

> 說話或作文時，不直講本意，只用委婉閃爍的語詞，曲折地烘托或暗示出本意來，叫作「婉曲」。

梅村詩中常以婉曲之語來諷諭。例如〈功臣廟〉云：

> 畫壁精靈間氣豪，鄂公羽箭衛公刀。丹青賜額豐碑壯，榮戟傳家甲第高。鹿走三山爭楚漢，雞鳴十朝失蕭曹。英雄轉戰當年事，采石悲風起怒濤。

此梅村順治十年在南京作，憑弔前朝開國功臣，末二句云：「英雄轉戰當年事，采石悲風起怒濤。」對照南明弘光朝的覆滅，婉曲諷刺時無英雄，以致戰事不利，可知此二語乃婉曲致諷。又如〈讀史雜感十六首〉其十二云：

> 聽說無諸國，南陽佳氣來。三軍手詔痛，一相誓師哀。魯衛交難合，黥彭間早開。崆峒游不返，虛築越王臺。

周法高〈吳梅村詩小箋〉頁 216 云：

> 此詩詠唐王即位後，朝內失和及閩浙不睦而致滅亡之事。

其文考證甚詳。如「南陽佳氣來」乃唐王即位詔中所引漢光武帝之語，故詩云：「三軍手詔痛」；「一相誓師哀」指黃道周募兵江西之事，時在順治二年七月。「魯衛交難合」指魯王、唐王不合事。「黥彭間早開」指黃道周與鄭芝龍等失和之事。末二句指順治三年唐王聿鍵在汀州為清兵所執，死於福州。而「崆峒游不返，虛築越王臺。」二句，《史記·五帝紀》：黃帝西至于崆峒一典，此指唐王死於福州。「虛築越王臺」一句《明一統志》：無諸臺在福州府治東南九仙山上，越王無諸嘗於重九作登高宴。此句暗寓唐王一朝之傾覆，全以用典側寫的婉曲筆法來致諷。

又如〈江城遠眺〉一詩，作於順治十六年江上之役時，詩云：

> 幕府山前噪乳鴉，嚴城煙樹隱悲笳，柳條徧拂將軍馬，燕

子難求百姓家。東海奔濤連北固，西陵傳火走南沙。江皋
戰鬼無人哭，橫笛聲聲怨落花。

頷聯上句言被兵之廣，以「柳條徧拂將軍馬」言之，其下句言百姓破
家之慘，用「燕子難求百姓家」的側寫法，曲折道出。此外，如〈讀
史偶述四十首〉其二十、二十一兩首，其二十云：

宣爐廠盒內香燒，禁府圖書洞府簫。故國滿前君莫問，淒
涼酒盞鬥成窯。

其二十一云：

布棚攤子滿前門，舊物官窯無一存。王府近來新發出，剔
紅香盒豆青盆。

鼎革之後，禁中御用之物多遭盜賣。其二十第三句云：「故國滿
前君莫問」。其二十一第三句云：「王府近來新發出」。此二句婉曲的
道出個中真相。又如其二十五云：

金魚池上定新巢，楊柳青青已放梢。幾度平津高閣上，泰
壇春望記南郊。

鄧文成《清詩紀事初編》頁 394 云：洪承疇金魚池賜園。洪氏松
山戰敗後降清，依然位至公卿。詩以「幾度」二字，婉言致諷。又如
其三十四云：

渭園千里送簣簹，嫩籜青青道正長。夜半火來知走馬，尚
方藥物待新筐。

據談遷《北游錄・紀聞下》「淇竹」條云：

衛輝洪縣多竹。攝政王煎竹瀝，初課民煎，每巨竹可獲瀝
十千。後疑其偽，令民輸竹于京，以風日所暴，僅煎六斤，
淇之人苦於役費甚矣。

詩不云淇地人民之苦，只云：「渭園千里送簣簹，嫩籜青青道正長」
則其辛苦可想。此與前數首七絕以婉言致諷。七絕篇幅短小，要求含
蓄韻深，故多婉言。

至於其他婉言諭勸者如〈雜感二十一首〉其八云：

故京原廟倚諸峰，走馬驚聞享殿鐘。豈謂盡驅昭應鹿，到

來還問灞陵松。十家冢戶除官道，百歲村翁識御容。記得
奉天門獻捷，亦將恩禮待和龍。

周法高〈吳梅村小箋〉頁221引順治朝實錄卷十六云：

順治八年六月辛未，諭禮部：順治元年，定守明朝諸帝陵
寢並祭典，因神宗與我朝有嫌，故裁之。朕思前朝帝王陵
寢，理宜防護。況我朝凡事俱從寬厚，今神宗陵著照故明
十二陵例，以時致祭，仍設大監陵戶看守，即著遵行。

詩云：「走馬驚聞享殿鐘」指此。至於「亦將恩禮待和龍」一句，
周氏引《明史》卷二〈太祖〉本紀云：

洪武三年六月壬申，李文忠捷奏至。命仕元者不賀，謚元
主曰順帝。癸酉，買的里八剌至京師，群臣欲獻俘。帝曰：
武王伐殷，用之乎？省臣以唐太宗嘗行之對。帝曰：太宗
待王世充耳。若遇隋之子孫，恐不爾也。遂不許。乙亥，
封買的里八剌爲崇禮侯。丙子，告捷於南郊。丁丑，造太
廟，詔示天下。

明太祖以禮待元皇朝子孫，清代皇帝豈不能以恩禮致祭明神宗？梅村
引前朝故事，婉言諷示。

此外，如〈送友人出塞〉（原註：門人杜登春曰：此詩送泰興季
掌科作也。季名開生，字天中，以言事觸先帝怒，徙尚陽。言官之遣
始此。）

上書有意不忘君，竄逐還將諫草焚。聖主起居當日慎，小
臣忠愛本風聞。玉關信斷機中錦，金谷園空畫裡雲。塞馬
一聲親舊哭，焉支少婦欲從軍。

此言季開生上疏諫言朝廷發銀往揚州買女子一事，因獲罪被徙尚陽
堡，梅村作此詩憐其直諫獲罪。頷頸云：「聖主起居當日慎，小臣忠
愛本風聞。」婉言諷示，語帶同情。

「婉曲」例子，最能代表梅村諷諭詩中諭勸婉諷的一面。

四、雙　關

黃慶萱《修辭學》頁30言「雙關」：

……像這樣一語同關顧到兩種事物的修辭方式，包括字義的兼指，字音的諧聲，語意的暗示，都叫做雙關。

字音的諧聲，如古樂府民歌中常見以「蓮」諧音「憐」，「絲」諧音「思」字之意等等。梅村五言絕句中有〈子夜詞三首〉、〈子夜歌十三首〉、〈新翻子夜歌四首〉等，頗存此風。因無關諷諭，此不贅述。和諷諭相關的例子如〈讀史雜感十六首〉其二云：

莫定三分計，先求五等封。國中惟指馬，閫外盡從龍。朝事歸諸將，軍輸仰大農。淮南數州地，幕府但歌鐘。

甲申國變時，馬士英督廬鳳，後擁兵迎福王，立於南都。於是福王進馬士英東閣大學士，又起阮大鋮兵部添注右侍郎，事見《明史》〈奸臣〉傳。此二人狼狽為奸，敗壞朝政。

此詩云：「朝事歸諸將」即指當時鎮將狂悖亂政。此詩末云：「淮南數州地，幕府但歌鐘」則指此輩淫樂無度。而「國中惟指馬」一語雙關，言馬士英亂政，為千夫所指。而其指鹿為馬，顛倒是非，更令人痛恨。

語意暗示的例子，又如〈雜感二十一首〉其三云：

旌旗日落起征鴻，蘆管淒涼雜部中。鵁鶄廢宮南內月，麟麟枯塚北邙風。金縢兄弟山河固，玉几君臣笑語空。回首蹕林秋祭遠，枉抛心力度江東。

此首為多爾袞。此詩頸聯上句用周公作〈金縢〉一典，擬之為顧命之臣；下句「玉几君臣笑語空」語帶雙關，指其亡後遭世祖清算，「笑語空」三字微言致諷。

梅村又有〈題崔青蚓洗象圖〉七古一詩云：

……十丈黃塵向天闞，霜天夜踏宮牆月。芻豆支來三品料，鞭梢趨就千官謁。材大寧堪世人用，徒使低頭受羈絏。……

此詩言崔青蚓洗象圖。引文形容象「材大寧堪世人用，徒使低頭受羈絏」，何嘗不是崔青蚓的遭遇呢？哀憐中有諷世意，亦是雙關語。

此外，〈詠拙政園山茶花并引〉一詩云：

……歌臺舞榭從何起，當日豪家擅閭里。苦奪精藍為玩花，

旋拋先業隨流水。兒郎縱博賭名園，一擲留傳猶在耳。……

此詩作於順治十七年二月，其時陳之遴因罪譴謫遼海。梅村偶過其蘇州拙政園，感而賦此。拙政園，故大弘寺基也，而王御史者侵之以廣其宮，其子孫因縱博而失之，「一擲留傳猶在耳」形容骰子聲方在耳，而名園已一擲成空，妙以雙關語言之。

雙關語運用之妙尤見於詠物詩，其多因物比興，意象雙關，〈宣宗御用戧金蟋蟀盆歌〉七古一詩云：

> ……嗚呼！漆城蕩蕩空無人，哀蟄切切啼王孫。貧士征夫盡流涕，惜哉不遇飛將軍。

此詩以促織之戲象徵國家興亡，末尾數句慨歎國亡。靳榮藩引揚雄《方言》云：

> 楚謂蜻蛚爲蟋蟀，或謂之蟨南，楚謂之蛬孫。

做「哀蟄切切啼王孫」一句既哀王孫，又雙關蟋蟀。「惜哉不遇飛將軍」一句慨歎時無李廣一般的英雄，遂令陸沈，即詩中云：「二百年來無英雄，故宮瓦礫吟秋風。」又指百戲零落，促織相鬥時的「飛將軍」亦不可見矣，詞義雙關，饒富機智。又如〈白燕吟〉的詩序云：

> 雲間白燕菴，袁海叟丙舍在焉，吾友單狷菴隱居其傍，鴻飛冥冥，爲弋者所篡，故作此吟以贈之。余年二十餘，遇狷菴於陳徵君西佘山館，有歌者在席，迴環昔夢，因及其事。狷菴解組歸田，遭逢多故，視海叟之西臺謝病，倒騎烏犍牛，以智僅免者，均有牢落之感，俾讀者前後相觀，非獨因物比興也。

單恂因明太子朱光朝案，牽連入獄，後獲免。視其同里先賢袁凱，二人均有牢落之感。梅村此作，追蹤袁凱〈白燕詩〉比興之風。詩云：

> 白燕菴頭晚照紅，摧殘毛羽訴西風。雖經社日重來到，終怯雕梁故壘空。……銜泥從此依林木，窺簷詎肯樊籠辱。高舉知無鴻鵠心，微生幸少烏鳶肉。探卵兒郎物命殘，朱絲繫足柘弓彈。傷心早已巢君屋，猶作徘徊怪鳥看。……頭白天涯脫網羅，向人張口爲愁多。啁啾莫向斜陽去，爲

唱衰生一曲歌。

「雖經社日重來到，終怯雕梁故壘空」言其破家之苦；「探卵兒郎物命殘，朱絲繫足柘弓彈」四句言官吏羅織他人入罪之殘酷；「頭白天涯脫網羅，向人張口爲愁多」憐其遭遇。而語意雙關，詠物言情之妙兼具，允爲佳構。

五、象　徵

象徵的界定，黃慶萱《修辭學》頁 337 云：

> 任何一種抽象的觀念、情感、與看不見的事物，不直接予以指明，而由於理性的關聯、社會的約定，從而透過某種意象的媒介，間接加以陳述的表達方式，我們名之爲「象徵」。

例如中國人慣以龍來象徵尊貴超卓的人物。龍或原爲古代部落之圖騰，約定俗成後，成爲象徵的意象。

梅村詩中透過意象來象徵抽象的觀念、情感者，大抵有兩類。一類承襲傳統的象徵；另一類則因物比興，自鑄偉辭。前者如以夕陽、奕棋象徵國勢，爲前人慣用的比興手法。例如〈寄房師周芮公先生四首并序〉其一云：

> 惆悵平生負所知，尺書難到雁來遲。桄榔月暗嚴城閉，鶗鴂風高畫角悲。湖裡逢仙占昔夢，洞中遇叟看殘棋。脫身衰白干戈際，筍屐尋山話後期。

頸聯二句靳榮藩引《廣輿記》所記載福州府永福縣牧童徐氏飯牛山椒，遇仙人奕棋的典故，以此典切合周廷鑨的居處。其實「湖裡逢仙占昔夢」一句指周廷鑨不忘故國的遺民心事，以逢仙占夢象徵，梅村中每以仙人象徵故君或亡故者，例如〈過淮陰有感二首〉首二末二句云：「我本淮王舊雞犬，不隨仙去落人間。」二句，用《淮南子》中「一人得道，雞犬昇天」的典故。淮音同懷，暗指懷宗崇禎，仙人自然也指勝國君主了。又如〈蕭史青門曲〉寫甲申國難時，駙馬鞏永固等人慷慨殉國，詩云：「仙人樓上看灰飛，織女橋邊聽流血。」以仙

人來比擬瞿氏。故此句云逢仙占夢，非泛泛之語。

「洞中遇叟看殘棋」則以殘棋象徵南明之局勢。《梅村家藏稿》有〈觀棋六首〉七絕，均以棋喻國勢。《江左三大家詩鈔》〈觀棋〉（原註：和錢牧齋先生）七絕一首，未收入《梅村家藏稿》，其詩云：

> 決賭心勞興未闌，當場劫急是塡官。點頭得計君休羨，雙眼由人局外看。

此言奕棋時雖逢劫急，無奈已是塡官，局勢已殘，勝負已判矣，此顯然暗寓南明情勢，「洞中遇叟看殘棋」的象徵意義同此。

至於以斜暉象徵國勢者，如〈後東皋草堂歌〉云：

> ……搖落深知宋玉愁，衡陽雁斷楚天秋。斜暉有恨家何在？極浦無言水自流。……

此詩以宋玉比擬瞿式耜，化用杜甫〈詠懷古跡五首〉其二中：「搖落深知宋玉悲」一句之義。此因瞿、宋二人俱有國亡之愁。「斜暉有恨家何在？」則以斜暉象徵明朝國勢如夕日將落。〈蕭史青門曲〉末段亦云：

> ……花落回頭往事非，更殘燈灺淚沾衣。休言傅粉何平叔，莫見焚香衛少兒。何處笙歌臨大道？誰家陵墓對斜暉？只看天上瓊樓夜，烏鵲年年它自飛。

此言改朝易代後，寧德公主及其夫婿劉有福二人流落人間。「何處笙歌臨大道，誰家陵墓對斜暉？」今昔對比，下句象徵明朝皇室之衰微。

至於因物比興，自鑄偉辭者，如〈白燕吟〉云：

> 白燕菴頭晚照紅，摧殘毛羽訴西風。雖經社日重來到，終怯雕梁故壘空。當年掠地爭飛俊，垂楊拂處簾櫳映。微君席上點微波，雙棲有箇凝妝靚。趙家姊妹鬥嬋娟，軟語輕身鬢影偏。錯信董君它日寵，昭陽舞袖出尊前。長安穠杏翩躚好，穿花掠蝶春風巧。楚雨孤城儔侶稀，歸心一片江南草。縞素還家念主人，瓊樓珠箔已成塵，雪衣力盡藍田土，玉骨神傷漢苑春。銜泥從此依林木，窺簷詎肯樊籠辱。高舉知無鴻鵠心，微生幸少烏鳶肉。探卵兒郎物命殘，朱絲繫足柘弓彈。傷心早已巢君屋，猶作徘徊怪鳥看。漫留指爪空迴顧，差池下上秦淮路。紫領關山夢怎歸，烏衣門

巷雛誰哺？頭白天涯脫網羅，向人張口爲愁多。啁啾莫向
斜陽去，爲唱袁生一曲歌。

此詩詠物抒情，「雖經社日重來到，終怯雕梁故壘空」不僅指單恂，
也象徵遺民家破之苦。「縞素還家念主人，瓊樓珠箔已成塵」四句，
寫盡遺民之痛。「雪衣力盡藍田土，玉骨神傷漢苑春」二句，上句程
穆衡箋注云：

> 《史記》〈五宗〉世家：臨江閔王榮坐侵廟壖垣爲宮。上徵
> 榮，榮詣中尉府簿，中尉郅都責訊王，王恐自殺，葬藍田。
> 燕數萬銜土置冢上，百姓憐之。

下句典故，程穆衡箋言此暗用《漢書・外戚傳》王莽掘哀帝母家，貶
爲丁姬，葬於媵妾之次。鼎革之際，明朝帝后陵墓屢遭盜掘，梅村〈銀
泉山〉七古一詩曾詠及。而明朝臣民，又無力挽回國亡之勢，故「雪
衣力盡藍田土」二句，寓意深矣。全詩象徵勝國遺民遭清廷迫害至家
破無依之處境，不獨哀憐單恂而已。

此外，如〈清涼山讚佛詩四首〉云：

其　一

西北有高山，云是文殊臺。臺上明月池，千葉金蓮開。花
花相映發，葉葉同根栽。王母攜雙成，綠蓋雲中來。漢主
坐法宮，一見光徘徊。結以同心合，授以九子釵。翠裝雕
玉輦，丹髹沉香齋。護置琉璃屏，立在文石階。長恐乘風
去，舍我歸蓬萊。從獵往上林，小隊城南隈。雪鷹異凡羽，
果馬殊群材。言過樂游苑，進及長楊街。張宴奏絲桐，新
月穿宮槐。攜手忽太息，樂極生微哀。千秋終寂寞，此日
誰追陪？陛下壽萬年，妾命如塵埃。願共南山槨，長奉西
宮杯。披香淖博士，側聽私驚猜。今日樂方樂，斯語胡爲
哉？待詔東方生，執戟前詼諧，薰鑪拂螭帳，白露零蒼苔。
吾王愼玉體，對酒毋傷懷。

其　二

傷懷驚涼風，深宮鳴蟋蟀。嚴霜被瓊樹，芙蓉凋素質。可

憐千里草，萎落無顏色。孔雀蒲桃錦，親自紅女織。殊方
初云獻，知破萬家室。瑟瑟大秦珠，珊瑚高八尺。割之施
精藍，千佛莊嚴飾。持來付一炬，泉路誰能識。紅顏尚焦
土，百萬無容惜。小臣助長號，賜衣或一襲。只愁許史輩，
急淚難時得。從官進哀誄，黃紙鈔名入。流涕盧郎才，咨
嗟謝生筆。尚方列珍膳，天廚供玉粒。官家未解菜，對案
不能食。黑衣召誌公，白馬馱羅什。焚香內道場，廣座楞
伽譯。資彼象教恩，輕我人王力。微聞金雞詔，亦由玉妃
出。高原營寢廟，近野開陵邑。南望倉舒墳，掩面添悽惻。
戒言秣我馬，遨游凌八極。

其　三

八極何茫茫，日往清涼山。此山蓄靈異，浩氣供屈盤。能
蓄太古雪，一洗天地顏。日馭有不到，縹緲風雲寒。世尊
昔示視，說法同阿難。講樹聳千尺，搖落青琅玕。諸天過
峰頭，絳節乘銀鸞。一笑偶下謫，脫卻芙蓉冠。游戲登瓊
樓，窈窕垂雲鬟。三世俄去來，任作優曇看。名山初望幸，
銜命釋道安。預從最高頂，灑掃七佛壇。靈境乃杳絕，捫
葛勞躋攀。路盡逢一峰，傑閣圍朱闌。中坐一天人，吐氣
如栴檀。寄語漢皇帝，何苦留人間？煙嵐倏滅沒，流水空
潺湲。回首長安城，緇素慘不歡。房星竟未動，天降白玉
棺。惜哉善財洞，未得誇迎鑾。惟有大道心，與石永不刊。
以此護金輪，法海無波瀾。

其　四

嘗聞穆天子，六飛騁萬里。仙人觴瑤池，白雲出杯底。遠駕
求長生，逐日過濛汜。盛姬病不救，揮鞭哭弱水。漢皇好神
仙，妻子思脫屣。東巡并西幸，離宮宿羅綺。寵奪長門陳，
恩盛傾城李。穠華即修夜，痛入哀蟬誄。苦無不死方，得令
昭陽起。晚抱甘泉病，遠下輪臺悔。蕭蕭茂陵樹，殘碑泣風
雨。天地有此山，蒼崖閱興毀。我佛施津梁，層臺簇蓮蘂。
龍象居盧空，下界聞鬥蟻。乘時方救物，生民難其已。澹泊
心無為，怡神在玉几。長以竸業心，了彼清淨理。羊車稀復

幸，牛山竊所鄙。縱灑蒼梧淚，莫賣西陵屨。持此禮覺王，
賢聖總一軌。道參無生妙。功謝有爲恥。色空兩不住，收拾
宗風裡。

此詩詠清世祖與皇貴妃董鄂氏之事。孟森《清初三大疑案考實》〈世祖
出家事考實〉一文認爲此詩作於順治十八年，世祖遺詔已頒之後。對
其本事典故，考證詳確。而此詩中的清涼山實爲象徵之境。首段云：「西
山有高山，云是文殊臺」，託之遊仙，用《漢武內傳》西王母的典故，
以其侍女董雙成，暗擬董鄂妃。「漢主坐法宮，一見光徘徊」十句言妃
承寵。「結以同心合，授以九子釵。翠裝雕玉輦，丹髹沈香齋」數句景
中含情。「從獵往上林，小隊城南隈」以下鋪寫宴遊畋獵之樂，卻忽作
樂極生悲之語。「薰鑪拂黼帳，白露零蒼苔」四句引下首董鄂妃之薨。
故其二接以「傷懷驚涼風，深宮鳴蟋蟀」四句。「可憐千里草，萎落無
顏色。」中「千里草」即「董」字，暗指董鄂妃。其萎落如草，令帝
王傷懷。「殊方初云獻，知破萬家室」以下言其喪禮之奢靡。而君王喪
子失妃，悽惻難已，「高原營寢廟，近野開陵邑」以下六句言營造陵寢
後凝望悽惻之情，故其三欲作清涼山之遊，以求解脫悲痛。

　　其三正面刻劃清涼山。「八極何茫茫，日往清涼山」以下形容其
靈異縹緲，似有還無。「諸天過峰頭，絳節乘銀鸞」以下言天人之貌，
言此天人「一笑偶下謫，脫卻芙蓉冠」等等，呼應其一開頭的描寫。
不同的是，此處之形象空靈超脫，即詩云：「三世俄去來，任作優曇
看」，已異於「結以同心合，授以九子釵」所言人神定情之貌。因此，
對於漢皇帝捫葛躋攀、再度苦苦相尋，天人勸其當遺世而超脫。接著
言順治崩逝，即詩云：「房星竟未動，天降白玉棺」二句。可知此清
涼山之遊，象徵一超脫情苦的追求。後人因而附會順治出家於五臺
山，實未解詩人之意。

　　其四則以遊仙之事言人間生死。「嘗聞穆天子，六飛騁萬里」至
「盛姬病不救，揮鞭哭弱水」用周穆王遊仙一典。靳榮藩引《穆天子
傳》云：

天子遊於河濟，盛君獻女。天子西征至元池之上，乃奏樂
三日。盛姬亡，天子殯姬於穀丘之廟，葬于樂池之南。

「盛姬病不救，揮鞭哭溺水」，見遊仙求長生仍不能免除妻妾病亡之
痛。「漢皇好神仙，妻子思脫屣」各句，靳榮藩云：

此段言漢武求仙，雖有脫屣妻子之語，而生則極其寵幸，

沒則極其哀誄，至於終身而後已，總見忘情之難也。

此說甚是。下云：「天地有此山，蒼崖閱興毀」則清涼山爲一閱盡興
毀之境。梅村〈賀新郎〉（病中有感）一詞云：「脫屣妻孥非易事，竟
一錢不值何須說！人世事，幾完缺？」既云脫屣妻孥之難，又云一錢
不值何須說，卻又不得不言者，在「長以兢業心，了彼清淨理」的追
尋，在以有情之身企求清淨之理。「羊車稀復幸，牛山竊所鄙」以下
梅村乃以讚佛之語爲諷諭之語。世祖專寵董鄂氏，無心顧及他妃，正
見其忘情之難，如何能道參無生，功謝有爲？故以清涼山爲閱盡興毀
的心靈清淨之土，象徵鍾情者終生追尋之境。

六、譬　喻

　　梅村詩中的譬喻如錯彩鏤金，連類翩起，最能窺其詩趣及其才
華。其手法大抵以物象喻人，或以人的意象喻物。例如〈琵琶行并序〉
一詩對聲音的摹寫所使用的譬喻。其詩序云：

……今春偶步城南斜，王家池館彈琵琶。悄聽失聲叫奇絕，
主人招客同看花。爲問按歌人姓白，家住通州好尋覓。袴
褶新更回鶻裝，虬鬚錯認龜茲客。偶因同坐話先皇，手把
檀槽淚數行。抱向人前訴遺事，其時月黑花茫茫。初撥鵾
弦秋雨滴，刀劍相磨轂相擊。驚沙拂面鼓沈沈，春然一聲
飛霹靂。南山石裂黃河傾，馬蹄迸散車徒行。鐵鳳銅盤柱
摧塌，四條弦上煙塵生。忽焉摧藏若枯木，寂寞空城烏啄
肉。轆轤夜半轉呕啞，鳴咽無聲貴人哭。碎珮叢鈴斷續風，
冰泉凍壑瀉淙淙。明珠瑟瑟拋殘盡，卻在輕籠慢撚中。斜
抹輕挑中一摘，淒悽颼颼憯肌骨。銜枚鐵騎飲桑乾，白草
黃沙夜吹笛。可憐風雪滿關山，烏鵲南飛行路難。猿嘯鼯

啼山鬼語，瞿塘千尺響鳴灘。……

作者摹寫豪嘈淒切的琵琶聲，聲情兼富。「初撥鵾弦秋雨滴，刀劍相磨轂相擊」以下四句用秋雨滴、刀劍車轂磨擊。鼓聲沈沈等語來譬喻，俱為戰事之意象，其聲激切。而「南山石裂黃河傾，馬蹄迸散車徒行」四句以天崩地坼之景喻琵琶聲。「忽焉摧藏若枯木，寂寞空城烏逐肉，轆轤夜半轉咿啞，嗚咽無聲貴人哭」以哭聲、轆轤聲、烏啼等來形容聲音之嗚咽。「碎珮叢鈴斷續風，冰泉凍壑瀉淙淙」四句則用碎珮叢鈴等碰擊形容樂聲斷續不絕。「斜抹輕挑中一摘，漻慄颼飀憯肌骨」四句形容聲音如風入肌骨、沙拂笛音，其聲痛切。「可憐風雪滿滿山，烏鵲南飛行路難」四句，以蜀道之艱難來摹聲，其聲蒼涼。這些對戰亂意象的譬喻，刻劃出崇禎十七年來國勢之主調。

在刻劃人物時，梅村則喜用物象為喻。例如〈宣宗御用餓金蟋蟀盆歌〉云：「臨淮真龍起風雲，二豪螟蛉張與陳。草間竊伏竟何用，竈下廝養非吾群」。此段寫元末群雄並起。將明太祖朱元璋比為真龍，陳友諒、張士誠則如螟蛉竊伏草間，用蟲豸作譬喻來褒貶人物。又如〈思陵長公主輓詩〉云：

> ……盜賊狐篝火，關山蟻潰防。逍遙師逗撓，奔突寇披猖。
> 牙纛看吹折，梯衝舞莫當。妖氛纏象闕，殺氣滿陳倉。……

此段寫闖寇攻陷京師。以狐篝火、蟻潰防來形容闖寇之勢與官軍的潰敗。狐篝火用《史記‧陳涉世家》中吳廣夜篝火狐鳴，呼曰：「大楚興，陳勝王」的典故，又以妖氛形容流寇，作者的恨意可見。〈梅花庵話雨同林若撫聯句〉五言聯句詩中，梅村云「雲霄三省相，虎豹九關闇」，以虎豹形容閹黨。又云：「海寓洪鑪焰，民生鼎沸燖」，洪鑪鼎沸喻民生之艱苦。

〈後東皋草堂歌〉一詩言瞿式耜遭權相所訐，詩云：

> ……隱囊塵尾寄蕭齋，鴻鵠高飛鷹隼猜。白社青山舊居在，
> 黃門北寺捕車來。……

「鴻鵠高飛鷹隼猜」的意義和「白社青山舊居在」二句並置，有譬喻

的效果。相同的手法如〈海戶曲〉（原註：南海子周環一百六十里，有海戶千人）云：

> ……俊鶻重經此地飛，黑河講武當年盛。弔古難忘百戰心，掃空雉兔江山淨。新豐野老驚心目，縛落編籬守麋鹿。……

引文本言射獵之事。「弔古難忘百戰心，掃空雉兔江山淨」二句並置，下句喻戰亂屠戮之慘況，此近於比興用法。以譬喻手法形容人物心境者如〈退谷歌〉（原註：贈同年孫公北海）云：

> ……使我山不得高，水不得深，鳥不得飛，魚不得沈。武陵洞口聞野哭，蕭斧斫盡桃花林。……

桃源已斫，惟聞野哭，作者被迫出仕後的心情，以「山不得高，水不得深」四句形容入微。至於以古人比擬今人的手法，則留待「人物刻劃」時討論。

七、夸　飾

黃慶萱《修辭學》頁 213 夸「夸飾」：

> 言文中誇張鋪飾，超過了客觀事實的，叫做「夸飾」。

「夸飾」的主觀因素是作者要「出語驚人」；「夸飾」的客觀因素是讀者的「好奇心理」。

夸飾猶如放大特寫，使情感更深刻，並突顯人生的荒謬與美好，滿足讀者好奇的心理。例如〈墻子路〉一詩云：

> 匈奴動地漁陽路，都護酣歌幕府鐘。一夜薊門風雪裡，軍前樽酒賣盧龍。

據谷應泰《明史紀事本末補遺》卷六〈東兵入口〉云崇禎十一年九月，清兵入侵牆子嶺一事：

> 牆子嶺峻隘，（清兵）蟻附而上，三日夜始入內地，俱困乏甚，竟無一襲擊者。總兵吳國俊守牆子路，戰敗走密雲。總督薊、遼吳阿衡敗沒於密雲。初，監視內監鄧希詔誕日，阿衡及國俊等俱趨賀，聞警倉卒而返，調禦失措，故及於難。

明朝將領竟在火線上為一內監賀誕，焉能不敗？「軍前樽酒賣盧龍」，

「賣」字下的慘然。言國土竟在樽酒間奉送給敵人,這其間也有夸張的意味!

又如〈織婦詞〉一詩云:

> 黃繭繅絲不成匹,停梭倚柱空太息。少時織綺貢尚方,官家曾給千金直。孔雀蒲桃新樣改,異繡奇文不遑識。桑枝漸枯蠶已老,中使南來催作早。齊紈魯縞車班班,西出玉關賤如草。黃龍袱子紫橐駝,千箱萬疊奈爾何!

此詩憂憐織婦之苦。「桑枝漸枯蠶已老,中使南來催作早」,言織造官催役甚急。所得之織帛,供邊戍及尚方之用。「千箱萬疊奈爾何!」一句夸飾官吏的催索,令人同情。此首應與〈雜感二十一首〉其二合看:

> 簫鼓中流進奉船,司空停索導行錢。八蠶名繭盤花就,千繡奇文舞鳳旋。袴褶射雕沙磧塞,筐箱市馬玉門邊。秋風砧杵催刀尺,江左無衣已七年。

頸聯之意即〈織婦詞〉所云:「西出玉關賤如草」。運送途中,又有官吏停索導行錢,層層剝削,故詩人怒道:「江左無衣已七年。」以夸飾法來陳述百姓之受寒。

此外,如〈揚州四首〉其一云:

> 疊鼓鳴笳發棹謳,榜人高唱廣陵秋。官河楊柳誰新種,御苑鶯花豈舊游。十載西風空白骨,廿橋明月自朱樓。南朝枉作迎鑾鎮,難博雷塘土一丘。

此順治十年梅村北上京師途中經揚州作。追憶弘光朝的覆滅,不禁歎道:「南朝枉作迎鑾鎮,難博雷塘土一丘。」雷塘指隋煬帝冢,在揚州府甘泉縣西北,此暗擬弘光帝。指諸臣枉自迎鑾,竟至君死國亡,尺土難博,何等諷刺。「難博雷塘土一丘」一語有夸飾意味。〈讀史雜感十六首〉諷刺弘光朝政。如其二末二句云:「淮南數州地,幕府但歌鐘」諷刺當時鎮將劉澤清等人的荒淫。「幕府但歌鐘」一句夸飾言此輩之淫妄。其四云:

> 御刀周奉叔,應敕阮佃夫。列戟當關怒,高軒哄道呼。監奴右衛率,小吏執金吾。匈匐車塵下,腰間玉鹿盧。

此詩諷刺阮大鋮之輩及朝廷濫授名器，故云：「監奴右衛率，小吏執金吾。」在上者頤指氣使，下位者則匍匐逢迎。「列戟當關怒，高軒哄道呼」及「匍匐車塵下，腰間玉鹿盧」四語夸飾此輩嘴臉，亦用夸飾筆法。

又如其六云：

> 貴戚張公子，奄人王寶孫。入陪宣室宴，出典羽林屯。狗馬來西苑，俳優侍北門。不時中旨召，著籍並承恩。

《漢書‧外戚傳》：成帝每微行，常與張放俱，而稱富平侯家，故曰：「張公子」，此詩即用其典故。王寶孫則為南朝齊東昏侯的寵閹，以此二者借指佞幸。程穆衡《吳梅村詩集箋注》云：

> 福邸舊奄田成、張執中者尤用事。馬、阮數以金幣結之，又有屈奄者與田、張三人迭秉筆。一外轉給事陸朗賞銀數千，得中者留之。冢臣徐石麒質之內璫。璫云：此已進御，遂無敢言。又性極嗜演戲，伶人賜予無節。除夕忽對韓贊周泣曰：梨園殊少佳者。

梅村詩夸飾此輩之恩寵。入陪御宴、出典羽林，狗馬俳優充門。「狗馬來西苑，俳優侍北門」四句有夸張意味，弘光朝政之荒嬉可見。

至於人物性格夸飾的筆法亦頗可觀，於「人物刻劃」一節再敘述。

八、映　襯

映襯的界定，黃慶萱《修辭學》頁 287 如此界定：

> 在語文中，把兩種不同的，特別是相反的觀念或事實，對列起來，兩相比較，從而使語氣增強，使意義明顯的修辭方法，叫做「映襯」。

映襯是以兩種相反的觀念互相對照的修辭方法。反襯一詞的界定，黃氏此書頁 290 云：

> 對於一種事物，用恰恰與這種事物的現象或本質相反的副詞或形容詞加以描寫，叫做「反襯」。

此書頁 282 云對襯：

> 對兩種不同的人、事、物，用兩種不同的觀點加以形容描寫的，叫做「對襯」。

諷諭詩中使用反襯者，如〈吳門遇劉雪舫〉五古云：

　　……長戈指北闕，鼙鼓來西秦。寧武止一戰，各帥皆投兵。
　　漁陽股肱郡，千里無堅城。嗚呼四海主，此際惟一身！彷
　　彿萬歲山，先后輼輬迎。……

此明朝貴戚劉雪舫追憶崇禎十七年京師陷落事。流寇李自成攻陷寧
武，殺死名將周遇吉後，明軍各帥紛降，於是情勢急轉而下。京師陷，
崇禎自縊於萬壽山。「嗚呼四海主，此際惟一身！」萬乘君主，淒涼
如此！又反襯筆法。同樣例子如〈偶得三首〉其一：

　　莫爲高貲畏告緡，百金中產未全貧。只因程鄭吹求盡，卻
　　把黔婁作富人。

鄧文成《清詩紀事初編》頁 394 曰：旗債。

指旗人放款，再收取高利貸。詩中程鄭即《漢書·貨殖傳》所言
之富戶，此指放高利貸的滿人。「卻把黔婁作富人」，可見滿人誅求之
甚，如黔婁之貧戶何堪？將黔婁當成富人，此用反襯筆法。

至於對襯的例子，如〈避亂六首〉其六云：

　　曉起譁兵至，戈船泊市橋。草草十數人，登岸沽村醪。結
　　束雖非常，零落無弓刀。使氣撾市翁，怒色殊無聊。不知
　　何將軍，到此貪逍遙。官軍昔催租，下令嚴秋毫。盡道征
　　夫苦，不惜耕人勞。江東今喪敗，千里空蕭條。此地村人
　　居，不足容旌旄。君見大敵勇，莫但驚吾曹。

此順治二年詩人避亂至礬清湖，復遭兵亂而離去。「盡道征夫苦，不
惜耕人勞」諷刺譁兵者不恤民苦，用對襯觀點。

順治十年，梅村重至南京，目睹舊遊之地多已零落，深致慨歎。
〈觀象臺〉七律云：

　　俟日觀雲倚碧空，一朝零落黍離同。昔聞石鼓移天上（原
　　註：元移石鼓于大都），今見銅壺沒地中。黃道只看標北
　　極，赤鳥還復紀東風。郭公枉自師周髀，千尺荒臺等廢宮。（原
　　註：渾儀爲郭守敬所造。）

此詩前四句言黍離之悲。頸聯意義雙關，暗指朝廷已改，赤壁東風之

事不再，為弘光朝致哀。「今見銅壺沒地中」與「黃道只看標北極」
並置，一亡一存，為對襯之筆。

　　律詩頷、頸二聯對偶，常用此法，如〈雜感二十一首〉其三云：
　　　　旌旗日落起征鴻，蘆管淒涼雜部中。鵁鵲廢宮南內月，麒
　　　　麟枯塚北邙風。金縢兄弟山河固，玉几君臣笑語空。回首
　　　　蹕林秋祭遠，枉拋心力度江東。

此詩哀憐清攝政王多爾袞。「金縢兄弟山河固」言多爾袞不負清太宗
皇太極之遺命，終能定鼎中原：「玉几君臣笑語空」言其死後旋遭順
治清算罪名，兩者對襯，令人慨歎。

　　五律〈詠月〉一詩作於順治十六年江上之役後。詩云：
　　　　長夜清輝發，愁來分外明。徘徊新戰骨，經過舊臺城。秋
　　　　色知何處，江心似不平。可堪吹急管，重起故鄉情。

「徘徊新戰骨，經過舊臺城」以對襯筆法道盡南京戰後之慘狀。同年
作品〈寄懷陳直方四首〉其四云：
　　　　時世高門懼，似君誠又稀。何幸憂并坐，即免忍先歸？苦
　　　　語思持滿，勞生羨息機。向來兄弟輩，裘馬自輕肥。

此詩末二句即〈亡女權厝誌〉云：
　　　　嗟乎！陳氏家方隆盛時，子弟厚自封殖。即難作，而室中
　　　　裝為在南者分持去。相國母夫人於武林聞之，曰：「四郎無
　　　　私財，若妻子何？」

陳之遴全家徙遼左，其子弟在南者，分持私財去。惟陳直方無私蓄，
相較之下，令人同情。以其遭遇對比「向來兄弟輩」的裘馬輕肥，為
對襯筆法。

　　絕句中用映襯筆法者如〈臨二禽圖〉七絕：
　　　　舊巢雖去主人空，剪雨捎風自在中。卻笑雪衣貪玉粒，羽
　　　　毛憔悴閉雕籠。

上二句自喻，下二句言仕宦之人，對襯致諷。又如六絕〈偶成十二首〉
其四云：
　　　　寶帳葳㽔雲漾，象床刻鏤花深。破盡民間萬室，遠喻禁物

　　　千金。

末二句言百姓家破之慘，亦用對襯筆法。

　　梅村詩多滄桑黍離之悲，常以今昔對比的映襯手法來表達。以上各例，可概括以見其餘。

第二節　人物刻劃

　　梅村〈賀新郎〉（病中有感）一詞云：「故人慷慨多奇節」其友人殉國者如吳志衍、楊廷麟等人的事蹟，表諸詩篇，形象動人。其筆下的降將貪吏，遺民舊交等，亦各具面貌，此皆得力於人物刻劃之技巧。以下試用「以古人爲譬」、「情態舉止」、「性情行事」、「對話獨白」、「映襯烘托」五項分析。

一、以古人爲譬

　　梅村慣用古人的面目刻劃今人的神貌。古人的行事出處，見諸史冊，自有典型。借古諷今，不但節省筆墨，且寓含褒貶。

　　以古人身分比擬今人者，例如〈永和宮詞〉：

　　揚州明月杜陵花，夾道香塵迎麗華。舊宅江都飛燕井，新
　　侯關內武安家。

以「飛燕井」形容田妃之故里。又以陳後主寵妃張麗華比擬同是亡國君主崇禎的妃子。至於田弘遇輕俠豪奢則儼然漢朝武安侯田蚡。

　　只是崇禎非因女禍而亡國，與陳後主畢竟不同。故詩中極同情田妃，未有歸罪之語。〔註1〕又如〈殿上行〉寫黃道周直諫敢言，詩云：「未斥齊人漸汲尉」。以漢武帝的骨髓之臣汲黯比擬。談遷《北游錄·

〔註1〕李學穎集評標校的《吳梅村全集》〈前言〉云：雜劇《臨春閣》以陳亡爲南明覆亡的寫照，一反「女寵禍國」的濫調，爲張麗華作了一篇翻案文章：「他鎖著雕房玉籠，五言詩怎賣盧龍？我醒眼看人弄醉翁，推說道裡頭張孔。」這在封建時代是極爲難得的，也許因弘光之亡，實在無法找到女色禍水的藉口了吧！
　　此說精當，而崇禎又何嘗因女禍而喪國？由張麗華形象的塑造，可看出梅村用典之謹慎。

紀聞上》言黃道周遺事云：

> 先帝嘗面稱先生者三，此元輔所不能專望者。（原註：閣臣例呼先生每）。

黃道周直諫犯顏，雖謫官亦在所不惜，故崇禎尊敬有加。比之汲黯，何嘗不當？汲黯嘗面斥宰相公孫弘於殿上曰：「齊人多詐」云云。黃道周曾被齊人張至發所擯，而未能彈劾此權臣，「未斥齊人慚汲尉」一句，寄託深刻。又如〈哭志衍〉描述志衍未通籍入仕之前「長揖謝時輩，自比管與樂」。用諸葛亮隱居隆中，自比管樂的典故，表示志衍韜晦順養，少有大志。

　　以上三例用於人物剛出場時，以爲綱領。但有時又用在人物描寫之後，有如畫龍點睛之妙。例如〈茸城行〉七古一首刻劃松江提督馬逢知魚肉鄉民、暴虐無道。鄭成功發動江上之役時，與之交通，馬氏因此反形大露。詩中極盡刻劃後云：「江表爭猜張敬兒，軍中思縛盧長史」。

　　《南史》張敬兒傳，言其爲雍州刺史，爲官貪殘豪取，且造謠生事，意圖代天子自爲，事敗伏誅。盧從史爲唐貞元間昭義軍節度使，與王承宗密謀叛亂，事敗被擒，馬逢知與此輩可謂一丘之貉。詩末又云：「側身回視忽長笑，此亦當今馬伏波！」以東漢馬援比擬。二人相去不啻千里，比的不倫不類，譏諷之意顯然。又如〈雜感二十一首〉其九爲洪承疇而作。詩末云：「西上祖生仍誓楫，路旁還指舊通侯」。洪氏此時任五省經略，視師長沙。擬之東晉祖逖，則其渡江誓楫，竟志在消滅故國！路人指點，無非諷其變節。何等辛辣的諷刺！

　　梅村善將典故融入今人的口吻之中。例如〈聽女道士卞玉京彈琴歌〉寫弘光帝選妃，貴勳中山侯徐氏女未及入宮而南京已陷，反遭清兵掠去。梅村哀憐道：

> ……可憐俱未識君王，軍府抄名被驅遣。漫詠臨春瓊樹篇，玉顏零落委花鈿。當時錯怨韓擒虎，張孔承恩已十年。但教一日見天子，玉兒甘爲東昏死。羊車望幸阿誰知？青塚淒涼竟如此！

以南齊及陳亡的典故來諷刺南明因荒淫而亡。以女子自傷零落，怨望不已的口吻道來，倍加生動。

此外，梅村亦善取古人的神態來描寫人物。例如〈贈穆大苑先〉（原註：從汝寧確山歸。確山余兄純祜治也）七古云：

> ……仰天太息頻搔首，失腳倒墮烏犍牛。偶來帝鄉折左臂，
> 吾苦何足關封侯？……

第二句用《明史》〈袁凱〉傳典故。袁凱，字景文，松江華亭人。元末爲府吏，洪武三年薦授御史。袁凱傳云：

> 帝以凱老猾持兩端，惡之。凱懼，佯狂免，告歸，久之以
> 壽終。凱工詩，有盛名。性詼諧，自號海叟。背戴烏巾，
> 倒騎黑牛，游行九峰間，好事者至繪爲圖。

袁凱初仕元，入明後官運不順遂。此詩藉倒騎烏犍牛的狂態描繪穆苑先的連蹇不遇。「失腳倒墮」是虛，實指其失路途窮。袁、穆二人俱爲吳地人氏，用典貼切。梅村出語詼諧，代作解嘲語，亦有袁凱之風。「偶來帝鄉折左臂」二句則見《晉書・羊祜傳》：

> 又有善相墓者，言祜祖墓所有帝王氣，若鑿之則無後，祜
> 遂鑿之。相者見曰：「猶出折臂三公」，而祜竟墮馬折臂，
> 位至公而無子。

此處反用典故之意。穆氏嘗折臂，亦無子嗣，與羊祜同苦，卻無緣封侯。代其自嘲，以安慰知己。而「失腳倒墮烏犍牛」及「偶來帝鄉折左臂」二句銜接，似有因果關係，頗有戲劇效果。又如〈雁門尚書行并序〉云：

> ……長安城頭揮羽扇，臥甲韜弓不忘戰。持重能收壯士心，
> 沈機好待凶徒變。……

孫傳庭的持重沈機，以羽扇指揮三軍來描劃，何等從容。其靈感或得自蘇東坡〈念奴嬌〉（赤壁懷古）一詞中「羽扇綸巾，談笑間、強虜灰飛煙滅。」的周瑜形象。梅村常以古人爲譬的手法或因生當鼎革，懼於詩禍、史禍的心理。〈東萊行〉（原註：爲姜如農、如須兄弟作也）起頭云：

漢皇策士天人畢，二月東巡臨碣石。獻賦凌雲魯兩生，家
近蓬萊看日出。仲孺召入明光宮，補過拾遺稱侍中。叔子
軺軒四方使，一門二妙傾山東。

首用漢武帝東巡碣石的典故。漢灌夫，字仲孺；晉羊祜，字叔子。此
處指姜如農、如須兄弟，仲孺、叔子指其排行，與灌夫、羊祜為關。
姜埰曾任禮科給事中，掌規諫、補闕等事，相當於侍中；姜垓則授官
行人，掌奉使諸事。故詩云：「補過拾遺稱侍中」、「叔子軺軒四方使」。
至於漢皇東巡、魯生獻賦事，靳榮藩《吳詩集覽》云：

崇禎間無東巡事，而如農等亦無獻賦事，蓋迷離其詞耳。

梅村用漢皇東巡，魯生獻賦之事暗寓崇禎重賢，賞識姜氏兄弟。蓋時
世多禍，不得不迷離其詞。例如〈古意六首〉其五云：

銀海居然妒女津，南山仍錮慎夫人。君王自有它生約，此
去惟應禮玉真。

高陽《高陽說詩》〈董小苑入清宮始末詩證〉一文認為此詩為順治廢
后而作。詩中將董鄂妃擬為慎夫人，將順治比為漢文帝。其書頁240
云：

吳梅村筆下則極有分寸，暗擬世祖者大多為漢唐盛世之
主；如「南山仍錮慎夫人」，則以漢文帝擬世祖等等。這樣，
即使發生文字獄，猶有所辯解；……

此說精當。事涉宮闈，下筆不得不慎重。此外，如〈雜感二十一首〉
其十八頸聯云：「取兵遼海哥舒翰，得婦江南謝阿蠻」。以唐哥舒翰兵
敗降於安祿山，借指降將吳三桂，謝阿蠻則代指同是歌妓出身的陳圓
圓。此借取典故的偏義，和〈東萊行〉「仲孺」「叔子」的用法相同。
但迷離其詞的結果，讓人有用典不切的印象，削弱了文辭的感染力。
趙翼〈甌北詩話〉卷九云：

〈雜感〉內「取兵遼海哥舒翰，得婦江南謝阿蠻」，本以降
將哥舒翰比吳三桂，然翰無取兵遼海之事；以阿蠻比圓圓，
然阿蠻本新豐人，非江南產。

此說甚確，可謂梅村詩歌一病。

二、神態舉止

　　透過神態舉止的刻劃，人物的情感會更鮮明。朱自清〈背景〉一文中父親勉強爬上月臺的背影；或是母親挑燈補衣的側姿，總令游子縈懷。梅村詩中的勞人思婦，貪官汙吏，可謂聲容畢見，此得力於神態舉止的描摹。例如〈打冰詞〉刻劃船夫牽船打冰的辛勞云：

> ……帆檣山齊排浪進，牽船百丈聲如雷。雪深沒髁衣露肘，背挽頭低風塞口。相逢羨殺順流船，急問來時河凍否？溜過湖寬放艒平，長年穩望一帆輕。夜深側聽流漸響，瑣碎玲瓏漸結成。篙滑難施櫓枝析，舟人霜滿髭鬚白。發鼓催船喚打冰，衝寒十指西風裂。吁嗟河伯何硜硜，白榜如雨終無聲。……

引文首二句聲勢奪人。「雪深沒髁衣露肘，背挽頭低風塞口」形象鮮明，其中隱含多少辛苦。接著寫船夫詢問、羨慕、期待等情緒，又言其篙滑櫓析，霜髮沾滿淒涼的雪色；十指衝寒龜裂，生活何等艱難！〈再觀打冰詞〉云：

> ……桅竿旗動吹南風，舟子喜甚呼蒙衝。兒童操梃爭跳躍，其氣早奪馮夷宮。……

此言舟子喜甚，兒童跳躍。能靠打冰維生，何等慶幸！偏不言辛酸，而辛酸更深。梅村抓住了類型人物的神態舉止，加以刻劃，動人如此！又如〈織婦詞〉一詩開頭云：「黃繭繰絲不成匹，停梭倚柱空太息」，其歎息的側影，令人同情。此外，詩中常夸寫次要人物的舉止，以簡筆傳神。例如〈永和宮詞〉以武安侯田蚡比擬田宏遇，又云：

> ……外家官拜金吾尉，平生游俠多輕利。縛客因催博進錢，當筵便殺彈箏伎。班姬才調左姬賢，霍氏驕奢竇氏專。……

「縛客因催博進錢」二句夸寫其驕奢專橫，以反襯田妃的才調和賢慧。又如〈東萊行〉（原註：為姜如農，如須兄弟作也）云：

> ……侍中叩閣數疆諫，上書對仗彈平津。天顏不懌要人怒，衛尉捉頭捽下殿。中旨傳呼赤棒來，血裹朝衫路人看。……

此言姜如農因直諫得罪，「天顏不懌要人怒」四句，寫衛尉捉頭捽人，

再以廷杖痛辱。其血裏朝衫，路人何忍卒賭。

至於遭逢戰亂，親子離散之苦，如〈董山兒〉一詩云：

> 董山兒，兒生不識亂與離。父言急去牽兒衣，母言乞火爲
> 兒炊作糜。父母忽不見，但見長風白浪高崔嵬。將軍下一
> 令，軍中那得聞兒啼？樓船何高高，沙岸多崩摧。榜人不
> 能移，舉手推墮之。上有蒲與茬，下有濘與泥，十步九倒
> 迷東西。身無袴襦，足穿蒺藜，叩頭指口惟言飢。將船送
> 兒去，問以鄉里記憶還依稀。父兮母兮哭相認，聲音雖是
> 形骸非。……

父母親情，全在臨別時「急去牽兒衣」、「乞火爲兒炊作糜」中表露無
遺。董山兒「身無袴襦，足穿蒺藜，叩頭指口惟言飢」，又言其「聲音
雖是形骸非」，怎不令人墮淚？語言質樸徑切，形象生動，有漢代樂府
民歌〈孤兒行〉之風。又如〈臨頓兒〉寫百姓逋錢棄子之痛，詩云：

> 臨頓誰家兒，生小矜白晰。阿爺負官錢，棄置何倉卒！給
> 我適誰家，朱門臨廣陌。囑儂且好住，跳弄無知識。獨怪
> 臨去時，摩首如憐惜。……

不云阿爺棄子之苦，反而從對面著筆，描寫小兒跳弄無知，不解親情
的神態，情感更爲沈鬱。

此外，官吏的殘暴，也刻劃得入木三分。例如〈直溪吏〉云：

> 直溪雖鄉村，故是尚書里。短棹經其門。叫聲忽盈耳。一
> 翁被束縛，苦辭橐如洗。更指所居堂，即貧誰信爾。呼人
> 好作計，緩且受鞭箠。……

官吏追索捕欠的嘴臉及百姓的哀告，真是宛然如見。此輩嘴臉，〈茸
城行〉一詩更是窮形盡相：

> ……此地江湖綰鎖鑰，家擅陶朱户程卓。千箱布帛運輻車。
> 百貨魚鹽充邸閣。將軍一一數高貲，下令搜牢遍墟落。非
> 爲仇家告併兼，即稱盜賊通囊橐。望屋遙窺室內藏，算緡
> 似責從前諾。敢信黔婁脫網羅，早看狗頓填溝壑。窟室飛
> 觴傳箭催，博場戲責橫刀索。縱有名豪解折行，可堪小户
> 勝狂藥。將軍沉湎不知止，箕踞當筵任頤指。拔劍公收伍

佰妻，鳴髀射殺良家子。江表爭猜張敬兒，軍中思縛盧從
史。枉破城南十萬家，養士何無一人死。貪財好色英雄事，
若輩屠沽安足齒！……

馬逢知肆虐松江，搜括、豪奪、好色、嗜殺，破家無數，還意圖謀反，
比之屠沽之流，猶嫌保留。梅村運用對偶句的形式，極力鋪寫，如「千
箱布帛運輜車，百貨魚鹽充邸閣」、「窟室飛殤傳箭催，博場戲賭橫刀
索」、「拔劍公收伍佰妻，鳴髀射殺良家子」等句。配合「非此即彼」
的轉折詞，如「非爲仇家告併兼，即稱盜賊通囊橐」兩句，言馬氏一
概胡安罪名，強取豪奪。「敢信黔婁脫網羅，早看猗頓塡溝壑」則貧
者富者無一倖免。「將軍一一數高貲，下令搜牢遍墟落」，動作連結翩
起，其貪貌可見。除了能窮形盡相，更是寄託深遠者，如〈王郎曲〉：

王郎十五吳趨坊，覆額青絲白晳長。孝穆園亭常置酒，風
流前輩醉人狂。同伴李生柘枝鼓，結束新翻善財舞。鎖骨
觀音變現身，反腰貼地蓮花吐。蓮花婀娜不禁風，一斛珠
傾宛轉中。此際可憐明月夜，此時脆管出簾櫳。王郎水調
歌緩緩，新鶯嚦嚦花枝暖。慣拋斜袖卸長肩，眼看欲化愁
應懶。推藏掩抑未分明，拍數移來發曼聲。最是轉喉偷入
破，殢人腸斷臉波橫。十年芳草長洲綠，主人池館惟喬木。
王郎三十長安城，老大傷心故園曲。誰知顏色更美好，瞳
神剪水清如玉。五陵俠少豪華子，甘心欲爲王郎死。寧失
尚書期，恐見王郎遲；寧犯金吾夜，難得王郎暇。坐中莫
禁狂呼客，王郎一聲聲頓息。移床欹坐看王郎，都似與郎
不相識。往昔京師推小宋，外戚田家舊供奉。只今重聽王
郎歌，不須再把昭文痛。時世工彈白翎雀，婆羅門舞龜茲
樂。梨園子弟愛傳頭，請事王郎教弦索。恥向王門作伎兒，
博徒酒伴貪歡謔。君不見康崑崙、黃幡綽，承恩白首華清
閣。古來絕藝當通都，盛名肯放優閑多？王郎王郎可奈何！

此詩將王郎的舞姿唱藝，寫的活色生香。梅村見其承平故習，猶勝往
昔，不禁有滄桑之感。「最是轉喉偷入破，殢人腸斷臉波橫。十年芳
草長洲綠，主人池館惟喬木。王郎三十長安城，老大傷心故園曲。誰

知顏色更美好，瞳神剪水清如玉」數句以樂寫哀，倍感其哀。而歡樂更顯得美好，更慰貼人心，故云：「只今重聽王郎曲，不須再把昭文痛」。然而時世狂歡粗豪，此心衷誰識？王郎「恥向王門作伎兒，博徒酒伴貪歡謔」，與梅村數人同歡同悲。難怪京師的俠少豪門為王郎瘋狂，作者看來卻「移床欹坐看王郎，都似與郎不相識」。而「君不見康崑崙，黃幡綽，承恩白首華清閣」以下，慨歎王郎身負絕藝盛名，豈得優閒？何嘗不是自悼之詞，被迫出仕的無奈之痛，隱然可見。

三、性情行事

人物的性情行事最能表現人格。觀察人物的個性、情感、待人處事，其人格特質焉能隱藏？梅村常藉生活瑣事來刻劃其人的性情行事。所謂「觀人揖讓，不若觀人嬉戲」，此因日常生活無意之間常流露出人物的真實性格。例如〈哭志衍〉一詩云：

……解褐未赴官，歸來臥林壑。賓客益輻輳，聲華日照灼。生徒丐談論，文史供揚攉。貧賤諸故人，慰存餽衣藥。踽履修起居，小心見誠恪。重氣徇長者，往往捐囊槖。君家夙貴盛，朱門飾華梲。壘石開檻軒，張燈透簾幕。唱曲李延年，俳弄黃幡綽。舞席間毬場，池館花漠漠。兄弟四五人，會讌騰觚爵。鹽豉下魚羹，椒蘭糝臛臛。每具十人饌，中廚炊香稬。客從遠方來，咄嗟辦脾臄。昨夜已中酒，命飲仍大釂。而我過其家，性不勝杯杓。小戶不足糾，引滿狂笑噱。卷波喝遣輸，射覆猜須著。狎侮座上人，鬥捷貪諧謔。警速誰能酬，自喜看跳躍。堅坐聽其言，乃獨無差錯。親疏與長幼，語語存斟酌。性厭禮法儒，抱忌何齷齪。風儀甚瓌偉，衣冠偏落拓。有時不簺巾，散髮忘盥濯。中夜鬥歌呼，分曹縱蒲博。百萬一擲輸，放意長自若。絕叫忽成盧，眾手忽斂卻。男兒須作健，清談兼馬矟。犯雪披輕衫，笑予爾何弱。嘗登黃山顛，飛步臨峭崿。下有萬仞潭，徒侶愁失腳。搔首凌雲煙，翹足傲衡霍。顧予石城頭，橫覽浮大白。……追計平生歡，一一猶如昨。壁間所懸琴，

臨行彈別鶴。玉子文揪枰，尚記爭殘著，百架藏圖書，千金入卷握。刻意工丹青，雲山共綿邈。籠中白團扇，玉墜魚瀺灂。阿兄風流盡，萬事俱零落。……

吳志衍解褐在籍，賓客輻輳。「生徒丐談論」二句言其以文會友：「貧賤諸故人」二句見其慰存故人之情。「躡履修起居」四句寫其起居謹恪，且能急人患難，娓娓道來，倍感眞實。「君家夙貴盛，朱門飾華桷」到「絕叫忽成盧，眾手忽斂卻」言其家夙貴盛，其人又多才多藝，而且用意氣結客。「客從遠方來，咄嗟辦脾臄。昨夜已中酒，命飲仍大釂」，則其意氣可想。至於「引滿狂笑噱」、「射覆猜鬚著」二句及「狎侮座上人，鬥捷貪諧謔」到「堅坐聽其言，乃獨無差錯」數句，情態倏忽變化，聲貌畢見。又與「親疏與長幼，語語存斟酌」等句銜接，一放一斂，狂狷之態可想。「風儀甚瓌偉，衣冠偏落拓。有時不簪巾，散髮忘盥濯」狀其亢爽而不拘小節。「中夜鬥歌呼，分曹縱蒲博」到「絕叫忽成盧，眾手忽斂卻」數句寫博戲的情態或縱或擒，極具臨場感。由「壁間所懸琴，臨行彈別鶴」到「籠中白團扇，玉墜魚瀺灂」節奏趨於平緩。言風流已盡，豈能無零落之情？

〈志衍傳〉云：「嘗游黃山，凌躡險絕，同游者不能從焉。」詩自「嘗登黃山巓，飛步臨峭崿」到「搔首凌雲煙，翹足傲衡霍」三韻即言其事。其翹足峰巓，下臨萬仞，難怪「徒侶愁失腳」，其履險如夷的情態可掬。此詩由生活瑣事描寫吳志衍的性情，配合情態的刻劃，其形象活脫。《吳梅村全集》此詩末引袁枚評語：「序細碎事，陳酸嘶語，俊妙絕倫」，可謂精當。

再者，臨事之際常可知人性格。事後的聰明，事前的謀畫都不難，難在臨事時的態度。〈臨江參軍〉一詩藉楊廷麟書信道出盧象昇殉難前的種種：

……先是在軍中，我師已孔亟。剽略斬亂兵，掩面對之泣：我法爲三軍，汝實飢寒甚。諸營勢潰亡，群公意敦逼。公獨顧而笑，我死則塞責。老母隔山川，無繇寄悽惻。作書

> 與兒子，無復收吾骨。得歸或相見，且復慰家室。別我顧
> 無言，但云到順德，犄角竟無人，親軍惟數百。是夜所乘
> 馬，嘶鳴氣蕭瑟。椎鼓鼓聲哀，拔刀刀芒澀。公知爲我故，
> 悲歌壯心溢，當爲諸將軍，揮戈誓深入。日暮箭鏃盡，左
> 右刀鋋集。帳下勸之走，叱謂吾死國。

「剽略斬亂兵，掩面對之泣」，寫出盧象昇面臨情法衝突時的哀痛！而
其面臨諸營勢潰、群公逼戰之勢，「公獨顧而笑，我死則塞責」，可見
盧氏早已置死生於度外。「老母隔山川，無繇寄悽惻」六句道出忠孝不
能兩全的悽惻，古人云：「憐子何嘗非丈夫」，其壯烈成仁前的思親之
情，倍加動人。至於「別我顧無言，但云到順德」，即〈梅村詩話〉云：

> 已而中外異心，兵勢自餒，盧自謂必死，顧參軍書生，徒
> 共死無益，乃以計檄之去，機部不知也。

盧氏茹忍情緒來面對楊廷麟，只爲保全對方。「犄角竟無人，親軍惟
數百」以下言其孤軍抗敵，壯烈殉國。「椎鼓鼓聲哀，拔刀刀芒澀，
公知爲我故，悲歌壯心溢」及「帳下勸之走，叱謂吾死國」等句，言
其悲歌叱咄的神態，凜凜動人！

此外，梅村亦善寫兒女情，〈永和宮詞〉云：

> ……綠綈小字書成印，瓊函自署充華進。請罪長教聖主憐，
> 含辭欲得君王愔。君王內顧惜傾城，故劍還存敵體恩。手
> 詔玉人蒙詰問，自來階下拭啼痕。外家官拜金吾尉，平生
> 游俠多輕利。縛客因催博進錢，當筵便殺彈箏伎。班姬才
> 調左姬賢，霍氏驕奢竇氏專。涕泣微聞椒殿詔，笑譚豪奪
> 灞陵田。有司奏削將軍俸，貴人冷落宮車夢。永巷傳聞去
> 玩花，景和門裡誰陪從？天顏不懌侍人愁，后促黃門召共
> 游。初勸官家侔不應，玉車早到殿西頭。……

此詩先寫田妃承寵，好珍奇之薦，復與周后偶有失和。「綠綈小字書
成印，瓊函自署充華進」八句則寫崇禎眼見國事如棘，對田妃又愛又
愔。而田妃「自來階下拭啼痕」，其思外家，內心便有無限幽恨。「外
家官拜金吾尉」數句言其父田宏遇的驕奢專橫。「貴人冷落宮車夢」

言田妃因而被斥居冷宮，「永巷傳聞去玩花，景和門裡誰陪從？」是田妃冀幸之詞。「天顏不懌侍人愁，后促黃門召共游」，則是寫周后早看穿崇禎思妃之情。《明史》后妃列傳〈莊烈帝愍周皇后〉傳云：

> 妃（田妃）尋以過斥居啓祥宮，三日不召。一日，后侍帝於永和門看花，召妃，帝不應。后遽令以車迎之，乃相見如初。

「初勸官家佯不應，玉車早到殿西頭」即言此，真曲盡兒女之情，勝於傳文多矣。又如〈吳門遇劉雪舫〉則云：

> ……亡姑備宮掖，吾父天家婚，先皇在信邸，降禮如諸甥。長兄進徹侯，次兄拜將軍。先皇早失恃，寤寐求音形。太廟奉睿容，流涕朝群臣。新樂初受封，搢笏登王廷。至尊亦豐頤，一見驚公卿。……不比先后家，天語頻諄諄。獨見新樂朝，上意偏殷勤。愛其子弟謹，憂彼俸給貧。每開十三庫，手賜千黃金。長戈指北闕，鼙鼓來西秦。……鳴呼四海主，此際惟一身。彷彿萬歲山，先后轀輬迎。辛苦十七年，欲訴知何因。今纔識母面，同去朝諸陵。……

崇禎對其母家禮敬有加，多少是早年失恃，所以殷望有所補償。「彷彿萬歲山，先后轀輬迎」六句言母子之情，真摯動人。〈思陵長公主輓詩〉云：

> ……天道真蒙昧，君心顧慨慷。割慈全國體，處變重宗潢。胄子除華紱，家丞具急裝。敕須離禁闥，手爲換衣裳。社稷仇宜報，君親語勿忘。遇人嵩退讓，慎己舊行藏，國母摩笄刺，宮娥掩袂傷。他年標信史，同日見高皇。元主甘從殉，君王入未央。抽刀凌左閤，申脰就干將。嚏血彤闈地，橫尸紫籞汪。……

「胄子除華紱，家丞具急裝」八句曲寫流寇陷京時，崇禎遣命慈烺等皇子出宮。崇禎「手爲換衣裳」，且殷囑毋忘國仇。又令周后自裁，再揮劍砍長平公主。臨危的處置，可知崇禎寧爲玉碎的決斷個性。《明史》本紀〈莊烈帝〉傳贊稱崇禎「沈機獨斷」，對照此詩，信然。

　　至於變節降將如吳三桂、洪承疇等，爲清人驅遣，反噬故主，梅

村詩每痛加韃伐。〈圓圓曲〉云：

> 鼎湖當日棄人間，破敵收京下玉關。慟哭六軍俱縞素，衝
> 冠一怒爲紅顏。紅顏流落非吾戀，逆賊天亡自荒讌。電掃
> 黃巾定黑山，哭罷君親再相見。……

吳三桂因愛妾陳圓圓爲流寇劉宗敏所奪，憤而乞師於清人，葬送大明
江山。詩人云：「衝冠一怒爲紅顏」，直斥無隱。而「紅顏流落非吾戀，
逆賊天亡自荒讌」四句乃回護語，似乎是代其作辯解之詞，其實是諷
刺吳三桂心口不一的虛僞。京師危急時，崇禎曾急詔吳三桂回師，吳
三桂爲保全實力，遷延誤事。此刻說他「電掃黃巾定黑山」不是極諷
刺嗎？又如〈松山哀〉寫明末松山戰役，洪承疇被俘投降，此事在崇
禎十五年二月。梅村寫作此詩則在順治十二年，時洪承疇任五省經
略，視師長沙，統籌伐明事宜。此詩云：

> ……豈無遭際異，變化須臾間，出身憂勞致將相，征蠻建
> 節重登壇。還憶往時舊部曲，喟然歎息摧心肝。……

「出身憂勞致將相，征蠻建節重登壇」諷刺其變節；用「重」字，致
諷深矣。松山一役，明軍死者無算，故詩云：「十三萬兵同日死，渾
河流血增奔湍」，洪承疇能不歎息心傷？爲何又反行其道？可見其內
心與行事不一，誅責其心，使其無可迴避。然而板蕩識忠臣，梅村〈東
萊行〉（原註：爲姜如農、如須兄弟作也）云：

> ……侍中叩閤數彊諫，上書對仗彈平津。天顏不懌要人怒，
> 衛尉捉頭捽下殿。中旨傳呼赤棒來，血裹朝衫路人看。愛
> 弟棄官相追從，避兵盡室來江東。本爲逐臣溝壑裡，卻因
> 奉母亂離中。三年流落江湖夢，茂陵荒草西風慟。頭顱雖
> 在故人憐，髀肉猶爲舊君痛。

國亡後，姜垛奉母於浙江，故詩云：「本爲逐臣溝壑裡，卻因奉母亂
離中」，「髀肉猶爲舊君痛」則是寫悲思故主之情，痛入髀肉，豈僅是
痛辱而已？意象前後呼應，含蘊深矣。又如〈思陵長公主輓詩〉云：

> ……嚏血彤闈地，橫尸紫籞汪。絕吭甦又咽，瞑睫倦微揚。
> 裹縛移私第，霑胸進勺漿。誓肌封斷骨，茹戚吮殘創。死

> 早隨諸妹，生猶望二王。股肱羞魏相，肺腑恨周昌。賊遁
> 仍函谷，兵來豈建康。……

《明史》魏藻德傳，言其崇禎十五年入閣輔政，一無建白，但倡議令百官捐助而已。流寇陷京師，魏藻德輸萬金，賊以爲少，酷刑五日夜，腦裂而死。周奎爲周后之父，崇禎十七年，加封嘉定侯。《明史》其傳云：

> 李自成逼京師，帝遣內侍徐高密諭周奎倡勛戚輸餉，奎堅
> 謝無有。高憤泣曰：「后父如此，國事去矣。」奎不得已奏
> 捐萬金，且乞皇后爲助。

城陷後，慈烺等皇子避難其府，周奎竟拒予扶護，此二人誤國甚矣。股肱之臣、肺腑之親如此，難怪長平公主茹戚吮創之餘，對此二人羞恨不已，痛入股肱肺腑。「誓肌封斷骨」二句及「股肱羞魏相」二句，意象雙關，情致感人。

四、對話獨白

　　對話獨白是小說、戲劇刻劃人物慣用的手法，梅村詩中的對話獨白，多半是作者意中語，藉著人物的口吻來抒發，能夠表現人物個性、特色的並不多。此因詩與小說、戲劇等代言體固不相同。儘管如此，梅村詩中人物的情語仍有沁人心脾者，例如〈臨江參軍〉記楊廷麟書信語：

> 唯說尚書賢，與語材挺特。次見諸大帥，驕懦固無匹。逗
> 撓失事機，倏忽不相及。變計趣之去，直云戰不得。成敗
> 不可知，死生余所執。

書中讚譽盧象昇，痛憤諸帥驕懦。「成敗不可知，死生余所執」，言楊氏誓與盧氏同存亡。〈讀楊參軍悲鉅鹿詩〉記楊廷麟離去後，盧氏的心情：

> 尚書贈策送君去，滹沱之水東西流，自言我留當盡敵，不
> 爾先登死亦得。眼前戎馬飽金繒，異日諸生尋刀筆。君行
> 六日尚書死，獨渡漳河淚不止。身雖淪落負知交，天爲孤
> 忠留信史。〔註2〕

〔註2〕「異日諸生尋刀筆」一句，朱士稚、魏耕、錢纘曾輯《吳越詩選》

「自言我留當盡敵」四言，言盧氏誓死抗辭，以求無愧於君恩，無懼於朝議。而事後廷麟上書言其死狀，仗義直言，亦不負知交。

又如〈雁門尚書行并序〉作於順治十二年，追述崇禎十五年孫傳庭兵敗潼關，壯烈殉國的事蹟。詩序云：

> 雁門尚書行，為大司馬白谷孫公作也。公代州人，地故雁門郡。長身伉爽，才武絕人。其用秦兵也，將憑巖關為持久，且固將吏心，秦士大夫弗善也，累檄趣之戰，不得已始出。天淫雨，糧糒不繼，師大潰，潼關陷，獨身橫刀衝賊陣以沒，從騎俱散，不能得其屍。公之出也，自念必死，顧語張夫人，夫人曰：「丈夫報國耳！無憂我。」西安破，率二女六妾沉于井，揮其八歲兒以去。……

其詩則云：

> 雁門尚書受專征，登壇顧盼三軍驚。身長八尺左右射，坐上咄咤風雲生。家居絕塞愛死士，一日費盡千黃金。讀書致身取將相，關西鼠子方縱橫。長安城頭揮羽扇，臥甲韜弓不忘戰。持重能收壯士心，沉機好待兇徒變。忽傳使者上都來，夜半星馳馬流汗。覆轍寧堪似往年，催軍還用松山箭。尚書得詔初沉吟，蹶起橫刀忽長歎。我今不死非英雄，古來得失誰由算？……

詩開頭寫其外形、領軍，刻劃其「長身伉爽，才武絕人」。後因秦人累檄趨戰而出師，「尚書得詔初沈吟，蹶起橫刀忽長歎」四句言橫刀蹶起，臨戰而歎，雖自念必死，猶不違君命的忠貞，與詩序中其妻的安慰語，同樣動人。

又如〈贈范司馬質公偕錢職方大鶴〉云：

> ……殿中錢郎最年少，輕裘長鋏秦淮道。朝服常薰女史香，

作「異日諸公弄刀筆」，見《吳梅村全集》校文。後者意義，較前者顯明，且寓有諷意。據《吳梅村年譜》順治九年註 9 所云：魏耕、錢纘曾均卒於康熙二年，故是書輯成必在此年之前。四十卷本《梅村集》則編成於康熙七年。可見《吳梅村全集》所錄已經修改，梅村豈因忌諱而改動嗎？

從戎好側參軍帽。兩人置酒登新亭，惆悵中原未釋兵。盡
道石城開北府，何如漢水任南征。錢郎意氣酣杯酒，不憂
賊來憂賊走。鼓吹先移幕府山，戈船早斷濡須口。……

錢位坤，號大鶴。與梅村同年進士。其子鏡徵，為梅村之婿。崇禎十四
年，梅村任南京國子監司業，錢位坤官職方。時張獻忠破襄陽，進逼皖
楚，錢大鶴經營設防以備，梅村詩即追憶此事。〔註3〕「朝服常薰女史
香，從戎好側參軍帽」其言領軍之從容瀟灑。「兩人置酒登新亭」二句
言范景文、錢大鶴二人。「盡道石城開北府，何如漢水任南征」，則二人
認為固守不如進攻。而「不憂賊來憂賊走」以錢氏的豪語刻劃其個性。

　　此外，如〈閬州行〉一詩贈楊爾緒。其妻劉氏遭逢蜀亂，夫妻睽
隔十餘年始重逢於京口。詩先寫楊氏初別蜀時，其妻劉氏云：

　　……若自為尊章，豈得顧妻子？分攜各努力，妾當為君死。
　　淒淒復切切，苦語不能答。好寄武昌書，莫買秦淮妾。……

以劉氏言語刻劃其堅貞相夫之德行，「好寄武昌書，莫買秦淮妾」二
語極具個性。蜀亂後，楊氏輾轉得到其妻氏的音訊：

　　……客有自秦關，傳言且悲喜。來時聞君婦，貞心視江水。
　　江水流不極，猿聲哀豈聞。將書封斷指，血淚染羅裙。

楊氏妻書封斷指，見其峻節，故其「貞心視江水」的誓語力量多大！
夫妻重逢，劉氏云：

　　……拭眼問舅姑，雲山復何處？淚盡日南天，死生不相遇。
　　汝有親弟兄，提攜思共濟。姊妹四五人，扶持結衣袂。懷
　　裡孤雛癡，啼呼不知避。失散倉皇間，骨肉都拋棄。悠悠
　　彼蒼天，於人抑何酷！……

誠如靳榮藩《吳詩集覽》云：

　　先舅姑，次兄弟，次姊妹，次孤雛，立言有體。

〔註3〕《吳梅村全集》卷五十三〈祭錢大鶴文〉云：憶昔南都，子官職方，
　　　受知樞密，經營設防。雞籠雀桁，屯營晡晚，皖口祲氛，壯思涌屬。
　　　爰跨駿騎，赤鞍銀刀，沿江上下，君實人豪。文雅從容，好整以暇，
　　　帳後清歌，石城子夜。燈毬簫鼓，百戲雜陳，樓船桃葉，飄瞥若神。……
　　　所言者即篇中引文之事，可以互相參看。

劉氏立言有體，更見其堅貞。又如〈聽女道士卞玉京彈琴歌〉云：

> ……我向花間拂素琴，一彈三歎為傷心。暗將別鵠離鸞引，寫入悲風怨雨吟。昨夜城頭吹觱篥，教坊也被傳呼急。碧玉班中怕點留，樂營門外盧家泣。私更裝束出江邊，恰遇丹陽下渚船。翦就黃絁貪入道，攜來綠綺訴嬋娟。此地縣來盛歌舞，子弟三班十番鼓。月明絃索更無聲，山塘寂寞遭兵苦。十年同伴兩三人，沙董朱顏盡黃土。貴戚深閨陌上塵，吾輩漂零何足數！

此卞玉京自述遭難漂零之事。〈過錦樹林玉京道人墓并傳〉一詩前的小傳云：

> ……踰數月，玉京忽至，有婢曰柔柔者隨之，嘗著黃衣作道人裝，呼柔柔取所攜琴來，為生鼓一再行，泫然曰：「吾在秦淮，見中山故第有女絕世，名在南內選擇中，未入宮而亂作，軍府以一鞭驅之去。吾儕淪落，分也，又復誰怨乎？」坐客皆為出涕。……

詩云：「十月同伴兩三人，沙董朱顏盡黃土。貴戚深閨陌上塵，吾輩漂零何足數！」即言此。而由卞玉京自述遭遇之語，更見其警慧的個性和淪落的悲情。

至於官吏的貪橫，從百姓感歎欷歔中道來，如〈直溪吏〉：

> ……穿漏四五間，中已無窗几。屋梁紀月日，仰視殊自恥。昔也三年成，今也一朝毀。貽我風雨愁，飽汝歌呼喜。官逋依舊在，府帖重追起。旁人共欷歔，感歎良有以：「東家瓦漸稀，西舍墻半圮。生涯分應盡，遲速總一理，居者今何棲，去者將安徙。明歲留空村，極目惟流水。」

此言官吏誅求逋欠、殘民破家，以直溪人的痛憤感歎之語道出。又如〈短歌〉云：

> 王郎頭白何所為？罷官嶺表歸何遲。衣囊已遭盜賊笑，襆被尚少親朋知。我書與君堪太息，不如長作五羊客。君言垂老命如絲，縱不歸人且歸骨。入門別懷未及話，石壕夜半呼倉卒。……

順治十八年，王瑞國自廣東增城令罷官歸來，即因捲入奏銷案而幾至破家。「衣囊已遭盜賊笑」二句言其歸程之苦與罷官後的孤貧。「我書與君堪太息」二句，梅村言故鄉不易居，不如遠宦他鄉；「君言垂老命如絲」二句，王瑞國言客死他鄉還不如歸家。友朋憐慰之語未完，官吏已上門述索逋欠，時世之艱難可知。又如〈高涼司馬行〉（原註：贈孫孝若）云：

> ……此去雖持合浦珠，炎州何處沽佳醞？君言萬事隨雙屐，浮蹤豈必嗟行役。婚嫁粗完身計空，掉頭且作天涯客。江南賦稅愁連天，笑余賣盡江南田；京華權貴書盈寸，笑余不作京華信。平生聲伎羅滿前，襆被獨上孤蓬船。……

孫魯，字孝若，唐熙五年春往赴高州府同知任，梅村贈以此詩。高州即古高涼地，在嶺南。故梅村殷殷問道：「此去雖持合浦珠，炎州何處沽佳醞？」孝若回答：「江南賦稅愁連天，笑余賣盡江南田；京華權貴書盈寸，笑余不作京華信」。其辛酸無奈的笑語中傲骨畢見。

由以上諸例，梅村詩中對話獨白的動人，可見一般。

五、映襯烘托

關於映襯一詞的概念，黃慶萱《修辭學》頁 287 如此界定：

> 在語文中，把兩種不同的，特別是相反的觀念或事實，對列起來，兩相比較，從而使語氣增強，使意義明顯的修辭方法，叫做「映襯」。

兩種相反的觀念或事實，互相對列，加以比較，其實是「對比」，但彼此互襯，故仍統歸於映襯。此書頁 292 言「對襯」云：

> 對兩種不同的人、事、物，用兩種不同的觀點加以形容描寫的，叫作「對襯」。

這是兩種人、事、物對比之下的映襯作用。

另一種情況是同一類的人物，用相同或相近似的觀點來描寫，例如刻劃雙胞胎兄弟在相貌、行事各方面的相似點，此筆法黃氏則未論及，此宜稱為「正襯」。「正」指二者相近似，非關道德上的是非。

　　以上的界定只限於人物彼此間的映襯作用，至於以人、事、物構成的處境或情景來映襯人物個性者，統歸於「情境烘托」。以下試以「對襯」、「正襯」、「情境烘托」三點來分析。

（一）對　襯

　　梅村詩中用對襯來刻劃主角個性者，如〈殿上行〉：

> 殿上雲旗天半出，夾陛無聲手攀直。有旨傳呼召集賢，左右公卿少顏色。公卿縮來畏廷議，上殿叩頭輒心悸。吾丘發策詘平津，未斥齊人漸汲尉。……先生翻然氣填臆，口讀彈文叱安石。期門將軍鬚戟張，側足聞之退股栗。……

此以千人之唯唯對襯一士之諤諤；以權臣之忌殫襯托忠臣的折檻之風。強烈對比，以刻劃黃道周正直敢言，拾遺指佞之人格，又如〈臨江參軍〉云：

> 臨江鬚參軍，負性何貞栗。上書請賜對，高語爭得失。左右爲流汗，天子知質直。公卿有闕遺，廣坐憂指摘。……天子欲用人，何必歷顯職。所恨持祿流，垂頭氣默塞。主上憂山東，無能恃緩急。投身感至性，不敢量臣力。〔註4〕

此描寫楊廷麟好直諫，以天子、朝臣的反應，公卿的畏殫來映襯。廷麟一介書生，卻參贊軍事，乃感於「所恨持祿流，垂頭氣默塞」，「主上憂山東，無能恃緩急」。由天子憂國，而群臣諾諾，更可看出廷麟勇於任事之性格。其筆法與〈殿上行〉有異曲同工之妙。

　　運用對襯，配角著墨不宜太詳，以免喧賓奪主。因此不是簡筆勾勒，便是夸飾其特色。簡筆勾勒者如〈吳門遇劉雪舫〉云：

> ……兩宮方貴重，通籍長安門。周侯累纖微，鄙哉無令名。田氏起輕俠，賓客多縱橫。不比先后家，天語頻諄諄。獨

〔註4〕《吳梅村全集》校文云「天子欲用人，何必歷顯職」之下，康熙二十七年孫鋐輯《皇清詩選》尚有「顧君諫爭姿，豈意請對敵」二句，當是定稿時刪去。又《全集》卷一所錄與〈梅村詩話〉相較，後者無「所恨持祿流，垂頭氣默塞」六句，此當時定稿時所加。此六句以對襯筆法刻劃廷麟的個性，相較之下，實勝於初稿。

見新樂朝，上意偏殷勤。……

新樂忠恪侯劉文炳乃崇禎舅家子弟，在外戚中以賢能著稱。此處以簡筆批評周奎和田弘遇二人，以對襯劉文炳。又如〈贈陸生〉一詩云：

> ……京華浪跡非長計，賣藥求名總游戲。習俗誰容我棄捐，才名苦受人招致。古來權要嗜奔走，巧借高賢謝多口。古來貧賤難自持，一餐誤喪生平守。陸生落落眞吾流，行年五十今何求？好將輕俠藏亡命，恥把文章謁貴游。

此詩贈陸慶曾。丁酉順治十四年科場案，陸氏被誣指賄買科名而遭遣邊地。孟森《明清史論著集刊》頁397引《痛史‧丁酉北闈大獄紀略》云：

> ……當是時，太宰方詫爲得情，不意二十五關節中，首爲陸慶曾，係二十年名宿，且曾藥癒振鄴，借中式以酬醫，而非入賄者，亦即逮入，不少恕。……

李振鄴即當時順天闈的考試官，因此案遭到極刑。梅村認爲陸氏賣藥營生，本不在求名，不幸因而招禍。「古來權要嗜奔走，巧借高賢謝多口」四句，以權要、貧士的奔走攀附對襯陸生的磊落。

至於〈避難六首〉其三則夸寫次要人物情態的特色：

> 驟得江頭信，龍關已不守。鯀來嗤早計，此日盡狂走。老稚爭渡頭，篙師露兩肘。屢喚不肯開，得錢且沽酒。予也倉皇歸，一時攜百口。兩槳速若飛，扁舟戢來久。路近忽又遲，依稀認楊柳。居人望帆立，入門但需帚。依然具盤餐，相依賴親友。卻話來途中，所見俱八九。失散追尋間，啼呼挽兩手。屢休又急步，獨行是衰朽。村女亦何心，插花尚盈首。

「老稚爭渡頭，篙師露兩肘。屢喚不肯開，得錢且沽酒。」及「村女亦何心，插花尚盈首。」均用簡筆，以篙師、村女的閒態來映襯避難者的倉皇。

此外，梅村贈人諸詩，常藉其人的遭遇來諷刺時世。例如〈贈穆大苑先〉云：

> ……丈夫落落誇徒步，芒鞋踏遍天涯路。中原極目滿蓬蒿，

　　海內於今信多故。萬事無如散誕游，一官必受羈棲誤。傷
　　心憔悴朗陵侯，征蹄奔命無朝暮。身親芻秣養驊騮，供頓
　　三軍尚嗔怒。赤日黃埃伏道旁，鞭梢拂面將誰訴？故舊窮
　　途識苦辛，掉頭舉世寧相顧。……

吳純祜官汝寧確山時，穆苑先千里徇友而往助之。「身親芻秣養驊騮，
供頓三軍尚嗔怒。」四句寫清軍之橫暴，連官吏都不免受辱，何況百
姓？此處反主為客，以吳純祜的遭遇來襯寫軍隊之橫暴。

　　又如〈哭志衍〉一詩的對襯筆法，如「而我過其家，性不勝杯杓。
小戶不足糾，引滿狂笑噱」。由梅村不善飲，來對襯志衍的海量。「男
兒須作健，清談兼馬矟。犯雪披輕衫，笑予爾何弱」。以己之體弱映
襯志衍之健武。「下有萬仞潭，徒侶愁失腳」四句，則以徒侶之恐懼
對襯出志衍履險如夷。

　　又如〈遇南廂園叟感賦八十韻〉云：
　　……大軍從北來，百姓閧驚惶。下令將入城，傳箭需民房。
　　里正持府帖，僉在御賜廊。插旗大道邊，驅遣誰敢當。但
　　求骨肉完，其敢攜筐箱。扶持雜幼稚，失散呼耶孃。…

南京城陷，清軍驅遣百姓之暴行，由骨肉離散、筐箱散落處可知。相
似者如〈題蘇門高士圖贈孫徵君鍾元〉
　　……一朝鐵騎城南呼，長刀歌背將人驅。里中大姓高門閭，
　　鞭笞不得留須臾。叩頭莫敢爭膏腴，乞為佃隸租請輸。牽
　　爺擔子立兩衢，問言不答但欷歔。……

清兵憑恃武力，圈地奪田。由地主叩頭乞求，父子嗚聲欷歔中，襯寫
其殘暴之甚。

　　此外，人物之間無分主從，彼此對襯者，如〈圓圓曲〉藉描寫吳
三桂、陳圓圓的愛情，指斥吳三桂降清喪國的罪行。詩云：
　　……傳來消息滿江鄉，烏柏紅經十度霜。教曲妓師憐尚在，
　　浣紗女伴憶同行。舊巢共是啣泥燕，飛上枝頭變鳳凰。長
　　向尊前悲老大，有人夫婿擅侯王。當時祇受聲名累，貴戚
　　名豪競延致。一斛明珠萬斛愁，關山漂泊腰支細。錯怨狂

風颭落花，無邊春色來天地。嘗聞傾國與傾城，翻使周郎
受重名。妻子豈應關大計，英雄無奈是多情。全家白骨成
灰土，一代紅妝照汗青。……

此詩當作於順治八年吳三桂自漢中移師蜀地之前。此處以陳圓圓舊日
妓師、女伴的稱羨，襯寫其聲名。「當時祇受聲名累，貴戚名豪競延
致」以下，則聲名的牽累與可貴，均非陳圓圓所能預料。當年被貴戚
劫至京師時的心境是「此際豈知非薄命，此時只有淚沾衣」。不言掠
奪，說是「延致」，反語致諷。此一薄命女子的際遇豈能自主？「嘗
聞傾國與傾城，翻使周郎受重名」以下，極力稱揚陳圓圓，正是貶抑
吳三桂，用對襯手法。將吳三桂和三國周瑜相比，稱爲「英雄」，比
的不倫不類，深致譏諷。不言陳圓圓無奈的遭遇，反言吳三桂「無奈
是多情」，好似爲吳三桂開脫，骨子裡貶之更甚。「全家白骨成灰土，
一代紅妝照汗青」，故國及家人化成灰土，豈「無奈是多情」一語就
能脫罪？吳三桂千秋臭名，將映照一代紅妝矣。

此詩應與〈雜感二十一首〉其十八，〈即事十首〉其十、〈滇池鐃
吹四首〉等合看。〈雜感二十一首〉其十八云：

武安席上見雙鬟，血淚青娥陷賊還。只爲君親來故國，不
因女子下雄關。取兵遼海哥舒翰，得婦江南謝阿蠻。快馬
健兒無限恨，天教紅粉定燕山。

〈即事十首〉其十云：

巴山千丈擘雲根，節使征西入劍門。蜀相軍營猶石壁，漢
高原廟自江村。（原註：駐兵南鄭，分閫閬州，兩地皆有高
祖廟。）全家故國空從難，異姓眞王獨拜恩。回首十年成
敗事，笛聲哀怨起黃昏。

〈即事十首〉其十作於吳三桂移鎮劍門時，與〈圓圓曲〉約同時作，
「全家故國空從難，異姓眞王獨拜恩」上下二句對比致諷。以及〈雜
感二十一首〉其十八云：「只爲君親來故國，不因女子下雄關」對比
「快馬健兒無限恨，天教紅粉定燕山」二句，均諷刺吳三桂的虛假，
和〈圓圓曲〉同一筆調。

順治十四年，梅村作〈礬清湖并序〉一詩云：

> ……或云江州下，不比揚州屠。早晚安集掾，鞍馬來南都。
> 或云移民房，挿箭下嚴符。橐橐歸他人，婦女充軍俘。里
> 老獨晏然，催辦今年租。饁耕看賽社，釃飲聽呼盧。軍馬
> 總不來，里巷相爲娛。而我游其間，坦腹行徐徐。見人盡
> 恭敬，不識誰賢愚。……

此詩追憶順治二年乙酉五月聞亂，攜家百口避難礬清湖吳青房兄弟
家。事隔十餘年，與吳青房相遇，二人均有窮愁滄桑之感。以「或云
江州下，不比揚州屠。早晚安集掾，鞍馬來南都。或云移民房，挿箭
下嚴符。橐橐歸他人，婦女充軍俘」等傳言，刻劃內心忐忑不安。然
而「里老獨晏然，催辦今年租」以下，以里人晏安之情來對襯。於是
自「而我游其間，坦腹行徐徐」四句，梅村亦同於流俗矣。此即詩云：
「是故姑蘇送款，兵至不勦一人，消息流傳，緩急互異，湖中煙火晏
然」等語。妙以人物的情態對襯，形象鮮明。由以上諸例，其詩中的
對襯筆法可見一般。

（二）正　襯

古人云：「同聲相應，同調相求」。古來君臣、夫妻乃至長官下屬
之間，佳話甚多。以正襯筆法來描寫者如〈雁門尚書行并序〉一詩，
褒揚孫傳庭一門忠烈，兼及同日殉難的參軍喬元柱。詩末云：

> ……嗚呼！材官鐵騎看如雲，不降即走徒紛紛。尚書養士
> 三十載，一時同死何無人？至今惟説喬參軍！

附於驥尾，與孫氏同垂不朽，乃正襯筆法。又妙以逃兵降將來對襯之。

相同的筆法又見〈聽女道士卞玉京彈琴歌〉云：

> ……中山有女嬌無雙，清眸皓齒垂明璫。曾因內宴直歌舞，
> 坐中瞥見塗鵝黃。問年十六尚未嫁，知音識曲彈清商。歸
> 來女伴洗紅妝，枉將絕技矜平康，如此纏足當侯王。……

中山侯徐氏女的色藝，讓歌妓自歎弗如，此用正襯筆法。其實詩人語帶
同情，與人同哭同歌，其詩多有正襯之筆。例如〈楚兩生行并序〉云：

> 蔡州蘇崑生、維揚柳敬亭，其地皆楚分也，而又客於楚。左寧

南駐武昌，柳以談、蘇以歌爲幸舍重客。寧南沒於九江舟中，
百萬眾皆奔潰。柳已先期東下。蘇生痛哭，削髮入九華山，久
之出從武林汪然明；然明亡，之吳中。吳中以善歌名海內，然
不過嘽緩柔曼爲新聲，蘇生則於陰陽抗墜，分刌比度，如崑刀
之切玉，叩之粟然，非時世所工也。嘗遇虎丘廣場大集，生睨
其旁，笑曰：某郎以某字不合律。有識之者曰：彼儈楚乃竊言
是非。思有以挫之，間請一發聲，不覺屈服。顧少年耳剽日久，
終不肯輕自貶下，就蘇生問所長。生亦落落難合，到海濱，寓
吾里。蕭寺風雪中，以余與柳生有雅故，爲立小傳，援之以請
曰：吾浪跡三十年，爲通侯所知，今失路憔悴而來過此，惟願
公一言，與柳生並傳足矣。柳生近客於雲間帥，識其必敗，苦
無以自脫，浮湛教弄，在軍政一無所關，其禍也幸以免。蘇生
將渡江，余作楚兩生行送之，以之寓柳生，俾知余與蘇生游，
且爲柳生危之也。

黃鵠磯頭楚兩生，征南上客擅縱橫。將軍已沒時世換，絕
調空隨流水聲。一生挂頰高談妙，君卿唇舌淳于笑。痛哭
長因感舊恩，談嘲尚足陪年少。途窮重走伏波軍，短衣縛
袴非吾好。抵掌聊分幕府金，褰裳自把江村釣。一生嚼徵
與含商，笑殺江南古調亡。洗出元音傾老輩，疊成妍唱待
君王。一絲縈曳珠盤轉，半黍分明玉尺量，最是大堤西去
曲，累人腸斷杜當陽。憶昔將軍正全盛，江樓高會誇名勝。
生來索酒便長歌，中天明月軍聲靜。將軍聽罷據胡床，撫
髀百戰今衰病。一朝身死豎降旛，貔貅散盡無橫陣。祁連
高琢泣西風，射堂賓客嗟蓬鬢。羈棲孤館伴斜曛，野哭天
邊幾處聞。草滿猶尋江令宅，花開閒弔杜秋墳。鵾絃屢換
尊前舞，鼉鼓誰開江上軍。楚客祗憐歸未得，吳兒肯道不
如君。我念邗江頭白叟，滑稽幸免君知否？失路徒貽妻子
憂，脫身莫落諸侯手。坎壈繇來爲盛名，見君寥落思君友。
老去年來消息稀，寄爾新詩同一首。隱語藏名代客嘲，姑
蘇臺畔東風柳。〔註5〕

〔註5〕「疊成妍唱待君王」一句，顧有孝、趙澐輯《江左三大家詩鈔》及
徐釚輯本《續本事詩》「君王」二字均作「侯王」，於蘇崑生際遇較
合。然「君王」二字含義更深，今仍用「君王」二字。

柳敬亭說書談笑，與世俯仰；蘇崑生以善歌名世，笑睨時世。二人同受左良玉器重，思及舊恩，能不痛哭斷腸嗎？「洗出元音傾老輩，疊成妍唱待君王」此君王諸侯的知遇之恩，何止二人，梅村何嘗不然？

「將軍聽罷據胡床，撫髀百戰今衰病」四句，諷刺左良玉子左夢庚不戰而降清。「祁連高塚」指良玉身後；「射堂賓客」則指柳蘇二人。而「羈棲孤館伴斜曛，野哭天邊幾處聞」寫日暮途窮，遺民野哭，何嘗獨指二人？「楚客祇憐歸未得，吳兒肯道不如君？」四句，道出飄零不遇，滑稽混世的悲哀，梅村心有同感。「失路徒貽妻子憂，脫身莫落諸侯手」四句言失路坎壈於盛名中，不也正是作者的寫照？末云：「隱語藏名代客嘲，姑蘇臺畔東風柳」暗指柳生。然藏名不早，爲世指目之苦，梅村早遍嘗矣，所謂同歌同哭者在此。代客作嘲，又無非自嘲。此遺民之心事，又見〈東萊行〉（原註：爲姜如農、如須兄弟作也）云：

> 漢皇策士天人畢，二月東巡臨碣石。獻賦凌雲魯兩生，家近蓬萊看日出。仲孺召入明光宮，補過拾遺稱侍中。叔子輶軒四方使，一門二妙傾山東。同時里人官侍從，左徒宋玉君王重。就中最數司空賢，三十孤卿需大用。君家兄弟俱承恩，感時危涕長安門。侍中叩閣數彊諫，上書對仗彈平津。天顏不憚要人怨，衛尉捉頭捽下殿。中旨傳呼赤棒來，血裹朝衫路人看。愛弟棄官相追從，避兵盡室來江東。本爲逐臣溝壑裡，卻因奉母亂離中。三年流落江湖夢，茂陵荒草西風慟。頭顱雖在故人憐，髀肉猶爲舊君痛。我來扶杖過山頭，把酒論文遇子由。異地客愁君更遠，中原同調幾人留？司空平昔耽佳句，千首詩成罷官去。戰鼓東來白骨寒，二勞山月魂何處？左氏勳名照汗青，過江忠孝數中丞，孺卿也向龍沙死，柴市何人哭子卿？只君兄弟天涯客，漂零尚是煙霜隔。思歸詩寄廣陵潮，憶弟書來虎丘石。回首風塵涕淚流，故鄉蕭瑟海天秋。田橫島在魚龍冷，欒大城荒草木愁。當日竹宮從萬騎，祀日歌風何意氣。斷碑年月記乾封，柏梁侍從誰承制？魯連蹈海非求名，鴟夷一

　　　舸寧逃生？丈夫淪落有時命，豈復悠悠行路心。我亦滄浪
　　　釣船繫，明日隨君買山住。

以漢武東巡、魯生獻賦來比擬崇禎當文重賢，而姜氏兄弟俱承皇恩。
「左徒宋玉君王重」一句以宋玉借指宋玫，以二人文才際遇相似。左
徒指左懋第，比擬如屈原，蓋二者憂國死國之情操相同。其中宋玫曾
任工部右侍郎，其職似古代司空一官，故有「就中最數司空賢」二句。

　　　「君家兄弟俱承恩，感時危涕長安門」以下，姜垛因直諫而遭天
威痛辱，鼎革後奉母江南，流落之際，未曾忘恩。「髀肉猶爲舊君痛」
則言遺臣之痛，痛入髀肉。

　　　「我來扶杖過山頭，把酒論文遇子由」四句，寫梅村與姜垛久別
重遇，引爲同調。「司空平昔耽佳句，千首詩成罷官去」六句，前四
句寫宋玫死於崇禎十六年清兵陷萊陽時；後二句則指順治元年七月弘
光帝命左懋第北上與清人議合，清人脅降左氏不成，繼而殺之。梅村
比之蘇武持節使胡，隱諷清朝。

　　　「只君兄弟天涯客，漂零尙是煙霜隔」以下寫遺民亡國之悲、失
路之痛。襯托故人忠烈之志節，寄託良深。「漂零尙是煙霜隔」、「回
首風塵涕淚流」、「故鄉蕭瑟海天秋」等句回首時世戰亂頻仍，不禁流
涕縱橫。「田橫島在魚龍冷」更渲染蕭瑟氣氛，暗寓萊陽諸友或殉國、
或漂零。以田橫及其客殺身殉主的典故，襃揚故友的忠烈，反襯出內
心的愧怍。〔註6〕

　　　「當日竹宮從萬騎，祀日歌風何意氣。」四句言姜氏兄弟追思舊
恩，其實梅村亦有同感。「魯連蹈海非求名，鴟夷一舸寧逃生？」二
句，上句以魯仲連義不帝秦，否則寧蹈海而亡的典故，暗諷清室。下
句以范蠡浮桴於江湖自比。梅村與左、宋等人死生雖已異路，惟以遺

〔註6〕《吳梅村全集》卷五〈與友人談遺事〉一詩云：曾侍驪山清道塵，
　　　六師講武小平津。雲旂大纛星辰動，天策中權虎豹陳。一自羽書飛
　　　紫塞，長教鉦鼓恨黃巾。孤臣流涕青門外，徒使田橫客笑人。末二
　　　句用田橫典故，言徒然流涕，內心有愧於殉國的故友。

民自矢,方無愧青史,用正襯筆法。末又云:「我亦滄浪釣船繫,明日隨君買山住。」重言其志。

〈東萊行〉全篇用正襯筆去,間有對襯。忠臣之死節、遺民之悲痛,刻劃深矣。此筆法又見〈哭志衍〉

> 予始年十四,與君蚤同學。君獨許我文,謂侔古人作。長揖謝時輩,自比管與樂,彊記矜絕倫,讀書取大略。家世攻春秋,訓詁苦穿鑿。君撮諸家長,弗受專門縛。即子之太公,亦未相然諾。高譚群兒驚,健筆小儒怍。長途馭二龍,崇霄翔一鶚。遂使天下士,咸奉吾徒約。詞場忝兩吳,相與爲犄角。煌煌張夫子,斯文紹濂洛。五經叩鐘鏞,百家垂矩矱。海內走其門,鞍馬塡城郭。雲間數陳夏,餘子多磊落。反騷擬三湘,作賦誇五柞。君也游其間,才大資磨斲。詩篇口自哦,書記手頻削。冠蓋傾東南,虛懷事酬酢。射策長安城,驄馬黃金絡。年少交公卿,才智森噴薄。……

首言二人同學,少年英發。次言志衍志向、性格、家世。「高譚群兒驚,健筆小儒怍」二語反襯其才高筆健。「遂使天下士,咸奉吾徒約」四句言二人早得科名,嶄露頭角,用正襯筆法。「煌煌張夫子,斯文紹濂洛」以下言復社、幾社之人才濟濟。「君也游其間,才大資磨斲」至「年少交公卿,才智森噴薄」,則志衍廁身其中,才冠諸子。以眾人襯托其才華之高,用正襯筆法。

此外,如前面「神態舉止」一節引〈王郎曲〉詩,「君不見康崑崙、黃幡綽,承恩白首華清閣」以下,慨歎王郎的遭遇,何嘗非自悼之詞?亦爲正襯佳例。

(三)情境烘托

情境烘托指運用人、事、物構成的處境或情景,以烘托人物的個性。

梅村詩中有此筆法者,如〈圓圓曲〉云:

> ……相約恩深相見難,一朝蟻賊滿長安。可憐思婦樓頭柳,

認作天邊粉絮看。遍索綠珠圍內第，強呼絳樹出雕欄。若非壯士全師勝，爭得娥眉匹馬還。娥眉馬上傳呼進，雲鬟不整驚魂定。蠟炬迎來在戰場，啼妝滿面殘紅印。專征簫鼓向秦川，金牛道上車千乘。斜谷雲深起畫樓，散關月落開妝鏡。……

「相約恩深相見難，一朝蟻賊滿長安」至「遍索綠珠圍內第，強呼絳樹出雕欄」言流寇陷京後劉宗敏強佔陳圓圓。「可憐思婦樓頭柳，認作天邊粉絮看」，寫吳三桂、陳圓圓的愛情，沁人心脾。「若非壯士全師勝，爭得娥眉匹馬還」至「斜谷雲深起畫樓，散關月落開妝鏡」用情境對比。吳三桂的軍隊衝鋒陷陣，只為換取紅顏。「蠟炬迎來在戰場，啼妝滿面殘紅印」，紅顏的啼妝對比戰場的鮮血，何等諷刺。「斜谷雲深起畫樓，散關月落開妝鏡」則關塞之景與畫樓妝鏡並置對比。渲染「若非壯士全師勝，爭得娥眉匹馬還」的氣氛，諷刺之意更深。相同的手法如〈鴛湖曲〉（原註：為竹亭作）云：

……主人愛客錦筵開，水閣風吹笑語來。畫鼓隊催桃葉伎，玉簫聲出柘枝臺。輕靴窄袖嬌妝束，脆管繁弦競追逐。雲鬟子弟按霓裳，雪面參軍舞鷓鴣。酒盡移船曲榭西，滿湖燈火醉人歸。朝來別奏新翻曲，更出紅妝向柳堤。歡樂朝朝兼暮暮，七貴三公何足數？十幅蒲帆幾尺風，吹君直上長安路。長安富貴玉驄驕，侍女薰香護早朝。分付南湖舊花柳，好留煙月伴歸橈。……

此順治六年二月，梅村重遊嘉興鴛湖，感賦此詩。同時作品〈鴛湖感舊〉詩序云：「予曾過吳來之竹亭湖墅，出家樂張飲。後來之以事見法。重游，感賦此詩。」

「主人愛客錦筵開，水閣風吹笑語來」以下追憶宴樂。「畫鼓隊催桃葉伎，玉簫聲出柘枝臺」六句寫歌舞宴樂之歡。用工對的律句鋪寫，聲調穩妥，文辭豔麗。「酒盡移船曲榭西，滿湖燈火醉人歸」六句進一步描寫。「歡樂朝朝兼暮暮，七貴三公何足數？」，襯寫其富逾王公權貴，則吳昌時好客豪奢的個性可想。故此詩云：「聞笛休嗟石

季倫，銜杯且效陶彭澤。」石季倫即晉代石崇，因豪奢得罪身亡。吳昌時亦因臟私巨萬，被崇禎皇帝親鞫論死。用典貼切。

此外，如〈汲古閣歌〉（原註：毛晉字子晉，常熟人，家有汲古閣。）云：

> ……南湖主人為歎息，十年心力恣收拾。史家編輯過神堯，律論流通到羅什。當時海內多風塵，石經馬矢高丘陵。已壞書囊縛作袴，復驚木冊摧為薪。君家高閣偏無恙，主人留宿傾家釀。醉來燒燭夜攤書，雙眼摩挲覺神王。……

毛晉汲古閣以藏書之富聞名。兵火之後，依然完好。「當時海內多風塵，石經馬矢高丘陵」四句道出兵火對圖籍的毀壞。對照汲古閣的無恙，毛晉十年心力之深，已不言而喻。

對於劉澤清、馬逢知這類將領的嘴臉，梅村亦善以情境烘托來描繪。例如〈臨淮老妓行〉云：

> 臨淮將軍擅開府，不鬥身強鬥歌舞。……臨淮游俠起山東，帳下銀箏小隊紅。巧笑射棚分畫的，濃妝毬仗簇花叢，縱為房老腰肢在，若論軍容粉黛工。羊侃侍兒能走馬，李波小妹解彎弓。錦帶輕衫嬌結束，城南挾彈貪馳逐。……。寶劍幾曾求死士，明珠還欲致傾城。男兒作健酣杯酒，女子無愁發曼聲。……

順治元年間，劉澤清以東平伯轄淮海，駐淮北，以抵禦清兵南下，竟然「不鬥身強鬥歌舞」。其妓冬兒追敘其荒淫，「臨淮游俠起山東，帳下銀箏小隊紅」十句即寫「不鬥身強鬥歌舞」之意。「巧笑射棚分畫的，濃妝毬仗簇花叢」四句寫得聲容壯盛，卻指歌妓。「射棚」、「毬仗」、「軍容」均指戲樂與軍事一無相關，反語譏諷。「羊侃侍兒能走馬，李波小妹解彎弓。」靳榮藩《吳詩集覽》〈茸城行〉引《南史·羊侃傳》云：

> 字祖忻，泰山梁父人也。姬妾列侍，窮極奢靡。

吳翌鳳《吳梅村詩集箋注》引《北史·李孝伯傳》云：

> 廣平人，李波宗族強盛，殘掠不已，公私成患。百姓語曰：
> 「李波小妹字雍容，左射右射必疊雙。婦女當如此，男子

　　那可逢。」

此詩指劉澤清奢靡殘掠，而其妓冬兒馳騎能武，故下云：「錦帶輕衫嬌結束，城南挾彈貪馳逐」。詩又云：「寶劍幾曾求死士，明珠還欲致傾城。男兒作健酣杯酒，女子無愁發曼聲」四句，將其「不鬥身強鬥歌舞」之形象，刻劃的更明顯。

　　相同的筆法如〈茸城行〉：

　　　　……不知何處一將軍，到日雄豪炙手薰。羊侃後房歌按隊，
　　　　陳豨賓客劍成群。刻金爲漏三更箭，錯寶施床五色文。異
　　　　物江淮常月進，新聲京雒自天聞。承恩累賜華林宴，歸鎮
　　　　高談橫海勳。未見尺書收草澤，徒誇名字得風雲。……

「羊侃後房歌按隊，陳豨賓客劍成群」寫其好色雄強。「刻金爲漏三更箭，錯寶施床五色文」言其豪奢。「異物江淮常月進，新聲京雒自天聞」見其越僭之舉。「承恩累賜華林宴，歸鎮高談橫海勳」四句刻劃其「炙手薰天」。以情境描繪馬逢知「雄豪炙手薰」的嘴臉，相當鮮明。梅村詩中以情境烘托的例子不少，舉此數端，以見一般。

　　以上論梅村諷諭詩的人物刻劃。詩中往往五者交錯運用，各有其妙。以「映襯烘托」爲例，詩中常是對襯、正襯、情境烘托等三法並用。詩重抒情，其中自有「我」在。引爲同調者，共樂同愁，常用正襯筆法。但各人的個性、遭遇各異，又互相對襯。詩人或感事興悲，或觸物起興，豈無情境烘托？至於〈哭志衍〉、〈茸城行〉、〈臨江參軍〉、〈王郎曲〉諸詩，刻劃筆法多端，各節中已言之。合而觀之，便知其妙，茲不贅述。

第三節　情節構造

　　梅村詩以敘事見長，如〈襄陽樂〉、〈蘆洲行〉、〈捉船行〉、〈打冰詞〉等詩，其屬詞比事，頗有可觀之處。故試探討其敘事筆法，以窺其妙。

　　王夢鷗《文學概論》第十八章「動作」一節，認爲敘事關係到動作的模仿，而構成動作的要素，則常被分析爲：一情節；二性格；三

配景。該書頁 185、186 云：

> 情節是關於整個動作的形態與分量，性格是那動作之主體
> 的性質，至於配景，近代或改稱「氣氛」或「情調」（atmosphere
> or tone）；其實它是指那動作的關係或品位。情節，關連著
> 動作的總體，……

王氏進而討論性格：

> 性格（character）亦稱爲「人物」，但有些小說（或稱爲「寓
> 言」的）它的主體並不一定是「人」，所以稱爲「人物」尚
> 嫌偏狹；而且那些主體被列入小說成爲敘述的對象時，都
> 已不是兩足直立的或四腳爬行的自然物體，而是它的感情
> 意志所施展的生活歷程上的動作。以這樣的動作爲對象，
> 稱之「性格」亦較「人物」一詞爲近眞。

此言小說中，包括寓言小說中主體的性格。梅村詩中的主體沒有類似
寓言小說者。而其詩中人物刻劃，前一節已作討論，此不贅述。至於
王氏所言之配景有時是性格之間接的描寫，或竟是性格之一種象徵物
或隱喻。因爲在「寄情於景」或「因景生情」中，景物常沾染人物心
境的色彩。然而配景之描寫不屬於敘事手法，亦非本章重點，故不討
論。因此本節僅探討敘事中情節構造一要素。

　　情節（plot）一詞，常指小說、戲劇中依據時間先後來布置動作
之因果的敘述。王夢鷗《文學概論》第十九章「情節構造」一節云：

> 情節（plot）一詞，最早被亞里士多德用作「悲劇」的構造
> 體，同樣也適用於敘事詩。依近代人的定義；或以爲小說
> 及戲劇中，依據時間程序來布置前後動作之因果的敘述，
> 便是「情節」。

王氏又提到「因果」乃動作的起訖，而一個動作必然有它的「發起」
階段，「當中」階段以及「終了」階段。前因後果，循序漸進，成爲
自然的事態。但是，詩人敘事有時從動作的「當中」開始，用「由果
求因」的敘述法。依此觀點來討論敘述時間的先後，便有倒敘、順敘、
插敘等手法。

　　此外，就情節的發展過程，可包括起、中、終三個階段。就動作來看，則包括「糾紛」、「危機」、「解決」三個過程。王氏該節頁197進而說明：

> 情節的發展過程，我們可以就各個觀點上來觀察。一般地，
> 就文體的大要上看，可說是包括著「糾紛」「危機」「解決」
> 三個階段。「糾紛」「危機」是個戲劇性的動作，亦即表示
> 相等的兩種力量在抗衡著，裡面包括有「動」的與「反動」
> 的兩種作用。若使我們更就那兩力對抗的形勢上看，因雙
> 方所付出的力量愈來愈多，要多至一方面或兩方面都感到
> 無以復加的地步，才始解決。因此，從糾紛至於解決，它
> 的整個發展過程就顯得是雙方加力的過程，而使人欲知「後
> 事如何」，也顯然是看敘述者對於「雙方加力」的情形敘述
> 得如何為定；亦即，敘述者把雙方加力的情形說得愈清楚，
> 則「人們欲加」的興趣，也就相對地增大。

糾紛及危機中雙方加力的過程，往往是戲劇、小說引人入勝之處。此手法亦見於以敘事見長的詩作中。以下主要以此觀點來討論詩中對糾紛等情節的描寫，附帶論及倒敘、插敘等手法。例如〈捉船行〉七古一詩便善用此手法：

> 官差捉船為載兵，大船買脫中船行。中船蘆港且潛避，小
> 船無知唱歌去。郡符昨下吏如虎，快槳追風搖急櫓。村人
> 露肘捉頭來，背似土牛耐鞭苦。苦辭船小要何用，爭執洶
> 洶路人擁。前頭船見不敢行，曉事篙師斂錢送。船戶家家
> 壞十千，官司查點候如年。發回仍索常行費，另派門攤云
> 雇船。君不見官舫嵬峨無用處，打鼓插旗馬頭住。

此詩用順敘法描寫官吏使用民船的惡形惡狀。「官差捉船為載兵，大船買脫中船行」二句，一開始便點明題意。「中船蘆港且潛避，小船無知唱歌去」。則大船中船早知買脫潛避，以此映襯小船無知而遇禍。此種寫法，靳榮藩云：

> 就捉船中抽出小船，是加一倍寫法也。蓋買脫者潛避者皆
> 已曉事斂錢，小船無知，而亦入於曉事斂錢之隊，則無不

> 斂錢者矣。至於發回索費,另派門攤,是捉船之後,又有
> 兩番斂錢也。然官舫尚無所用,則不須捉,亦不須雇,甚
> 言郡符之謬。通篇俱用加一倍寫法。

所謂加一倍的寫法即對襯手法,並配合衝突的描寫。「郡符昨下吏如
虎,快槳追風搖急櫓」寫吏胥的殘暴,恰好又逮到無知的小船。於是
「村人露肘捉頭來,背似土牛耐鞭苦。苦辭船小要何用,爭執洶洶路
人擁」。吏民之間的糾紛,描寫逼真。船夫不耐鞭苦,苦辭求饒,也
流露出作者的同情。「前頭船見不敢行,曉事篙師斂錢送」六句,寫
破財避禍,再鋪寫官吏的追索,則在糾紛的解決中,官吏的嘴臉已刻
劃無餘,豈需要再嚴詞指斥?「君不見官舫嵬峨無用處,打鼓插旗馬
頭住」,以客觀的場景揭露捉船的真相,其冷酷的諷刺中多少同情!

　　此詩之妙,得力於對情節,尤其是事件糾紛逼真的描寫。此外,
如〈再觀打冰詞〉一詩云:

> 官催打冰不肯行,座船既泊商船停。商船雖住起潛聽,冰底
> 有聲柁牙應。桅竿旗動吹南風,舟子喜甚呼蒙衝。兒童操梃
> 爭跳躍,其氣早奪馮夷官。舂如蒼崖崩巨石,訇如戈矛相撞
> 擊。滃如雲氣騰虛空,颯如雨聲飛淅瀝。河泊娶婦三日眠,
> 霜紈方空張輕煙。忽聞裂帛素娥笑,玉盤銀甕傾流泉。別有
> 鮫鱝還未醒,沉魚浮藻何隱隱。上冰猶結下冰行,視水如燈
> 取冰影。冰輪既碾相催送,三千練甲皆隨從。激岸迴湍冰負
> 冰,白龍十丈鱗鱗動。自古水嬉無此觀,披裘起坐捲簾看。
> 估客兼程貪夜發,卻愁明日西風寒。枕畔輕雷殊不已,醉裡
> 扁舟行百里。安得并州第四弦,彈徹冰天霜月起。

起頭二句同樣先點明事情的原因,三、四句用商船來側寫打冰。「桅
竿旗動吹南風,舟子喜甚呼蒙衝」二句,以船夫職業性的敏感和情緒,
流露其謀生之艱苦,筆帶同情。「兒童操梃爭跳躍,其氣早奪馮夷官」
二句則以兒童純真的跳躍對照出船夫的悲喜。「舂如蒼崖崩巨石,訇
如戈矛相撞擊」四句以打冰聲勢之浩大側寫船夫的辛苦。「河泊娶婦
三日眠,霜紈方空張輕煙」六句以擬人情感的筆法來寫天地之無情。

再大的聲勢，打不醒河伯的多眠，只換得素娥一笑，對照出船夫辛勞的徒然。「上冰猶結下冰行，視水如燈取冰影」以下正面寫打冰部隊之浩蕩，所謂「冰輪既碾相催送，三千練甲皆隨從」。「自古水嬉無此觀，披裘起坐捲簾看」以閒適筆法來寫官吏的嘴臉。「估客兼程貪夜發，卻愁明日西風寒」以估客之愁襯寫吏胥的優養。「枕畔輕雷殊不已，醉裡扁舟行百里」四句以對襯之筆寫役者之苦，又與河泊娶婦一段的擬人法映襯成趣。天地無情，人難道也可以無知無感？閒筆中有冷酷的諷刺。

此詩寫人與自然的衝突，妙用擬人及側寫二種事法。逼真之外，又令人有驚奇感。又如〈打冰詞〉：

> 北河風高水生骨，玉壘銀橋堆幾尺。新戌雲中千騎馬，橫津直渡無行跡。下流湍悍川途開，吹笳官舫從南來。帆檣山齊排浪進，牽船百丈聲如雷。雪深沒髁衣露肘，背挽頭低風塞口。相逢羨殺順流船，急問來時河凍否？溜過湖寬放艑平，長年穩望一帆輕。夜深側聽流漸響，瑣碎玲瓏漸結成。篙滑難施櫓枝折，舟人霜滿髭鬚白。發鼓催船喚打冰，衝寒十指西風裂。吁嗟河伯何磳磳，白棓如雨終無聲。魚龍潛逃科斗匿，殊耐鞭杖非窮民。官艙裘酒自高臥，只話篙師叉手坐。早辦人夫候治裝，明日推車冰上過。

牽船的聲勢用「帆檣山齊排浪進，牽船百丈聲如雷」形容，著墨不深。反而極力刻劃船夫的辛苦。「雪深沒髁衣露肘，背挽頭低風塞口」、「篙滑難施櫓枝折，舟人霜滿髭鬚白。發鼓催船喚打冰，衝寒十指西風裂」等句刻劃其神態；「相逢羨殺順流船，急問來時河凍否？」、「吁嗟河伯何磳磳，白棓如雨終無聲」等句言其心聲。「官艙裘酒自高臥，只話篙師叉手坐」四句，以及「魚龍潛逃科斗匿，殊耐鞭杖非窮民」六句，正面描寫吏民的衝突。並以「官艙裘酒自高臥，只話篙師叉手坐」四句對照船夫的辛勞，諷刺官吏的殘暴。

除了人與人、人與自然的衝突，人與動物的衝突如〈松鼠〉五古云：

衝颾飄頹瓦，壞墻叢廢棘。謖然見松鼪，搏樹向人立。側
目仍盱睢，奉頭似悚惕。詹牙偃臥高，屋墮欹斜疾。倒擁
弱枝危，迅躡修柯直。已墮復驚趨，將藏又旁突。去遠且
蹔留，迴顧再迸逸。前逃赴已駛，後竄追旋及。剽輕固天
性，儇狡因眾習。兩木夾清漳，槎牙斷尋尺。攀緣所絕處，
排空自騰擲。足知萬物機，飛走不以力。嗟爾適何來，鳥
鼠忽而一。本是居嶄巖，無端被羈縶。兒曹初玩弄，種類
漸充斥。黠彼憑社徒，技窮恥畫匵。銜尾共呼鳴，異穴為
主客，吾廬枕荒江，垂死倚病柏。雷雨撥其根，慘裂蒼皮
濕。空腹鵐鵙蹲，殘身螻蟻食。社鬼不復憑，乘閒恣出入。
庭中玉藥枝，怒茁遭狼藉。非敢念摧殘，於君奚損益。屈
指五六年，不遣一花白。苞筍抽新芽，編籬察行跡。免彼
鎌鉏侵，值爾齒牙厄。反使盜者心，笑睨生歎息。貧賤有
此園，謂可資溉植，春蔬晚猶種，夏果晨自摘。鳥雀群飛
鳴，啁啾滿阡陌。婦子懶驅除，縛蒭加臺笠。我亦顧而笑，
自信無長策。焉能避穿墉，會須憂入室。茅齋雖云陋，一
一經剪葺。曉起看掃除，仰視輒詫惜。尋繩透簾幕，掉尾
來几席。倒度傾圖書，窺廚啖漿炙。空倉喧夜鬥，忘疲競
遺粒。早幸官吏租，督責無餘積。邂逅開盧堂，群怒扼險
塞。地逼起眾呼，拍手撼四壁。捕此曷足多，欲以觀其急。
樞戶既嚴扃，樂櫨若比櫛。瞥眼倏遁逃，一巧先百密。窮
追信非算，允豫不早擊。忍令智弗如，變計思與敵。機深
勇夫駭，勢屈兒童獲。舉世貴目前，快意相促迫。比讀莊
生書，退守愚公術。撲棗聽鄰家，搔瓜任邊邑。溪深獺趁
魚，果熟猿偷栗。天地所長養，於己何得失。嗟理則誠然，
自古戒鼠泣。仙豈學淮南，腐難嚇梁國。舞應京房占，磔
按張湯律。終當就羅網，不如放山澤。永絕焚林風，用全
飲河德。

此詩先刻劃松鼠的天性、繁衍、為害。再用盜者及官吏的苛刻來對襯。
「反使盜者心，笑睨生歎息」、「早幸官吏租，督責無餘積」妙寫人鼠
之間的衝突。作者同時遭受松鼠、盜者、官吏的殘害，猶如詩中垂死

的病栢。所謂「雷雨撥其根，慘裂蒼皮濕。空腹鴟鴞蹲，殘身螻蟻食」。因此有很深的無奈及無力感。例如「我亦顧而笑，自信無長策。焉能避穿墉，會須憂入室」是辛酸無奈的苦笑。「空倉喧夜鬥，忘疲競遺粒。早幸官吏租，督責無餘積」是屢次遭害後的倖然心理。此時作者憤怒而抗拒，即「邂近開虛堂，群怒扼險塞。地逼起眾呼，拍手撼四壁」以下所言。但終究鬥不過鼠輩的儇狡輕剽。只得抗議道：「舉世貴目前，快意相促迫。」再續以「比讀莊生書，退守愚公術」等語自寬。「撲棗聽鄰家，搔瓜任邊邑。溪深獺趁魚，果熟猿偷栗。天地所長養，於己何得失。」實在是無力抗拒鼠害所產生的阿Q心理。否則作者為何又接著怒道：「嗟理則誠然，自古戒鼠泣」等語呢？詩至此方點出旨趣。蓋以鼠比喻貪官，自《詩經》〈碩鼠〉已然。盜者、官吏都是鼠輩，都應該「磔按張湯律」。「終當就羅網，不如放山澤」二句，上句暗中咒罵，下句自我寬慰：且饒了它，放生了吧！全詩情節寫人鼠之間衝突的心理，刻劃入微，又兼具象徵意義，尤為佳構。

至於描寫言行和內心之衝突者，如〈退谷歌〉（原註：贈同年孫公北海）七古一詩云：

> 我家乃在莫釐下，具區之東，洞庭煙鬢七十二，天際杳杳聞霜鐘。豈無巢居子，長嘯呼赤松，後來高臥不可得，無乃此世非洪濛。元氣茫茫鬼神鑿，黃虞既沒巢由窮。逆旅逢孫登，自稱北海翁，攜手共上徐無峰，仰天四顧指而笑，此下即是宜春宮。若教天子廣苑圍，吾地應入甘泉中。丈夫蹤跡貴狡獪，何必萬里游崆峒？君不見抱石沉、焚山死，被髮佯狂棄妻子；匡盧峰、成都市、欲逃名姓竟誰是？少微無光客星暗、四皓衣冠只如此。使我山不得高，水不得深、鳥不得飛、魚不得沉。武陵洞口聞野哭，蕭斧斫盡桃花林。仙人得道古來宅，劫火到處相追尋。不如三輔內，此地依青門，非朝非市非沉淪。鄠杜豈關蕭相請，茂陵不厭相如貧。飲君酒，就君宿，羨君逍遙之退谷。花好須隨禁苑開，泉清不讓溫湯浴。中使敲門為放鷹，羽林下馬因

尋鹿。我生亦胡爲，白頭苦碌碌。送君還山識君屋，庭草
彷彿江南綠，客心歷亂登高目。噫嘻乎歸哉！我家乃在莫
釐之下，具區之東，側身長望將安從？

順治十一年，梅村訪孫承澤。此時孫氏已致仕，築退谷於西山。

「我家乃在莫釐下，具區之東，洞庭煙鬟七十二，天際杳杳聞霜
鐘。」與其說是思念家鄉，毋寧爲求一安身立命之所。故有「後來高
臥不可得，無乃此世非洪濛」四句。由此映襯孫氏退谷，又以殉國和
隱居的遺民來對比。「仰天四顧指而笑，此下即是宜春宮」六句稱羨
中有倖倖然的心理。所謂「丈夫蹤跡貴狡獪，何必萬里游崆峒」對照
抱石沈、焚山死與佯狂棄家，隱姓埋名者，作者彷彿有好死不如賴活，
而隱於山林又不如爲官致仕之意，其實內心有難言之痛。「使我山不
得高、水不得深、鳥不得飛、魚不得沉。武陵洞口聞野哭，蕭斧斫盡
桃花林。仙人得道古來宅，劫火到處相追尋。」形容心靈的桃源被斫
盡的痛苦。

因此「不如三輔內，此地依青門，非朝非市非沉淪」以下的稱羨
語，正反映梅村急切隱世之心志，否則孫承澤有什麼好羨慕呢？所謂
「花好須隨禁苑開，泉清不讓溫湯浴」，孫氏退隱於退谷和梅村「白
頭苦碌碌」相比，不過五十步與百步之差別。再怎麼狡獪，「若教天
子廣苑囿，吾地應入甘泉中」。終究必須隨人俯仰，不得自由。所以
詩云：「噫嘻乎歸哉！」以感歎身世。此詩寫言行和內心的衝突，好
像在嘲諷他人，其實是自嘲兼諷世。又極稱羨朋友的住所，其實是急
欲退隱的心理反應。此詩用由因到果的順敘法，再插敘抗清殉國者及
隱世埋名者以爲對襯，故全詩波瀾迭生。

有些篇章的情節是由議論來帶動。例如〈蘆洲行〉一詩云：

江岸蘆洲不知里，積浪吹沙長灘起。云是徐常舊賜莊，百
戰勳名照江水。祿給朝家禮數優，子孫萬石未云酬。西山
詔許開煤冶，南國恩從賜荻洲。江水東流自朝暮，蘆花瑟
瑟西風渡。金戈鐵馬過江來，朱門大第誰能顧。惜薪司按
先朝冊，勳產蘆洲追子粒，已共田園沒縣官，仍收子弟微

租入。我家海畔老田荒，亦長蘆根豈賜莊？州縣逢迎多妄報，排年賠累是重糧。丈量親下稱蘆政，鞭笞需索輕人命。胥吏交關橫派征，差官恐喝難供應。江南尺土有人耕，踏勘終無豪占情。徒起再科民力盡，卻虧全課國租輕。（原註：積年升科老田，本遭白重課，指爲無糧侵占，故有重糧再科。後重糧去而定爲蘆課，視原額反少減矣。甚言害民而又損國，其無益如此。）詔書昨下知民病，解頭使用今朝定。早破城中數百家，蘆田白售無人問。休嗟百姓困誅求，憔悴今看舊五侯。只好負薪煨馬矢，敢誰伐荻上漁舟？君不見舊洲已沒新洲出、黃蘆收盡江潮白。萬束千車運入城，草場馬廄如山積。樵蘇猶到鍾山去，軍中日日燒陵樹。

此詩諷刺清初的蘆政。首二句言江岸蘆洲之景，再交待蘆政原只是追索明朝勳臣田業之舉，後來連百姓亦遭催征之苦。「我家海畔老田荒，亦長蘆根豈賜莊？」以反詰表達不滿。「州縣逢迎多妄報，排年累賠是重糧」以下敘述蘆政的諸多弊端。「江南尺土有人耕，踏勘終無豪占情」四句議論其弊端在官吏根本不了解民情。更以註解進一步說明。「詔書昨下知民病，解頭使用今朝定」二句指下情上達後，上已詔免。然而「早破城中數百家，蘆田白售無人問」。接著敘述蘆政對百姓及前朝臣勳臣的迫害。「只好負薪煨馬矢，敢誰伐荻上漁舟？」則言餘悸猶存。「君不見舊洲已沒新洲出，黃蘆收盡江潮白」以下所言，則不但蘆根輸軍，充爲馬草，連鍾山陵樹，亦遭燒伐。戰爭不息，蘆政之弊豈能根除？

由〈捉船行〉、〈打冰詞〉、〈再觀打冰詞〉三詩，可知作者善於刻劃糾紛，危機等衝突場面，末尾再客觀揭露眞相，以前後對比的手法來諷刺。〈捉船行〉在糾紛與眞相發現之間敘述解決的過程，更看出官吏的貪婪。〈松鼠〉則描寫松鼠、作者、盜者、官吏四者間交互的衝突，至末尾將後兩者暗擬爲貪狡之鼠輩，再抒發內心之憂憤。〈退谷歌〉則在通達、稱羨的贈言之中，對比殉國和隱世的故友，來抒發愧怍及思隱之情，〈蘆洲行〉則夾議夾敘。筆法不同，卻各臻妙境。

第六章　特色與風格

第一章　特　色

一、比興用典，寓意深切

　　梅村諷諭詩中比興用典，其寓意深隱貼切。此因鼎革之後，清室迭興文字獄，梅村懼於詩禍、史禍，不得不曲隱其言。

　　此外，明末蘇、常、松江、太倉諸邑，其民亦頗好以比興爲文。章炳麟《章氏遺書》〈檢論〉云：

> 太湖之濱，蘇、常、松江、太倉諸邑，自晚明以來，好爲文辭比興。

梅村家居太倉，故亦深染此風。因此〈梅村詩話〉中，錢謙益評梅村詩云：

> 頃讀梅村豔體，聲律妍秀，風懷惻愴，於歌禾賦麥之時，爲題柳看桃之作。

梅村豔體詩確實有以美人香草申寫寄託者，如〈行路難十八首〉其十七等詩作。而其〈白燕吟〉詩序云：

> 雲間白燕菴，袁海叟丙舍在焉，吾友單狷菴隱居其傍，鴻飛冥冥，爲弋者所篡，故作此吟以贈之。余年二十餘，遇謂狷菴於陳徵君西佘山館，有歌者在席，迴環昔夢，因及

其事。猺菴解組歸田，遭逢多故，視海叟之西臺謝病，倒
騎烏犍牛，以智僅免者，均有牢落之感，俾讀者前後相觀，
非獨因物比興也。

康熙六年，單恂因明僞太子一案，被牽連入獄。後獲釋，梅村追蹤其
同里先賢袁凱〈白燕吟〉詩之意象，發抒哀情。其比興用典，實有深
意，「非獨因物比興也」。又如〈讀史詩四首〉、〈詠史十二首〉、〈行路
難十八首〉等詩，或詠史、或用樂府古題，內容不外是詠古諷今，或
因物比興。然其比興用典，卻寓意深微。其他如詠物抒懷諸作，其用
典比興亦有此風。

例如〈讀史雜詩四首〉其一云：

東漢昔云季，黃門擅權勢。積忿召外兵，癲決身亦斃。雖
自撥本根，庶幾蕩殘穢。誰云承敝起，仍出刑餘裔。孟德
沾丐養，門資列朝貴。憑藉盜弄兵，豈曰唯才智。追王故
長秋，無鬚而配帝。鉤黨諸名賢，子孫爲皂隸。

程穆衡言此詩：「嘆賊閹之多後福也。」引《明史‧宦者傳》天啓間
太監劉若愚事。又舉流賊進京師，杜之秩、曹化淳爲前導，而高起潛、
王坤之南遯之事。靳榮藩則云此詩刺閹黨阮大鋮。二人言各成理，可
知明末賊閹之禍。此詩所以借東漢末閹宦及黨禍等事，來諷刺時世。
則如〈清忠譜序〉一文言魏忠賢爲害之甚時云：

尤扼腕者，思陵圖治，相文文肅僅兩月，忌之者即以事中之
去位，國政愈不可爲。甲申之變，留都立君，國是未定，顧
乃先朋黨、後朝廷，而東南之禍亦至。噫！彼爲閹黨漏網之
孽，固無足怪，誰爲老成，喪心耄及，更可痛也！假令忠介
公當日得久立於熹廟之朝，拾遺補過，退傾險而進正直，國
家之禍，寧復至此？又使文肅之相不遽罷，扶衰救弊，卜年
或可再延。而一誤再誤，等於漢、唐末造之覆轍。

文文肅、周順昌等忠良去國，遂令閹人當政，此豈非重蹈漢、唐末造
覆轍？故詩引東漢末之事以感慨。試觀南都立，閹黨阮大鋮亂政，興
大獄迫害復社諸人。而馬、阮輩交結高傑等鎮師，敗壞軍機，即詩所

謂「憑藉盜弄兵，豈曰唯才智」。而「追王故長秋，無鬚而配帝」二句，靳榮藩引《宋書・禮志》：魏明帝太和三年六月又追尊高祖大長秋曰高皇，即曹操父宦官曹嵩。以「無鬚而配帝」來諷刺宦官，真是辛辣！

詩詠東漢黨錮事者又如〈詠史十二首〉其十一：

> 直城酒家保，北海賣餅師。千金懸賞購，萬里刊章追。途窮變名姓，勢急投親知。漢法重亡命，保舍加誅夷。破家相存濟，百口同安危。虞卿捐相印，恨未脫魏齊。惜哉燕太子，流涕樊於期。瀨水一女子，魯國一小兒。今也無其人，已矣其安歸？廣柳可以置，置當猛虎蹊；複壁可以藏，藏憂黠鼠窺。古道不可作，太息將何為！

後漢杜根因直諫而遭鄧太后收執撲殺，所幸不死，逃為宜城酒家保。趙岐得罪宦官，懼禍避難，並自匿姓名，賣餅北海市中，得以結交孫嵩。嵩以其家百口之勢濟護之。戰國趙相虞卿為解救魏齊，棄位而與他奔魏。而樊於期則自刎以促成燕太子丹報復秦國之志。瀨水一陌生女子捨命救伍子胥，孔融亦傾身護張儉。然而古人不論識與不識，勇於濟人脫難的俠風早已不存。而舉世橫暴貪狡如同猛虎黠鼠當道，則黨籍諸賢，何往何藏？因此，梅村〈避亂六首〉其四自歎：「隱遯十年遲」。何況其家尚有老小百口，欲遺世隱居，談何容易？因此鼎革後，梅村只得閉門不通人物，以韜晦自保。但終究難辭薦舉，被迫出仕異朝。故〈自歎〉一詩云：「誤盡平生是一官，棄家容易變名難。」然而縱使棄家變名，又能投靠何人？顧湄〈吳梅村先生行狀〉言其「喜扶植善類，或罹無妄，識與不識輒為營救，士林咸樂歸之，而於遺民舊老，高蹈嚴壑者，尤維持贍護之惟恐不急也。」可見梅村頗有古風，因而慨歎人心不古。可見此詩使事用典，寓意深切，非泛作詠史懷古之詩。

此外，如〈行路難十八首〉其十三云：

> 平生俠游尚輕利，劇孟為兄灌夫弟。使酒罵坐人，探丸斫俗吏。流血都市中，追兵數十騎。借問追者誰？云是灞陵杜穉季。抽矢弗射是故人，兩馬相逢互交臂。吾徒豈相厄，

> 便當從此逝。泰山羊氏能藏跡，北海孫公堪避世。複壁埋
> 名二十年，赦書卻下咸陽尉。歸來故鄉無負郭，破家結客
> 成何濟！

此惜游俠事刺明末之政局。「泰山羊氏能藏跡」則用《後漢書・蔡邕傳》：蔡邕往來依泰山羊氏，積十二年。「北海孫公堪避世」則指東漢趙岐得罪於中常侍唐衡兄玹，玹深恨之。及玹爲京兆尹，岐懼禍及，逃避之。玹因收岐家屬，盡殺之。岐逃避於北海市，匿名賣餅，幸賴孫嵩之濟助而免，見《後漢書・趙岐傳》。而「複壁埋名二十年，赦書卻下咸陽尉」。則言如廷尉之輩復受起用，天下焉能安寧？故末云：「歸來故鄉無負郭，破家結客成何濟？」以慨歎游俠難爲。又如其十一云：

> 直諫好言事，召見拜司隸。彈劾中黃門，鯁切無所避。天
> 子初見容，謂是敢言吏。以茲增感激，居官屬鋒氣。奏對
> 金商門，縛下都船獄。髠頭徙朔方，眾怒猶不足。私劍揣
> 其喉，赤車再收族。橫尸都亭前，妻子不敢哭。酒色作直
> 都殺人，藏頭畏尾徒碌碌。

典故取自《後漢書・蔡邕傳》。蔡邕一家獲罪，遭髠鉗徙朔方，而政敵陽球猶使客追刺之。靳榮藩云：

> 此首多用蔡中郎事，然中郎未爲司隸，亦未嘗橫尸都亭。
> 作者直是借他人之酒杯澆胸中之壘塊，惟恐人認作懷蔡中
> 郎詩，故云此兩句微露之耳。

靳氏言此梅村自詠，舉其爲官直諫之事爲證。周法高〈談遷北游錄與吳梅村〉一文以爲詠陳名夏，此二說均未確當。梅村、名夏二人何嘗「縛下都船獄」？也未有「橫尸都亭前，妻子不敢哭」之事。此不過作者借他人酒杯澆胸中塊壘。借蔡邕事以言，又恐人誤爲詠史詩，故「橫尸都亭前」二句微露其意，感慨閹黨縱橫，故鯁切之臣多被禍。末則以「酒色作直都殺人，藏頭畏尾徒碌碌。」自屬其氣。〈讀史雜詩四首〉其二云：

> 商君刑師傅，徙木見威約。范叔誣涇陽，折脅吐謇諤。地

疏主恩深，法輕主權削。苟非用刻深，何以膺付託？功成
或倖退，禍至終難度。屈伸變化間，即事多斟酌。談笑遼
種人，吾思王景略。

靳榮藩云此詩刺薛國觀，引《明史》證之。薛國觀，韓城人，為人陰
鷙谿刻。溫體仁密薦于崇禎，導帝以深刻，後帝覺，遂及禍。詩云：
「苟非用刻深，何以膺付託？」指薛氏受溫體仁膺託一事。此二人玩
寇弗除，相較前秦苻堅相王猛能預見胡虜之患，不禁令人慨歎！

此證諸〈詠史十二首〉其十云：

遭時固不易，推心尤獨難。景略王佐才，臣主真交歡。天
意不佑秦，中道奪之年。苻堅有大度，豁達知名賢。獨斷
未為失，興毀寧非天。……

此詩慨歎當世無王佐之才。蓋崇禎性情獨斷與苻堅相似，可惜沒有豁
達知人之識度，用人失當，落得國毀人亡。至於〈讀史雜詩四首〉其
四云：

竇融昔布衣，任俠家扶風。翟公初舉事，海內知其忠。融
也受漢恩，大義宜相從。低頭就新莽，顧入其軍中。轉戰
槐里下，盡力為摧鋒。後來擁眾降，仍以當時功。忝竊居
河西，蜀漢方相攻。一朝決大計，佐命蕭曹同。吁嗟翟太
守，為漢傾其宗。劉氏已再興，白骨無人封。徒令千載後，
流涕平陵東。

靳榮藩云：

此詩刺降將、弔國殤也。

此詩引《後漢書》竇融、翟義的典故。翟義以東郡太守討王莽，不克
被殺，夷滅三族。竇融起初效力王莽，莽敗，降更始。更始敗，自居
河西五郡，後又降於光武帝，以決大計滅隗囂而位至侯王。竇氏高祖
父、祖父、從弟均為漢朝臣子，卻不知報恩，見風轉舵，相較翟義的
忠義，不禁令人慨歎。相較〈圓圓曲〉、〈松山哀〉等詩指斥降將，直
言無隱，此詩託之史以諷示，語雖激切，意則曲隱。「劉氏已再興，
白骨無人封」歎國殤無人恤憫。梅村〈登數峰閣禮浙中死事六君子〉

（原註：鴻寶倪公、茗柯凌公、巢軒周公、四名施公、磊齋吳公、賓日陳公）一詩云：

> 四山風急萬松秋，遺廟西泠枕碧流。故國衣冠懷舊友，孤忠日月表層樓。赤虹劍血埋燕市，白馬銀濤走越州。盛事若修陪祀典，漢家園寢在昭丘。

此詩言忠烈之士未受盛祭陪祀之褒揚，令人不平。又證諸〈毛子晉齋中讀吳匏菴手抄宋謝翱西臺慟哭記〉五古一詩云：「龔生夭天年，翟公湛家族」。翟公即翟義；龔生即漢龔勝，哀帝時為渤海太守，老病家居。後因力拒王莽徵聘，絕食死，年七十九。可見梅村詩常以翟義比擬抗清殉國者。末二句云：「徒令千載後，流涕平陵東」，可知梅村哀憐的心情。

此外，〈詠史十二首〉其四云：

> 楚人沈昭王，鄱君殺義帝。千秋江漢間，同下蒼梧淚。小白問膠舟，漫以水濱對。當漢縞素時，謂出魯公意。歸獄他諸侯，可以謝海內。何獨無一言，重瞳信非智。其後衡山王，楚亡獨親貴。改封在長沙，乃居故君地。不知江中時，誰擊之半濟。若此而不誅，丁公有何罪？郴陽一坏土，守冢無人置。視彼牧羊兒，劉項總游戲。發喪雖袒哭，事出權宜計。遮馬負董公，區區守名義。

詩首二句舉弒君的典故二則，五六及七八句分敘其意。「千秋江漢間，同下蒼梧淚」二句寫勝國遺民之悲。史載管仲以昭王南巡時被弒於楚地之事為伐楚之由，下二句用此典。「當漢縞素時，謂出魯公意」以下言項羽王後，命衡山王吳芮擊殺義帝。其實衡山王及臨江王英布二人同受項羽命，而殺義帝者則為英布。周法高〈吳梅村詠史詩三首箋〉頁191云：

> ……可見係英布實弒義帝，而吳詩歸罪於吳芮（原註：鄱君，即長沙王）者，蓋影射吳三桂也。雲貴原為永曆帝版圖，後吳三桂復都昆明，即詩所謂：「改封在長沙，乃居故君地」也。三桂復殺永曆及太子，不留其嗣，即詩所云：「郴

　　陽一坏土，守冢無人置」也。詩意深責清室不誅三桂而又
　　加封，並不爲明室留嗣續也。
此詩歸罪吳芮弑殺義帝以影射吳三桂的弑君罪行，其寓意深切。和前
舉〈行路難十八首〉其十一的用典手法，有異曲同工之妙。類似的例
子又如〈田家鐵獅歌〉七古一詩云：
　　……武安戚里起高門，欲表君恩示子孫。鑄就銘詞鑴日月，
　　天貽神獸守重闈。第令監奴晴閃爍，老熊當路將人攫。不
　　堪此子更當關，鉤爪張眸吐銀齶。
　　「老熊當路將人攫」一句，程穆衡云：
　　王應熊與田戚畹通，降中旨入閣，不由廷推，廷臣莫敢言。
　　禮科章正宸疏諫，下詔獄。詞臣馬世奇爲解于應熊，應熊
　　遽起離座擲茗椀去曰：「不殺正宸，無以破門戶之固。」會
　　科臣力疏救，得革職。故此改〈王羆傳〉老羆爲老熊，蓋
　　隱寓應熊名焉。
　　此隱用《北史》列傳第五十〈王羆傳〉云：
　　神武遣韓軌、司馬子如從河東宵濟襲羆，羆不覺。比曉，
　　軌眾已乘梯入城。羆尚臥未起，聞閤外洶洶有聲，袒身露
　　髻徒跣，持一白棒，大呼而出，謂曰：「老羆當道臥，貓子
　　那得過！」敵見，驚退。
王羆時爲北周大將，鎮守華州，遇韓軌等北齊部落之襲擊，以一身之
英雄卻敵。梅村改爲「老熊」則意在諷刺王應熊，此處用典之意深微。
至於〈行路難十八首〉襲用樂府古題。其一云：
　　奉君乘鸞明月之美扇，耶谿赤堇之寶刀。莞蒻桃笙之綺席，
　　陽阿激楚之洞簫。丈夫得意早行樂，歌舞任俠稱人豪。舉
　　杯一歌行路難，酒闌鐘歇風蕭蕭。
「奉君乘鸞明月之美扇，耶谿赤堇之寶刀」四句烘托「丈夫得意早行
樂，歌舞任俠稱人豪」二句之意。得意行樂、歌舞任俠是梅村早年自
負自期者。而「舉杯一歌行路難，酒闌鐘歇風蕭蕭」則撫今歎昔。故
十八首的內容大抵可分三類：一是追憶君恩故國，二是諷刺朝政時
世，三是自悲身世。其詩風格激楚、悽婉兼具。此詩其一，靳榮藩云：

此破題法也，句法仿鮑明遠。

鮑明遠〈擬行路難〉有「奉君金巵之美酒，瑇瑁玉匣之雕琴，七綵芙蓉之羽帳，九華葡萄之錦衾」，可見此爲梅村擬古之作。

追念故國者，如其二云：

> 長安巧工製名燈，七龍五鳳光層層。中有青熒之朱火，下有映徹之澄冰。游魚揚鬐肆瀺澯，飛鳥奮翼思鶱騰。黑風吹來偏槐市，狂花振落燒舳艫。金吾之威不能禁，鐵柱倒塌銅盤傾。使人策馬不能去，青燐鬼哭唯空城。

此詠京師燈市，因物比興。「長安巧工製名燈，七龍五鳳光層層」四句道出燈市之燦爛輝煌。「游魚揚鬐肆瀺澯，飛鳥奮翼思鶱騰」以下寫燈滅城陷。「金吾之威不能禁，鐵柱倒塌銅盤傾。使人策馬不能去，青燐鬼哭唯空城。」四句悲涼激楚。其十七則追念君恩：

> 結帶理流蘇，流蘇紛亂不能理。當時羅帷鑒明月，皎皎容華若桃李。一自君出門，深閨厭羅綺。有人附書還，君到長干里。名都鶯花發皓齒，知君眷眷嬋娟子。太行之山黃河水，君心不測竟如此！寄君翡翠之鶼釵，傅璣之墮珥，勸君歸來且歡喜，臥疾空床爲君起。

「結帶理流蘇，流蘇紛亂不能理」四句言君之恩寵。「一自君出門，深閨厭羅綺」以下言君恩已疏遠，作怨望語。「寄君翡翠之鶼釵，傅璣之墮珥」四句作冀幸語。靳榮藩言此詩全用比體，諷刺福王，全詩有睠睠君國，溫柔敦厚之遺風，可謂要評。

至於諷刺朝政時世者，如其十四云：

> 今我思出門，圖作洛陽賈，東游陳鄭北齊魯。白璧一雙交王公，明珠十斛買歌舞。關中輈車方算緡，高褊峨峨下荆楚。道阻淮南兵，貨折河東估。朝爲猗頓暮黔婁，乞食吹簫還故土。

此詩藉商旅來諷刺時世。「關中輈車方算緡」指當時延、西二撫貪焚無度。「高褊峨峨下荆楚」指荆楚爲流寇所盤據。「朝爲猗頓暮黔婁，乞食吹簫還故土」二句言商賈難爲，以諷刺時世。以見可知行道之難。

又其十六云：

> 西莫過金牛關，懸崖鐵鎖猿猱攀；南莫過惡道灘，盤渦利
> 石戈矛攢。猩猩啼兮杜鵑叫，落日青楓山鬼嘯。篁竹深巖
> 不見天，我所悲兮在遠道。

此詠西南行道之難。「西莫過金牛關，懸崖鐵鎖猿猱攀」詠蜀道難行。
「南莫過惡道灘，盤渦利石戈矛攢」則言南行道路多險。梅村友人吳
志衍死於蜀亂，楊廷麟在贛地殉國。故以「我所悲兮在遠道」一句來
悲懷故友。

此外，如其八乃其自悲身世之作：

> 男兒讀書良不惡，屈首殘編務穿鑿。窮年矻矻竟無成，徒
> 使聲華受蕭索。君不見王令文章今大進，丘公官退才亦盡。
> 寂寂齋居自著書，太玄奇字無人問。

用南齊王儉、邱靈鞠及西漢揚雄典故，詩自傷之中有諷世之意，即〈滿
江紅〉一詞云：

> 詩酒溪山，足笑傲、終焉而已。回首處、亂雲殘葉、幾篇
> 青史。昔日兒童俱老大，同時賓客今亡矣。看道傍、爭羨
> 錦衣郎，曾如此。　遭際盛，聲名起；跨燕許，追蘇李。
> 苟不知一事，吾之深恥。年少即今何所得，孝廉聞一當知
> 幾？論功名、消得許多才，偶然耳！

二者皆有牢騷感，然詩意之激楚逕切過於詞。至於詠物諸作，用意深
切者如〈廢檠〉五律一詩云：

> 憶曾不同寢，棄置亦何心。喜伴疏窗冷，愁添老屋深。書
> 將鄰火映，夢共佛燈沈。莫歎蘭膏燼，應無點鼠侵。

此詩譬喻國勢，明朝何不像廢檠？點鼠侵盡後，殘火自熄。

梅村亡國之痛，觸物時發。例如〈蠹簡〉五律云：

> 飽食終何用，難全不朽名。秦灰招鼠盜，魯壁竄鯫生。刀
> 筆偏無害，神仙豈易成？卻留殘闕處，付與豎儒爭。

〈焦桐〉五律云：

> 流落中郎怨，薰風意乍開。響因知己出，歌爲逐臣哀。一
> 曲尊前奏，千金爨下材。漢家忘厝火，絕調過江來。

〈蠹簡〉頷頸二句，上句言明末延、西二撫因貪婪而導致寇亂。
其〈清忠譜序〉一文云：

> 余所惜者，先朝列聖相承，思陵躬親菲惡、焦勞勤政者，十
> 有七年，而逆寇射天，神京淪陷。追維始禍，起於延西二撫
> 之貪婪；皆逆賢黨也。當是誰，逆布其黨宇內，秦中要地二
> 撫，實闔腹心，肆虐縱貪，莫之敢指，貽禍全秦者數歲；終
> 於賊焰燎原，災彌穹壤，一敗而不可救，真可痛也！

「魯壁竄鱷生」或指齊黨張至發亂政，鱷生即豎儒淺生之流，「秦灰
招鼠盜」指延西二撫貪婪而招禍。未能及早提防秦地之禍，即所謂「漢
家忘厝火」。「絕調過江來」則云南渡之事。此又見〈破硯〉五律云：

> 一擲南唐恨，抛殘剩石頭。江山形半截，寶玉氣全收。洗
> 墨池成玦，窺書月仰鉤。記曾疏闕失，望斷紫雲愁。

「抛殘剩石頭」語意雙關，言弘光朝半截江山猶輕擲，焉能免於亡國？

勝國及身世之悲又見於〈通玄老人龍腹竹歌〉七古云：

> 通玄老人來何方，碧臚頳面奉毛蒼。手披地圖向我說，指點
> 西極天微茫。視彼萬里若咫尺，使我不得悲他鄉。京師公卿
> 誰舊識，與君異國同周行。九州喪亂朋友盡，此道不絕留扶
> 桑。床頭示我龍腹竹，夜半風雨疑騰驤。尾燒鱗蛻飛不得，
> 蒼皮倔強膚微張。此中空洞亦何有？得無頷下驪珠藏。漢家
> 使者通大夏，仍來邛蜀搜筼簹。更踰蔥嶺訪異種，攜歸上苑
> 棲鸞皇。我欲裁之作龍笛，水底老蛟吟不得。縱使長房投葛
> 陂，此龍僵臥難扶策。可是天教產竹郎，八荒奇事誰能識？
> 一從海上西南來，中原篠蕩多良材。淇園已竭蒼生痛，會稽
> 正採征夫哀。天留異質在無用，任將抛擲生塵埃。若有人兮
> 在空谷，束素娟娟不盈匊。盡道腰枝瘦勝肥，此君無乃非其
> 族，雪壓霜欺直幹難，輪囷偃蹇忘榮辱。邴君豈出子魚下，
> 高人磊砢遭題目。玉筍新抽漸拂雲，摩挲自倚東墙曲。苦節
> 長同處士飢，寬心好耐湘妃哭。吁嗟乎！崑崙以外流沙西，
> 當年老子驅青犢。手中竹杖插成林，殺青堪寫遺經讀。君不
> 見猶龍道德五千字，要言無過寧為腹，何可一日無此竹！

「京師公卿誰舊識，與君異國同周行。九州喪亂朋友盡，此道不絕留扶桑」言故國舊友俱無存，故特別珍惜湯若望之友誼。「床頭示我龍腹竹，夜半風雨疑騰驤」以下詠龍腹竹。「淇園已竭蒼生痛，會稽正採征夫哀」四句，深斥清人剝削民力物產的罪行。〈讀史偶述四十首〉其三十四詩中諷刺多爾袞伐盡淇竹，以爲藥方，與此言同意。

「若有人兮在空谷，束素娟娟不盈匊」以下因物比興，自歎身世。「雪壓霜欺直幹難，輪囷偃蹇忘榮辱」二句比喻持身立節於亂世並非易事。「邴君豈出子魚下，高人磊砢遭題目」二句。子魚即三國時魏人華歆。歆與邴，管寧俱遊學，三人相善，時人號三人爲一龍。歆爲龍頭，原爲龍腹，寧爲龍尾。梅村名在黨籍，爲世指目。後爲陳之遴、陳名夏輩強薦出仕，誤玷名節，正如〈寄房師周芮公先生四言并序〉其一詩末云：「巨源舊日稱知己，誤玷名賢啓事中。」其內心悔恨甚深。「苦節長同處士飢，寬心好耐湘妃哭」乃自勵自勉語。蓋湘妃淚灑蒼梧，梅村亦時時感泣於崇禎的知遇。「吁嗟乎」以下感慨身世，而「君不見猶龍道德五千字，要言無過寧爲腹，何可一日無此竹！」言虛其心，實其腹，欲守愚混世，其實滿腹牢騷，見於言外。

又如〈吾谷行〉一詩，其比興用典，亦頗有可觀處：

吾谷千章萬章木，挿石緣溪秀林麓。中有雙林向背生，並幹交柯互蟠曲。一株夭矯面東風，上拂青雲宿黃鵠。黃鵠引吭鳴一聲，響入瑤花飛簌簌。一株偃蹇踞陰崖，半死半生遭屈辱。雷劈燒痕翠鬣焦，雨垂漏滴蒼皮縮。泥崩石斷逬枯根，鼠竄蟲穿隱空腹。行人過此盡徬徨，日暮驅車不能速。前山路轉相公墳，宰木參差亂入雲。枝上子規啼碧血，道傍少婦泣羅裙。羅裙碧血招魂哭，寡鵠羈雌不忍聞。同伴幾家逢下淚，羨他夫婿尚從軍。可憐吾谷天邊樹，猶有相逢斷腸處。得免倉黃剪伐愁，敢辭漂泊風霜懼。木葉山頭雪正飛，行人十月遼陽戍。兄在長安弟玉關，摘葉攀條不能去。昨宵有客大都來，傳道君王幸漸臺。便殿含毫題詔濕，閤門走馬報花開。宮槐聽取從官詠，御柳催成應

制才。定有春風到吾谷，故園不用憂樵牧。雖遇彫枯墜葉
黃，恰逢滋茂攢條綠。由來榮落總何常，莫向千門羨棟梁。
君不見庾信傷心枯樹賦，縱吟風月是他鄉。

此詩為孫承恩，孫暘兄弟而作。孫暘因科場案而遭戍於尙陽堡，其兄
承恩則文采過人，不為欺君賣弟之行，因而蒙渥皇恩，舉戊戌年（順
治十年）狀元。二人際遇，不啻天壤之別。孫氏世居蘇州府吾谷，其
地在常熟附近，故梅村以「吾谷行」為題。首四句云：「吾谷千章萬
章木、挿石緣溪秀林麓。中有雙株向背生，並幹交柯互蟠曲」以吾谷
秀茂的林木發端，以雙株向生，並幹交柯的兩樹比喻孫氏兄弟。入聲
「屋」「沃」韻通押。接下十二句同韻，分寫兩兄弟。首四句從「一
株」以下寫孫承恩仕途得意。以樹木「夭矯面東風」、「上拂青雲」、「黃
鵠引吭鳴一聲」形容其得意。「上拂青雲宿黃鵠」「黃鵠引吭鳴一聲」
用頂眞格相連，節奏輕快。下句「響入瑤花飛簌簌」，以「聲」「響」
巧連成詞，以巧聯結上下兩句。「響入」一句為「上入平平入入」末
二字「簌簌」為疊字，整句抑揚跌宕。

從「一株」以下八句寫孫暘。前六句為律句，排比鋪寫樹木之枯
悴，形容孫暘所受之苦。首二句言其僇蹇屈辱。「雷劈燒痕翠鬣焦，
雨垂漏滴蒼皮縮。泥崩石斷迸枯根，鼠竄蟲穿隱空腹」，形容此樹遭
雷雨、蟲鼠摧殘，比喻孫暘被禍之慘。動詞「劈」、「燒」、「垂」、「滴」、
「縮」、「崩」、「斷」、「迸」、「竄」、「穿」極具破壞力。「枯根」、「空
腹」、「翠鬣焦」極狀其慘，且以律句穩安的音節，鋪排氣勢，尤具效
果。最後「行人過此盡彷徨，日暮驅車不能速」寫行人傍徨流連之情，
有日暮途窮之感。此詩至此全用比體，用二樹比喻兩兄弟，由其榮枯
對比來反襯孫暘的運蹇途窮。

「枝上子規啼碧血，道旁少婦泣羅裙」為工對的律句。杜鵑泣血，
好似應和少婦之泣。接著「羅裙碧血招魂哭」二句，先以頂眞格承上，
「寡鵠羈雌不忍聞」以少婦不忍聞寡鵠羈雌之聲來形容其喪夫之痛。
「同伴幾人逢下淚，羨他夫婿尙從軍」二句同情死者，安慰生者。此

六句文字工對、音節穩妥，以頂眞法蟬連文句，敷抒哀憐之情。

「可憐吾谷天邊樹，猶有相逢斷腸處」六句指孫暘幸免極刑，卻不免遣邊之苦。景中寓情，情景相生。「兄在長安弟玉關，摘葉攀條不忍去」二句爲詩意主旨。

「昨宵有客大都來，傳道君王幸漸臺」六句稱羨孫承恩蒙渥皇恩。〔註1〕「定有春風到吾谷，故園不用憂樵牧」四句以春風綠條之景比喻孫氏兄弟不幸之中有大幸。「由來榮落總何常，莫向千門羨棟梁」四句以榮落無常之理安慰孫暘。

此詩以樹的榮枯比喻孫氏兄弟的際遇。全詩以比興始，以用典結束，其間以樹的榮枯對比，寓含哀憐友朋及諷世之情，可謂用意深。

此外，梅村常以古人比擬今人，其諷意深切，前章已論及，此不贅述。

二、窮形盡相，善於鋪敍

梅村諷諭詩的另一個特色在窮形盡相，善於鋪敍。其詩對於人或物的形象極力刻劃，再藉此來諷刺時世。此外，其詩又善於鋪敍，詞采繁麗。例如〈松鼠〉五古云：

> 衝飆飄頹瓦，壞墻叢廢棘。謖然見松鼯，搏樹向人立。側目仍盱睢，奉頭似悚惕。簹牙偃臥高，屋墮欹斜疾。倒攫弱枝危，迅躧修柯直。已墮復驚趨，將藏又旁突。去遠且蹔留，迴顧再迭逸。前逃赴已駛，後竄追旋及。剽輕固天性，儇狡因眾習。兩木夾清漳，槎牙斷尋尺。攀緣所絕處，排空自騰擲。足知萬物機，飛走不以力。嗟爾適何來，鳥鼠忽而一。本是居崭巖，無端被羈縶。兒曹初玩弄，種類漸充斥。黜彼憑社徒，技窮恥畫匿。銜尾共呼鳴，異穴爲主客，吾廬枕荒江，垂死倚病柏。雷雨撥其根，慘裂蒼皮

〔註1〕靳榮藩認爲「昨宵有客大都來」至「御柳催成應制才」數句言孫暘獻頌之事。依孟森考證，孫暘獻頌在康熙三十八年，則梅村已卒矣。故應指孫承恩蒙渥君恩一事。

－237－

濕。空腹鴟鴞蹲，殘身螻蟻食。社鬼不復憑，乘間恣出入。
庭中玉藥枝，怒茁遭狼藉。非敢念摧殘，於君奚損益。屈
指五六年，不遣一花白。苞筍抽新芽，編籬察行跡。免彼
鎌鉏侵，值爾齒牙厄。反使盜者心，笑睨生歎息。貧賤有
此園，謂可資漑植，春蔬晚猶種，夏果晨自摘。鳥雀群飛
鳴，啁啾滿阡陌。婦子懶驅除，縛蒭加臺笠。我亦顧而笑，
自信無長策。焉能避穿墉，會須憂入室。茅齋雖云陋，一
一經剪葺。曉起看掃除，仰視輒詫惜。尋紙透簾幕，掉尾
來几席。倒庋傾圖書，窺廚啖漿炙。空倉喧夜鬥，忘疲競
遺粒。早幸官吏租，督責無餘積。邂逅開虛堂，群怒扼險
塞。地逼起眾呼，拍手撼四壁。捕此曷足多，欲以觀其急。
櫺戶既嚴扃，樂櫨若比櫛。瞥眼倏遁逃，一巧先百密。窮
追信非算，忱豫不早擊。忍令智弗如，變計思與敵。機深
勇夫駭，勢屈兒童獲。舉世貴目前，快意相促迫。比讀莊
生書，退守愚公術。撲棗聽鄰家，搔瓜任邊邑。溪深獺趁
魚，果熟猿偷栗。天地所長養，於己何得失。嗟理則誠然，
自古戒鼠泣。仙豈學淮南，腐難嚇梁國。舞應京房占，碟
按張湯律。終當就羅網，不如放山澤。永絕焚林風，用全
飲河德。

此詩「謖然見松鼯，搏樹向人立」以下數句，刻劃松鼠而張目直視，
忽而捧頭悚惕；又驚趨旁突，迴顧逸逃，道盡其剽輕儇狡的天性。

「嗟爾適何來，鳥鼠忽而一」十句言其繁衍之速。「點彼憑社徒，
技窮恥晝匿」四句，寫點鼠啼竄之景，甚是生動。「吾廬枕荒江，垂
死倚病柏」以下寫身遭鼠害。「社鬼不復憑，乘間恣出入」以下鋪敘
鼠害之嚴重。此由「庭中玉藥枝，怒茁遭狼藉」、「免彼鎌鉏侵，值爾
齒牙厄」等句可知。

「反使盜者心，笑睨生歎息」二句，由盜者的歎息中更可想見鼠
害之劇烈。所以「貧賤有此園，謂可資漑植」以下，作者自言其放任
鼠類縱橫的無力感。

「焉能避穿墉，會須憂入室」以下鋪敘鼠類入侵家室之囂張。例

如倒求傾書、窺廚啖炙、夜鬥爭食等等，將鼠害夸寫到極點。

「早幸官吏租，督責無餘積」二句則宕開一筆，言官吏之嚴苛猶勝過鼠害。「邂逅開虛堂，群怒扼險塞」以下言捕鼠未成後，其悔恨之情，故以「比讀莊生書，退守愚公術」數語自寬。「嗟理則誠然，自古戒鼠泣」點出旨趣，言盜者、官吏是鼠輩之流。「終當就羅網，不如放山澤」數句，詛罵其下場，而心且自寬。

此詩以鼠來比喻吏治之殘害。詩中極力刻劃鼠類之形象、繁衍，鋪敘其為害之嚴重。再揷敘盜者、官吏、作者之反應，最後方點出旨趣。又如〈宣宗御用餵金蟋蟀盆歌〉七古云：

> 宣宗在御昇平初，便殿進覽豳風圖。煖閣才人籠蟋蟀，晝長無事為歡娛。定州花甆賜湯沐，玉粒瓊漿供飲啄。餵金髹漆隱雙龍，果廠雕盆錦香褥。伙飛著翅逞腰身，玉砌軒謦試一鳴。性不近人須耿介，才堪卻敵在僄輕。君王暇豫留深意，橐門霸上皆兒戲。鬥雞走狗謾成功，今日親觀戰場利。坦顙長身張兩翼，鋸牙植股鬣如戟。漢家十二羽林郎，蟲達封侯功第一。臨淮真龍起風雲，二豪螟蛉張與陳。草間竊伏竟何用，灶下廁養非吾群。大將中山獨持重，卻月城開立不動。兩目相當振臂呼，先聲作勢多操縱。應機變化若有神，僄突彷彿常開平。黃鬚鮮卑見股栗，垂頭折足亡精魂。獨身跳兔追且急，拉折攀翻只一擲。蠮螉塞外蝡蠕走，使氣窮搜更深入。當前拔柵賭先登，奪采爭籌為主人。自分一身甘瓦注，不知重賞用黃金。君王笑謂當如此，楚漢雌雄何足齒！莫嗤超距浪輕生，橫草功名須致死。二百年來無英雄，故宮瓦礫吟秋風。一寸山河鬥蠻觸，五千甲士化沙蟲，灌莽微軀亦何有，捉生誤落兒童手。蟻賊穿牆負敗旨，戰骨雖香嗟速朽。涼秋九月長安城，黑鷹指爪愁雙睛。錦韝玉縧競馳逐，頭鵝宴上爭輸贏。鬥鴨欄空舞馬死，開元萬事堪傷心。祕閣圖書遇兵火，廠盒宣窯賤如土。名都百戲少人傳，貴戚千金向誰賭？樂安孫郎好古癖，剔紅填漆收藏得。我來山館見雕盆，蟋蟀秋聲增歎息。嗚呼！漆城蕩蕩空無人，哀螿切切啼王

孫。貧士征夫盡流涕，惜哉不遇飛將軍。

此詩寫宣宗餧金盆中鬥蟋蟀之情景，以比喻國勢之興衰。意象雙關，綰合兩個時代的風氣：一爲開國時拓疆闢土之氣象，一爲承平時代鬥蟋蟀之風尚。二者對比，可知進取尚武精神的退墮。所以末尾慨歎戰事失利，遂令陸沈國亡。

靳榮藩云：

> 此篇多用蟲部字作襯貼，如鬥雞、走狗、羽林、蠱達、螟蛉、草間竊伏、垂頭折足、跳兔、拉折、蟛蜞、蠕蠕、雌雄、橫草、蠻觸、沙蟲、蟻賊、黑鷹、頭鵝、鬥鴨、舞馬等，眞有指石皆金，合草爲丹之妙。

靳氏所言，未必皆蟲部字，卻和鬥蟋蟀等遊戲有關。詩云：「鬥雞走狗謾成功，今日親觀戰場利」以下合寫兩個時代。「漢家十二羽林郎，蠱達封侯功第一」四句，以漢初功臣蠱達比擬明初開國諸將。並將元末張士誠、陳友諒之輩貶如螟蛉，比擬爲草間竊伏之徒。

「大將中山獨持重，卻月城開立不動」以下則言徐達、常遇春等大將。「兩目相當振臂呼，先聲作勢多操縱」等句言戰鬥之景。均用鬥蟋蟀之意象來形容。自「二百年來無英雄，故宮瓦礫吟秋風」以下歎息戰事不利。「蟻賊穿墉負敗觭，戰骨雖嗟速朽」，二句嗟歎戰士殉國，將流寇比爲蟻賊。末云：「貧士征夫盡流涕，惜哉不遇飛將軍。」傷憐中寓有諷意。

除了反省兩百年來的興亡，對崇禎朝外戚之豪奢，亦有大爲鋪敘，加以諷評者。如〈田家鐵獅歌〉七古云：

> 田家鐵獅屹相向，�蹲夷信殊狀。良工朱火初寫成，四顧咨嗟覺神王。先朝異物徠西極，上林金鎖攀楹出。玉關罷獻獸圈空，刻畫丹青似爭力。武安戚里起高門，欲表君恩示子孫。鑄就銘詞鑴日月，天貽神獸守重閽。第令監奴睛閃爍，老熊當路將人攫。不堪此子更當關，鉤爪張睜吐銀齶。七寶香猊玉辟邪，嬉游羣伴入侯家。圉人新進天閑馬，御賜仍名獅子花。假面羌胡裝雜伎，狻猊突出拳毛異。

跳擲聲聲畫鼓催，條支海上何鯀致？異材逸獸信超群，其
氣無乃如將軍。將軍豈是批熊手，瞋目哮呼天下聞。省中
勿唱田蚡死，青犢明年食龍子。蝦蟇血灑上陽門，三十六
宮土花紫。此時鐵獅絕可憐，兒童牽挽誰能前。橐駝磨肩
牛礪角，霜摧雨蝕枯藤纏。主人已去朱扉改，眼鼻塵沙經
幾載。鎖鑰無能護北門，畫圖何處歸西海？吾聞滄州鐵獅
高數丈，千年猛氣難凋喪。風雷夜半戲人間，柴皇戰伐英
靈壯。蘆溝城堞對西山，橋上征人竟不還。枉刻蹲獅七十
二，桑乾流水自潺潺。秋風吹盡連雲宅，鐵鳳銅烏飛不得。
欲羨如來有化城，香林獅象空王力。扶雀犛牛見太平，月
支使者貢西京。并州精鐵終南冶，好鑄江山莫鑄兵。

此詩諷刺田弘遇。首四句破題，先言田家鐵獅。「先朝異物徠西極，
上林金鎖攀楹出」四句以獅襯映鐵獅。「武安戚里起高門，欲表君恩
示子孫」四句又以田家之恩寵襯寫鐵獅。「第令監奴睛閃爍，老熊當
路將人攫」四句，言王應熊夤緣為虐。「不堪此子更當關」一句，靳
榮藩引張如哉語：

當關亦暗用《楚辭》「虎豹九關，啄害下人」意。

此說甚是。四句因物比興，致諷深矣。「七寶香猊玉辟邪，嬉游牽伴
入侯家」以玩好之物襯寫田氏之豪奢。而香猊亦關涉鐵獅。「圉人新
進天閑馬，御賜仍名獅子花」六句又以貢物雜伎來烘托田氏家門之
盛。「異材逸獸信超群，其氣無乃如將軍？」四句，以逸獸比喻其氣
焰。「將軍豈是批熊手」二句之意。據楊家駱重編之《明史》之後附
載張岱《石匱書》卷六〈戚畹世家〉云：

田弘遇，廣陵人，毅宗田貴妃兄也，封都督。妃有寵，弘
遇竊弄威權，京城側目。南海進香，攜帶千人，東南騷動。
聞有殊色，不論娼妓，必百計致之。遣禮下聘，必以蟒玉
珠冠，餤以姬侍，入門三四日，即貶入媵婢，鞭笞交下。
進香復命歌兒舞女數百餘人，禮幣方物，載滿數百餘艘，
路中凡遇貨船客載，鹵掠一空，地方有司，不敢詰問。

此記載近實。惟田弘遇為田貴妃之父，非其兄，此點錯誤。詩云：「瞋

目哮呼天下聞」者指此。

「省中忽唱田蚡死，青犢明年食龍子」以下，言甲申國難時，田氏已死矣。進而以「鎖鑰無能護北門，畫圖何處歸西海？」諷刺諸將無力護守京師，慨歎城陷後，圖籍付之一炬。故以柴皇事蹟來哀憐殉國的戰士。「枉刻蹲獅七十二，桑乾流水自潺潺」數句，不勝滄桑之感。末以「并州精鐵終南冶，好鑄江山莫鑄兵」為祝禱之語。

此詩以鐵獅襯寫田家恩寵，以熊獅之怒比喻其專橫。再以奇物、玩好、伎樂等言其豪奢。「將軍豈是批熊手」二句諷刺極矣。忽又轉言其身後事，鋪敘鐵獅零落衰敗之景。然後插敘柴皇的英武，哀憐征人的犧牲，善用映襯、插敘的手法，對鐵獅有窮形盡相之刻劃。

此外，如〈詠拙政園山茶花并引〉云：

> 拙政園，故大弘寺基也。其地林木絕勝，有王御史者侵之以廣其宮，後歸徐氏最久。兵興，為鎮將所據，已而海昌陳相國得之。內有寶珠山茶三四株，交柯合理，得勢爭高。每花時，鉅麗鮮妍，紛披照曬，為江南所僅見。相國自買此園，在政地十年不歸，再經譴謫遼海，此花從未寓目。余偶過太息，為作此詩，他日午橋獨樂，定有酬唱以示看花君子也。

拙政園內山茶花，一株兩株枝交加。豔如天孫織雲錦，頳如姹女燒丹砂，吐如珊瑚綴火齊，映如蝀蝀凌朝霞。百年前是空王宅，寶珠色相生光華。長養端資鬼神力，優曇湧現西流沙。歌臺舞榭從何起，當日豪家擅閭里。苦奪精藍為玩花，旋拋先業隨流水。兒郎縱博賭名園，一擲留傳猶在耳。後人修築改池臺，石梁路轉蒼苔履。曲檻奇花拂畫樓，樓上朱顏嬌莫比。千條絳蠟照鉛華，十丈紅牆飾羅綺。鬥盡風流富管弦，更誰瞥眼閒桃李。齊女門邊戰鼓聲，入門便作將軍壘。荆棘從填馬矢高，斧斤勿剪鶯簧喜。近年此地歸相公，相公勞苦承明宮。眞宰陽和暗迴幹，長安日日披薰風。花留金谷遲難落，花到朱門分外紅。獨有君恩歸未得，百花深鎖月明中。灌花老人向前說，園中昨夜零霜雪。黃沙漸漸動人愁，碧樹垂垂為誰發？可憐塞上燕支山，染花不就花枝殷。江城作花顏色好，杜鵑啼血何斑斑。

花開連理古來少，並蒂同心不相保。名花珍異惜如珠，滿
地飄殘胡不掃？楊柳絲絲二月天，玉門關外無芳草。縱費
東君著意吹，忍經摧折春光老。看花不語淚沾衣，惆悵花
間燕子飛。折取一枝還供佛，征人消息幾時歸？

此詩乃梅村偶經蘇州拙政園，見園內山茶花盛開，詠物抒懷，傷陳之
遴之遭遇。

「豔如天孫織雲錦，頳如姹女燒丹砂」四句，以排比句法形容山
茶花之美，再以花的美來映襯人事之盛況。首先言大弘寺，用「百年
前是空王宅，寶珠色相生光華」二句寫其莊嚴，也映襯出寶珠山茶之
光華。接著言王御史侵之以廣其宮。「苦奪精藍為玩花，旋拋先業隨
流水」二句，以花期之短暫形容其富貴無常。

「曲檻奇花拂畫樓，樓上朱顏嬌莫比」六句，以奇花的嬌態映襯
錢謙益夫人柳如是的嬌顏。蓋此園一度為錢氏所有，此詩序未言及。

「近年此地歸相公，相公勞苦承明宮」以下言此園歸陳之遴所
有。「花留金谷遲難落，花到朱門分外紅。獨有君恩歸未得，百花深
鎖月明中」四句言陳氏蒙渥聖恩，十年未歸。此用繁花遲落，卻空鎖
園中來比喻。「灌花老人向前說，園中昨夜零霜雪」以下言陳氏譴謫
遼海。以黃沙淅淅等景色對比碧樹垂垂之綠意。景色一冷一暖，暗喻
陳氏的遭遇。

「花開連理古來少，並蒂同心不相保」四句中，上二句慨歎其女
及女婿二人，下二句以花的飄零比喻陳之遴譴謫遼海之苦。末云：「折
取一枝還供佛，征人消息幾時歸」，以祝禱陳氏一家早日獲赦歸來。
梅村〈亡女權厝志〉云：

二女甥四五歲，頗慧黠。長者教之禮佛，祈直方早歸。

此即詩末二語之意。

此詩由眼前繁花景色，回顧園林百年間的興亡。鋪敘盛衰，以花
景來襯寫。「近年此地歸相公，相公勞苦承明宮」以下則以繁花的開
落象徵陳之遴的遭遇。全詩以花的榮落來象徵人事之盛衰，排比興

亡，寫物敘事俱佳。

此外，如〈題劉伴阮凌煙閣圖并序〉一詩：

> 唐閻立本十八學士圖，相傳在兵科直房中。余官史局，慈谿馮
> 大司馬鄴仙時掌兵都垣，嘗同直禁中，出而觀之，吏啓篋未及
> 展，而馮以上命宣召，遽扃鐍而去，遂不果。今相去三十年，
> 六科廊燬於兵，此圖不可問矣。按王氏畫苑，立本畫十八學士，
> 又畫凌煙二十四功臣，故兩圖並行；凌煙圖不著，著其所繇失。
> 汴梁劉君伴阮，天才超詣，書畫尤其所長，自鍾、王以下，八
> 分行草，摹之無不酷似；山水雅擅諸家，又出新意以繪人物，
> 如所作凌煙功臣圖，氣象琴髴，衣裝瓌異，雖立本復出，無以
> 過焉。伴阮遊於方伯三韓佟公之門，暫留吾吳，恨尚未識面，
> 間取是圖以想像其爲人，意必嶔崎磊落，有凌雲御風之氣。余
> 因是以窺劉君之才，服方伯之知人，而深有感於余之老，不足
> 追陪名輩也。爲之歌曰：
>
> 大梁才子今劉生，客遊書畫傾公卿。江南花發遇高會，油幢
> 置酒羅群英。開君書堂拂素壁，貞觀將相施丹青。長孫燕頷
> 肺腑戚，河間隆準天潢親。鄂公衛公與英國，誰其匹者推秦
> 瓊，房杜劻勷魏彊諫，元僚濟濟高勳名。二十四人半豐沛，
> 君王帶礪山河盟。千載懸毫寫生面，雙眸顧盼關神明。長弓
> 大矢佩刀劍，玄袞赤舄垂蔥珩。正視橫看叫奇絕，一時車馬
> 喧南城。余衰臥病滄江口，忽地流傳入吾手。細數從前翰墨
> 家，海內知名交八九。慘澹相看識苦心，殘縑零落知何有。
> 技窮仙佛并侯王，四十年來誰不朽。北有崔青蚓，南有陳章
> 侯。崔也餓死值喪亂，維摩一卷兵間留。含牙白象貝多樹，
> 圖成還記通都求。陳生落魄走酒肆，好摹傖父屠沽流，笑償
> 王媼錢十萬，稗官戲墨行舤籌。劉生三十稱詞伯，盛名緩帶
> 通侯席。埋沒休嗟此兩生，古今多少窮途客。繁臺家在汴流
> 平，老我相逢話鋒鏑。剩有關河出後生，枉將兵火催衰白。
> 君不見祕書高館群儒修，歐虞諸薛題銀鉤。朔州老將解兵
> 柄，折節愛與諸生游。丈夫遭際好文日，布衣可以輕兜鍪。
> 似君才藻妙行草，況工絹素追營丘。它年供奉北門詔，大官
> 賜食千金裘。嗚呼！石渠麟閣總天上，凌煙圖罷圖瀛洲。

此詩作於康熙四年。代人題畫之詩不容易作，因爲詩往往要關乎畫家與畫作。何況劉伴阮與梅村尙未識面，此又難上一層。

詩開頭二句略述劉氏後，即正面描寫劉氏的凌煙閣圖。舉唐太宗外戚長孫無忌，河間元王李孝恭，以及尉遲敬德、李靖、李勣、秦瓊，和朝臣魏徵、房玄齡、杜如晦等人。「元僚濟濟高勳名」、「二十四人半豐沛」二語已概括此圖人物的身份。「千載懸毫寫生面，雙眸顧盼關神明」四句將二十四人寫得英氣颯爽。「正視橫看叫奇絕」二句想像劉氏的磊落奇氣。與其圖中人物相互輝映。

「余衰臥病滄江口，忽地流傳入吾手」以下梅村追憶畫壇諸友。「北有崔青蚓，南有陳章侯」則以崔、陳二人之窮厄來襯托劉伴阮的達遇。詩言崔氏遺圖之零落，描寫陳氏之落魄。「笑償王嫱錢十萬，稗官戲墨行觥籌」二句以簡筆寫出陳氏之豪邁。

「劉生三十稱詞伯，盛名緩帶通侯席」數句則爲劉氏慶幸。「剩有關河出後生，枉將兵火催衰白」見兵火之後，畫事之後繼有人。感歎中有喜悅和期許。所以自「君不見秘書高館群儒修，歐虞褚薛題銀鈎」以下期待文史圖籍之事復盛。末云：「嗚呼！石渠麟閣總天上，凌煙圖罷圖瀛洲」。除了有殷切期待劉氏復作十八學士圖之意，又何嘗沒有偃武修文之盼？

梅村與劉伴阮素未謀面。睹圖思人，故詩先言江南畫壇盛事，再以凌煙閣圖來襯托劉氏。然後追憶昔日畫友之窮厄以襯托劉氏之盛名。詩末有長者殷殷期許之情。用側面筆法來襯寫劉伴阮，正面鋪敍圖籍及故友則英氣磊落，洋洋稱盛。

此外，如〈廿五日偕穆苑先孫浣心葉子聞允文游石公山盤龍石梁寂光歸雲諸勝〉云：

> 大道無端倪，眞宰有融結。茲山在天壤，靈異蓄不泄。萬竅凌虛無，一柱支毫末。疑豈愚公移，愁爲巨靈拔。劉根作堂奧，柳毅司扃鐍。誰啓仙人閣，繫我漁父枻。刻鏤洪濛雲，雕搜大荒雪。或人而痀僂，或馬而蹄齧；或負藏毉

舟，或截專車節；或象神鼎鑄，或類昆吾切。地肺庖丁解，月窟工倕伐。石囷封餱糧，天廚甃涓潔。重㯓累瓴甑，短柱增櫨梲。瓜瓣觚稜剖，木皮槎枒裂。皚皚黃河水，炎炎崑岡爇。嶔岈舞辟邪，錟鈉張饕餮。斗起聳雲關，一道通箭筈。碧藕玲瓏根，文螺宛委穴。丹梯躡而上，鬱鬱虛皇闕。突兀撐青旻，插地屏障列。一身生羽翰，百尺跨虹蜺。斷澗吟楓柟，颯爽侵毛髮。側窺漏日影，了了澄潭澈。雞聲出煙井，乃與人境接。迴思頃所歷，過眼纔一瞥。秦皇及漢武，好大同蠓蠛。齊諧不能志，炙輠不能說。酈桑二小儒，註書事抄撮。陋襲李斯碑，闕補周王碣。關仝亦妙手，惜未適吳越。嵩華雖云高，無以鬥巧拙。時俗趁姿媚，煙巒漫塗抹。妄使傖父輩，笑我驕蟻垤。京江吸金焦，漢水注大別。流峙合而匯，奇氣乃一發。睥睨五嶽間，誰與分優劣。扶杖一村翁，眼看話年月。昔逢猶兒童，今見已耄耋。昨聞縣帖下，搜索到魚鱉。訝彼白鼉逃，無乃青草竭。卻留幽境在，似爲肥遯設。當年綺里季，卜居採薇蕨。皓首走漢廷，恨未與世絕。若隨靈威去，此處攬藤葛。子房知難致，欲薦且捫舌。浮生每連蜷，塵界儘空闊。謀免妻孥愁，計取山水悅。入春桃李過，韶景聽啼鴂。籃輿累親舊，同載有二葉。穆生老而健，孫郎才且傑。彼忘筋力勞，我愛賓朋挈。過湖曳輕帆，入寺息深樾。老僧諧語笑，妙理攻麴櫱。曉起陳盤餐，飽食非粗糲。桑畦路宛宛，筍屩行兀兀。快意在此游，失記遺七八。平湖鋪若茵，磐石幾人歇。蹲踞當其旁，拒户相支遏。黝黑聲訇稜，欲進遭嗔喝。側肩僅容趾，腹背供磨軋。下踹蘚磴牢，上覷崩崖豁。攀躋差毫釐，失足憂一蹶。前奇慕先過，後險欣乍脫。歌呼雜齠稚，嘻笑視履襪。君看長安道，高步多嗟跌。散誕來江湖，蒲伏羞干謁。頭因石丈低，腰向山靈折。四月將已近，天時早炎熱。揮汗何沾濡，驚飆俄凜冽。歸來北窗枕，響入山溜徹。不寐話夜涼，連床擁裘褐。晚歲艱出門，端居意騷屑。閒蹤習羈旅，逸興貪放達。跌蕩馮夷宮，

游戲天吳窟。將毋神鬼怒，巫遣風雨奪。勝事滿現前，得
失歸勇怯。衰老偕故人，幸喜茲游決。他年子胥濤，百里
聞吒咄。鱷鮪隨風雷，頸鎖金牛挈。鮫人拭床几，神女洗
環玦。硍磕打空灘，澎湃濺飛沫。噌吰無射鐘，嘹喨蕤賓
鐵。孤客爲旁皇，嫠婦爲悽咽。那知捱柁下，我輩行車轍。
再拜告石公，相逢慰飢渴。既從人間世，忍再洪波沒。志
怪作大言，嗜奇私神物。肯學楊馬鐫，願受壺公訣。縮之
入懷袖，弄之置盆缽。栽松龍氣上，蓄水雲根活。長留文
士玩，勿被山君竊。嘗聞岣嶁峰，科斗尊往牒。剝蝕存盤
螭，捫索嗟完缺。此山通巴陵，下有神禹札。後代文字衰，
致起龍蛇蟄。我有琅玕管，上灑湘娥血。濯足臨滄浪，浩
思吟不輟，未堪追陽冰，猶足誇李渤。隱從煙霞閟，出供
時世閱。刻之藏書巖，千載應不滅。

以下先敘述石公山的靈異，並用愚公、劉根、柳毅等神異中人來襯托
山靈。而以「刻鏤洪濛雲」言其山形，呼應「萬竅凌虛無，一柱支毫
末」二句。「或人而痀僂，或馬而蹄齧」連用六「或」字，以痀僂之
人、馬之啼齧、負藏壑舟、截專車節、如神鼎鑄、似昆吾石切等象譬
喻山巒之巉巖峭陡。而句式多變，以人文意象喻山水，饒富奇趣。「地
肺庖丁解，月窟工倕伐」四句用典，以庖丁、工倕言山之刻鏤洪濛。
以石困、天廚言此山如仙境。而「重陳累瓿甎，短柱增櫨梲」四句以
瓿甎、櫨梲、瓜瓢觚稜、木皮槎枒描寫地勢，爲細部刻劃。「皚皚黃
河冰，炎炎崑岡蓺」四句，上二句言其氣候；下二句作動態描寫。辟
邪舞動，饕餮張舌，如畫龍點睛之筆，點化山靈之神。

「斗起聳雲關，一道通箭筈」至「迴思頃所歷，過眼纔一瞥」詠
「一柱支毫末」。首二句言道狹。「碧藕玲瓏根，文螺宛委穴」言山石
及洞穴之形，以碧藕根及文螺譬喻，形象鮮明。「丹梯躡而上，鬱鬱
虛皇闕」二句言躡梯直上雲霄。「突兀撐青旻，插地屏障列」一爲仰
視，一爲俯瞰。「一身生羽翰，百尺跨虹蜺」四句形容登高之快，眞
如展翅跨虹。

「秦皇及漢武，好大同蠓蟻」數句，言此山之勝地，前人從未道及，以古人事來襯寫。歷舉秦皇、漢武二人的巡狩，以及齊諧等志怪之言，酈道元、桑欽的地理著作，以及李斯等碑文；作者又恨關仝未曾遊而嵩華輸其巧。「京江吸金焦，漢水注大別」六句則正面描寫此山匯聚東南山水之奇氣，可以睥睨五嶽。

自「扶杖一村翁，眼看話年月」八句言租賦之急。「昨聞縣帖下，搜索到魚鱉」則官吏之誅求可想。「卻留幽境在，似爲肥遯設」十句用典，慨恨隱世不深。「子房知難致，欲薦且捫舌」二句對照山形之險，此二句更具說服力。

因此，「浮生每連蜷，塵界儘空闊」以下言此次壯遊，希望「謀免妻拏愁，計取山水悅」。山景之美，賓朋的笑語，老僧的妙理，盡在此遊中。自「平湖鋪若茵，磐石幾人歇」以下言山穴之黝黑，進而鋪敍攀登之險難和刺激，即「攀躋差毫釐，失足憂一蹶」六句所言。又言「君看長安道，高步多蹉跌」二句，以人生行路之難來襯托山水的可愛。「散誕來江湖，蒲伏羞干謁」四句，釋放出作者多年來干謁人世之苦。

「四月將已近，天時早炎熱」以下言夜宿山寺，與朋友不寐話夜涼。感受山雨颯來之景。

「他年子胥濤，百里聞吒咄」以下則形容風雨。用志怪的意象形容，配合全詩情調。「孤客爲旁皇，嫠婦爲悽咽。那知捩柂下，我輩行車轍」寫風雨聲悽咽，以自悲人間行役之勞。

由「再拜告石公，相逢慰飢渴」以下，則是作者沈醉於山靈的安慰之餘，發抒隱世著書之志。

此詩爲遊山之作。詩中對山形的刻劃形容盡矣。意象繽紛：或以人文意象喻山，以志怪之言形容風雨。再揷敍史事及神異之人，描寫登山時的危險和刺激。將石公山寫得靈氣活現，作者因而釋放出內心干謁行役之苦。比興用典，寓意深切；寫景敍事，刻劃鋪敍，梅村諷諭詩的兩個特色，畢見此篇。

第二節　風　格

　　梅村諷諭詩的主體風格可說是「縟麗深婉」。「繁縟」指其詩善於
鋪敘，能窮形盡相。「工麗」指其造語、聲調之華麗流利。「深婉」則
因其用典比興，寓意深切。故其主體風格即其特色所在。此風格多見
於長篇歌行，題材多半詠宮闈皇室，或男女情愛等。

　　此外，其詩風「覈實徑切」者，係承襲杜甫、元白遺風，多見於
戰亂流離、吏治民生諸題材。至於「激楚悲壯」者，多為梅村暮年之作。
其飽歷滄桑、閱歷興亡，於激楚悲壯之外，別有「沈鬱遒健」之作。

一、縟麗深婉

　　梅村諷諭詩的主體風格可說是縟麗深婉。例如〈蕭史青門曲〉七
古云：

　　　　蕭史青門望明月，碧鸞尾掃銀河闊，好時池臺白草荒，扶
　　　　風邸舍黃塵沒。當年故后婕妤家，槐市無人噪晚鴉。卻憶
　　　　沁園公主第，春鶯啼殺上陽花。嗚呼先皇寡兄弟，天家貴
　　　　主稱同氣。奉車都尉誰最賢，葦公才地如王濟。被服依然
　　　　儒者風，讀書妙得公卿譽。大內傾宮嫁樂安，光宗少女宜
　　　　加意。正值官家從代來，王姬禮數從優異。先是朝廷啓未
　　　　央，天人寧德降劉郎。道路爭傳長公主，夫婿豪華勢莫當。
　　　　百兩車來填紫陌，千金檻送出雕房。紅窗小院調鸚鵡，翠
　　　　館繁箏叫鳳凰。白首傅機阿母餙，綠韝大袖騎奴裝。灼灼
　　　　天桃共穠李，兩家姊妹驕紈綺。九子鸞雛鬥玉釵，釵工百
　　　　萬恣求取。屋裡薰爐溶若雲，門前鈿轂流如水。外家肺腑
　　　　數尊親，神廟榮昌主尚存。話到孝純能識面，抱來太子輒
　　　　呼名。六宮都講家人禮，四節頻加戚里恩。同謝面詣龍德
　　　　殿，共乘油壁月華門。萬事榮華有消歇，樂安一病音容沒。
　　　　莞蒻桃笙朝露空，溫明祕器空堂設。玉房珍玩宮中賜，遺
　　　　言上獻依常制。卻添駙馬不勝情，至尊覽表為流涕。金冊
　　　　珠衣進太妃，鏡奩鈿合還夫婿。此時同產更無人，寧德來
　　　　朝笑語眞。憂及四方宵旰甚，自家兄妹話艱辛。明年鐵騎

燒宮闕，君后倉黃相訣絕。仙人樓上看灰飛，織女橋邊聽
流血。慷慨難從鞏公死，亂離怕與劉郎別。扶攜夫婦出兵
間，改朔移朝至今活。粉碓脂田縣吏收，妝樓舞閣豪家奪。
曾見天街羨璧人，今朝破帽迎風雪。賣珠易米返柴門，貴
主淒涼向誰說。苦憶先皇涕淚漣，長平嬌小最堪憐。青萍
血碧它生果，紫玉魂歸異代緣。盡歡周郎曾入選，俄驚秦
女遽登仙。青青寒食東風柳，彰義門邊冷墓田。昨夜西窗
仍夢見，樂安小妹重歡讌。先后傳呼喚捲簾，貴妃笑折櫻
桃倦。玉階露冷出宮門，御溝春水流花片。花落回頭往事
非，更殘燈炧淚沾衣。休言傅粉何平叔，莫見焚香衛少兒。
何處笙歌臨大道，誰家陵墓對斜暉。只看天上瓊樓夜，烏
鵲年年它自飛。

此詩爲寧德公主而作。起四句悲蕭史邸舍。「好畤池臺白草荒」二句，
張如哉言好畤指東漢安帝延光年中，好畤侯耿良尚濮陽長公主，事見
《後漢書・耿弇傳》。又〈竇融傳〉言竇融扶風平陵人也，其長子穆
尚內黃公主，穆子勳尚東海王彊女沘陽公主。好畤池臺、扶風邸舍俱
用尚主事。

「當年故后婕妤家，槐市無人噪晚鴉」四字則指周后、田妃及公
主宅第之零落。沁園公主是東漢明帝女，此代指公主。首八句寫王室
衰敗之景，俱用典故擬之。

「嗚呼先皇寡兄弟，天家貴主稱同氣」以下始直書其事，卻又先
插敘樂安駙馬鞏永固。靳榮藩云：

　蓋都尉（鞏永固）能死而劉郎夫婦不能死，兩相比照，寄
　托遙深。然卻似閒敘家常者，詩筆之妙，令人不可思議也。
此說精當。「大內傾宮嫁樂安」二句言樂安下嫁鞏永固，爲寧德之天
婚預作伏筆。「正值官家從代來」二句：以漢文帝之由代王爲天子比
崇禎之以信王即帝位。

「先是朝廷啓未央，天人寧德降劉郎」以下言光宗女寧德公主下
嫁劉有福。「百兩車來填紫陌，千金楗送出雕房」以下六句用律句鋪

排寧德之豪勢。音調流轉，設色豔麗、排場豪奢，並呼應樂安出嫁事，故「灼灼夭桃共穠李，兩家姊妹驕紈綺」合寫二人。「九子鸞雛鬥玉釵，釵工百萬恣求取」四句再鋪敘其盛。

「外家肺腑數尊親，神廟榮昌主尚存」。即由樂安、寧德兩位長公主引出榮昌大長公主。再合寫王室對外戚之恩禮。「六宮都講家人禮，四節頻加戚里恩」四句以對偶句鋪寫。

「萬事榮華有消歇，樂安一病音容沒」轉入聲韻，言樂安病沒。「莞蕷桃笙朝露空，溫明祕器空堂設」四句用工對的律句鋪寫身後之淒涼。「金冊珠衣進太妃，鏡奩鈿合還夫婿」二句，下句暗用白居易〈長恨歌〉中「唯將舊物表深情，鈿合金釵寄將去」二句的詩意，指樂安與鞏永固天人永隔矣。以其妝奩舊物來描寫夫妻深情，細膩婉曲。

「此時同產更無人，寧德來朝笑語真」轉言寧德。「憂及四方宵旰甚，自家兄妹話艱辛」二語言兄妹情，語真情真。

「明年鐵騎燒宮闕，君后倉黃相訣絕」數句言甲申國難後王室的遭遇。「仙人樓上看灰飛」一句，程穆衡箋注引〈公主傳〉：

> 都城陷，永固以黃繩縛子女五人，繫柩旁曰：此帝甥也，
> 不可汙賊手，舉劍自刎，闔室自焚死。

而「慷慨難從鞏公死，亂離怕與劉郎別」二句則言寧德獨存。所謂「扶攜夫婦出兵間，改朔移朝至今活」。以下言其家境淒寒之苦，如云：「賣珠易米返柴門，貴主淒涼向誰說？」接著以寧德的回憶，引出崇禎皇帝、長平公主等人。「紫玉魂歸異代緣」用《搜神記》中吳王夫差女紫玉得童子韓重，死後魂歸省其母之典。此言長平公主夭折，故云：「盡嘆周郎曾入選，俄驚秦女遽登仙」。

詩至「青青寒食東風柳，彰義門邊冷墓田」似已竭盡詩意，忽又言「昨夜西窗仍夢見，樂安小妹重歡讌」用夢境寫昔日繁華。「先后傳呼喚捲簾，貴妃笑折櫻桃倦」，人物神態生動。「玉階露冷出宮門，御溝春水流花片」二句呼應前面「屋裡薰爐溢若雲，門前鈿轂流如水」，見繁華似水流而逝而不返。

「花落回頭往事非，更殘燈炧淚沾衣」以下言往事皆非。「休言傅粉何平叔，莫見焚香衛少兒」上句指劉有福等人，比擬爲魏何晏。下句言樂安等人。少兒或借用字面義，指光宗少女樂安。

此詩命題寄託古人，詩開頭用典故比擬，然後插敍鞏永固尙樂安公主事以爲映襯。中間再鋪敍樂安、寧德之盛。刻劃景物及細節，語句縟麗，情感深婉。崇禎與寧德兄妹間的情致，以及國難後寧德公主淒涼的心境，均悽婉動人。

近似的風格和手法如〈東萊行〉（原註：爲姜如農、如須兄弟作也）云：

> 漢皇策士天人畢，二月東巡臨碣石。獻賦凌雲魯兩生，家近蓬萊看日出。仲孺召入明光宮，補過拾遺稱侍中。叔子輜軒四方使，一門二妙傾山東。同時里人官侍從，左徒宋玉君王重。就中最數司空賢，三十孤卿須大用。……

詩開頭亦用典故寄託時事，以漢皇東巡，魯生獻賦事來比擬姜氏兄弟蒙渥聖恩。仲孺、叔子借用灌夫、羊祐等人的字來比擬姜氏兄弟。以左徒屈原比擬左懋第，宋玉則代指宋玫。再直書其事，間用典故比擬。鋪敍中則時用對偶句法，如詩中有「本爲逐臣溝壑裡，卻因奉母亂離中」、「頭顱雖在故人憐，髀肉猶爲舊君痛」、「田橫島在魚龍冷，欒大城荒草木愁」等等。亦有縟麗深婉之風。風格近似者尙有〈永和宮詞〉、〈思陵長公主輓詩〉、〈圓圓曲〉、〈後東皋草堂歌〉等詩。前二者亦言宮闈之事，題材和〈蕭史青門曲〉同。〈圓圓曲〉寫吳三桂、陳圓圓兩人的愛情，語麗情婉、用典深微。〈後東皋草堂歌〉言瞿式耜東皋家園林，詩云：

> 君家東皋枕山麓，百頃流泉浸花竹。石田書畫數百卷，酷嗜平生手藏錄。隱囊麈尾寄蕭齋，鴻鵠高飛鷹隼猜。白社青山舊居在，黃門北寺捕車來。有詔憐君放君去，重到故鄉棲隱處。短策仍看屋後山，扁舟卻繫門前樹。此時鈎黨雖縱橫，終是君王折檻臣。放逐縱緣當事意，江湖還賴主人恩。一朝龍去辭鄉國，萬里烽烟歸未得。可憐雙載中丞

家，門帖淒涼題賣宅。有子單居持戶難，呼門吏怒索家錢。窮搜廢篋應無計，棄擲城南五尺山。任移花藥鄰家植，未剪松杉僧舍得。漁舟網集習家池，官道人牽到公石。石礎雖留不記亭，槿籬還在半無門。敧橋已斷眠僵柳，醉壁誰扶倚瘦藤。尚有荒祠叢廢棘，豐碑草沒猶堪識。堦前田父早歌呼，陌上行人增歎息。我初扶杖過君家，開尊九月逢黃花。秋日溪山好圖畫，石田眞蹟深咨嗟。傳聞此圖再易主，同時賓客知存幾？又見溪山改舊觀，雕欄碧檻今已矣。搖落深知宋玉愁，衡陽雁斷楚天秋。斜暉有恨家何在，極浦無言水自流。我來草堂何處宿？挑燈夜把長歌續。十年舊事總成悲，再賦閒愁不堪讀。魏寢梁園事已空，杜鵑寂寞怨西風。平泉獨樂荒榛裡，寒雨孤村聽暝鐘。

此詩言瞿氏東皋園林之零落。「君家東皋枕山麓，百頃流泉浸花竹」四句言其園林及收藏。「隱囊麈尾寄蕭齋，鴻鵠高飛鷹隼猜」二句指瞿氏遭權相所訐，與其師錢謙益同罷歸。故云：「白社青山舊居在，黃門北寺捕車來」。

「有詔憐君放君去，重到故鄉棲隱處」以下言罷歸後，築東皋於虞山之下。「短策仍看屋後山，扁舟卻繫門前樹」六句以對偶句法鋪寫，「放逐縱緣當事意，江湖還賴主人恩」見國在則家在。言其「仍」看屋後山，而此時鉤黨雖縱橫，「終」是君王折檻臣。縱遭放逐，仍可安守家業，此「還」賴主人恩。幾個轉折詞均寓有深意，節奏也流轉有致。

「一朝龍去辭鄉國，萬里烽烟歸未得」韻轉入聲，寫崇禎縊死後，瞿氏唱義粵西。以下言園林荒蕪斥賣，無復向日之觀。「有子單居持戶難，呼門吏怒索家錢」見官吏之貪橫。「任移花藥鄰家植，未剪松杉僧舍得」六句用對偶句法鋪寫東皋荒蕪之景。用習家池、到公石等古代名園景物來比擬。「尚有荒祠叢廢棘，豐碑草沒猶堪識」則言只剩荒蕪之景。「堦前田父早歌呼，陌上行人增歎息」二對句來描寫旁人的歎息。

　　「我初扶杖過君家，開尊九月逢黃花」以下作者追敘昔遊，深有感慨，亦多用對句鋪敘。「搖落深知宋玉愁，衡陽雁斷楚天秋」擬之為宋玉，以斜暉象徵國勢頹危。「魏寢梁園事已空，杜鵑寂寞怨西風」四句以魏寢梁園，平泉獨樂等古代名園之荒蕪，寄寓國亡園毀之悲痛。

　　此詩句麗調美，得力於對句之鋪敘。用典使事，情意深婉。此種繁麗深婉之風亦見於五古及律體，五古如〈廿五日偕穆苑先孫浣心葉子聞允文游石公山盤龍石梁寂光歸雲諸勝〉一詞，摹寫山水，多用典故；鋪敘之中夾以議論，七律〈揚州四首〉，其四云：

　　　　撥盡琵琶馬上絃，玉鉤斜畔泣嬋娟。紫駝人去瓊花院，青
　　　　塚魂歸錦纜船。荳蔻梢頭春十二，茱萸灣口路三千。隋堤
　　　　璧月珠簾夢，小杜曾遊記昔年。

〈揚州四首〉是順治十年梅村北上京師，途經揚州所作。此詩哀憐順治二年揚州城陷時，被清兵俘掠的婦女。程穆衡箋注云：

　　　　維揚士女俘掠至慘，故末章及之。

詩用王昭君出塞事胡的典故，所以首二句云：「撥弄琵琶馬上絃，玉鉤斜畔泣嬋娟」。玉鉤斜是隋代葬宮女處，此借指當年不堪清人蹂躪之婦人。「紫駝人去瓊花院，青塚魂歸錦纜船」二句指清人俘掠的罪行，以昭君出塞未歸暗諷清人為胡虜。頸聯上句則化用杜牧〈贈別二首〉其一中的詩句：「娉娉裊裊十三餘，荳蔻梢頭二月初」。而下句則有行路艱難之意，語帶同情，末二句以小杜自比，記此次重遊。

　　此詩用典深切而情韻悽婉。此可見梅村詩詞每善寫兒女之情，五絕如〈子夜歌三首〉、〈子夜歌十三首〉、〈子夜歌六首〉（原註：代友人答闍妓），多狎遊幽豔之情語，有齊梁遺風。如〈子夜歌十三首〉其二云：

　　　　夜夜枕手眠，笑脫黃金釧。傾身畏君輕，背轉流光面。

　　其七云：

　　　　儂如機上花，春風吹不得。剪刀太無賴，斷我機中絲。

一詩寫女子情態，一詩作女子情語，二詩俱幽豔動人。又如〈贈妓郎

圓〉七絕一詩云：

> 輕靴窄袖柘枝裝，舞罷斜身倚玉床。認得是儂偏問姓，笑
> 儂花底喚諸郎。

眞寫盡女子嬌倦之情態，亦可見梅村造語之奇麗。加上善以對句來鋪敘事理、營造情調，又工於刻劃事物的細節及形象，遂形成縟麗深婉之詩風。

二、覈實徑切

此一風格的諷諭詩，自以唐朝白居易〈新樂府〉諸詩爲典型。

白氏主張「文章合爲時而著，歌詩合爲事而作。」其新樂府繼承《詩經》之義，首句標其目，卒章顯其志。其序云：

> 其辭質而徑，欲見之者易喻也。其言直而切，欲聞之者深
> 誡也。其事覈而實，使采之者傳信也。其體順而肆，可以
> 播於樂章歌曲也。總而言之，爲君、爲臣、爲民、爲物、
> 爲事而作，不爲文而作也。

白氏強調諷諭詩要覈實徑切，其精神實上承風雅及漢儒詩論，近師杜甫「詩史」。梅村諷諭詩受其漑沃頗多，觀〈木棉吟〉一詩可知：

> 木棉出林邑及高昌、哀牢諸國，梁武帝時徼外以爲獻，見《南
> 史》。又〈南州異物志〉、〈裴氏廣州記〉皆云南蠻不蠶，採木棉
> 作絮，染爲班布，漢書所云帛布白疊，其時已流入交、廣矣。
> 元至正間，淞江烏泥涇汙萊不食，偶傳此種，崖州黃婆教以捍
> 彈紡織之法，死而爲廟祀之。按廣州木棉大如樹，與今所見不
> 類。明初王梧溪逢以爲交、廣木綿一名班枝花，吳地所種乃草
> 棉，非木棉也。陶南村亦呼爲吉貝，與梧溪語合，然世俗所傳，
> 不可復改。余以爲地氣雖殊，物性本一，即謂之木棉可也。自
> 上海、練川以延及吾州，岡身高仰，合於土宜，隆、萬中閩商
> 大至，州賴以饒。今累歲弗登，價賤如土，不足以供常賦矣。
> 余作木棉吟紀之。俾盛衰知所考焉。
>
> 木棉花發春申冢，東海昔聞無此種。南州異物記有之，芙
> 蓉花纇梧桐枝。崖州老姥曉移植，烏泥涇上黃婆祠。種花
> 先傳治花法，左足先窺踏車捷。豨膏滑軸運雙穿，鐵峽黏
> 雲吐重疊。椎弓絃急雪飄搖，白玉裝成絮萬條。兩指按來

聲不斷，一輪空月影蕭蕭。紡就飛花日成疋，錯紗不獨誇
雲織。軟如鵝毳色如銀，非紵非絲亦非帛。哀牢白疊貢南
朝，黃潤筒中價並高。不信此方貪卉服，江天吉貝滿平皋。
四月農占早花好，麥地栽來憂莫保。持鋤赤汗敢歸休，長
怕遊青低沒草。東舍西鄰助作勞，魚羹菜具歡呼飽。蟹患
蟲災絕跡無，社鬼驅除釀錢禱。西風淅瀝幾回吹，花臺漸
結花鈴老。豆溝零露濕衣裳，捃拾提筐逐兒嫂。冬日常喧
冷信遲，今年穩是霜黃少。有叟傴僂負戴行，編蒲縛索趁
天晴。黃綿襖厚裝踰寸，白酒帘高買幾升。道畔相逢吏嗔
怒，賣花何不完租賦！老翁仰首前致詞，足不能行口披訴。
眼見當初萬曆間，陳花富戶積如山。福州青襪烏言貫，腰
下千金過百灘。看花人到花滿屋，船板平鋪裝載足。黃雞
突嘴啄花蟲，狼藉當街白如玉。市橋燈火五更風，牙儈肩
摩大道中。二入倡家唱歌宿，好花真屬買花翁。劉河塞後
遭多故，良田踏作官車路。縱加耘籽土膏非，雨雨風風把
花妒。薄熟今年市價低，收時珍重棄如泥。天邊賈客無人
到，門裡妻孥相向啼。昔年花早官租緩，比來催急花偏晚。
花還未種勉輸糧，輸待將完花信遠。昔年河北載花去，今
也栽花遍齊豫。北花高攙渡江南，南人種植知何利。嗚呼！
一歌夏白紵，再歌秋木棉。木棉未開婦女績，緝麻執枲當
姑前。徐王廟南絣澣洮，賣得官機佐種田。田事忙過又夜
作，十月當窗織梭布。盡室飢寒敢自衣，私逋償過官錢誤。
姚沙渡口片帆微，花好風波怎載歸？隔岸人家凝望斷，千
山閩客到應稀。詔書昨下開網罟，蘇息烏村并鴉浦。招徠
殘戶墾荒蕪，要識從今種花苦。殷勤里正聽此詞，催租須
待花熟時。（原註：上海、嘉定、太倉境俱三分宜稻，七分
宜木棉。凡種木棉者俱稱花以別于稻，有花田、花租之名。
篇中言花者，從方言也。）

此詩序敘述木棉的發源、播遷，以及太倉等地綿紡的興衰、沿革，猶
如該地木棉業的簡史。

　　詩開頭「木棉花發春申冢，東海昔聞無此種」六句言此地木棉的

發源。「種花種傳治花法，左足先窺踏車捷」以下言整治棉花的過程。「四月農占早花好」到「社鬼驅除釀錢禱」數句言木綿累歲弗登，而農民猶辛苦耕耘，但祈求溫飽。「有叟傴僂負戴行」到詩末則言官吏急催花租，不恤民苦。借一老叟的哀訴，道出棉紡的盛衰及生活的貧苦。「眼見當初萬曆間，陳花富戶積如山」以下，言昔日綿紡發達使農家生活富饒。「劉河塞後遭多故，良田踏作官家路」則言自劉河淤塞、良田踏爲官道後，木棉業漸衰。

「薄熟今年市價低，收時珍重棄如泥」四句言物賤傷農。徒有收成，而乏人問津。「昔年花早官租緩，比來催急花偏晚」四句言歉收之際，官吏的催租反而更急。「昔年河北載花去，今也栽花遍齊豫」四句言齊豫等地已成爲綿紡的集盛地，則昔日的市場盡失，植綿已無利可圖。

「木棉未開婦女績，緝麻執枲當姑前」以下言織婦辛苦工作，所得者卻盡償逋欠，只落得全家飢寒無依。末言朝廷體恤民苦，招徠殘戶協助墾植。「殷勤里正聽此詞，催租須待花熟時。」詩末二語猶殷殷陳訴花租太重之苦。

誠如梅村所云：「上海、嘉定、太倉境俱三分宜稻，七分宜木棉。」綿紡關係太倉等地之民生大矣。此詩詳敘綿紡之盛衰及花租之重。無非代民陳情，希望在上位者寬恩恤民。而詩風覆實徑切，可覘時弊。

此詩與〈織婦詞〉、〈雜感二十一首〉其二等詩同言杼軸耕織之苦，其風格亦同。梅村詠民生疾苦的篇什，多染此風。例如〈馬草行〉七古云：

> 秣陵鐵騎秋風早，廄將圉人索芻藁。當時磧北報燒荒，今日江南輸馬草。府帖傳呼點行速，買草先差人打束。香芻堪秣飽驊騮，不數西涼誇首蓿。京營將士導行錢，解戶公攤數十千。長官除頭吏乾沒，自將私價僦車船。苦差常倒須應免，需索停留終不遣。百里曾行幾日程，十家早破中人產。半路移文稱不用，歸來符取重裝送。推車挽上秦淮橋，道遇將軍

紫騮鞍。轅門芻豆高如山，紫髯碧眼看奚官。黃金絡頸馬肥
死，忍令百姓愁飢寒。回首滁陽開僕監，龍媒烙字麒麟院。
天閑蠻逸起黃沙，遊牝三千滿行殿。鍾山南望獵痕燒，放牧
秋原見射鵰。寧荃雕胡供伏櫪，不堪園寢草蕭蕭。

此言馬草輸役之擾民。「秣陵鐵騎秋風早，廄將圉人索芻蒿」二句言
軍隊欲備馬草，令下催索。「當時磧北報燒荒，今日江南輸馬草」則
馬草輸軍，起自備兵磧北之時。

　　「府帖傳呼點行速，買草先差人打束」以下詳見輸役之過程。言
官吏強收導行費以上奉京營將士，又吞沒財物，強以私價租賃車船。
先由解戶公攤，解戶再向民間強索。梅村僅以四句便道盡始末原委。

　　「苦差常例須應免，需索停留終不遣」以下言輸役之苦。「半路
移文稱不用，歸來符取重裝送」二句插敘偶發事件，更刻劃出官吏之
擾民。「推車挽上秦淮橋，道遇將軍紫騮鞍」以下用百姓之飢寒對比
上位者的優養。「黃金絡頸馬肥死，忍令百姓愁飢寒」，馬有肥死，野
有餓莩，真是強烈的諷刺。「回首滁陽開僕監，龍媒烙字麒麟院」以
下回憶昔日鍾山遊牝之盛，對比如今射獵燒荒之景，諷刺深矣。

　　與此詩風格相同者如〈蘆洲行〉、〈捉船行〉等詩。靳榮藩評此三
詩云：

> 〈蘆洲行〉、〈捉船行〉、〈馬草行〉，可仿杜陵之三吏、三別
> 矣。杜句中如「有吏夜捉人」、「肥男有母送，瘦男獨伶俜」，
> 俗字里語，都入陶冶；而此詩（〈蘆洲行〉）如賠累、需索、
> 解頭使用等字，〈捉船行〉買脫、曉事、常行、另派等字，
> 〈馬草行〉解戶公攤、苦差、除頭等字，皆係詩中創見：
> 蓋梅村有意學杜故也。

其實梅村學杜甫者，不僅在陶鍊俗字俚語入詩，更在敘事覆實、言語
逕切的風格。

三、激楚悲壯

　　梅村情感激楚的詩作，其詩句奔迸而出，驚撼感人。梁啟超《中

國韻文裡所表現的情感》頁3云：

> ……但是有一類的情感，是要忽然奔迸一瀉無餘的。我們可以給這類文學起一個名，叫做「奔迸的表情法」。例如碰著意外的過度的刺激，大叫一聲或大哭一場或大跳一陣，在這種時候，含蓄蘊藉，是一點用不著。

該書頁7又云：

> 凡這一類，都是情感突變，一燒燒到「白熱度」，便一毫不隱瞞、一毫不修飾，照那情感的原樣子，迸裂到字句上。我們既承認情感越發眞越發神聖。講眞，沒有眞過這一類了。這類文學，眞是和那作者的生命分劈不開——至少也是當他作出這幾句話那一秒鐘時候，語句和生命是迸合爲一。這種生命，是要親歷其境的人自己創造，別人斷乎不能替代。……

梁氏舉例甚多，如梅村〈賀新郎〉（原註：病中有感）一詞的下半闋：

> 故人慷慨多奇節。爲當年、沈吟不斷，草間偷活。艾炙眉頭瓜噴鼻，今日須難訣絕。早患苦、重來千疊。脫屣妻孥非易事，竟一錢不值何須說！人世事，幾完缺？

梁氏云：

> 梅村因爲被清廷強姦了當「貳臣」，心裡又恨又愧，到臨死時繞盡情發洩出來，所以很能動人。

此詞寫又愧又恨之情，情感奔迸而出，確實如梁氏所言。但此作非作於臨終時。〔註2〕

　　梅村善用此手法表達悲痛之情。其語言直截有力，意象恢奇，又饒有悲壯之風格。「悲壯」一詞的界定，王夢鷗《文學概論》第二十三章「意境」認爲和「崇高」有關。「崇高」一語以現實的情緒來比擬，那是一種「驚伏」。表現出「大」與「力」。該書頁255云：

〔註2〕談遷《北游錄・紀聞上》已錄此詞。談遷卒於順治十四年丁酉，年六十四。則此詞必不晚於順治十四年，非梅村絕筆之詞。見俞平伯〈吳梅村絕筆詞質疑〉，收於《俞平伯詩詞曲論著》，頁685。台北：長安。

換言云，那個「大」本是從「力」中構造出來的。所謂「不
容易處理的材料之美」，也就是必須用過「力」來處理然後
才見得它之「不容易」，由這樣用力過程混融著無數喜怒哀
樂的現實感而從中隱隱地體味一種崇高的經驗。有如百戰
歸來。身上掛滿傷疤的老戰士，也能給我們一種「崇高的
意象」；反轉來說，也就是在這樣的意象裡面給我們以崇高
的感情。因此，在文學作品中，有些超越語言習慣的構詞、
超越常識的見解、高朗的韻律、新奇的結構……反是需要
很多工夫始能領會的作品，它使我們的想像力如在星際盤
翔，彷彿看清了銀河系的一切星體，但又覺得銀河之外尚
有無數相似的銀河系，於是，我們由衷透出一句「歎觀止
矣！」。歎為觀止之歎，彷彿就是我們所得於那作品之「崇
高」的呼聲，也就是我們完成了一次「不易處理的材料之
美」的經驗。

該書頁256進而言「悲壯」：

簡單地說：悲壯只是崇高挫敗，或「力」之窮竭，而引人
發生憐憫的現實感。

可知「悲壯」只是「崇高」之挫敗而引人產生憐憫之感。欲體會文學
作品中崇高之情，可由作者處理艱難材料時，其構詞、見解、韻律、
結構所表現的「力」來觀察。此外，再體會其表情法，庶幾得之。例
如〈悲歌贈吳季子〉（原註：松陵人，字漢槎）七古云：

人生千里與萬里，黯然消魂別而已。君獨何為至於此？山
非山兮水非水，生非生兮死非死。十三學經並學史，生在
江南長紈綺。詞賦翩翩眾莫比，白璧青蠅見排抵。一朝束
縛去，上書難自理，絕塞千山斷行李。送吏淚不止，流人
復何倚？彼尚愁不歸，我行定已矣！八月龍沙雪花起，槖
駝垂腰馬沒耳。白骨皚皚經戰壘，黑河無船渡者幾？前憂
猛虎後蒼兕，土穴偷生若螻蟻。大魚如山不見尾，張鬐為
風沫為雨。日月倒行入海底，白晝相逢半人鬼。嘻嘻乎悲
哉！生男聰明慎勿喜，倉頡夜哭良有以。受患祇從讀書始，
君不見，吳季子！

梅村友人吳兆騫因科場案被遠戍寧古塔，故贈此詩以安慰之。「人生千里與萬里，黯然消魂別而已」數句悲情奔迸而出，誠如靳榮藩所云：

> 起筆如淒風驟雨，霎颯而來。

前引梁氏書頁5云：

> 梅村這首……好處是把無窮的冤抑，用幾句極粗重的話表盡了。

靳、梁二氏所言甚是。「君獨何為至於此？」感歎興悲，故云：「山非山兮水非水，生非生兮死非死」。此二語情感真摯，不假雕飾。「十三學經並學史，生在江南長紈綺」四句言其遭遇，傷其遭人點汙排抵。「一朝束縛去」三句，以兩個五言句變化節奏，首句之平仄為「入平入入去」，音節促急，語意徑切。

「送吏淚不止，流人復何倚？」又用四個五言句，用送吏之事來映襯流人，一憂一歎，令人心酸。「八月龍沙雪花起，槖駝垂腰馬沒耳」以下寓行道難之意，而意象恢詭駭人：雪沒駝馬、白骨瞠瞠；黑河無船，猛虎蒼兒，人處其中真如偷生之螻蟻。「大魚如山不見尾，張鬐為風沫為雨」四句諷刺這如巨魚翻覆風雨、不人不鬼的世界，噫嘻乎悲哉五字反覆悲歎。「生男聰明慎勿喜」、「受患祇從讀書始」二句，道盡罹禍士子的悲哀。

此詩除「張鬐為風沫為雨」的「雨」字外，均為紙、尾二韻通押。韻腳如「已」、「死」，「矣」等字，或歎或悲。其句式五、七言參差相濟，節奏拗折有力，意象恢詭、情感激楚。又一反平日鋪排細節，用典深微的手法，是難得的悲狀之作。

靳榮藩引《蘇州府志》云：

> 吳兆騫，字漢槎，少有雋才，與慎交社，名聞遠近。順治丁酉舉於鄉。科場事發，遣戍寧古塔，所著有《悲笳集》。

據孟森《明清史論著集刊》「科場案」一節所言：吳兆騫及其父母妻子流徙到寧古塔，較同遭考生流徙的尚陽堡更遠，難怪梅村悲痛更甚了。

悲壯激楚之作，又見〈松山哀〉七古一詩：

拔劍倚柱悲無端，爲君慷慨歌松山。盧龍蜿蜒東走欲入海，
屹然搘拄當雄關。連城列障去不息，茲山突兀煙峰攢。中
有疊石之軍盤，白骨撐距凌巑岏。十三萬兵同日死，渾河
流血增奔湍。豈無遭際異，變化須臾間，出身憂勞致將相，
征蠻建節重登壇。還憶往時舊部曲，喟然歎息摧心肝。嗚
呼！玄菟城頭夜吹角，殺氣軍聲振寥廓。一旦功成盡入關，
錦裘跨馬征夫樂。天山回首長蓬蒿，煙火蕭條少耕作。廢
壘斜陽不見人，獨留萬鬼塡寂寞。若使山川如此閑，不知
何事爭強弱。聞道朝廷念舊京，詔書招募起春耕。兩河少
壯丁男盡，三輔流移故土輕。牛背農夫分部送，雞鳴關吏
點行頻。早知今日勞生聚，可惜中原耕戰人！

此詩悲悼崇禎十五年明清松杏戰役中死難的將士，痛斥洪承疇降清變
節。詩以「拔劍倚柱悲無端，爲君慷慨歌松山」開始，慷慨悲歌之情
噴薄而來。「盧龍蜿蜒東走欲入海，屹然搘拄當雄關」爲九字句接七
字句，上句以蜿蜒東走欲入海形容盧龍盤曲的走勢，而當以雄關，見
此關之險要，詩句健挺。「連城列障去不息，茲山突兀煙峰攢」四句
形容煙峰攢聚，白骨撐距，而以「十三萬兵同日死，渾河流血增奔湍」
煞住，此二句情感激楚悲壯。

「豈無遭際異，變化須臾間」爲二個五字句，言洪氏變節降清。
既然「還憶往時舊部曲，喟然歎息摧心肝」，爲何又「征蠻建節重登
壇」？蓋此時洪氏爲湖廣等五省經略，視師長沙，統籌征伐南明事宜。

嗚呼以下發抒又悲又恨之情。在「殺氣軍聲振寥廓」、「錦裘跨馬
征夫樂」的戰勝喜悅中，換來「廢壘斜陽不見人，獨留萬鬼塡寂寞」
的蕭條。所以作者詰問：「若使山川如此閑，不知何事爭強弱？」。末
寫流移復耕，不禁悲歎：「早知今日勞生聚，可惜中原耕戰人！」

此詩充滿悲憐之情，起首慷慨悲歌，刻劃松山地勢之險要。山勢
之壯與白骨撐距之景並列，壯中有悲。「十三萬軍同日死」二句則悲
憐而激楚。故痛斥洪承疇，誅責其心，再描寫萬鬼塡寂寞、蕭條不見
人之景，以悲憐耕戰之人。其意象壯闊、詩句健勁而情感激楚，又爲

另一佳例。

此外，如〈行路難十八首〉其十一云：

> 直諫好言事，召見拜司隸。彈劾中黃門，鯁切無所避。天
> 子初見容，謂是敢言吏。以茲增感激，居官屬鋒氣。奏對
> 金商門，縛下都船獄。髡頭徒朔方，眾怒猶不足。私劍揣
> 其喉，赤車再收族。橫尸都亭前，妻子不敢哭。酒色作直
> 都殺人，藏頭畏尾徒碌碌。

此言鯁切之臣直諫得罪後，身死族滅之慘事。「直諫好言事，召見拜
司隸」四句言其彈劾權臣，鯁切無畏。「天子初見容，謂是敢言吏」
四句言蒙天子諭贊，故居官鋒氣更屬。「奏對金商門，縛下都船獄」
以下言其被禍之慘，所謂「橫尸都亭前，妻子不敢哭」。正、邪二種
力量對抗，至此邪者勝而正者敗。但末二句云：「酒色作直都殺人，
藏頭畏尾徒碌碌」則言其身雖殞，其氣節不屈，亦是激楚悲壯之風格。

四、沈鬱遒健

風格沈鬱的詩篇，其情感濃厚，表情方式迴盪交結。前一小節所
引梁啓超一書頁8云：

> 這一回講的，我也起他一個名，叫做「迴盪的表情法」，是
> 一種極濃厚的情感蟠結在胸中，像春蠶抽絲一般，把他抽
> 出來。這種表情法，看他專從熱烈方面盡量發揮，和前一
> 類正相同（按：按奔迸式的表情法）。所異者，前一類是直
> 線式的表現，這一類是曲線式或多角式的表現。前一類所
> 表的情感，是起在突變時候，性質極為單純，容不得有別
> 種情感攪雜在裡頭，這一類所表的情感，是有相當的時間
> 經過，數種情感交錯糾結起來，成為網狀的性質。人類情
> 感，在這種狀態之中者最多，所以文學上所表現，亦以這
> 一類為最多。

「沈鬱」指情感沈鬱，其情濃厚複雜，交錯糾結，通常用梁氏所言的
「迴盪表情法」。梅村此類風格的詩作，往往有股騰踔遒健之氣，故
情感沈鬱而不流於嗚咽，因此以「沈鬱遒健」稱之。

例如〈曇陽觀訪文學博介石兼讀蒼雪師舊跡有感〉七古一詩云：

先生頭白髮垂耳，博士無官家萬里。講席漂零笠澤雲，鄉心斷絕昆明水。南來道者爲蒼公，說經如虎詩如龍。大渡河頭洗白足，一枝柳栗棲中峰。與君相見春然笑，石床對語羈愁空。故園西境接身毒，雪山照耀流沙通。神僧大儒卻並出，雕題久矣漸華風。嗚呼！銅鼓鳴，莊蹻起，青草湖邊築營壘，金馬碧難悵已矣。人言堯幽囚，或言舜野死，目斷蒼梧淚不止。吾州城南祠仙子，窈窕丹青映圖史。玉棺上天人不見，遺骨千年蛻於此。先生結茅居其傍，歸不歸兮思故鄉。盡道長沙軍，已得滇池王。伏波南下開夜郎，烏爨孤城猶屈強，青蛉絕塞終微茫。忽得山中書，蒼公早化去。支遁經臺樹隕花，文翁書屋風飄絮。噫嘻乎悲哉！香象歸何處？杜宇啼偏哀，月明夢落桃榔臺。丈夫行年已七十，天涯戎馬知何日？點蒼青，洱海白，道路雖開亦無及！

此詩爲滇人文介石作。文氏時居太倉曇陽觀，詩云：「鄉心斷絕昆明水」點出其思國懷鄉之情，爲全篇旨趣。「南來道者爲蒼公，說經如虎詩如龍」四句言蒼雪曾講道於中峰寺。「與君相見春然笑，石床對語羈愁空」言二人相知相得。「故園西境接身毒，雪山照耀流沙通」四句言滇地。「神僧大儒卻並出」二句兼譽文介石、蒼雪二人。「雕題久矣漸華風」啓領以下所言者。「嗚呼！銅鼓鳴，莊蹻起」數句即言南明桂王。詩云：「吾州城南祠仙子，窈窕丹青映圖史」四句言蒼雪舊跡，「先生結茅居其傍，歸不歸兮思故鄉」二句言文氏懷友懷鄉之情。

「盡道長沙軍，已得滇池王」四句則續寫南明。「青蛉絕塞終微茫」言明之國祚盡矣。「忽得山中書，蒼公早化去」數句呼應「吾州城南祠仙子」等句之意。「支遁經臺樹隕花，文翁書屋風飄絮」二句以晉代支道林及漢代文翁比擬蒼雪、文介石二人，用典貼切。以飄絮比喻文氏之飄泊異鄉。故以「噫嘻乎悲哉！」深致悲憐。文氏阻於戰亂，不能歸鄉，即「噫嘻乎悲哉！」之意。

此詩言文介石思國懷鄉之情。先言其與蒼雪二人之相得，同爲滇

人而滯留於吳。「嗚呼！銅鼓鳴，莊蹻起」以下言文氏思國懷鄉，以文氏悼友之情映襯，而以讀蒼雪師舊跡來描寫。思國、懷鄉、悼友之情糾結迴盪。全詩以七字句為主，雜以三言句及五言句，節奏明快。如「嗚呼！銅鼓鳴，莊蹻起」到「目斷蒼梧淚不止」一段，及「噫嘻乎悲哉！」到詩末，有騰踔遒勁之氣。

此外，如〈襄陽樂〉七古一詩云：

> 襄陽之樂，乃在漢水廣，峴山高。英宗復辟襄王朝，賜以二賦親含毫。此賦不從人間來，楚雲一片飛蕭韶。大堤花，檀溪竹，襄王歸就章華宿。高齋學士宜城酒，江皋遊女銅鞮曲。前有白尚書，後有原侍郎，虎符討賊臨襄江，千里清盪開鄖房。節使不數杜當陽，宗子足掩曹成王。百餘年來亂再起，青袍白馬來秦倉。吾聞襄陽城北七十二峰削天半，中有黑帝時，白玉為階陛，黃金為宮觀。曾佐真人起冀方，今日王師下江漢。江漢耀兵逍遙歌，祝釐祠下諸軍過。廟中燕王破陣樂，襄陽小兒舞偬偬。新都護，稱相公，知略輶軒承明宮，帶刀六郡良家從。相公來，車如風，飛龍廄馬青絲駿。襄王置酒雲臺中，賊騎已滿清泥東。嗟乎！呼鷹臺畔生荊棘，斬蛇渚內波濤立。夜半城門門牡開，蒲胥劍履知何及！襄陽之樂，乃在漢水廣，峴山高，故宮落日風蕭蕭。

此詩言襄陽城陷，歸罪於楊嗣昌領軍之疏失，事在崇禎十四年二月。

詩開頭云：「襄陽之樂，乃在漢水廣，峴山高」先言襄陽地利，再言其人文歷史。「英宗復辟襄王朝，賜以二賦親含毫」以下言明襄憲王瞻墡賢能，明英宗曾諭旨稱譽，賜以御制之賦。「高齋學士宜城酒」二句言襄陽之人文及物產。「前有白尚書，後有原侍郎」以下數句言明憲宗時襄陽名宦白圭、原杰。「百餘年來亂再起，青袍白馬來秦倉」言明末流寇之亂。

「吾聞襄陽城北七十二峰削天半」以下再言襄陽地勢之險及道教宮觀之盛，與王師下江漢之軍容相輝映。「新都護，稱相公，知略輶

轃承明宮，帶刀六郡良家從」等句像在盛讚楊嗣昌。然而自「襄王置
酒雲臺中，賊騎已滿清泥東」以下言城陷後零落之景，所謂「知略輔
轃承明宮」，兩相對比，致諷深矣。詩末重複詩首字句，末句卻點出
「故宮日落風蕭蕭」的景色。

　　此詩悲襄陽城陷，諷刺楊嗣昌領軍之流失。然全詩未見悲字，未
著諷刺之語。只是鋪敘襄陽地利、人文歷史，甚至夸飾楊嗣昌軍容壯
盛，直到詩末方言城陷後零落之景。並重複開頭字句，末句點出蕭條
之景。前後今昔對比暗寓諷意。其句式從二字句到四、五、七、十三
字句，錯落有致。詩從開頭「襄陽之樂，乃在漢水廣，峴山高」到末
尾，隨著節奏的變化，貫串著遒健之氣。

　　此外，如〈贈吳錦雯兼示同社諸子〉七古一詩云：

　　吾家季重才翩翩，身長七尺虬鬚髯。投我新詩百餘軸，滿
　　床絹素生雲煙。自言里中有三陸，長衫拂髀矜豪賢。弟先
　　兄舉致身早，我亦挾冊游長安。其餘諸子俱嶽嶽，感時上
　　策愁祁連。會飲痛哭岳祠下，聞者大笑驚狂顛。皋亭山頭
　　金鼓震，萬騎蹴踏東南天。貽書訣別士龍死，嗚呼吾友非
　　高官。餘或脫身棄妻子，西興潮落無歸船。我因老親守窮
　　巷，買山未得囊無錢。息心掩關謝時輩，五年不到西溪邊。
　　比因訪客過山寺，故人文酒相盤桓。手君詩篇令我讀，使
　　我磊落開心顏。豈甘不死愧良友，欲使奇字留人間。跳刀
　　拍張雖將相，有書一卷吾徒傳。吾聞其語重歎息，平生故
　　舊空茫然。不信扁舟偶乘興，丁儀吳質追隨歡。酒酣對客
　　作長句，十紙諑諑松風寒。後來此會良不易，況今海內多
　　艱難。安得與君結廬住，南山著述北山眠。

據馮其庸、葉君遠《吳梅村年譜》順治十六之下註 11 云：

　　按，吳百朋，字綿雯。詩中「吳質」「季重（吳質字）」即
　　隱指百朋。據朱倓《明季社黨研究‧明季杭州登樓社考》，
　　百朋為登樓社成員。該社社址在西湖附近之南屏山下。登
　　樓社為讀書社之支流，嘗加入復社，故偉業在此詩詩題中
　　稱之為「同社」。丁澎亦為登樓社之重要成員，詩中「丁儀」

　　當代指澎。此詩必作於本年游杭時。

梅村此詩贈吳錦雯、丁澎等同社諸子，以著述之業互期互勉，即詩末句：「南山著述北山眠」之意。當作於順治六年遊杭時。

　　詩開頭云：「吾家季重才翩翩，身長七尺虯鬚髯」二句，以吳質比擬吳百朋，形容其長身鬚髯、文才翩翩。「投我新詩百餘軸，滿床絹素生雲煙」二句稱讚其詩作。

　　「自言里中有三陸，長衫拂髀矜豪賢」以下言同社社友，追憶諸子通籍入仕、感時憂國的往事。「其餘諸子俱嶽嶽，感時上策愁祁連」六句語健而情悲。眾友感時痛哭對照旁者的大笑驚怪，感情一熱一冷，有諷世之意。「皋亭山頭金鼓震，萬騎蹴踏東南天」數句言鼎革之際，同社諸子殉國之節義。

　　「我因老親守窮巷，買山未得囊無錢」四句自述奉親歸隱，杜門謝客。「比因訪客過山寺，故人文酒相盤桓」數句言今日文酒盤桓之歡，並盛讚吳錦雯的詩作，與「滿床生雲煙」等句呼應。「豈甘不死愧良友，欲使奇字留人間」四句言錦雯著述之志。

　　「吾聞其語重歎息，平生故舊空茫然」數句追懷故人、目睹時艱，梅村亦深有隱居著述之志。

　　此詩贈人以言，以著述互勉。詩開頭先稱讚吳氏的詩作，再追憶當年感時憂國之情。而同社諸友的節義，梅村思之，心中有愧。故與諸人以著述互勉。所謂「豈甘不死愧良友，而使奇字留人間」固然是吳氏語，然而梅村亦心有戚戚焉，詩末方吐露歸隱著述之志。此贈言之作，多稱譽互勉之語，而作者的情感藉諸友之節義、著述等事，曲折道出。而「其餘諸子俱嶽嶽，感時上策愁祁連」以下數句，追憶故友節義，字句遒健，亦堪稱沈鬱遒健之作。

　　此外，如〈題崔青蚓洗象圖〉、〈題劉伴阮凌煙閣圖并序〉等詩追憶畫苑諸人，感歎畫事零落，亦為沈鬱遒健之作，茲不贅述。

第七章　結　論

第一節　梅村諷論詩的成就

一、堪稱一代詩史

　　梅村生當鼎革之際，蒿目時艱，早有創作詩史，諷切當世之志。其諷論詩敘事直切，諷論精當。取材選題又往往關乎一代興亡之故，實堪稱一代詩史。

　　趙翼《甌北詩話》云：

>　　梅村身閱鼎革，其所詠多有關於時事之大者。如〈臨江參軍〉、〈南廂園叟〉、〈永和宮詞〉、〈雒陽行〉、〈殿上行〉、〈蕭史青門曲〉、〈松山哀〉、〈雁門尚書行〉、〈臨淮老妓行〉、〈楚兩生行〉、〈圓圓曲〉、〈思陵長公主輓詞〉等作，皆極有關係。事本易傳，則詩亦易傳。梅村一眼覷定，遂用全力結撰此數十篇爲不朽計，此詩人慧眼，善於取題處。白香山〈長恨歌〉、元微之〈連昌宮詞〉、韓昌黎〈元和聖德詩〉，同此意也。

趙翼所言之詩篇，確實關乎時事之大者。例如〈松山哀〉、〈臨江參軍〉、〈雁門尚書并行〉三詩所言，即關係明朝剿寇禦清成敗的重大戰役，其事固易傳，但其詩若不佳，未必爲人所爭誦。梅村此數作皆議論精

當，堪稱詩史。〈雁門尚書并行〉一詩云：「覆轍寧堪似往年，催軍還用松山箭。」慨歎松山、潼關戰役皆因急詔催戰而敗。〈臨江參軍〉云：「去年羽書來，中樞失籌策」，「將相有纖介，中外為危慄」，「諸營勢潰亡，群公意敦逼」，「犄角竟無人，親軍惟數百」等等，可知賈莊一役之敗，實因中樞無籌策。又與將相失和、急詔逼戰及孤軍無援等等有關。〈圓圓曲〉斥責吳三桂「衝冠一怒為紅顏」，也早成定評。

此外，如〈蕭史青門曲〉一詩敘述國變後寧德夫婦的處境，實堪補史之闕。誠如程穆衡云：

> 按《明史》〈公主〉傳但云：「寧德公主，光宗女，下嫁劉有福。」並無薨卒月日，亦無事實。意有福當國變後，必有不可問者，故削而不書，此詩真堪補史。

因此，詩賴史事得以流傳，史亦因詩而臻完備。梅村詩堪稱詩史，因其內容涉及宮闈、朝政、戰亂、吏治、民生等等。詩中人物包括帝妃公主、王孫外戚、忠臣降將、歌伎藝人，以及船夫、農人等。明清之際的苦難，都活現在其健筆下。不但善敘事理，工於刻劃人物，詩中亦多痛切反省、見微知著之讜論。如〈宣宗御用戧金蟋蟀盆歌〉一詩反省明朝兩百年來的興亡，以抒亡國之痛。〈松山哀〉一詩哀憐松山戰役殉難之戰士，進而揭露戰爭殘暴的本質。〈松鼠〉一詩以小喻大，以鼠害象徵吏治之敗壞。〈白燕吟〉則不徒因物比興，更象徵明代遺民遭清人迫害之處境。〈清涼山讚佛詩〉藉世祖、董鄂妃之情事，反省愛情與國政之衝突糾葛等等。故其詩之識見洞明深微，不徒在抒寫時事而已。

二、體規舊製，另闢新局

梅村詩規仿前人體製風格者，如〈行路難十八首〉似鮑照之驚挺。〈悲滕城〉意象之恢怪似李賀。此外，陳子龍言其詩絕似唐代李頎，並詠〈雒陽行〉一詩為證。梅村則夙以李、杜，白居易為典範。其〈與宋尚木論詩書〉云：

> 夫詩之尊李、杜，文之尚韓、歐，此猶山有之有泰、華，水之有江、河，無不仰止而取益焉，所不待言者也。

其〈秋日錫山謁家伯成明府臨別酬贈〉云:「一編我尚慚長慶」。其詩
如〈木棉吟并序〉、〈琵琶行并序〉等詩有白居易新樂府、〈琵琶行〉
之風。〈蘆洲行〉、〈馬草行〉、〈捉船行〉、〈董山兒〉等詩又有意學杜
甫。梅村受杜甫、白居易覈實徑切詩風的影響,又取法元、白敘事而
另闢新局。王士禎《帶經堂詩話》卷一云:

> 國末國初歌行約有三派:虞山源于杜陵,時與蘇近;大樽
> 源于東川,參以大復;婁江源于元、白,工麗時或過之。

此言明末清初錢謙益、陳子龍、吳梅村三人詩歌取徑之不同。梅村確
受元、白影響,然其詩工麗處,非前人可比。以諷諭詩來說,其特色
除了善於敘事外,又能窮形盡相,如〈松鼠〉、〈茸城行〉等詩。其比
興用典,寓意深切,加上辭藻華麗,音節流轉,遂形成縟麗深婉之風
格。以音節為例,其詩每用律句之音調,例如〈後東皋草堂歌〉云:

> ……隱囊麈尾寄蕭齋,鴻鵠高飛鷹隼猜。白社青山舊居在,
> 黃門北寺捕車來。有詔憐君放君去,重到故鄉棲隱處。短
> 策仍看屋後山,扁舟卻繫門前樹。此時鈎黨雖縱橫,終是
> 君王折檻臣。放逐縱緣當事意,江湖還賴主人恩。一朝龍
> 去辭鄉國,萬里烽煙歸未得。……

此段用律詩對偶句鋪敘,幾個虛詞如「仍」看,「卻」繫,「雖」、「縱」
緣、「終」是等等,使敘事流暢,情意深婉,誠如趙翼《甌北詩話》
所云:

> 七律不用虛字,全用實字,唐時賈至等〈早朝大明宮〉諸
> 作已開其端。少陵「五更鼓角」、「三峽星河」、「錦江春色」、
> 「玉壘浮雲」數聯;杜樊川「深秋簾幕千家雨,落日樓臺
> 一笛風」;趙渭南「殘星幾點雁橫塞,長笛一聲人倚樓」;
> 陸放翁「樓船夜雪瓜洲渡,鐵馬秋風大散關」皆是也。然
> 不過寫景,梅村則并以之敘事,而詞句外自有餘味,此則
> 獨擅長處。如〈贈袁韞玉〉云:「西州士女章臺柳,南國江
> 山玉樹花」十四字中無限感慨,固為絕作。……〈送馮子
> 淵總戎〉云:「十二銀箏歌芍藥、三千練甲醉葡萄」;〈俠少〉
> 云:「柳市博徒珠勒馬,柏堂箏妓石華裙」;〈觀蜀鵑啼劇〉

> 云：「親朋形影燈前月，家國音書笛裡風」；〈雲間公讌〉云：
> 「三江風月尊前醉，一郡荆榛笛裡聲」，此則雜湊成句耳。
> 其病又在專用實字，不用虛字。故掉運不靈、斡旋不轉，
> 徒覺堆垛，益成呆笨，如〈贈陳之遴謫戍遼左〉云：「曾募
> 流移耕塞下，豈邊豪傑實關中？」何嘗不典切生動耶？

梅村七律確實偶有只用實字，以致掉運不靈的毛病。然其歌行，雖用
律句鋪敘，卻調以虛字，故其音節詩意流暢動人。

　　又如〈蕭史青門曲〉敘樂安公主薨逝後，再轉言寧德。「此時同
產更無人，寧德來朝笑語眞。憂及四方宵旰甚，自家兄妹話艱辛」。「自
家兄妹話艱辛」一句接近口語。梅村《秣陵春》傳奇第二十五齣「婢
俠」首句云：「自家兒女多災悔」。可見此爲傳奇中習用之口白，融鑄
入詩，則親切眞摯。觀此數端，可知其另闢詩境之努力。故〈四庫全
書總目〉云：

> 其少作大抵才華艷發，吐納風流，有藻思綺合，清麗芊眠
> 之致。及乎遭逢喪亂，閱歷興亡，激楚蒼涼，風骨彌爲道
> 上，暮年蕭瑟，論者以庾信方之。其中歌行一體，尤所擅
> 長。格律本乎四傑，而情韻爲深；敘述類乎香山，而風華
> 爲勝。韻協宮商，感均頑艷，一時尤稱絕調。……

梅村歌行一體，其辭藻格律之華麗流轉，本乎初唐四傑，敘述則類似
白居易之詩風，然其情韻風華勝於前人。此因其少作即才華艷發，有
清麗芊眠之致。故其年少律絕諸作，往往是其歌行體風格之具體而微
者。而其五、七言歌行古詩，敘述一代興亡，其選詞縟麗、用典精切、
辭藻華麗、聲調流轉，後人稱爲「梅村體」者，是其詩歌中，尤其是
諷諭詩的重大成就。

第二節　梅村諷諭詩的影響

　　梅村晚年里居，從游者日眾，其文名更甚早年。順治十七年，梅
村選同里周肇、王揆、黃與堅、許旭、王撰、王昊、王扲、王曜升、

顧湄、王攄之詩爲《太倉十子詩選》。〈四庫全書總目提要〉評云：

> 前有偉業序，蓋猶明季詩社餘風也。偉業本工詩，故其所
> 別裁，猶不至如他家之冗濫。特風格如出一手，不免域於
> 流派，是亦宗一先生之故耳。

太倉十子的詩風宗梅村，已儼然成一流派。其時太倉（婁江）與常熟
（虞山）兩大詩派，其領袖分別爲梅村與錢謙益。二人與龔鼎孳，後
人合稱爲「江左三大家」。而王士禎稱明末國初歌行三派，則以錢謙
益、梅村及陳子龍三人爲首。顧湄〈吳梅村先生行狀〉云：

> 詩文炳耀鏗鍧，其詞條氣格，皆足以追配古人，而虛懷推
> 分，不務標榜，尤人所難。自虞山沒後，先生獨任斯文之
> 重。海內之士與浮屠、老子之流以文爲請者，日集於庭，
> 麾之弗去。

觀當時蘇州文壇，此非溢美之詞。此外，蘇、常、松山、太倉等地之
詩風，自晚明以來，屬辭好爲比興。誠如章炳麟《章氏遺書》〈檢論〉
所稱：

> 太湖之濱，蘇、常、松江、太倉諸邑，其民佚麗，自晚明
> 以來，好爲文辭比興。

梅村深染時風，其詩意含諷刺，辭多比興。其後常州詞派好比興之風，
亦效其先輩矩矱。梅村於此，多少有推波助瀾之功。

此外，其詩中五、七言歌行、古體，後人稱爲「梅村體」者，其
影響尤大。朱則杰《清詩史》第四章第四節「江左三大家」中提及：
自梅村生前，吳兆騫、陳維崧等人就從之學詩，深染「梅村體」詩風。
前述太倉十子亦是步趨仿效者。朱則杰該書頁81云：

> 到了後來，「梅村體」爲越來越多的詩人所掌握，模擬者紛
> 至沓來，名篇絡繹，佳作疊出。如近代王闓運的〈圓明園
> 詞〉，樊增祥的前、後〈彩雲曲〉，王國維的〈頤和園詞〉，
> 乃至仲聯師的〈胡蝶曲〉等等，從內容主題到形式技巧，
> 都是依照「梅村體」的模型來創作的。這許多長篇巨制，
> 自吳偉業本人而下，構成了詩歌藝苑中的一個別開生面的

系列組合。「梅村體」的流波之廣遠，也就可想而知了。

然而，梅村詩的流傳和影響，部分得歸功於乾隆皇帝的賞譽。靳榮藩《吳詩集覽》卷前錄乾隆題《梅村集》詩：

> 梅村一卷足風流，往復披尋未肯休。秋水精神香雪句，西崑幽思杜陵愁。裁成蜀錦應慚麗，細比春蠶好更抽。寒夜短檠相對處，幾多詩興爲君收。

乾隆賞譽其詩句之工麗，情思之細膩，認爲有西崑體之風。此因梅村詩中之兒女情語，沁人心脾。再運以麗句，故哀感頑艷。此外，龔自珍評《梅村集》云：

> 莫從文體問高卑，生就燈前兒女詩。一種春聲忘不得，長安放學夜歸時。

同樣欣賞梅村詩中的兒女情話。梅村「詩史」諸作，賴其情思綿麗而廣爲流傳，可謂詩家之幸。

附錄　諷諭詩繫年

　　依照第一章第二節的界定，將梅村諷諭詩表列於後，標出體裁及在《吳梅村全集》中的卷次，並作繫年。全集的編次同於《梅村家藏稿》分詩前集、後集。各目次之首並標明總卷次。從總卷次九以後爲詩後集，卷一到卷八爲詩前集。卷五十九補遺，卷六十輯佚。家藏稿分前後集，以順治十年梅村入京任官爲劃分，同體裁者相次成卷，同卷中大抵依時間先後排列，可考察梅村出處進退及時代之興亡得失。故本表大抵參照此凡例，以詩篇創作的先後編次，再以全集卷次的先後作調整，以利知人論世，逆意求志。

　　此節參考程穆衡《吳梅村詩集箋注》（表中簡稱程《箋》）、靳榮藩《吳詩集覽》（表中簡稱靳《集覽》）、馮其庸、葉君遠合著的《吳梅村年譜》（表中簡稱馮、葉《譜》）、周法高《中國語文論叢》中篇有〈吳梅村詠史詩三首箋〉及〈吳梅村詩小箋〉等文（表中簡稱周著）、錢仲聯〈吳梅村詩補箋〉，收於《夢苕庵專著二種》（表中簡稱錢著）、高陽《高陽說詩》，以及其他學者的論文，均一一標明。

篇　　名	體裁	卷　次	繫　　年	備　　註
雜感二十一首其十九	七律	六	崇禎五年以後	周著頁 224、225
過滄州麻姑城	七律	六十	崇禎七年	馮、葉《譜》
高麗行	七古	二	崇禎十年	錢著，頁 95
三松老人歌	七古	二	崇禎十年到十三年八月間	〔註1〕
殿上行	七古	二	崇禎十一年六、七月間	馮、葉《譜》
送黃石齋謫官	七律	五	崇禎十一年八月	同上
牆子路	七絕	六十	崇禎十一年九月	同上
懷楊機部軍前	七律	五	崇禎十一年冬	同上
再憶機部	七律	六十	同上	同上
送左子直、子忠兄弟還桐城	七律	五	崇禎十一、十二年間	周著，頁 219
傅右君以諫死，其子持喪歸臨川	五律	五九	崇禎十二年	馮、葉《譜》
讀楊參軍悲鉅鹿詩	七古	六十	崇禎十二年	同上
臨江參軍	五古	一	崇禎十二年冬	同上
送姚永言都諫謫官	五律	六十	崇禎十三年	同上
襄陽樂	七古	二	崇禎十四年二月	同上
贈范司馬質公偕錢職方大鶴	七古	二	崇禎十五年	同上
行路難十八首其七	七古	二	崇禎十五年九月頃	靳《集覽》
汴梁二首	七絕	八	同上	馮、葉《譜》
雒陽行	七古	二	崇禎十六年七月	同上

〔註 1〕 詩云：「長安此日車如風，十人五人衣衫同」，當在京師作。此詩次
　　　　於〈高麗行〉與〈送志衍入蜀〉之間，二詩作於崇禎十年及十六年。
　　　　崇禎十三年，梅村上表陳述母病，獲改任南京國子監司業，得就近
　　　　奉養，並於該年八月赴任。自此到崇禎朝滅亡，梅村未嘗赴京，做
　　　　此詩當作於本年八月前。

邊思（「黑山不斷海西流」）	七律	六十	崇禎十七年以前（順治元年）	〔註2〕
雲中將	同上	同上	同上	同上
邊思（「都尉征西領蹶張」）	同上	同上	同上	同上
詠史十二首其四	五古	一	崇禎十七年以後	〔註3〕
雜感二十一首其六	七律	六	同上	《吳偉業詩》台北，錦繡，頁83
雜感二十一首其七	七律	六	崇禎十七年四月間	〔註4〕
詠史十二首其六	五古	一	崇禎十七年秋以後	〔註5〕
行路難十八首其十七	七古	二	同上	同上

〔註2〕〈邊思〉二首、〈雲中將〉收於《吳梅村全集》卷六十「輯佚」中，俱詠崇禎年間事。〈邊思〉（「都尉征西領蹶張」）一首及〈雲中將〉錄自朱隗《明詩平論》，此書乃順治元年（即崇禎十七年）輯本，所輯之詩必在此年之前。今三首同繫於崇禎十七年之前。

〔註3〕此詩諷刺吳三桂，見周法高〈吳梅村詠史詩三首箋〉一文的考證。收於《中國語文論叢》，頁188。不知作於何時，暫放在〈雜感二十一首〉其六之前，蓋二詩俱詠吳三桂。

〔註4〕徐鼒《小腆紀年》崇禎十七年四月己卯（二十二）「我大清兵大破闖賊於山海關，闖賊走永平。」梅村詩云：「玉關何事更重圍」指此。該月乙酉（二十八日）「明高傑寇揚州」下云：傑字英吾，米脂人。初爲李自成先鋒，後以通自成妻刑氏而懼，偕以降於賀人龍。孫傳庭之督秦中也，飲傑與白廣恩爲前峰。潼關不守，率其下李成棟、楊繩武十三總兵有眾四十萬，渡河大掠晉中，鼓行南；邳、泗之間驚呼高兵至，居者喪失魂魄。抵揚州，焚掠城外：揚人厚犒之，不聽。是日圍揚州，江南北大震。高傑本流寇，後降於明，仗節爲將。梅村詩云：「銅馬只今翻仗節」指死。故繫於崇禎十七年四月間。

〔註5〕此詩辨南都王室之非僞也。見周法高〈吳梅村詠史詩三首箋〉一文的考證，收於《中國語文論叢》，頁195。〈行路難十八首〉其十七，靳榮藩以爲詩意刺福王。此二詩俱詠南都事。梅村崇禎十七人秋赴南都任官，故詩暫繫於此年秋天之後。

永和宮詞	七古	三	崇禎十七年秋	（註6）
白門遇北來友人	七律	五	崇禎十七年秋	馮、葉《譜》
甲申十月南中作	七律	五	崇禎十七年十月	
有感	七律	五	崇禎十七年冬	馮、葉《譜》
讀史雜詩四首	五古	一	崇禎十二年到順治二年間	（註7）
讀史雜感十六首其一到其九	五律	四	順治元年到順治二年間	（註8）
塗松晚發	五古	一	順治二年五月到順治四年游越之間	程《箋》
避亂六首	五古	一	順治二年五月，明弘光元年、隆武元年	靳《集覽》
董山兒	七古	三	順治二年	同上
琵琶行并序	七古	三	順年三年，隆武二年、魯監國元年	馮、葉《譜》
讀史雜感十六首其十	五律	四	順治三年五月以後	（註9）
讀史雜感十六首其十一	五律	四	順治三年六月	錢著，頁104

〔註6〕此詩結尾四句云：「昭兵松檟北風哀，南中春深擁夜來。莫奏霓裳天寶曲，景陽宮井落秋槐」可知作於弘光朝，且在秋天之後，故繫於崇禎十七年秋（即順治元年秋）。此際有〈白門遇北來友人〉一詩，末二句云：「江左即今歌舞盛，寢園蕭瑟薊門秋」。景陽宮井的蕭瑟，梅村或聞自北來友人。

〔註7〕此四首不知何時所作。詩篇次於〈臨江參軍〉和〈避亂〉之間，暫繫於崇禎十二年到順治二年間。

〔註8〕〈讀史雜感十六首〉其二到九均言弘光朝事。順治二年五月十五日，清兵入南京，弘光帝走蕪湖，旋被執。故繫於順治元年、二年之間。又四十卷本《梅村集》。止錄十首，無第十一到十六首。

〔註9〕徐鼒《小腆紀年》順治三年五月二十七日，「明江上兵潰，方國安劫監國魯王走紹興」下云：貝勒偵知浙中虛實，益兵北岸，以巨砲擊方國安營，廚灶盡破。國安嘆曰：「此天奪我食也」。意入閩必大用，即不濟，可便道入滇、黔；遂於二十七日拔營至紹興，率馬、阮兵劫監國南行；江上諸軍聞之，遂大潰。
梅村詩云：「臨江諸將帥，委甲甬東逃。」指此。

行路難十八首其三	七古	二	順治三年	〔註10〕
讀史雜感十六首其十二	五律	四	順治三年	周著，頁216、217
讀史雜感十六首其十四	五律	四	順治四年，明永曆元年、魯監國二年	周法高〈吳梅村詩小箋〉，頁217
吳門遇劉雪舫	五古	一	順治四年	馮、葉《譜》
哭志衍	五古	一	順治四年	同上
東萊行	七古	三	順治四年	同上
織　女	五律	四	順治四年以前	〔註11〕
感　事	五律	四	順治四年以前	同上
毛子晉齋中讀吳匏庵手抄宋謝翱西臺慟哭記	五古	一	順治五年，永曆二年、魯監國三年	馮、葉《譜》
汲古閣歌	七古	三	順治五年	同上
後東皋草堂歌	七古	三	順治五年秋	同上
雜感二十一首其十三	七律	六	同上	〔註12〕
讀史雜感十六首其十三	五律	四	順治五年	錢著，頁108 〔註13〕
讀史雜感十六首其十五	五律	四	順治五年五月以後	錢著，頁109、110

〔註10〕此詩與〈讀史雜感十六首〉其十二俱詠南明唐王、閩王失和事，故二詩相次。

〔註11〕〈織女〉及〈感事〉二詩次於〈贈蒼雪若鏡兩師見訪〉之前，後者馮其庸、葉君遠《吳梅村年譜》繫於順治四年。故二詩暫繫於此年之間。

〔註12〕此詩指瞿式耜從桂王在滇，故云：「中丞杖節換征袍，馬槊邊州意氣高」。或與〈後東皋草堂歌〉同時作，暫繫於順治五年秋。

〔註13〕此詩言南明魯王朝永勝伯鄭彩，將領劉中藻等人在閩地的戰爭，故有「再有東甌信」，「還說永安軍」等詩句。其事在順治四、五年之間，故繫於順治五年。詳見錢仲聯〈吳梅村詩補箋〉，收於《夢苕盦專著二種》，頁108。

雜感二十一首其二十	七律	六	順治五年十二月以前	〔註14〕
閬州行	五古	一	順治六年，永曆三年、魯監國四年	馮、葉《譜》
鴛湖曲	七古	三	順治六年二月	同上
項黃中家觀萬歲通天法帖	七古	三	順治六年	同上
贈吳錦雯兼示同社諸子	同上	同上	同上	同上
雜感二十一首其十	七律	六	順治六年	《吳偉業詩》台北，錦繡，頁85
西田招隱詩四首其三	五古	一	順治七年夏，永曆四年、魯監國五年	同上
雜感二十一首其一	七律	六	順治七年，永曆四年、魯監國五年	趙翼《甌北詩話》，卷九〔註15〕
雜感二十一首其二	七律	六	順治七年	〔註16〕

〔註14〕此言邊事。詩首二句云：「雁門西去塞雲愁，苜蓿千群散紫騮。」頷、頸二聯承首句，備愁邊事。末二句云：「都護莫誇勤遠略，龍堆吹雪滿井州。」《清史稿》卷四〈世祖〉本紀順治五年十二月，姜瓌以大同叛，次年三月乙亥，甘、涼逆回米喇印、丁國棟復作亂。梅村豈預見并州等邊境之未安？故暫繫於順治五年十二月以前。

〔註15〕〈雜感二十一首〉，四十卷本《梅村集》止錄第一、二、五、十六、十八、二十一首。

〔註16〕此詩末句云：「江左無衣已七年」，或作於順治七年。首二句云：「簫鼓中流進奉船，司空停索導行錢」，此惡政廢於順治八年春正月戊午。《大清世祖皇帝實錄》（台北：華文）云：諭戶部，各處織造，所以供朝廷服御賞賚之用，勢不可廢。但江寧、蘇州、杭州三處織造，已有專設官員管理。又差滿州官，并烏林人役催督，不但往來糜費錢糧，抑且騷擾驛遞。朕心深為不忍，嗣後著停止差催，止令專管官員，照發去式樣，敬謹織造，解京應用。陝西亦織造羢褐糨蟒，朕思陝西用餉甚多，本省錢糧不數，每撥別省協濟。此識造羢褐糨蟒，殊屬無用，亦著停止，節省冗費，以完兵餉，即於國計有益，且免沿途驛遞夫役轉送之苦。至陝西買辦皮張之處，亦屬煩擾，著一併停止。爾部速行傳諭，以昭朕恤兵愛民至意。此說明詩作不晚於此年正月，故繫於順治七年。

雜感二十一首其三	七律	六	順治七年十二月以後	周著，頁220
聽女道士卞玉京彈琴歌	七古	三	順治八年初春，永曆五年、魯監國六年	馮、葉《譜》
雜感二十一首其十六、其十八	七律	六	順治八年	靳《集覽》
即事十首其十	七律	十五	順治八年	〔註17〕
圓圓曲	七古	三	順治八年	馮、葉《譜》
勾章井	七古	三	順治八年九月	同上
雜感二十一首其十二	七律	六	順治八年	〔註18〕
雜感二十一首其八	七律	六	順治八年六月以後	周著，頁221
思陵長公主輓詩	五言排律	七	順治八年秋以前	〔註19〕
梅花庵話雨同林若撫聯句	聯句五言詩	七	順治八年秋	馮、葉《譜》
蘆洲行	七古	三	順治九年，永曆六年、魯監國七年	馮、葉《譜》
捉船行	七古	三	同上	〔註20〕
馬草行	七古	三	同上	同上
即事十首其八	七律	十五	順治九年十一月	程《箋》
遇南廂園叟感賦八十韻	五古	一	順治十年四月十日在南京（永曆七年）	馮、葉《譜》
雜感二十一首其九	七律	六	順治十年以後	周著，頁222

〔註17〕 此詩言吳三桂，詩云：「節使征西入劍門」、「回首十年成敗事」，〈圓圓曲〉中亦云：「烏桕紅經十度霜」，故二詩當同時作，作於順治八年吳三桂由漢中移鎮到蜀地之時。

〔註18〕 此詩末二句云：「垂老幸聞親治詔，太平時節願年豐」。《清史稿》卷五〈世祖本紀〉順治八年春正月庚申下親政詔。則此詩當作於聞詔之後。

〔註19〕 此詩次於〈梅花庵話雨同林若撫聯句〉之前，故暫繫於順治八年秋以前。

〔註20〕 〈捉船行〉、〈馬草行〉、皆次於〈蘆洲行〉之後，暫繫於順治九年。

即事十首其九	七律	十五	順治十年（永曆七年）	靳《集覽》
雜感二十一首其五	七律	六	順治十年	〔註21〕
登上方橋有感	七律	六	順治十年在南京作	馮、葉《譜》
鍾山	同上	同上	同上	
臺城	同上	同上	同上	
國學	同上	同上	同上	
觀象臺	同上	同上	同上	
雞鳴寺	同上	同上	同上	
功臣廟	同上	同上	同上	
揚州四首	七律	十五	順治十年上京途中	周法高〈談遷北游錄與吳梅村〉，頁789
高郵道中四首其三	五律	十二	同上	同上，頁789
過東平故壘	同上	同上	同上	同上，頁790
清江閘	同上	同上	同上	同上，頁790
黃河	同上	同上	同上	同上〔註22〕
膠州	同上	同上	同上	同上，頁791
途中遇雪即事言懷	五言排律	十八	同上	馮、葉《譜》
詠史十二首其五、其九、其十一	五古	一	順治十一年入京以前	〔註23〕
松鼠	五古	一	同上	同上

〔註21〕此詩末二句云：「世會適逢須粉飾，十年辛苦厭鼓鼙」。則當作於順治十年。

〔註22〕〈黃河〉一詩次於〈過東平故壘〉與〈膠州〉間，亦是梅村北上京師途中作。

〔註23〕此三詩不知作於何時，因列在《梅村家藏稿》詩前集，故暫繫順治十年入京以前。四十卷本《梅村集》則次於卷二〈讀史雜詩四首〉之後，題作〈又詠古〉，止錄十二首中其一、二、七、八、十、十一首。〈行路難十八首〉諸詩及〈松鼠〉一詩的本事不可知，因次於詩前集，故暫繫於此。

行路難十八首其一、其二、其四到其六、其八到其十六、其十八	七古	二	同上	同上
蕭史青門曲	七古	三	順治十一年初（永曆）八年	同上
江上	七律	十五	順治十一年春	秦佩珩〈吳梅村上詩考證〉
寄房師周芮公先生四首并序	七律	十五	同上	馮、葉《譜》
退谷歌	七古	十一	同上	同上
王郎曲	七古	十一	順治十一年秋	同上
送周子俶張青琱往河南學使者幕六首其四、其五	五律	十二	順治十一年冬	同上
代洲	五律	十二	順治十一年	〔註24〕
即事十首其五	七律	十五	順治十一年七月	〔註25〕
即事十首其六	同上	同上	順治十一年	《吳偉業詩》台北，錦繡，頁235
偶成十二首其一其四其五	六絕	十八	順治十一年入京以後	〔註26〕
題崔青蚓洗象圖	七古	十一	順治十一年十二月十六日	馮、葉《譜》
臨淮老妓行	七古	十一	順治十二年六月二十七日	同上

〔註24〕此詩次於順治十一年〈送王子彥南歸四首〉和〈送穆苑先南還四首〉間，故繫於順治十一年。

〔註25〕此詩原註云：金龍口決，用柳梢作土牛塞河，功竟不就。悼兩河民力之盡也。據談遷《北游錄・紀聞下》「河決」一條云：庚寅（順治七年）九月二十八日河決儀封縣荊隆口、濟寧、壽張等隄。郡縣大被其害。甲午（順治十一年）塞決口。五月四月復潰若干丈。七月溯潰盡。金龍口即荊隆口。河堤潰於順治七年九月二十八日。順治十一年甲子塞決口不成，七月朔潰盡，所以梅村悼兩河民力之盡。故詩當作於此項。

〔註26〕此三首次於詩後集，故繫於順治十一年入京以後。

雁門尙書行并序	七古	十一	順治十二年（永曆九年）	同上
海戶曲	七古	十一	同上	同上
松山哀	七古	十一	同上	同上
讀史偶述四十首其二十四、二十五	七古	十一	同上	〔註27〕
田家鐵獅歌	七古	十一	順治十二年七月	同上
送友人出塞	七律	十六	同上	同上
海警	七律	十六	順治十二年	錢著，頁161
恭紀聖駕幸南海子遇雪大獵	七律	十五	順治十二年	馮、葉《譜》
即事十首其七	七律	十五	順治十二年八月	程《箋》
長安雜詠四首其三、四	七律	穴六	順治十二年十月	談遷《北游錄·紀郵下》
雜感二十一首其十四	七律	六	順治十二年十二月	周法高〈談遷北游錄與吳梅村〉，頁815
送宛陵施愚山提學山東三首其二	五古	九	順治十三年初（永曆十年）	馮、葉《譜》
即事十首其一	七律	十五	順治十三年五月	程《箋》
通玄老人龍腹竹歌	七古	十一	順治十三年七月	馮、葉《譜》
和楊鐵崖天寶遺事詩二首	七律	十六	順治十三年秋	〔註28〕
宣宗御用戲金蟋蟀盆歌	七古	三	順治十一年到順治十四年在京師作	〔註29〕

〔註27〕此二首言洪承疇事，當與〈松山哀〉相鄰。

〔註28〕此詩次於順治十三秋，梅村在京師作〈送同年江右朱遂初憲副固原四首〉及順治十四年初梅村在歸鄉途中所作〈鄒城曉發〉之間，內容詠京師事，詩云：「漢主秋宵宴上林」，故繫於順治十三年秋。

〔註29〕此詩云：「樂安孫郎好古癖，剔紅塡漆收藏得」。靳榮藩指「孫郎」即孫承澤。梅村與承澤相識於京師，內容追憶明朝京師事，應繫於順治十一年到十四年在京時。

題蘇門高士圖贈孫徵君鍾元	七古	十一	同上	〔註30〕
銀泉山	同上	同上	同上	〔註31〕
打冰詞	同上	同上	同上	同註30
再觀打冰詞	同上	同上	同上	
雪中遇獵	同上	同上	同上	
讀史偶述四十首其二十、二十一、三十、三十四	七絕	十九	同上	同上
題帖二首其二	七絕	十九	同上	同上
郯城曉發	七律	十六	順治十四年二月前（永曆十一年）	馮、葉《譜》
礬清湖并序	五古	九	順治十四年秋	同上
聞台州警四首	七律	十六	順治十四年八月二十六日之後	〔註32〕
題二禽圖	七絕	十九	順治十四年南歸後	靳《集覽》
疊陽觀訪文學博介石兼讀蒼雪師舊跡有感	七古	十	順治十五年（永曆十二年）	馮、葉《譜》
贈陸生	七古	十	同上	同上
吾谷行	七古	十	同上	同上
悲歌贈吳季子	七古	十	順治十五年十一月	同上
織婦詞	七古	十	順治十五年到十六年間	〔註33〕

〔註30〕此詩次在京諸什之首，故繫於此。〈打冰詞〉、〈再觀打冰詞〉、〈雪中遇獵〉、〈讀史偶述四十首〉其二十、二十一、三十、〈題帖二首〉其二數首亦是在京時作。

〔註31〕此首詠明神宗鄭妃寢園，得自見聞，且次於在京諸什，故繫於此。

〔註32〕順治十四年八月二十六日，海寇鄭成功犯浙江台州府，分巡紹台道蔡瓊枝、副將李必及府縣等官俱降賊。見《清世祖實錄選輯》台北，台銀經濟研究室。故詩繫於此。

〔註33〕此詩次於順治十五年〈悲歌贈吳季子〉及十六年〈贈穆大苑先〉之間，故繫於此二年間。

逆純祜兄之官確山四首其三	五律	十二	順治十五年	馮、葉《譜》
贈遼左故人八首其一、其三	七律	十六	同上	同上
楚兩生行	七古	十	順治十六年五月到七月間（永曆十三年）	〔註34〕
贈穆大苑先	七古	十	順治十六年	馮、葉《譜》
遣悶	七古	十	順治十六年秋	同上
寄懷陳直方四首其三、其四	五律	十三	同上	同上
詠月	五律	十三	順治十六年秋	《吳偉業詩》台北，萬卷樓頁127
七夕感事	五律	十三	順治十六年七月	高陽〈「江上之役」詩紀〉
秋感	七律	六十	同上	〔註35〕
江城遠眺	七律	十六	同上	同上
客談雲間帥坐中事	七律	十六	順治十六年九月以前	〔註36〕
詠拙政園山茶花并引	七古	十	順治十七年二月（永曆十四年）	馮、葉《譜》

〔註34〕此詩爲蘇崑生、柳敬亭作。詩序云：「柳生近客於雲間帥，識其必敗。」
　　　又云「作〈楚兩生行〉送之，以之寓柳生，俾知余與蘇生游，且爲
　　　柳生危之也。」詩云：「鵾絃屢換尊前舞，鼉鼓誰開江上軍」。故此
　　　詩當作於順治十六年五月到七月間鄭成功發兵江上之時。

〔註35〕張蒼水《北征得失紀略》記順治十六年「江上之役」云：「七日（按：
　　　七月七日）抵蕪湖。傳檄諸郡邑，江之南北，相率來歸，郡則太平
　　　府，……銅陵……或招降，或克復。」轉引自高陽《高陽說詩》，頁
　　　72。台北·聯經。此詩云：「誰向銅陵開故壘，重煩鐵馬駐新林」，
　　　情事相合，故繫於〈七夕感事〉之後。〈江城遠眺〉所言，應是「江
　　　上之役」事，亦繫於此。

〔註36〕此詩言蘇松提督馬逢如，逢如於順治十六年九月被劾解任，詩當作
　　　於解任之前。

送王子惟夏以牽染北行四首其三	五律	十三	順治十七年九月	同上
清涼山讚佛詩四首	五古	九	順治十八年正月（永曆十五年）	同上
滇池鐃吹四首	七律	十七	順治十八年五月（永曆十五年）	靳《集覽》
短歌	七古	十	順治十八年六月	同上
贈學易友人吳燕餘二首	七律	十七	同上	靳《集覽》
偶得三首其一	七絕	二十	順治十八年以前	〔註37〕
苦雨	五律	十三	康熙三年以後	〔註38〕
題劉伴阮凌煙閣圖并序	七古	十	康熙四年	錢著，頁148
高涼司馬行	七古	十	康熙五年春	馮、葉《譜》
樓聞晚角	五律	十四	康熙五年暮秋	〔註39〕
橘	五律	十四	康熙五年到六年間	〔註40〕
燕窩	五律	十四	同上	同上
廿五日偕穆苑先孫浣心葉子聞允文游石公山盤龍石梁寂光歸雲諸勝	五古	九	康熙六年三月廿五日	同上
游石公歸是夜驟雨、明晨微霽同諸君天王寺看牡丹	五古	九	康熙六年三月廿六日	同上
直溪吏	五古	九	康熙六年三月之後	〔註41〕

〔註37〕鄧之誠《清詩紀事初編》云此首寫「旗債」。詩既次於順治十八年〈詩史有感八首〉之後，故繫於此。

〔註38〕此詩次於康熙三年〈夜發破山寺別鶴如上人〉之後，故繫於此年後。

〔註39〕此詩次於康熙五年暮秋〈茸城客樓大風曉寒吟眺以示友聖九日玉符諸子〉及〈過諸乾一細林小館〉之間，當是同時登樓之作。

〔註40〕〈橘〉、〈燕窩〉次於康熙五年〈過諸乾一細林山館〉及康熙六年〈過吳江有感〉之間，故繫於此二年之間。

〔註41〕〈直溪吏〉、〈臨頓兒〉次於〈游石公歸是夜驟雨明晨微霽同諸君天王寺看牡丹〉之後，後者作於康熙六年二月廿六日，故將此二詩繫年於其後。

臨頓兒	五古	九	同上	同上
茸城行	七古	十	康熙六年春	〔註42〕
魯謙菴使君以雲間山人陸天乙所畫虞山圖索歌得二十七韻	七古	十	康熙六年	馮、葉《譜》
過吳江有感	五律	十四	康熙六年	馮、葉《譜》
白燕吟并序	七古	十	康熙七年	同上
木綿吟	七古	十	康熙七年以後	〔註43〕
許九日顧伊人和元人齋中雜詠詩成持示戲效其體〈焦桐〉〈蠹簡〉〈破視〉〈廢檠〉	五律	十四	康熙八年以後	〔註44〕

〔註42〕此詩詠馬逢知。詩云:「枉破城南十萬家,養士何無一人死」。又云:
「已見衣冠拜健兒,苦無丘壑安窮叟」可知作於逢知伏法後。張宸
〈雜記〉言順治大漸時大釋刑獄:「辛丑(按:順治十八年)正月初
七日,釋刑獄,諸囚獄一空,止馬逢知(馬進寶)、張縉彥二人不釋。」
可見馬逢知伏法尚在順治崩殂之後。順治朝之後梅村康熙五年暮秋
及六年春嘗往遊松江。此詩即作於松江,又云:「茸城楊柳鬱婆娑,
欲繫扁舟奈晚何。」當作於康熙六年春。

〔註43〕此詩次於〈白燕吟〉之後,故繫年於康熙七年之後。

〔註44〕此數首次於康熙八年〈家園次罷官吳興有感四首〉後,故繫年於此
年之後。

參考書目

(依出版年月排列)

　　參考書目依出版年月排列。先列壹、「主要書目」，爲吳梅村作品結集、國內收藏版本、及其箋注等。貳、「相關書目」，（一）研究梅村之專著。再依經史子集順序，（二）史書與史學著作。（三）別集。（四）文藝批評與研究資料。（五）其他學術著作。

　　期刊論文的排列方式同前。壹、「述及吳梅村之論文」。貳、「述及陳圓圓之論文」。參、「相關論文」。

壹、主要書目

1. 《梅村家藏稿》，吳偉業，上海書店，四部叢刊初編，據上梅涵芬樓影印董氏新刊足本重印，中華院傅斯年圖書館。

2. 《吳梅村詩集箋注》，吳翌鳳，民國間中華書局據嚴榮滄浪吟，謝校本影印，中研院傅斯年圖書館藏，台大研究圖書館特藏室。

3. 《吳梅村先生編年詩集》，程穆衡箋，湯學沆補箋，民國 18 年俞慶恩編集《太崑先賢遺書》首集第八～十五冊，中研院傅斯年圖書館。

4. 《梅村集外詩》，婁東雜著續刊第二冊，楝香齋叢書續刊，中研院傅斯年圖書館。

5. 《梅村詩集》，柳作梅鈔本，東海大學收藏。

6. 《吳詩集覽》，靳榮藩注，台北，中華，民國 59 年 6 月台二版。

7. 《江左三大家詩鈔》，錢謙益等，台北，廣文，民國六十二年六月初版。

8. 《梅村家藏稿——清宣統三年武進董氏誦芬室刊本》，吳梅村，台北，學生，民國 67 年 5 月景印初版。

9. 《足本箋注吳梅村詩集》，吳翌鳳箋注，台北，廣文，民國 71 年 8 月。

10. 《吳梅村詩集箋注》，程穆衡原箋，楊學沆補注，1983 年 12 月第一版。

11. 《梅村詞》，夏承燾主編，李少雍校，廣東人民，1985 年 9 月。

12. 《吳梅村全集》，李學穎集評標校，上海古籍，1990 年 12 月第一版。

13. 《綏寇紀略》，李學穎點校，上海古籍，1992 年 7 月第一次。

貳、相關書目

（一）研究吳梅村之專著

1. 《吳梅村年譜》，馬導源，台北，崇文，1932 年 3 月。

2. 《吳梅村及其三種曲研究》，歐陽岑美，高雄師院，71 年 5 月論文。

3. 《梅村詩的憂患意識》，黃蓂倩，輔仁大學，74 年 5 月碩士論文。

4. 《吳梅村敘事詩研究》，黃錦珠。台灣師大，75 年 5 月碩士論文。

5. 《吳梅村生平及其詩史之研究》，吳朝勇，台北，學海，民國 76 年 1 月。

6. 《吳梅村詩選》，王濤，台北，遠流，民國 77 年初版。

7. 《吳梅村年譜》，馮其庸，葉君遠著，江蘇古籍，1990 年 5 月。

8. 《吳偉業》，王勉，台北，萬卷樓，民國 82 年 6 月。

9. 《吳偉業詩》，黃永年、馬雪芹譯注，台北，錦繡，民國 82 年再版。

10. 《吳梅村詩歌創作探析》，裴世俊，寧夏，人民，1994 年 11 月。

（二）史書與書學著作

1. 《清史》，清史編纂委員會，台北，國防研究院，民國 50 年。

2. 《續明紀事本末》，倪在田，台北，台銀經濟研究室，民國 51 年 1 月。

3. 《清世祖實錄選輯》，台北，台銀經濟研究室，民國 52 年 1 月。

4. 《大清世祖皇帝實錄》，巴泰纂修，台北，華文，民國 53 年。

5. 《明季流寇始末》，李光濤，台北，中研院歷史語言研究所，民國 54 年 3 月。

6. 《明清史論著集刊》，孟森，台北，世界，民國 54 年 3 月再版。

7. 《東明聞見錄》台北，台銀經濟研究室，民國 56 年 10 月。

8. 《晚明史籍考》，謝國楨，台北，藝文，民國 57 年 4 月

9. 《明清之際黨社運動考》，謝國楨，台北，商務，民國 57 年 6 月台二版。

10. 《研堂見聞雜記》，台北，台銀經濟研究室，民國 57 年 9 月版。

11. 《明史紀事本末》，谷應泰，台北，三民，民國 58 年。

12. 《心史叢刊》，孟森，台北，華文，民國 58 年 5 月。

13 《南明史談》，毛一波，台北，商務，民國 59 年 3 月。

14. 《北游錄》，談遷，收於《明清史料彙編》中，台北，文海，民國 60 年。

15. 《復社紀略》，陸世儀，台北，新興，民國 64 年。

16. 《罪惟錄》，查繼佐，四部叢刊續編，民國 65 年 6 月二版。

17. 《小腆紀傳》，徐鼒，台北學生，民國 66 年 11 月。

18. 《新校本明史并附編六種》，清，張廷玉等撰，楊家駱主編，台北，鼎文，民國 67 年 10 月再版。

19. 《中國學術思想史論叢（六）》，錢穆，台北，東大，民國 67 年 11 月。

20. 《新校本北史并附編三種》，唐，李延壽編，楊家駱主編，民國 68 年 3 月再版。

21. 《新校本南史附索引》，楊家駱主編，民國 68 年 3 月再版。

22. 《楊校標點本清史稿附索引》，民國，趙爾巽等撰，楊家駱主編，台北，鼎文，民國 70 年 9 月版。

23. 《清詩史》，洪北江主編，台北，洪氏，民國 70 年。

24. 《陳垣史學論著選》，陳垣，上海，人民，1981 年 5 月。

25. 《明清史講義》，孟森，台北，里仁，民國 71 年 9 月。

26. 《後漢書》，南朝宋，范曄，台北，中華，民國 73 年版。

27. 《史記會注考證》，日本，瀧川龜太郎，台北洪氏，民國 75 年 9 月版。

28. 《小腆紀年》，徐鼒，台北，大通，民國 76 年。

29. 《清史列傳》，王鍾翰點校，北京，中華，1987 年第一版。

30. 《國史大綱》，錢穆，台北，國立編譯館，民國 76 年 5 月修訂士三版。

31. 《清初三大疑案考實》，孟森，台北，夏學社，民國 76 年 8 月修訂版。

32. 《明史》，南炳文、楊綱著，上海人民出版社，1991 年 9 月第一版。

33. 《明清文學史》(明代卷、清代卷)，吳志達、唐富齡，武漢大學，1991 年 12 月。

34. 《清詩史》，朱則杰，江蘇古籍，1992 年。

35. 《洪業——清朝開國史》，美，魏斐德，江蘇人民，1992 年 2 月。

36. 《中國近代詩歌史》，馬亞中，台北，學生，民國 81 年 6 月。

37. 《南明史》，南炳文，天津，南開大學，1992 年 11 月第一版。

38. 《明史新編》，傅衣凌主編，楊國楨、陳支平著，北京人民出版社，1993 年 1 月第一版。

39. 《第二屆明清史國際學術討論會論文集》，天津人民出版社，1993 年第一版。

40. 《明史》，楊昶、劉韶軍、王玉德、姚偉鈞譯注，台北，錦繡，民國 82 年再版。

41. 《南明史綱、史料》，柳亞子，上海人民，1994 年 6 月第一版。

42. 《十二朝東華錄》，王先謙，台北，大東，出版年月無。

(三) 別　集

1. 《章氏遺書》，章炳麟，台北，世界，民國 47 年版。

2. 《歸莊集》，歸莊，北京，中華，1962 年。

3. 《白香山詩集》，白居易，台北，中華，民國 55 年 3 月。

4. 《孫夏峰先生年譜》，孫奇逢著，湯斌等編，台北，廣文，民國 60 年版。

5. 《精刊錢牧齋文鈔》，錢謙益，台北廣文，民國 61 年 8 月。

6. 《牧齋有學集》，錢謙益，台北商務，民國 64 年，四部叢刊初編集部 88 冊。

7. 《堯峰文鈔》，汪琬，台北商務，民國 64 年，四部叢刊初編集部 88 冊。

8. 《評校足本龔自珍全集》，龔自珍，台北，新文豐，民國 64 年 3 月版。

9. 《晞髮集》，謝翱，景印文淵閣四庫全書，台北，商務，民國 72 年版。

10. 《南來堂詩集》，蒼雪大師，台北，新文豐，民國 72 年元月再版。

11. 《戴名世集》，王樹民編校，北京，中華，1986 年 2 月第一版。

12. 《夏完淳集箋校》，白堅箋校，上海古籍，1991 年 7 月第一版。

（四）文藝批評與研究資料

1. 《書餘隨筆》，容天圻，台北，商務，民國 59 年 7 月。

2. 《清詩紀事初編》，鄧文成，台北，中華，民國 59 年 8 月。

3. 《詩比興箋》，陳沆，台北藝文，民國 59 年 9 月。

4. 《清詩話》，丁仲祜，台北藝文，民國 60 年 10 月。

5. 《藝術的奧祕》，姚一葦，台北，開明，民國 62 年 4 月四版。

6. 《帶經堂詩話》，王士禎，台北，清流，民國 65 年版。

7. 《清詩評註》，王文濡，台北，老古，民國 67 年 4 月台灣影印初版。

8. 《石遺室詩話》，陳衍，台北，廣文，民國 71 年 8 月。

9. 《元白詩箋證稿》，陳寅恪，台北，里仁，民國 71 年 9 月。

10. 《中國韻文裡頭所表現的情感》，梁啟超，台北，中華，民國 72 年 9 月四版。

11. 《夢苕庵清代文學論集》，錢仲聯，濟南，齊魯學社，1983 年 9 月。

12. 《修辭學》，黃慶萱著，台北，三民，民國 72 年 10 月四版。

13. 《清詩三百首》，錢仲聯選，錢學增注，長沙，岳麓書社，1985 年 5 月。

14. 《清代詩學初探》，吳宏一，台北，學生，民國 75 年元月修訂再版。

15. 《詩史本色與妙悟》，龔鵬程，台北，學生，民國 75 年 4 月。

16. 《清詩紀事》，錢仲聯主編，江蘇古籍，1987 年 2 月。

17. 《明清詩文研究資料集》，第一、二輯，錢仲聯主編，上海古籍，1986 年 10 月。

18. 《寥音閣詩話》，俞大綱，台北，幼獅文化，民國 76 年 6 月。

19. 《讀詩偶記》，龔鵬程，台北，華正，民國 76 年 8 月再版。

20. 《香祖筆記》，王士禎，《筆記小說大觀》二十八編五冊，台北，新興，民國 76 年。

21. 《中國小說美學》，葉朗，台北，里仁，民國 76 年 6 月 10 日版。

22. 《千首清人絕句》，陳友琴選注，浙江，古籍，1988 年 7 月。

23. 《歷代諷諭詩選》，徐元選注，台北，木鐸，民國 77 年 9 月。

24. 《俞平伯詩詞曲論著》，俞平伯，台北，長安，民國 77 年 11 月校訂版。

25. 《文學概論》，王夢鷗，台北，藝文，民國 78 年 8 月三版。

26. 《文學批評的視野》，龔鵬程，台北，大安，民國 79 年元月。

27. 《中國古典小說人物審美論》，嘯馬，上海，華東師範大學出版社，1990 年 6 月第一版。

28. 《明清詩文研究資料輯叢》，錢仲聯主編，吉林文史出版社，1990 年 8 月。

29. 《清詩的春夏》，周黎庵，台北，漢欣文化，1990 年 11 月 1 日。

30. 《高陽說詩》，高陽，台北，聯經，民國 79 年 11 月第四次印行。

31. 《甌北詩話》，趙翼，台北，廣文，民國 80 年 3 月再版。

32. 《晚明文學新探》，馬美信，台北，聖環，民國 83 年 6 月 20 日一版。

（五）其他學術著作

1. 《中國語文論叢》，周法高，台北，正中，民國 59 年二版。

2. 《明末清初政治評論集》，東京，平凡社，1979 年 10 月初版八刷。

3. 《陳垣學術論文集（一）》，陳垣，北京，中華，1980 年 6 月。

4. 《陳垣學術論文集（二）》，陳垣，北京，中華，1982 年 2 月。

5. 《柳如是別傳》，陳寅恪，上海古籍，1982 年 2 月。

6. 《明末清初的學風》，謝國楨，北京，人民，1982 年 6 月。

7. 《明末四公子》，高陽，台北，皇冠，民國 73 年 12 月。

8. 《夢苕庵專著二種》，錢仲聯，中國社會科學，1984 年。

9. 《復社與晚明學風》，劉兢兢，政治大學 74 年 6 月碩士論文。

10. 《明遺民錄》，孫靜庵，浙江古籍，1985 年 7 月。

11. 《牧齋初學集》，錢謙益，上海古籍，1985 年 9 月。

12. 《方以智晚節考》，余英時，台北，允晨，民國 75 年 11 月。

13. 《明末清初》，福本雅一，同朋社，1987 年 2 月第一版第二刷。

14. 《清朝的皇帝》，高陽，台北，風雲時代，民國 79 年 1 月初版。

15. 《明代文學研究（一）》，章培垣主編，江西人民，1990 年 4 月。

16. 《中央大學第二屆明清之際中國文化的轉變與延續學術討論會論文集》，台北，文史哲，民國 82 年 6 月。

參、期刊論文

（一）述及吳梅村之論文

1. 〈吳梅村江上詩考證〉，秦佩珩，《文學年報論文分類彙編》第一卷六期，台北，1940 年。

2. 〈吳梅村的詠史詩〉，周法高，《中興評論》一卷三期，台北，民國

43 年 3 月。

3. 〈百年長恨吳梅村〉，厚菴，《暢流》第十三卷第十一期，台北，1956年 7 月。

4. 〈汲古閣歌〉，毛一波，《中央日報》第七版，1960 年 4 月 20 日～4月 28 日。

5. 〈吳祭酒的悲哀〉，公孫楚，《暢流》第二十二卷第九期，台北，1960年 12 月。

6. 〈吳偉業、錢謙益、龔鼎孳——江左三大家詩評剖〉，翁一鶴，《文學世界季刊》三十期，台北，1961 年 6 月。

7. 〈吳偉業〉，福本雅一注，吉川幸次郎、小川環樹編《中國的詩人》第六集第十二冊，東京岩波書店，1962 年。

8. 〈論吳梅村文學〉，何朋，《崇基學報》八卷二期，1969 年 5 月。

9. 〈論詩小札——與吉川幸次郎教授論錢謙益「梅村詩序」及情景論書〉，周策縱，《大陸雜誌》四十三卷三期，民國 60 年 9 月。

10. 〈吳梅村詩與清初東北謫戍〉，王大任，《東北文獻》，1972 年 2 月。

11. 〈「泗水秋風」與「寒燈擁髻」——讀周策縱先生論詩小札而作〉，柳作梅，《大陸雜誌》四十四卷二期，民國 61 年 2 月。

12. 〈吳梅村詩叢考〉，周法高，《香港中文大學中國文化研究所學報》六卷一期，1973 年 12 月。

13. 〈吳梅村及其文學批評〉，林文寶，《台東師專學報》二期，1974 年4 月。

14. 〈吳梅村北行前後詩（一）（二）〉，孫克寬，《中華詩學》十一卷二、三期，1974 年 8 月、9 月。

15. 〈談遷與吳梅村〉，孫克寬，《大陸雜誌》，五十卷三期，1975 年 3 月。

16. 〈談遷北游錄與吳梅村〉，周法高，《總統蔣公逝世周年紀念論文集》，民國 65 年 4 月。

17. 〈不隨仙去落人間——吳梅村的詩和他的心態（上）（下）〉，寧遠，《中華文藝》十一卷四、五期，1975 年 6、7 月。

18. 〈吳偉業的詩〉，宜珊，《今日中國》五十八卷，民國 66 年 2 月。

19. 〈吳梅村交遊考〉，王建生，《東海學報》第二十卷，1979 年 6 月。

20. 〈吳梅村「絕筆」詞小考〉，李學穎，《中華文史論叢》，1980 年四輯。

21. 〈談吳梅村的詩〉，楊胤宗，《暢流》六十二卷七期，民國 68 年 11月。

22. 〈吳梅村的生平〉，王建生，《東海中文學報》第二期，1984 年 4 月。

23. 〈吳梅村詩補箋一勺〉，錢仲聯，《社會科學戰線》，1981 年一期。

24. 〈吳偉業〈鹿樵紀聞〉辨偽〉，葉君遠，《河南師大學報》，1981 年第二期。

25. 〈「天上人間」——〈秣陵春〉的思想藝術特色〉，朱則杰，《文學遺產》，1982 年三期。

26. 〈讀梅村詞〉，朱則杰，《浙江師範學院學報》，1985 年一期。

27. 〈論吳梅村的詩風與人品〉，黃天驥，《文學評論》，1985 年第二期。

28. 〈吳偉業論〉，劉世南，《江西師範大學學報》，1985 年三期。

29. 〈關於吳偉業及其詩的評價問題——與劉世南同志商榷〉，王興康，《江西師範大學學報》，1986 年二期。

30. 〈再論吳偉業及其詩——答王興康同志〉，劉世南，《江西師範大學學報》，1986 年二期。

31. 〈清初詩人吳梅村〉，梁令惠，《國語日報副刊》第五五七期，民國 75 年 11 月。

32. 〈「自題圓石作詩人」——「江左三大家」之一吳偉業〉，胡鐵軍，《文史知識》，1987 年第九期。

33. 〈吳梅村〈鴛湖曲〉辨析〉，葉君遠，《蘇州大學學報》（哲社），1988 年三期。

34. 〈吳梅村研究（前編、後編）〉，小松謙，《中國文學報》（京都大學），第三十九、四十冊，1988 年 10 月、1989 年 10 月。

35. 〈論楊圻的梅村體歌行〉，何振球，《蘇州大學學報》（哲社），1989 年一期。

36. 〈徘徊于靈與肉之際的悲歌——論吳梅村詩歌中的自我懺悔〉，魏中林，《蘇州大學學報》（哲社），1990 年一期。

37. 〈吳梅村的詩歌藝術〉，李秀成，《湖北大學學報》（哲社），1991 年一期。

38. 〈身世之感使然——論吳梅村詞〉，姜愛軍，《南京師大學報》（社科），1992 年二期。

39. Wu Wei=yeh's Tension Between Fidelity to Ming and Service for Ch'ing and His Advocation to Combine　Confucianism and Buddiem　王煜（wong yuk）　Chinese Cul-ture'a Quarterly 1992,12

40. 〈梅村與佛禪〉，劉守安，《東岳論叢》，1993 年六期。

41. 〈梅村詩中的女子及其閨情香奩詩〉，劉守安，《江海學刊》，1993 年五期。

42. 〈略談吳梅村的七言古詩及其〈蕭史青門曲〉〉，馬鈴娜，《文學遺產》增刊十一期。

（二）述及陳圓圓及〈圓圓曲〉之論文

1. 〈書吳梅村〈圓圓曲〉後〉，程會昌，《國文月刊》第四十五期，民國 35 年 7 月。

2. 〈吳偉業〈圓圓曲〉與〈楚兩生行〉的作期〉，馮沅君，《文史》第四輯，1977 年。

3. 〈論〈圓圓曲〉——〈李自成〉創作餘墨〉，姚雪垠，《文學遺產》，1980 年一期。

4. 〈也論〈圓圓曲〉——與姚雪垠先生商榷〉，葉君遠，社會科學輯刊，1981 年一期。

5. 〈〈圓圓曲〉辨——與姚雪垠同志商榷〉，童恩翼，《文學遺產》，1981 年二期。

6. 〈吳梅村〈圓圓曲〉疏解〉，宋謀瑒，《晉陽學刊》，1981 年一期。

7. 〈陳圓圓其人其事辨〉，陳生璽，《南開大學學報》，1981 年 4 期。

8. 〈關於〈圓圓曲〉的創作動機與客觀效果〉，宋謀瑒，《晉陽學刊》，1982 年一期。

9. 〈〈圓圓曲〉的基調——與宋謀瑒同志商榷〉，劉德鴻，《晉陽學刊》，1982 年一期。

10. 〈〈圓圓曲〉〉，李秋澤注釋，《文史知識》，1982 年十期。

11. 〈衝冠一怒爲紅顏——〈圓圓曲〉賞析〉，朱則杰，《文史知識》，1982 年十期。

12. 〈〈圓圓曲〉的美刺主題——兼與〈長恨歌〉比較〉，吳傳之、黃永健，《西南師範大學學報》，1987 年一期。

13. 〈衝冠一怒爲紅顏——說吳梅村〈圓圓曲〉〉，賴漢屏，《明道文藝》二一一卷，民國 82 年 10 月。

（三）相關論文

1. 〈雜記〉，無名氏，《人文月刊》二卷三期，民國 20 年 4 月。

2. 〈張孟劬先生避堪書題〉，王鍾翰錄，《史學年報》二卷五期，民國 27 年 12 月。

3. 〈湯若望與木陳忞〉，陳垣，《輔仁學誌》七卷一、二期合刊，民國 27 年 12 月。

4. 〈語錄與順治宮廷〉，陳垣，《輔仁學誌》八卷一期，民國 28 年 6 月。

5. 〈明末的人物〉，劉平，《古今月刊》六期，民國 31 年 8 月。

6. 〈晚明的黨爭（上）（下）〉，沈忱農，《民主潮》十二卷一、二期，民國 51 年 1 月 1 日、16 日。

7. 〈王士禛與錢謙益之詩論〉，柳作梅，《書目季刊》二卷三期春季號，民國 57 年 3 月。

8. 〈清前朝的文字獄（上）（下）〉，朱眉叔，《遼寧大學學報》，1979年 4 期、5 期。

9. 〈清兵入關與吳三桂降清問題〉，陳生璽，《中華文史論叢》，1981年二期。

10. 〈清世祖出家考〉，白裕昌，《史苑》三十五期，民國 71 年 6 月。

11. 〈浣花詩壇點將錄〉，錢仲聯，《草堂》，1982 年二期。

12. 〈董妃與董小宛新考〉，周法高，《漢學研究》一卷一期，民國 72 年 6 月。

13. 〈歌舞之事與故國之思——清初詩歌側論〉，朱則杰，《貴州社會科學》，1984 年一期。

14. 〈明代吳中者名藏書出版家毛晉〉，何忠林，《蘇州大學學報》（哲社），1985 年一期。

15. 〈張南垣父子事辨誤〉，曹汛，《中華文史論叢》，1985 年第一輯。

16. 〈試說清詩力破唐宋之餘地〉，馬亞中，《蘇州大學學報》（哲社），1985 年三期。

17. 〈論清初詩壇的虞山派〉，趙永紀，《文學遺產》，1986 年四期。

18. 〈論宋明遺民的不同特點〉，鄭樂群、孔思陽，《青海師範大學學報》（社科），1987 年一期。

19. 〈清初遺民詩概觀〉，趙永妃，《復旦學報》（社科版），1987 年一期。

20. 〈吳三桂降清的問題討論介紹〉，陳建平，《中國史研究動態》，1988年三期。

21. 〈錢謙益：明士大夫心態的典型〉，李慶，《復旦學報》（社科版），1989 年一期。

22. 〈崇禎帝略論〉，張德信，《吉林大學社會科學學報》，1990 年四期。

23. 〈勵精圖治的亡國之君——評崇禎帝的用人政策〉，梁希哲、王昊，《吉林大學社會科學學報》，1990 年四期。

24. 〈全景式的清詞流變觀照——評嚴迪昌新著〈清詞史〉〉，曹旭，《文學遺產》，1991 年三期。

25. 〈明清之際士大夫對應否殉國之論說〉，何冠彪，《故宮學術季刊》

十卷四期,民國 82 年 5 月。

26. 〈明季士大夫殉國原因剖析〉,何冠彪,《漢學研究》十一卷一期,1993 年 6 月。

27. 〈明清生死難易說探討〉,何冠彪,《新史學》四卷二期,民國 82 年 6 月。

28. 〈龔鼎孳論〉,日,清水茂撰,呂藝譯,《南京大學學報》,1993 年三期。

29. 〈侯方域晚年心境考略〉,夏維中,《東南文化》,1993 年六期。

30. 〈中國古典詩歌中的敘事因素〉,美,列維·道勤撰,陸曉光譯,《文藝理論研究》,1993 年一期。

31. 〈論「梅村體」的用典〉,程相占,《山東大學學報(哲學社會科學板)》,1996 年第一期。

32. 〈梅村體在文學史上的地位和影響〉,林啟柱,《渝州大學學報》,1999 年第二期。

33. 〈論「梅村體」所受李、杜歌行之影響〉,張宇聲,《淄博學院學報》,2000 年第四期。

34. 〈七言歌行的演變與「梅村體」〉,王于飛,《蘇州大學學報》,2002 年 7 月第三期。

35. 〈「梅村體」辨〉,曾垂超,《廈門教育學院學報》,2002 年 12 月,第四卷第四期。

36. 〈梅村體影響淺論〉,曾垂超,《福州大學學報》,2003 年第四期。

37. 〈詩史思維與梅村體史詩〉,魏中林、賀國強,《文學遺產》,2003 年第三期。

38. 〈論梅村體的個性風貌〉,高永年,《文學研究》,2004 年第二期。

39. 〈論梅村體的詩史特徵〉,曾垂超,《閩江學院學報》,2004 年 12 月,第二十五卷第六期。

40. 〈吳偉業「圓圓曲」與「梅村體」的風格特徵〉,鄧新躍、禹明華,《語言學刊》,2005 年第三期。